Emma Hamberg
Merci Agneta

EMMA HAMBERG

Merci AGNETA

ROMAN

Aus dem Schwedischen
von Wibke Kuhn

dtv

Von Emma Hamberg
ist bei dtv außerdem erschienen:
Bonjour Agneta

Deutsche Erstausgabe
© 2023 Emma Hamberg
Titel der schwedischen Originalausgabe:
›Au revoir Agneta‹
(Piratförlaget, Stockholm 2023)
© für die deutschsprachige Ausgabe:
2025 dtv Verlagsgesellschaft mbH & Co. KG
Tumblingerstraße 21, 80337 München
produktsicherheit@dtv.de
Redaktion: Elisabeth Mahler
Umschlaggestaltung und Illustration: www.buerosued.de
Satz: C.H.Beck.Media.Solutions, Nördlingen
Gesetzt aus der Caslon
Druck und Bindung: GGP Media GmbH, Pößneck
Printed in Germany · ISBN 978-3-423-26397-9

1.

»HUHU, wir wollten bloß mal anrufen und dir mitteilen, dass wir noch leben! Papa und ich sitzen gerade hier auf dem Balkon und genießen das Leben. Mit Sekt und ... Kannst du mal ein Stück rutschen, sonst sieht Agneta mich doch gar nicht. Also, weißt du ....«

Der Mund meiner Mutter füllt jetzt den gesamten Bildschirm aus, während die Nasenflügel meines Vaters mehr oder weniger am rechten Rand vibrieren. Hoppla, jetzt schwenkt die Kamera plötzlich auf ein grünes Gebüsch neben dem benachbarten Reihenhaus. Meine Mutter kräht enthusiastisch, während sie eine Salzstange knabbert. Die Salzkörner bleiben an ihrem Lippenstift kleben, der sich dann wiederum auf ihren Zähnen verteilt.

»Ann-Sofie und Lennart haben ihre Hecke umgestaltet, die haben einen Mann aus ... Woher kommt der noch mal? Aus Litauen? Nein, Estland war's. Ein absolut WUNDERBARER junger Mann, spricht kein Wort Schwedisch, aber wie der diese Hecke geschnitten hat – er hat sie geradezu *gestreichelt* mit seiner Heckenschere.«

Das Handy bebt, das Grüne verschwindet und siehe da, jetzt bin ich wieder im weit geöffneten Salzstangenmund meiner Mutter. Ein Glas Sekt nähert sich, während die Nasenflügel meines Vaters schnauben, dass die Linse beschlägt.

»Und jetzt soll er uns bei unserer Hecke helfen. Wie hieß

er noch gleich? Darmo …? Oder war es ein anderes Organ? Lungo? Lebri?«

»Tarmo, Schatz. Tarmo. Tarmo spricht überhaupt kein Schwedisch, aber er ist großartig. So was weiß man einfach, Agneta. So was spürt man.«

Meine Mutter senkt die Stimme, gleich wird sie mir etwas Vertrauliches erzählen.

»Tarmo bedeutet ›Energie‹ auf Estnisch, hat Ann-Sofie erzählt. Das trifft auf den kleinen Tarmo wahrlich zu. Du musst wissen, dass Tarmo dafür kämpft, seine ganzen Kinder zu ernähren. Wie viele hatte er noch schnell zu Hause in Estland?«

Irgendwo hier schalte ich ab, während meine Eltern lebhaft von Tarmos Privatleben erzählen und sogar etwas von einer Ladestation für Elektroautos, für die sich Lennart sehr eingesetzt hat. Sie wissen nichts von meinem Leben. Sie rufen mich nie an, um sich zu erkundigen, ob *ich* noch lebe. Aber wenn sie mich fragen würden, würde ich (nachdem ich mich von diesem Schock erholt hätte) ungefähr so antworten:

»Liebe Mama, lieber Papa, wie schön, dass ihr fragt! Ihr ahnt ja gar nicht, wie sehr ich lebe. Ich glaube, ich hab mein ganzes Leben lang noch nicht so sehr gelebt. Es kommt mir vor, als würde ich alles nachholen, was ich nicht gelebt habe. Wie bitte? Wie ich lebe? Ich habe einen besten Freund. Einar, ihr wisst schon. Dann hab ich noch andere Freunde. Ja, ihr habt richtig gehört – ich habe eine Clique! Wenn ich noch in Sollentuna leben würde, würde ich mit dieser Clique in die Berge fahren, wir würden zusammen Mittsommer feiern und nach Benidorm zum Golfspielen fahren. Diese Beispiele zähle ich nur auf, damit ihr versteht, wofür das Wort ›Clique‹ steht, ansonsten haben diese Menschen nämlich nichts mit Golf, Mittsommer oder Bergen am Hut. Bonnibelle, Henri, Colette, Paul und Fabien heißen sie. Meine Freunde. Meine

Clique. Wenn man sich das mal überlegt – warum handelt eigentlich jedes Lied, jeder Film und jedes Gedicht von der romantischen Liebe? Warum gibt es kein einziges Musical über die Freundschaft? Musicalmenschen, die in der Schlussnummer hysterisch lächelnd über die Bühne tanzen, während Ballons und Schneeflocken vom Dach herunterschweben, weil sie endlich einen richtigen Freund gefunden haben! Ihr solltet mal sehen, was diese Freunde mit mir gemacht haben. Wie war das, Mama? Du willst mich sehen? Moment, ich dreh mal schnell die Kamera um ... Hier bin ich! Das Kleid sieht doch super aus, oder? Das hab ich mir auf dem Markt in Arles gekauft. Ich weiß, es ist kurz, aber Einar findet, ich sollte alles zeigen, was ich habe. Zwei Beine sind offenbar eine super Sache. Nicht alle haben zwei Beine. Oder wenn sie zwei Beine haben, können sie sich nicht so bewegen, wie sie wollen. Aber ich kann mit meinen sogar tanzen! Ich tanze fast jeden Abend mit Einar. Hier zu Hause oder unten auf dem Marktplatz, jeden Freitagabend. Was? Nein, nein, ich wohne nicht in einem Schloss, was ihr da hinter mir seht, ist das Kloster. Ich habe einen eigenen Turm zum Schlafen, mit Ausblick in alle vier Himmelsrichtungen und mit einer schusseligen Kirchenglocke nebendran. Die schlägt und gibt Töne von sich, wie es ihr gerade in den Sinn kommt, was mir hervorragend passt. Und ihr solltet mal den Klostergarten sehen, jetzt, wo der Sommer kommt, er sieht aus, als wäre er gerade in die Pubertät gekommen. Möpse, Nasen und Beine wollen einfach nicht aufhören zu wachsen, überall Unmengen von Haaren, Hormone auf Speed und alles wächst auf einmal, ihr wisst schon: Peng – Aprikosen, peng – Feigen, peng – Kirschen, der ganze Rosengarten – pengbumm, voll aufgeblüht! Wir könnten hier auch einen Tarmo gebrauchen.«

»Agneta, bist du noch dran?!«

Meine Mutter klopft aufs Display, während sie gleichzeitig zu meinem Vater sagt:

»Hat sich das Bild jetzt aufgehängt oder wie man das nennt? Sie bewegt sich nicht. Du musst mal unsere Netzwerkverbindung prüfen.«

Die sonnenverbrannte Nase meiner Mutter nähert sich dem Display, ihre Nasenflügel flattern irritiert, und ich winke den beiden zu.

»Ich hab mich nicht aufgehängt, ich bin immer noch hier. Hallo!«

Die Miene meiner Mutter hellt sich auf.

»Also, ich hab gerade erzählt, dass ... Aber hoppla, da ist er ja schon!«

Die Kamera wird erneut erschüttert, dreht sich ein paar Mal im Kreis und jetzt blicke ich direkt auf einen Männerschritt in Arbeitshose.

»TERE TARMO, TERE!«, deklamiert meine Mutter übertrieben laut und deutlich.

Mir flüstert sie vertraulich zu:

»Tere heißt Hallo auf Estnisch, Agneta.«

Jetzt hebt sie die Stimme wieder, es ist, als würde ein hysterisches Kind am Lautstärkeregler sitzen.

»This is Tarmo! He will talk garden with Papa now, so we say goodbye. Tarmo, you like the cava? It is bubbles in the wine, you see, and ...«

Klick.

Dann sind sie weg – meine Mutter, mein Vater und Tarmo. Ich lege Einars Handy auf den gefleckten Marmortisch.

Das Handy hat Einar von Paul bekommen, damit sie miteinander facetimen können. Und das tun sie auch, obwohl es ein bisschen anstrengend für Einar ist, zu durchschauen, wie das alles zusammenhängt. Ist Paul hier oder dort oder einfach bloß in seiner Phantasie? Ist das meine Demenz oder ist das jetzt Facetime? Auch für einen geistig völlig gesunden Menschen ist das nicht so leicht zu verstehen. Aber meistens rufen mich meine Eltern auf diesem Telefon an, um mir von den neuen Ladestationen ihrer Nachbarn zu erzählen, davon, wie wahnsinnig spannend es neulich wieder beim Bridge war, oder um zu bestätigen, dass sie noch leben, und mir die heckenscherengestreichelten Hecken ihrer Nachbarn zu zeigen.

Wenn sie mich mal nach meinem Garten gefragt hätten, dann hätte ich ihnen gezeigt, was ich jetzt sehe. Die Sonne geht gerade unter. Es brennt geradezu zwischen den Obstbäumen hinten neben der Klostermauer. Der Himmel ist ganz rosa. Ich sitze auf einem der schiefen Caféstühle im Hinterhof und lasse meinen Blick über den Klostergarten streifen. Nein, ich bin kein Tarmo voller Energie, ich bin eine Agneta voller Liebe. Liebe mäht keinen Rasen. Liebe bewirkt, dass Rasen zu Wiese wird. Ich weiß ja nicht mal, wie die ganzen Blumen heißen, die hier gewachsen sind, aber es sind auf jeden Fall viele. Der Rosengarten ist so unbändig verwildert, dass er anfängt, über die Obstbäume zu wuchern und ...

»BRÜÜÜÜLL!«

Aha, ist es mal wieder so weit. Dasselbe Lied jeden Abend in der Dämmerung.

»MuuuÄÄÄÄ!«

Ich greife nach dem Gartenschlauch, der aufgerollt an der Wand hängt, ziehe Meter um Meter heraus und drehe das Wasser auf. Jeden Morgen und jeden Abend. Obwohl es erst Juni ist, hat die Hitze schon losgelegt. Wenn ich ein paar Tage nicht gieße, fängt alles sofort an zu welken.

»BRÜÜÜÜLL!«

»Bist du das, Agneta?«

Einar macht die Fensterläden seines Schlafzimmers auf und schaut verschlafen heraus.

»Äääh, nein ... Das sind die Kühe.«

»Kühe? Hier?«

»Nein, drüben bei den Dumonts.«

»Bei den Dumonts?«

»Die Familie mit den ganzen Kühen und Stieren, du weißt schon. Diese Kampfstiere, die du immer anfeuerst.«

Einar starrt mit nach innen gerichtetem Blick über den Klostergarten. Da dröhnt erneut das Muhen durch Saint Carelle.

»MUUUÖÖÖ!«

Da scheinen seine Sinne wieder zu funktionieren, und er muss lachen.

»Jetzt geht es ihr gut, das hört man. Ach, Kuh bei den Dumonts müsste man sein. Jede Nacht von einem dieser eleganten Stiere bestiegen werden, noch dazu im Freien. Nichts ist so wunderschön, wie von einem Stier unter freiem Himmel bestiegen zu werden. Hast du schon gefrühstückt?«

»Ja, vor zwölf Stunden. Aber wir essen bald zu Abend. Hast du Hunger?«

»Ja. Auf Stier.«

Einar seufzt sehnsuchtsvoll zu den Dumonts hinüber. Da klingelt das Handy wieder. Meine Mutter ist wieder auf Facetime. Ich gehe ran, und meine Mutter spricht im Flüsterton, während sie mit den leeren Weingläsern auf einem Tablett zum Haus zurückgeht. Das Handy liegt auch auf dem Tablett, ich sehe ihren schweren Busen unter dem türkisen Oberteil wogen.

»Agneta. Ich hab noch was vergessen.«

Jetzt kommt's. Jetzt passiert's! Jetzt fragt sie mich, wie es mir ...

»Papa und ich haben uns unterhalten, wir finden, dass es langsam Zeit wird, dass du wieder nach Hause kommst. Jetzt hast du dich ein bisschen amüsiert und jetzt ist deine Vierzigjahrekrise auch durch und … ROLAND?! Du kannst doch diese Schalen nicht in die Spülmaschine stellen!«

»Mama, ich bin nicht vierzig. Ich bin fünfzig. Und ich habe keine Krise. Es geht mir besser denn je.«

»Ich könnte deinen Vater manchmal auf den Mond schießen! Wie oft hab ich ihm schon gesagt, dass die Goldkanten an diesen Schalen in der Geschirrspülmaschine abgehen? Man muss doch aufpassen auf die Goldkanten.«

»Alles um mich herum hat gerade Goldkanten. Und ich passe so gut auf diese Goldkanten auf, du wärst stolz auf mich. Hier wird nichts in der Spülmaschine abgewaschen.«

Jetzt hat meine Mutter das Handy auf die Arbeitsbank gelegt und ich schaue direkt an die Decke, während ich höre, wie sie die Schalen mit der Hand abwäscht und laut weiterredet.

»Wie auch immer, es gibt da so eine Redensart. Man sollte nicht mehr abbeißen, als man kauen kann.«

»Schlucken.«

»Du bist Schwedin, Agneta. Du bist keine Französin, auch wenn du es zu glauben scheinst. Das Ganze wird langsam albern. Vielleicht verpasst du das beste Stück, weil du es nicht kauen kannst. Magnus, das Haus, eure Kinder und deinen Job. Darauf musst du doch achtgeben. Ist das denn so schrecklich, was Papa und ich hier zu Hause haben? Wir sind glücklich damit, und das kannst du auch werden, wenn du nur … Roland! ROOOLAAA…«

Ich glaube, jetzt »hänge« ich mich grade auf. Danke, Mama, für diese perfekte Art, ohne ein Wort ein Facetime-Gespräch zu beenden. Ich sitze ganz still mit offenem Mund da. Meine

Mutter starrt mich an und tippt mit den Fingern auf sämtliche Knöpfe, die sie finden kann.
»Mist, jetzt hat sie sich schon wieder aufgehängt.«
Klick.
Meine Mutter hat aufgelegt.
»BRÜÜÜÜLL!«
Und wieder wurde eine Dumont'sche Kuh bestiegen.

2.

Barry und Judy streichen mir um die Beine, miauen und jaulen fast vor Eifer, während ich in der engen, überhitzten Küche stehe und frische Fische unter Salzhaufen begrabe. Nein, das ist nicht gewöhnlich. Es ist auch nicht gewöhnlich, dass ein alter Liebhaber von Einar mit sechs Kilo Salz statt Blumen als Mitbringsel auftaucht. Salz, das er an einem Ort namens Äggmårt gestohlen hat, was überhaupt nicht gut klingt. Es klingt eher nach etwas, was mit Harry Potter zu tun hat, wie »Er-dessen-Name-nicht-genannt-werden-darf«. Voldemort, einfach gesagt. Bei Voldemort möchte man kein Salz holen. Aber anscheinend buchstabiert man Äggmårt so: »Aigues-Mortes« – und im Handumdrehen wird das Salz ganz wunderbar.

Was fängt man also mit sechs Kilo Salz an? Na ja, man backt Fisch darin. Füllt Forellen mit Kräutern (hör ich mich nicht an wie eine Frau von Welt?), legt sie auf ein Blech und backt sie in Salzhaufen, mit etwas geschlagenem Eiweiß und ein paar Spritzern Wasser aus der Blumenspritze dazu, und dann ab damit in den Ofen.

So. Jetzt haben sich die Katzen auch beruhigt. Ihre Zuneigung ist wirklich sehr unbeständig.

»Wisst ihr was, meine lieben kleinen Katzen? Mich täuscht ihr nicht. Ich hab irgendwo gelesen, dass ihr anfangt, an euren Herrchen und Frauchen zu knabbern, sobald sie nach ihrem Tod abgekühlt sind. Auch manche Hunde fressen ihre alten

Besitzer, aber die warten länger als ihr. Ihr Katzen, ihr mampft einfach sofort los. *Frauchen ist tot – sie kann uns nicht mehr streicheln oder füttern, sie ist völlig nutzlos! Komm, wir essen sie auf.* Ihr seid süß, aber mich täuscht ihr nicht mit eurem Geschmeichel.«

Barry und Judy funkeln mich wütend an. Fast glaube ich, dass sie mich bei lebendigem Leibe auffressen wollen. Aber dann überlegen sie es sich doch anders, werfen ein paar Blicke zum Ofen, in dem der Fisch eingesperrt ist, und stolzieren davon. Ich nehme mein Weinglas, gehe aus der dampfigen Küche und setze mich an das Bronzetischchen im verrauchten Esszimmer. Wenn meine Mutter und mein Vater mich noch einmal anrufen und entsetzt ausrufen würden: »Aber geliebtes Kind, wir haben ja nur von uns selbst und Tarmo geschwafelt und dabei ganz vergessen, zu fragen, wie es dir geht. *Wie geht es dir?* Erzähl, wir wollen alles hören! Rutsch doch mal ein Stück, Roland, damit ich unsere Tochter sehen kann«, dann würde ich (nachdem ich mich vom ersten Schock erholt hätte) in etwa so antworten:

»Ich hab gerade mit den Katzen hier geredet. Apropos Tiere, ist doch komisch, dass man immer nur bei Tieren davon spricht, dass sie sich häuten oder ihr Gefieder wechseln. Erwachsene Schlangen zum Beispiel, die häuten sich zu bestimmten Zeiten in ihrem Leben. Die alte Haut ist ihnen dann zu eng geworden, und genau so war es auch bei mir: Meine Haut war mir viel zu eng geworden. Oder Vögel, die sich mausern. Zerschlissene Federn, die nicht mehr funktionieren, werden abgeworfen und gegen ein anständiges Gefieder mit ordentlicher Funktion ausgetauscht. Meine betagten Flügel hatten ihre Funktion völlig eingestellt. Ja, ich bin ein Mensch, und ich habe mich sowohl gehäutet als auch gemausert. Und nicht nur Haut und Federn habe ich abgestreift, ich habe auch mein Zuhause gewechselt! Und jetzt sitze ich hier in meiner ganz neuen weichen Haut mit den frischen Federn in einer französischen Küche, in der ich mich zurechtfinde wie in meiner eigenen. Man könnte sagen, dass meine Kochkunst sich auch gemausert hat. Meine ganze Existenz hat sich quasi gehäutet.«

»Wer hat sich gehäutet?«

Einar betritt die Küche mit seinem zerknitterten Pyjama, Seidenschal und einer Zigarette. Nein, zwei Zigaretten. Eine schwelende in der Hand und eine unangesteckte zwischen den Lippen.

»Ich. Ich rede nur ein bisschen mit meinen Eltern.«

»Sind die hier oder dort?«

»Dort.«

»Schade. Es wäre lustig, sie kennenzulernen. Ist Paul schon da?«

»Paul ist in Täby.«

»In Täby?! Was will er dann in Schweden, noch dazu in einer Vorstadt von Stockholm?«

»Er wohnt da.«

»Aber warum denn, um Gottes willen?«

»Tja, da musst du Paul wohl selbst fragen.«

»Ein Kind kann doch nicht alleine wohnen! Nicht mal in Täby.«

»Er ist ungefähr sechzig Jahre alt.«

»Paul?«

Einar starrt mich an.

»Sicher?«

»Ja. Du bist über achtzig, und er ist sechzig.«

Einar nimmt einen Zug von der einen Zigarette, während er die andere im Aschenbecher auf dem Tisch ausdrückt.

»Dann kann er natürlich gerne in Täby wohnen.«

Der fast leere Salzeimer steht auf dem Tisch, und Einars Blick bleibt daran hängen.

»Was hast du mit dem Salz gemacht?«

Stolz zeige ich Richtung Küche und Ofen.

»Ich hab Fisch drin gebacken!«

»Du hast Fisch drin gebacken? In Salz aus Aigues-Mortes?«

»Du hast doch einen ganzen Eimer bekommen, ich dachte mir, dann müssen wir das wohl auch verbrauchen.«

»Weißt du, was so viel Salz wert ist?«

»Wie meinst du das – was es ›wert ist‹?«

»Salz aus Aigues-Mortes ist das aromatischste Salz der Welt. Ein paar Körnchen von diesem Salz erwecken dein Hähnchen zu neuem Leben. Oder verleihen deinem Salat ungeahnte Aromen. Oder deinem Kuchen genau die Salzigkeit, die er braucht. Das hier ist das Gold unter den Salzen. Nein, das ist der GOTT der Salze! So ein Eimer kostet wahrscheinlich sechstausend Kronen.«

»Sechstausend? Für Salz?«

»Das ist kein Salz, hab ich doch gerade gesagt, das ist *der Gott der Salze*. Wird wohl langsam Zeit, dass du dir die Ohren sauber machst, hm?«

Einar nimmt gereizt einen Lungenzug, während ich schlucke. Ich fühle mich überhaupt nicht mehr wie eine Frau von Welt, ich fühle mich wie Miss Äggmårt. Einar zieht seine Schlafanzughose hoch, schaut mich mit neuen munteren Augen an und klatscht munter in die Hände.

»So! Was gibt es heute zum Abendessen?«

»Diesen eingebackenen Fisch ...«

»Eingebacken? In was?«

»Im Sa ... ich meine: in Kräutern.«

»In Kräutern? Wie schön. Dann geh ich jetzt noch mal

kurz hoch ins Atelier. Ruf mich, wenn das Essen fertig ist.«
»Versprochen.«
Saved by Demenz.

KLOPF KLOPF KLOPF!
Es ist ungeheuerlich, wie fest dieses Salz sitzt. Mit dem Hammer schlage ich auf das steinharte Salz über dem Fisch, ich haue und dresche und verscheuche die neugierigen Katzen, und am Ende gibt der Gott der Salze nach. Im Kochbuch sah das so unglaublich leicht aus: einfach den Fisch in Salz legen, rein in den Ofen und dann vorsichtig die Salzkruste *abheben*. Abheben? Vorsichtig?! Wohl eher die Salzschicht grob mit dem Meißel behandeln und dann die Reste des Salzes wegreißen, die sich festgebissen haben. Aber dort, unter all dem Salz, ruhen zwei Fische mit Bäuchen voller Kräuter, und es duftet wirklich so gut, wie es das französische Kochbuch versprochen hat.

Eifrig springe ich runter in den Keller. Hier befinden sich in angenehmer Kühle nicht nur Einars und Armands Sammlung von leeren Champagnerflaschen, die Waschmaschine und alte Schaufensterpuppen, sondern auch fünf riesige Wäscheschränke. Jeder Schrank ist ein Abenteuer für sich. Gerade stehe ich vor dem nussbraunen mit den fleckigen Spiegeltüren.
»Aaaah, dieser Duft!«
Textilien, Holz und die Duftsäckchen, die Armand vor langer Zeit angefertigt hat. Seife aus Marseille, die er in Stücke geschnitten hat, in Stoffsäckchen gelegt, die er dann wiederum mit dünnen Stoffstreifen zugeschnürt und hier und da zwischen die Tischdecken geschoben hat. Und was für

Tischdecken! Tischdecken von Reisen durch die ganze Welt, Tischdecken von Verwandten, Tischdecken aus der Hölle, Tischdecken mit Zitronen, nackten Männern, Vögeln, versaute Tischdecken und religiöse. Wenn man jemals eine Tischdecke suchen sollte – hier wird man fündig. Jetzt hätte ich gerne eine Tischdecke mit Fischen drauf. Ich blättere die Tischdecken durch wie Schallplatten in einer alten Plattenkiste. Und siehe da! Ich wusste es! Blockdruck, hysterische Farben, Fische, die durchs Wasser schießen wie hungrige Haie. Nicht schön, aber – Fische! Mit einem leichten Duft nach Savon de Marseille.

Einar ist gar nicht im Atelier. Auch nicht im Schlafzimmer, in der Bibliothek oder im Bad. Er ist wie die Katzen – überall und nirgends. Sein Hirn funktioniert genauso. Hier in der einen Sekunde und in der nächsten in einer völlig anderen Welt, einer völlig anderen Zeit. Meistens ist er bei Armand oder Paul. Auf die eine oder andere Art. Ich weiß nicht, wie oft ich ihn auf einer Straße im Ort gefunden habe, auf dem Weg zu Paul. Oder er sitzt auf dem Beifahrersitz seines cremeweißen Opel und wartet darauf, dass Armand ihn zum Markt nach Arles chauffiert.

Aber oft ist Einar einfach nur verschwunden. Jedes Mal, wenn er verschwindet, wird mir ganz kalt, als wäre mit einem Schlag Winter in meinem Körper. Schneefall in meinen Venen, Minusgrade im Herzen, und ich bekomme einfach eine Heidenangst. Einar darf nicht verschwinden. Aber er tut es trotzdem. Sowohl sein Körper als auch sein Geist sind vollkommen unberechenbar.

Jetzt spüre ich, wie die Schneeflocken auf meine Haut fallen. Ich renne hinauf zu den Schlafzimmern im östlichen Teil des Klosters. Die Zimmer für die Gäste, Feste, Liebhaber und alle heiligen Momente. Das Leopardenzimmer? Leer. Der Sandsteinsaal? Leer. Das Ludwig-XIII-Zimmer? Ausgestopfte Tierköpfe mit schielenden Glasaugen, zwischen denen Spinnweben herabhängen. Und mitten im Zimmer das riesige Himmelbett mit den Jagdmotiven auf dem schweren Samtstoff. Aber keine Menschenseele weit und breit. Ich ziehe die Tür hinter mir zu.

Ein langes, hohes Bücherregal zieht sich im Flur am Zimmer von König Ludwig dem dreizehnten entlang, aber … Ich habe immer gedacht, dass sich dieses Regal bis ganz zur Hauswand erstreckt. Ich fahre mit der Hand über die Buchrücken, doch wo das Regal zu Ende ist – aus der Ferne unsichtbar hinter der Kante –, ist noch eine weitere Tür, schmaler und ziemlich unansehnlich. Ich greife nach der Klinke, aber die Tür scheint zu klemmen, als wäre sie verzogen. Ich stemme den Fuß gegen die Wand und ziehe noch einmal kräftig daran, sodass die Tür mit einem quietschenden Schrei nachgibt und aufgeht. Es kommt mir vor, als wäre nicht nur mir dieser Raum bis jetzt entgangen. Hier drinnen ist nichts von Einars und Armands Sorgfalt zu spüren. Dieses Zimmer gehört zu einer anderen Zeit.

In der Dunkelheit lassen sich drei schmale Eisenbettgestelle erahnen, und über jedem von ihnen hängt ein Kruzifix. Ein paar schlichte Stühle, ein Kleiderschrank und ein Nachttopf auf dem Boden. Die Betten sind säuberlich bezogen mit weißem Laken, flachen weißen Kissen und grauen Decken. Die Einfassungen der Kopfkissenbezüge sind gebügelt. Ich blicke auf den Wäscheschrank, in dem gebügelte Kleidungsstücke und zusammengefaltete Bettwäsche in ordentlichen Stapeln liegen. Haben die Nonnen hier geschlafen? In diesen kleinen Betten? Das Zimmer wurde auf jeden Fall seit ihrer Zeit nicht mehr geöffnet, denn es muss wirklich dringend gelüftet werden. Ich mache das Fenster auf, öffne die Fensterläden und lasse die Abendluft hereinziehen.

Die Sonne ist schon fast untergegangen, jetzt kommt das Licht nur noch von dem großen Kristalllüster, der an einem Ast unter dem höchsten Kastanienbaum hängt, und von den leuchtenden Laternen, die im Klostergarten verteilt sind. Es sind viele Laternen, in den Bäumen, um die Stämme herum, an den Hausecken, hinter den Büschen. Dramatische Schatten klettern über die Mauern.

Mein Blick bleibt am Küchenfenster hängen.

»Was zum …?! PFUI!«

Judy und Barry blicken nicht mal zu mir hoch, als ich ein paar Stockwerke schräg über ihnen mit den Armen wedle. Sie stehen einfach da, mitten auf dem Tisch, und vertilgen schmatzend den Äggmårt-Fisch. Ich rase aus dem Nonnenzimmer, die zahllosen schmalen Steinstufen hinunter, durch das rote Zimmer und zum Hinterausgang der verrauchten Bibliothek hinaus. Stolpere dabei über ein paar große Blumentöpfe, schaffe es gerade noch, dem Feigenbaum auszuweichen und …

Die Katzen sind weg. Stattdessen sitzt jetzt Einar am Tisch. Er hat immer noch seinen zerknitterten Schlafanzug an, gießt sich Wein ins Glas, als wäre nichts passiert und als würde er schon seit Stunden so dort sitzen, während die Katzen hinter ihm hervorlugen und versuchen, unschuldig auszusehen.

»Agneta, setz dich. Was für ein Abendessen, was für ein Abend!«

Einar! Er ist nicht weg, er ist hier! Die Schneeflocken schmelzen dahin. Aber dann sehe ich die Überreste vom Fischfest der Katzen.

»Aber das ganze Abendessen ist doch verdorben!«

»Verdorben? Wie kommst du denn darauf?«

Einar sieht aufrichtig ratlos aus, während ich mit den Armen auf das Bild der Zerstörung auf dem Tisch zeige.

»Die Katzen sind doch überall durchgetrampelt. Schau dir doch bloß das Tischtuch an! Voll mit Fisch und Salz, dabei wollte ich doch ...«

Einar zieht den Stuhl neben sich heraus und klopft aufmunternd auf die Sitzfläche. Gehorsam setze ich mich neben ihn, während Einar den Fisch sauber macht, mir Stücke auf den Teller legt und mich auffordert, einen Schluck Wein zu trinken. Was ich auch tue. Einen großen Schluck.

Einar lächelt mich sanft an.

»Zwischen verbessern und verderben ist gar kein so großer Unterschied, wie du denkst. Verführen ist auch nicht so weit weg davon. Und verteilen gehört auch zur selben Wortfamilie, könnte man sagen. Du hast die Katzen verführt, sie haben das Abendessen verteilt, und was für ein Glück, dass sie nicht alles verdorben haben, sondern uns ein bisschen was übrig gelassen haben, womit wir uns versorgen können. Wie schön, dass es uns vergönnt ist, so rücksichtsvolle Katzen zu haben, oder? Noch etwas Brot, meine Gute?«

Einar reicht mir den Korb mit den Baguettescheiben. Ich schiebe die Gedanken an Toxoplasmose, Vogelgrippe, Katzenkratzkrankheit und alle anderen furchtbaren Katzenparasiten beiseite, während ich das Brot in die Flüssigkeit tunke, die der Fisch abgegeben hat. Einar schüttelt eine Leinenserviette aus, legt sie mir auf den Schoß, schüttelt eine weitere aus und legt sie sich selbst auf den Schoß. Dann prostet er mir zu.

»Weißt du, mein Liebling, diese Fische und dieses Salz kommen aus dem Meer.«

»Ja.«

»Das Leben, unser kleines Leben in unseren kleinen Körpern, ist wie ein riesiges Meer. Soviel wir auch segeln, die Winde zu bestimmen versuchen und uns Schwimmwesten anziehen – das Meer hat immer das letzte Wort. Wenn es Sturm gibt, gibt es Sturm. Wenn Unterströmungen kommen, dann kommen Unterströmungen. Aber das Meer will uns nicht nur Böses in Form von Stürmen und anderen Scheußlichkeiten. Es schenkt uns auch kurze, erfrischende Bäder, wenn wir uns auf dem Rücken mit dem Gesicht zur Sonne, auf ihm treiben lassen und auf dem Wasser schaukeln und schaukeln. Es schenkt uns Hummer, dicke Fische, Salz und Austern, in denen manchmal sogar Perlen sind. Man muss sich nur ins Meer werfen und auf das Beste hoffen.«

»Schön, aber … was willst du mir eigentlich sagen?«

»Dass du nicht weinen musst, wenn die Katzen ein bisschen am Fisch knabbern und das Tischtuch zerknittern. Und dass das Abendessen nicht so geworden ist, wie du wolltest. War es denn nicht schön, dieses Essen zuzubereiten?«

»Doch, absolut. Es war wirklich spannend mit diesem ganzen Salz … ich meine, mit diesen ganzen Kräutern, und zu versuchen, mir zusammenzureimen, was in dem französischen Kochbuch steht.«

»Du hattest also Spaß beim Kochen?«

»Ob ich Spaß hatte? Na ja, doch, wahrscheinlich schon ein bisschen.«

»Dann ist doch nichts verloren. Weißt du, was ein Dul-Tson-Kyil-Khor ist?«

»Ein Fisch?«

»Nein, das ist Tibetisch und bedeutet so was wie ›Sandbilder aus gefärbtem Pulver‹.«

Es ist schon erstaunlich mit Einars Demenz. Er kann seinen Gedankengang mitten im Satz ändern. Innerhalb von drei Sekunden von Fisch zu tibetischen Sandbildern.

»Weißt du, die tibetischen Mönche können wochenlang dasitzen und unglaubliche Kunstwerke schaffen. Und wenn sie dann fertig sind, heben sie den Blick, betrachten ihr Kunstwerk und dann fahren sie mit der Hand über den Sand. Zack, in wenigen Sekunden ... ist alles weg.«

»Sie zerstören ihre eigenen Kunstwerke?«

»Nein, im Gegenteil. Das IST eben die Kunst. Die Kunst, zu verstehen, dass alles vergänglich ist. Und dass es dennoch jede Mühe wert ist. Weil es für einen Moment schön ist. Das Schöne bleibt, auch wenn es weg ist. Wie wenn man ein richtig gutes Abendessen gekocht hat, das im Nu aufgegessen wird. Oder wenn man eine Sandburg am Strand gebaut hat! Das dauert Stunden, man baut, man steckt gefundene Federn hinein, funktioniert Strandgut um zu einer Zugbrücke über Wallgräben, alles, während einem die Sonne warm auf den Rücken scheint. Dann kommt die Flut. Am nächsten Morgen ist die Burg verschwunden, mitsamt den Federn. Nichts ist mehr übrig. Aber es war ein schöner Tag und eine schöne Sandburg, und das Ganze bleibt in deinem Inneren erhalten.«

Okay, tut mir leid, da war jetzt doch nicht seine Demenz am Werk. Es lag an mir, dass ich nicht intelligent genug war, den Zusammenhang zu erkennen, bis Einar ihn mir im Prinzip auf die Nase gebunden hat.

»Ich weiß nicht, ob ich dir da zustimme.«

»Meinst du, dass sich die tibetischen Mönche irren?«

»Ich hasse es, dass alles zu Ende geht. Ich will keine Sandburgen bauen, wenn sie am nächsten Morgen wieder verschwunden sind.«

»Der Schmerz hat meistens ein Ende – findest du das nicht gut?«

»Doch, natürlich, aber alles Wunderschöne geht auch zu

Ende. Ich bekomme zum Beispiel eine Todesangst, wenn du mal wieder verschwunden bist.«

»Aber ich verschwinde doch nicht, oder? Es muss nur gerecht sein, verstehst du, mon amour? Du kannst dir das Meer nicht vorenthalten, nur weil du Angst vor den Stürmen hast. Denk an all das, was du verpasst. Stell dir vor, wir hätten es zum Beispiel nicht gewagt, uns ins Meer zu werfen!«

»Du und ich?«

»Ja. Alles, was wir haben, haben wir der Tatsache zu verdanken, dass wir keine Angst vor den Stürmen hatten. Dass wir keine Angst hatten, zu ertrinken. Mon cher. Quelle baignade!«

Einar tupft sich den Mund mit seiner Serviette ab und zeigt mit einer schwungvollen Bewegung seiner Arme über sein eigenes Paradies. Doch dann bleibt sein Blick an dem offenen Fenster im Obergeschoss hängen.

»Mais mon cher Armand ... Pourquoi la fenêtre est-elle ouverte? Dans la chambre des filles? Armand?«

»Ich bin Agneta. Ich verstehe kein Französisch.«

»Du verstehst kein *Schwedisch*, mein Lieber. Bist du jetzt völlig verrückt geworden?«

»Doch, allerdings verstehe ich Schwedisch. Aber du sprichst gerade Französisch.«

»Absurdité! Warum steht das Fenster des Mädchenzimmers offen?«

»Das Mädchenzimmer?«

Einar schaut mich an. Seine Augen, die gerade noch voller Eifer geleuchtet haben, als er vom Meer sprach, und dann noch mehr leuchteten, als er meinte, ich sei Armand ... Jetzt hat er einen suchenden Blick. Ich weiß nicht, wo er gerade ist, was er sieht. Wer ich bin. Oder wer diese Mädchen waren. Und er weiß es auch nicht.

Einar legt mir die Hand aufs Bein, fragt probehalber, als wolle er sich vergewissern, dass er richtig liegt:

»Bist du in deinem Zimmer gewesen? Das ist schon so lange her.«

»In meinem Zimmer?«

»Ja, das Fenster steht doch offen. Schau!«

Einar zeigt zum zweiten Stock hoch, wo das Fenster der »Mädchen« offen steht.

»Ich hab dich gesucht und bin zufällig an diesem Zimmer vorbeigekommen, aber es war schrecklich stickig da drin, deswegen hab ich ...«

»Bist du ... jetzt Bonnibelle?«

»Nein, ich bin Agneta.«

»Agneta?«

»Ja. Moi Agneta, toi Einar. Wir essen gerade den Fisch, den ich in Salz gebacken habe und den die Katzen angeknabbert haben. Du hast vom Meer gesprochen und von den Sandbildern, die die Mönche wieder zerstören.«

»Nicht zerstören. Sie opfern sie, damit wir das Schöne der Vergänglichkeit erkennen können.«

Ich spüre, wie in meinem Inneren die Schneeflocken fallen.

3.

»Bonjour, Madame de la Barre! Bonjour, Madame Cousin!«

Wenn ich über den Markt spaziere, begrüße ich wirklich absolut jeden, der mir über den Weg läuft. Dabei muss ich immer an diesen einen schwedischen Sänger denken und wie er sich zusammen mit dem Rest der schwedischen Bevölkerung in der Einsamkeit auf dem Land super wohl fühlt. Wo man seinen eigenen Schnaps brennen kann und in Ruhe Hering essen, wo der Zweifel schweigt und ein Ja »ja« heißt und ein Nein »nein«. Und wo es befreiend weit ist bis zum nächsten Haus.

Franzosen und Schweden sind sich unähnlich bis ins Letzte. Es gibt wahrscheinlich 127 französische Wörter, die auf irgendeine Art »Hallo« bedeuten, und diese 127 Wörter muss man die ganze Zeit benutzen (genauso wie wir Schweden mindestens 127 Arten kennen, uns vor oberflächlichen Bekannten zu verstecken, um lästigem Smalltalk zu entgehen. Wie gesagt, wir Schweden fühlen uns am wohlsten in der Einsamkeit auf dem Land, wo wir unseren Feind schon von Weitem erkennen können. Beziehungsweise unsere Bekannten). Wir Schweden sagen niemals unnötig Hallo.

Streift man indes durch die Gassen von Saint Carelle und sagt nicht Hallo, wenn man einem oberflächlichen Bekannten begegnet, ein Baguette kauft oder auf einen Hund trifft, stürzt die Stimmung jäh in den Keller. Und das dann auch noch auf

Französisch, was womöglich schlimmer ist als jede andere schlechte Stimmung.

Wie auch immer, von diesen 127 französischen Wörtern für Hallo kenne ich genau drei: bonjour, bonsoir und coucou. Ich benutze sie ständig, weil ich eine Todesangst vor schlechter Stimmung auf Französisch habe. Wie jetzt, an diesem frühen Mittwochmorgen. In Saint Carelle ist Markttag. Mittwochs wird Käse verkauft, Wurst und Gemüse zum Einlagern. Es gibt ebenso viele ältere Damen wie Käse auf dem Marktplatz. Wohnen in diesem Dorf denn nur ältere Damen, könnte ich mich fragen. Ja, größtenteils schon, könnte ich antworten.

Saint Carelle ist nicht Saint Tropez. Hier gibt es keine schicken Nachtclubs, Casinos oder Strandpromenaden mit riesigen Yachten, die man bestaunen kann. Hier gibt es nur eine enge Bar mit Plastikmöbeln, zwei Bäckereien, von denen die eine grottenschlecht ist, sowie einen Friseur, der nur Frisuren für ältere Damen schneiden kann. Wegen seines Kundenkreises. Natürlich gibt es hier auch Herren, aber die drängen sich nicht zwischen den Ständen auf dem Marktplatz. Die sitzen vielmehr auf den Terrassenmöbeln aus Plastik, rauchen, plaudern und trinken kleine Tassen starken Kaffee. Der kleine Marktplatz ist also voll mit Damen, die auf dem Gemüse herumdrücken, auf Würste deuten, über Käse diskutieren und überlegen, ob sie am Nachmittag zusammen zur Course Camarguaise fahren sollen. Die Franzosen haben einfach ein geniales Talent, absolut grässliche Dinge total schön klingen zu lassen. Wie die Course Camarguaise, bei der Stiere in einem alten Amphitheater halbtot gestresst werden, während das Publikum dazu jubelt.

»Bonjour, Madame Dupin! Bonjour, Madame Deland! Bonjour, Madame... Madame Le... Le...«

Herrgott, die schlechte französische Stimmung zeichnet sich schon am Horizont ab.

»Madame ... Madame Lenoir!«

Puh. Und alle antworten dasselbe:

»Bonjour, Madame Annjetá!«

Oui. Ich heiße mittlerweile Annjetá. Agneta wohnt immer noch in Sollentuna. Annjetá hingegen, die wohnt hier in Saint Carelle und kauft auf dem Markt Käse ein. Annjetá hat alle ihre alten Agneta-Kleidungsstücke weggeschmissen. Nicht eine einzige bequeme Jeans ist übrig geblieben. Kein Fleecepullover auf dieser Seite der Ostsee. Nicht eine einzige verwaschene Sloggi-Unterhose. Und meine praktischen BHs in Spülwassergrau haben Einar und ich zusammen mit dem Herbstlaub verbrannt. Annjetá besitzt jetzt vier Garnituren Unterwäsche von Bonnibelle. Ja, die muss sie jeden Abend von Hand auswaschen, mit einem speziellen Seidenwaschmittel. Aber wenn man in seinem Turmzimmer steht und schöne Unterwäsche mit Seidenwaschmittel bearbeitet, um sie dann auf der Leine über dem Waschbecken aufzuhängen (während gleichzeitig die Kühe in der Ferne auf der Weide muhen, wenn sie von ihren Stieren besprungen werden), ist das wie ein stilles Gebet der Dankbarkeit.

»Coucou, Annjetá, ma chérie!«

Bonnibelle ruft von Madame Martins Käsestand voller Ziegenkäse herüber. Lauter gleiche, runde Ziegenkäse in verschiedenen Reifestadien. Ein Ziegenkäse wird gelagert wie Menschen, könnte man sagen. Erst ist er weich, mild, weiß und völlig ungefährlich, um dann mit jedem Tag etwas aromatischer, voller und herausfordernder zu werden. Bevor der Käse komplett aufgibt, ist er knallgelb, hart wie Stein und hat ein so kräftiges Aroma, dass nur die Härtesten ihn essen können. Einar ist in dieser letzten Phase, sein Aroma ist so kräftig, dass es Berge versetzen kann. Bonnibelle ebenso. Ihre Aromen sind völlig unterschiedlich, aber sie sind intensiv und bitten niemanden um Verzeihung dafür. Bonnibelle steht dort mitten in ihrem Aroma und winkt mir zu, dass ich zu ihr rüberkommen soll.

Ich gehorche, wenn Bonnibelle winkt. Ich tue immer so, als würde ich alles verstehen, wenn sie mit mir spricht, was sie grundsätzlich auf Französisch tut. Auch heute hebt sie weder die Stimme, noch spricht sie pädagogisch langsam, nein, sie plappert einfach drauflos, wie der steinharte alte Käse, der sie ist. Wir geben uns Wangenküsschen. Ja! Ich bin so eine, die inzwischen Wangenküsschen gibt. Ich habe die Einsamkeit auf dem Lande hinter mir gelassen. Eine leichte Hand auf die Schulter des Gegenübers und drei Küsse in die Luft, genau neben die Wange, nie darauf.

Bonnibelle duftet wunderbar nach Lavendel, Talkumpuder und Föhnlotion. Sie zeigt mit ihren manikürten Fingern auf einen Käse nach dem anderen, wobei sie mit mir über irgendetwas redet, was wahrscheinlich mit Käse zu tun hat. Oder nein, vielleicht doch nicht. Sie sagt etwas von »petit enfant«, »fantastique« und »cette semaine«. Okay, ihre Enkelkinder kommen diese Woche zu Besuch. Drei kleine Pakete fallen mir in die Arme. Drei Pakete, von denen Bonnibelle zu meinen scheint, dass sie mich sehr glücklich machen werden, fast genauso glücklich, wie sie über ihre drei demnächst eintreffenden Enkelkinder ist.

Wir plaudern uns durch den Rest des Marktes. Weitere Pakete landen in meinem Arm, und ich sage bonjour, coucou, merci und versuche, nicht bonsoir zu sagen. Und ich bemühe mich, nicht zu auffällig auf die Dame hinter den Tomaten und den Zucchini zu starren. Dort steht die Frau von Jean. Sie ist ungefähr hundert Jahre alt. Ihr Mann Jean ist auch ungefähr hundert. Jetzt winkt sie uns zu. Wir gehen offenbar in ihre Richtung, denn Bonnibelle ist ein alter Ziegenkäse mit starkem Aroma, die sich vor nichts drückt. Sie kann mit der einen Hand einen erwartungsvollen Einar vor seinem Rendezvous mit Jean waschen, während sie mit der anderen Jeans Frau begrüßt. Oje, da wird vielleicht auf die Wangen geküsst und geplaudert, dann plaudern sie auch noch mit mir, es wird über Tomaten diskutiert, und vielleicht werden auch noch Feigen gekauft? Ich schaue die Frau an, die nicht nur »Jeans Frau« ist, sondern auch »die Frau von Einars Liebhaber«.

Der verheiratete Jean kommt jeden Donnerstag um zwölf Uhr zu Einar nach Hause, für eine Stunde Liebe machen. Das hält er jetzt schon seit vielen Jahren so. Sowohl Jean und Jeans Frau als auch Einar scheinen achselzuckend hinzunehmen, was an diesen Donnerstagen passiert. Ja, Einar war richtig gekränkt, als ich fragte, ob Jeans Frau von ihren erotischen Treffen wusste. »Herrgott noch mal, Agneta, jeder Mensch muss selbst die Verantwortung für seine Genussfreuden und seine Moral übernehmen!« Dann erklärte er mir und den Katzen lautstark, dass jeder »einen geheimen Garten haben sollte«. Die Katzen miauten zustimmend. Es sind sehr französische Katzen. Aber ich bin eine sehr schwedische Frau (obwohl ich aus der Einsamkeit auf dem Lande herausgerissen wurde), und ich musste mich zwangsweise mit diesem Heimlicher-Garten-Konzept auseinandersetzen. In gewisser Hinsicht verstehe ich es durchaus. Ein geistiger Garten, in dem man nach Lust und Laune anpflanzen, phantasieren und wild buddeln kann, ja, natürlich. Aber ein geheimer Garten, in dem man *in echt* anpflanzt, phantasiert und buddelt, mit echten Menschen und echten Gefühlen?

Während ich hier neben Jeans Frau stehe, bin ich mir nicht sicher, ob ich an dieses Konzept glauben soll. Aber was weiß ich? Jeden Donnerstag um zwölf geht auch sie irgendwohin. Keiner weiß, wohin. Vielleicht in ihren eigenen geheimen Garten.

»Annjetá?«

Bonnibelle stupst taktvoll meinen Arm an. Jeans Frau hat offenbar mehrfach »au revoir« gesagt, und adieu zu sagen, ist mindestens genauso wichtig, wie hallo zu sagen, und ich will keine schlechte Stimmung auf Französisch hervorrufen.

Bonnibelle winkt Jeans Frau zu.

»Au revoir, Thomasine!«

Thomasine heißt sie also. Sie hat einen eigenen Namen. Vielleicht auch einen eigenen geheimen Garten. Klingt irgendwie schon toll, so ein ganz eigener, geheimer Garten. Das Kloster und Einar sind mein geheimer Garten, auch wenn sie real sind. Sie sind wie eine unsichtbare Nabelschnur zu meiner seelischen Plazenta. Einar und das Kloster lassen Nährstoffe und Sauerstoff direkt in mich hineinströmen. Ohne sie würde ich wohl verschwinden wie eine Sandburg, wenn die Flut kommt. Auf einmal verschwunden. Ohne eine Spur zu hinterlassen. Zurück in die Unsichtbarkeit.

»Annjetá! Viens ici!«

Fabien steht rauchend vor seiner Bar, sein Hemd des Tages ist knallblau. Mit der einen Hand winkt er, während er mit der anderen einladend einen der orangen Stühle anhebt. Er will, dass ich rüberkomme. Denn hier in meinem geheimen Garten bin ich kein unsichtbares Unkraut, ich bin eine große, rote Rose.

4.

Wie sieht dein heimlicher Garten aus?

Ich schiebe mein Handy über den Tisch zu Fabien und hoffe, dass Google Translate die Übersetzung einigermaßen hinkriegt. Wir trinken beide einen Espresso in der Vormittagssonne. Der Markt auf dem Platz neben Fabiens Bar geht unbeeindruckt weiter, während sich die Sonne für den Tag auflädt. Man merkt jetzt schon, wie heiß es später werden wird. Aber noch ist es angenehm lau hier im Schatten. Im Schatten, geschützt vor der *Sonne*, meine ich. Und laue *Luft*, meine ich. Auf allen anderen Frequenzen ist es entweder heiß, lau oder kalt. Nie neutral. Fabien und ich hingegen trinken Kaffee, wir reden freundlich miteinander, wir helfen einander, wenn nötig, aber nie, wirklich niemals würden wir auch nur einen einzigen Schritt aus der Neutralität heraus tun. Als Schwedin habe ich eine Neigung zu lauer Neutralität, aber die Franzosen funktionieren nicht so. Fabien ist dennoch überraschend ehrgeizig bei der Bewahrung dieses neutralen Gefühls. Und dank Neutralitätspolitik und Bündnisfreiheit können wir einen Kaffee/Wein/Pastis trinken und uns per Google Translate unterhalten.

Fabien schüttet den letzten Kaffeerest in sich hinein und hackt mit gerunzelter Stirn eine Antwort mit seinen großen Fingern in sein Smartphone. Das Handy gleitet über den runden Tisch zurück.

Toter Garten. Du konntest sehen ihn. Von der Ruine!

Ich schaue vom Handy auf. Mit einem Grinsen zeigt Fabien auf die trockenen Platanen an der Hauswand. Er streckt sich nach hinten und drückt die Zigarette in einem der Blumentöpfe aus.
»Pauvre sans chance.«
Ich schüttle den Kopf.
»So hab ich das nicht gemeint. Warte! Attendre, wollte ich sagen.«
Mit einem freundlichen Lächeln korrigiert Fabien meine Aussprache.
»Attaandrö.«
Ich ahme ihn nach.
»Attaandrö.«
»Bien!«
Fabien applaudiert, während ich auf seinem Handy schreibe und es ihm dann vors Gesicht halte.

Nein, ich meine keinen gewöhnlichen Garten. Ich meine einen symbolischen. Einen Ort oder eine Person, bei der du du selbst sein kannst. Es kann auch ein imaginärer Ort sein! In dir drin!

Fabien liest. Schaut mich an. Liest erneut. Er schüttelt den Kopf, steht auf und bedient ein paar Herren, die nachgeschenkt bekommen wollen. Letzteres war vielleicht ein bisschen zu viel Herausforderung für Google Translate. Mit Google Translate muss man sprechen wie mit einem kleinen Kind. Deutlich und ohne kreative Ansprüche. Ich formuliere um.

Französisches Sprichwort:
»Einen geheimen Garten sollte jeder haben.«
Wo ist deiner?

Fabien gehört zu meinem geheimen Garten. Diese eine Nacht, die wir uns gegönnt haben, habe ich in meinem Garten vergraben. Und dort, in meinem geheimen Garten, kann unsere gemeinsame Nacht in Frieden ruhen. Keiner kann sie sehen, aber es kann sie mir auch keiner stehlen. Nicht mal Fabien und ich lugen dort hinein. Bei mir ist unsere Nacht in einem schönen, geheimen Garten vergraben, unter einem kristallklaren Sternenhimmel. Bei Fabien liegt sie vielleicht in diesem ausgetrockneten Blumentopf, in dem er gerade seine Zigarette ausgedrückt hat.

Ich war damals mit Magnus verheiratet und geriet in Panik. Ich geriet derart in Panik, dass ich an einem Abend ein ganzes Kloster mit Weihnachtsdeko versah. Ich geriet derart in Panik, dass ich Fabien nicht in die Augen schauen konnte. Ich konnte ihn überhaupt nicht sehen. Ich konnte ja nicht mal mich selbst sehen. Man könnte es so formulieren: Es wurde eine Beerdigung. Nieder mit dieser Nacht, ab unter die Erde, kein Grabstein, keine Totenklage – fertig. Jetzt bin ich geschieden, aber deswegen gräbt man ja keine Leichen wieder aus.

Moment mal – bin ich wirklich geschieden? Habe ich irgendwelche Papiere abgeschickt? Nein. Ich lebe einfach nur hier in meinem geheimen Garten und habe alles verdrängt, was Bürokratie betrifft, Scheidungspapiere, Kredite und … Oder doch, das mit dem Kredit weiß ich noch, weil Magnus mich irgendwann anrief und gereizt fragte, warum er die ganzen Kredite fürs Haus alleine zahlen soll. Ehrlicherweise muss ich zugeben, dass das nicht ganz gerecht ist. Aber noch mal ganz offen gesagt – ich habe einfach kein Geld. Nicht einen Pfennig. Ich arbeite für Käse und Logis. Das Kloster scheint nicht so viel zu kosten. Aber wir haben kein Geld übrig für irgendetwas anderes als Käse, Wein, ein bisschen Gemüse und Baguette. Bei Fabien ist alles kostenlos, Bonnibelle spendiert mir die Unterwäsche, und als Magnus anrief und mir die Ohren vollheulte wegen unserer Hauskredite, wegen der steigenden Zinsen und weil »es auch noch ein Morgen geben wird«, endete das Gespräch wie immer mit einer kleinen Belehrung darüber, dass ich endlich aufhören solle, mich wie ein Teenager zu benehmen. Aber ich lebe ja überhaupt nicht wie ein Teenager. Ich lebe wie ein schrecklich alter Mensch. Ich lebe wie Einar! Einar vergisst auch alles, was sich Baukredit und Scheidungspapiere nennt. Er erinnert sich nur ans Tanzen, ans Essen und an die Rendezvous mit seinen Liebhabern. Genauso wie ich. Außer dem Detail mit den Liebhabern.

»Bon!«

Fabien kommt wieder an meinen Tisch und greift sich sein Handy. Er liest im Stehen, was ich geschrieben habe. Fabien sind noch mehr Haare gewachsen, seit ich ihn zum ersten Mal sah. Das von grauen Fäden durchzogene, lockige Haar wuchert wild an den Seiten, ist auf seiner Stirn aber immer noch genauso dünn. Ganz zu schweigen von seiner Brustbehaarung, die aus dem aufgeknöpften Hemd quillt, das sich über seinem Bauch spannt. Fabien legt das Handy auf den Tisch und zwinkert einem neuen Gast beruhigend zu, der gerne bestellen will.

Meiner ist geheim. Sonst nicht geheim! Du zu schwedisch.

Ich lese und schaue ihn fragend an.

»Zu schwedisch? Comment?«

Fabien schreibt, ändert, schreibt erneut. Dann hält er mir das Handy hin.

Wir fragen hier nicht. Privat ist privat! Geheim ist geheim! Du ein Vogel mit den Fragen.

Ein Vogel mit den Fragen. Gott, wie ich diese Google-Translate-Poesie liebe! Was für ein Genie ist das bloß, das wie ein unsichtbarer Gott dasitzt und in alle Sprachen der Welt übersetzt? Wenn man in Google Translate blickt, starrt man ins Universum. So schön, so riesengroß, zu groß, um es verstehen zu können.

Der Korb ist inzwischen vollgepackt mit Käsepaketen, ein paar Tomaten, einigen fast rosa Zwiebeln und einem riesigen lilagrünen Salatkopf. Die Hitze macht jetzt wirklich ernst. Ich gehe auf der Schattenseite durch die Gassen, höre, wie es aus den Häusern heraus scheppert, wenn Menschen sich mit ihren vormittäglichen Tätigkeiten beschäftigen, während ich in die Rue Saint Denis einbiege. Schutz vor den starken Sonnenstrahlen bieten mir die Zweige der Bäume, die sich vom Klostergarten bis hinaus über die Straße erstrecken, um dann an der Hauswand gegenüber weiterzuklettern. Diesen kleinen Abschnitt der Gasse liebe ich. Eine geheime Lichtung im geheimen Garten. Die Klostermauer mit ihren abgenutzten Goldkreuzen und den steinernen Heiligenfiguren, die sich in dunklen Nischen auf der einen Seite verstecken, und die Häuser mit den von der Sonne gebleichten Fensterläden auf der anderen.

Vor dem Tor des Klosters gehen drei Männer auf und ab. Sie haben jeweils einen Aktenkoffer, einen Rollkoffer der robusteren Sorte und ordentlich zugeknöpfte Hemden. Einer von ihnen trägt sogar eine Krawatte, während der dritte, wie ich jetzt erst im Näherkommen sehe, einen Werkzeugkoffer in der Hand hat und eine Arbeitshose mit tausend Taschen trägt. Sie schauen sich um, spähen durch eine Lücke im Tor und klopfen an die separate Tür ein Stückchen weiter weg. Eindeutig zwei Bürohengste und ein Handwerker. Judy und Barry schleichen auf der Mauer auf und ab wie zwei misstrauische Wachlöwen. Ich bleibe vor den Herren stehen und ziehe den kleineren Schlüssel für die separate Tür aus der Tasche.

»Bonjour madame, voulez-vous …«

»Bonjour, and I'm sorry, I only speak English.«

Die Bürohengste tauschen einen Blick. Der mit der Krawatte räuspert sich.

»Bien, we today have un meeting réservé, it is for … for the …«

Der Mann mit der Krawatte sagt eine Menge Wörter, die ich nicht verstehe. Der Mann ohne Krawatte fällt ihm ins Wort.

»Et pour le …«

Jetzt sagt der Mann ohne Krawatte eine Menge anderer Wörter, die ich nicht verstehe. Dann übernimmt wieder die Krawatte.

»It is très important that we can …«

Sie holen verschiedene Kataloge hervor, Papiere, ein paar Bescheinigungen mit Stempeln, Ausweise, es wird auf verschiedene stornierte Daten seit 2018 gezeigt (fast schon geklopft). Zweifellos haben sie schon vorher versucht, mit ihren Rollkoffern hier reinzukommen. Okay, und jetzt fängt der Bürohengst ohne Krawatte auch noch an, die Kartons in seinem Rollkoffer aufzumachen. Der Handwerker lehnt ganz ruhig an der Mauer und schaut sich – seiner Meinung nach –

lustige Youtube-Clips bei voll aufgedrehter Lautstärke an. Ich mustere die drei. Das sind keine Betrüger. Eindeutig kommen sie von irgendeinem Amt, irgendwas soll hier wohl ausgetauscht werden. Sie haben einen Termin ausgemacht, der Handwerker schaut sich zur Verzweiflung der beiden Bürohengste Youtube-Videos an, statt Sachen aufzubohren, und sie haben schon lange hier draußen gewartet. Immer wieder tippen sie auf ihre Uhren, und sogar ich spüre es, wenn die Geduld von Menschen zu Ende geht. Demnächst drehen sie durch.

Also schließe ich ihnen auf und bitte sie ins Haus. Ich habe noch nie drei große Männer so schnell durch eine so kleine Tür kommen sehen. Drei Sekunden später sind sie weg. Sie sind in die Katakomben des Klosters verschwunden. Ich gehe hinein, um ein spätes Frühstück für Einar zu machen, während die Katzen von der Mauer herunterfauchen.

5.

Im Schatten des riesigen Kastanienbaums decke ich den Tisch fürs Frühstück: Bonnibelles selbst gemachte Aprikosenmarmelade, die Butter unter der silbernen Glocke, den Kaffee in der silbernen Kanne, die aufgebackenen Baguettereste vom Vortag, einen Käse, der so kräftig ist, dass sich einem die Zehennägel kräuseln, und zwei dünne Porzellantassen mit Leopardenmuster auf ihren Untertassen. Dann gehe ich über die Wiese zum Feigenbaum und greife nach oben. Die gelben Feigen sind süßer als Zucker und haben innen eine ganz dunkle Purpurfarbe. Ich pflücke drei Früchte, schneide sie auf und lege sie neben den Käse. Einar sitzt in der Hocke neben der Hintertür, mit Sandalen, knallroter Seidenhose und nacktem Oberkörper. Er schmust mit den Katzen, die sich zu seinen Füßen räkeln, schnurren und wohlig strecken.

»Einar, Frühstück!«

Einar hält sich an einem der Marmortische fest und zieht sich hoch. Er reckt sich zur Sonne und lächelt breit. Heute ist ein guter Tag. Nicht alle Tage sind gut, aber jetzt gerade strahlt er. Langsam kommt Einar zum Frühstückstisch, zum Kastanienbaum und zu mir. Da tönt ein grelles Klingeln durch den ganzen Garten. Hektisch klopft Einar seinen ganzen Körper ab, um nachzufühlen, wo sein Handy steckt. Es klingelt erneut, und Einar sucht, bis er zum Schluss das Telefon unter dem Futter seiner Seidenhose findet. So steht er da, mit dem Telefon in der Hand, aber das laute Klingeln ist inzwischen verstummt.

»Das ist doch unmöglich. Erst muss man es finden und dann wissen, wo man draufdrücken muss. Warum kann man nicht einfach auf einem normalen Telefon anrufen? Da weiß man genau, wo man ist, und man muss nur einen Hörer abnehmen, um sprechen zu können.«

Einar reicht mir sein Handy. Ein verpasster Anruf von Paul. Ich rufe zurück und lehne das Handy ans Marmeladenglas. Paul erscheint auf dem Display. Er sitzt an seinem kahlen Schreibtisch in seinem ordentlichen Arbeitszimmer in seiner gut geputzten Drei-Zimmer-Wohnung in Täby. Er ist frisch rasiert und trägt perfekt gebügelte Sachen an diesem Hochsommertag.

Ich winke Einar heran.

»Komm! Hier ist Paul!«

»Hier wie in ›hier‹? Oder hier wie in ›da‹?«

»Hier wie in hier und da wie in Täby, aber hier auf dem Handy.«

Einar lässt sich auf seinen Stuhl fallen und nimmt das Handy in die Hand, gibt Pauls kleinem Gesicht auf dem Display einen Kuss und stellt ihn ganz verschmiert wieder ans Marmeladenglas.

»Mein Prinz! Mein wunderschöner Märchensohn! Bist du glücklich?«

Paul lächelt peinlich berührt.

»Glücklich ist vielleicht ein bisschen zu dick aufgetragen, aber es geht mir gut. Wenn du das gemeint hast.«

»Nein, nein, Paul, mein Prinz, ich rede nicht von gutgehen, ich rede von Glück! Bist du glücklich?«

Paul windet sich verlegen, und ich werde wieder daran erinnert, wie ähnlich sich die beiden sehen. Mit ihren schlaksiglangen Körpern, die auf natürliche Art muskulös sind. Keiner von den beiden macht jeden Morgen fünfzig Liegestütze, aber sie sehen so aus. Aber während Einar sich in Kaftane hüllt und mit funkelnden Augen auf das Handy blickt, sitzt der blasse Paul da eingeklemmt zwischen Ordnern in seinem gebügelten Hemd mit Pullover darüber und hat die Hände auf den Schreibtisch gelegt. Obwohl wir gerade Hochsommer haben.

»Ich weiß nicht so recht, wie ich auf diese Frage antworten soll.«

Einar zeigt auf die Reihen von Büromaterialien hinter Pauls Rücken.

»Sind diese ganzen Ordner da harmlos?«

Paul dreht sich um und schaut auf die nach Farben geordneten Ordner, die die ganze Wand bedecken.

»Ob die harmlos sind? Na ja, so könnte man es vielleicht formulieren.«

»Hab ich auch einen Ordner?«

»Selbstverständlich. Du hast sogar drei.«

»In welchen Farben?«

»Rot.«

»Die Farbe der Liebe. Du hast die Farbe der Liebe für deinen Vater ausgesucht. Hast du das gehört, Agneta?«

»Das war nicht wirklich der Grund. Ich habe nämlich blaue Ordner für meine Mandanten, grüne für …«

»Und rote für deinen Vater! Was machst du eigentlich mit diesen ganzen Ordnern? Gehören die alle dir?«

»Ich bin Wirtschaftsprüfer, wie du weißt. Und dazu braucht man Ordner.«

»Was steht in meinem Ordner?«

»Bonnibelle hat sich Sorgen um deine Finanzen gemacht und dachte, ich sollte sie mir mal anschauen. Dann sind da noch ein paar Kopien von Kaufverträgen, die Steuer …«

»Ich bin dir ja dankbar und so, aber weißt du, du musst dich nicht um mich kümmern. Ich bin so viele Jahre alleine zurechtgekommen, da komm ich jetzt auch noch zurecht, bis es Zeit ist, mich zu begraben. Wie ist das Wetter in Marseille?«

»Marseille? Ich bin hier in Täby. Und wir haben schönes Wetter.«

»Täby? Ach ja, stimmt. Paul ist in Täby, Armand in Marseille. Meine Liebsten sind überall, bloß nicht hier.«

»Ich habe bald Urlaub, und dann komme ich ein paar Wochen zu dir runter. Vielleicht brauchst du ja Hilfe bei irgendwas?«

»Hilfe? Nein, nein, ich brauch keine Hilfe. Was ich brauche, ist, dass du und ich zusammensitzen, gut essen, gut trinken und laut lachen. Das ist das Einzige, was ich brauche. Kommst du heute?«

»Nein, leider nicht.«

»Schade, heute ist so ein schöner Tag. Warte mal kurz … Jetzt ist das Fenster vom Mädchenzimmer wieder zu, stand das nicht neulich Abend offen?«

Einar zeigt auf die geschlossenen Fensterläden im zweiten Stock an der Klosterfassade.

Paul kommt bei diesen abrupten Themenwechseln nicht so richtig mit.

»Was für Mädchen?«

»Die Mädchen sind die Mädchen! Warum sind die Fenster da jetzt zu?«

Einar schaut mich streng an, und ich versuche, es ihm zu erklären.

»Ich hab die Läden zugemacht, weil ich dachte, dass sie nicht den ganzen Tag offen stehen sollten.«

Klopf, klopf, klopf!

Einar horcht auf.

»Was war das?«

Klopf, klopf, klopf!

»Da waren so ein paar Bürohengste, die irgendwas im Keller machen wollten. Sie haben offenbar schon vorher versucht, vorbeizukommen, aber aus irgendeinem Grund ist da wohl was schiefgelaufen. Aber jetzt reden wir weiter mit Paul, ja?«

»Bürohengste?«

»Ja, es schien, als ob sie irgendwas installieren wollten. Sie hatten Apparate dabei und einen Handwerker.«

BSSSS.

Jetzt hört man, wie gebohrt wird. Einar erstarrt und aus seinem Gesicht weicht jedes bisschen Farbe. Ich halte ihm eine Feige hin, aber er sieht es gar nicht. Paul versucht zu erfassen, was hier gerade vor sich geht, während Einar aufsteht und Miene macht, das Geräusch aufzuspüren.

»Haben die genauer gesagt, was sie da installieren wollen?«

»Das haben sie bestimmt. Sie haben nämlich furchtbar viel geredet, aber wie du weißt, versteh ich ja kein Französisch. Sie haben allerdings alle möglichen Papiere vorgezeigt, Diplome und Ausweise, also sind es keine Betrüger. Du kannst ganz beru…«

BSSSS.

Einar macht ein paar Schritte auf das ohrenbetäubende Bohrgeräusch zu.

»Sind sie im Keller?«

»Ich glaube, ja.«

»Wo ist mein Säbel?«

»Dein Säbel?! Was um Himmels willen willst du mit einem Säbel?«

Pauls Blick folgt uns besorgt, als Einar einen Stuhl umwirft und so schnell davonrennt, wie ein alter Mann eben rennen kann. Er dreht sich zu mir um und brüllt, dass der Speichel nur so spritzt:

»MEINEN SÄBEL! SOFORT!«

»Paul, wir hören uns später, ja?«

Ich schalte das Handy aus und renne Einar hinterher, überhole ihn, und dann stelle ich mich ihm mit hoch erhobenen Armen in den Weg.

»Einar. Ich weiß nicht, wo du gerade bist und was du mit einem Säbel willst, aber wir sind gerade im Garten zu Hause im Kloster, und alles ist in bester Ordnung.«

»Halt den Mund! Ich weiß sehr gut, wo ich bin. Und ich weiß genau, wer *die* da unten sind. Es ist vorbei, Agneta. Alles ist vorbei.«

Mein Gott, ich verstehe überhaupt nichts mehr. Aber eines weiß ich ganz sicher, nämlich, dass es in den nächsten paar Minuten ausarten wird, egal, ob wir diesen Säbel finden oder nicht.

Einar stolpert zur Hintertür der Bibliothek, ich versuche, ihn gleichzeitig zu stützen und aufzuhalten. Als wir drinnen sind, verlieren wir beide das Gleichgewicht und reißen einen ganzen Stapel Bücher mit, die mit einem dumpfen, staubigen Laut zu Boden fallen. Wie damals, als die Kinder klein waren und vor dem Kühlregal im Supermarkt durchdrehten, zeige ich auf eines der Bücher, *Bonjour tristesse*, in der Hoffnung, ihn so von seinem Anfall ablenken zu können. Einar kann furchtbar gut schnelle Kehrtwendungen vollziehen.

»Schau, das alte Buch da – das ist ja schon ewig lange her. Wollen wir das nicht mal wieder lesen?«

Einar steht auf und schaut mich an. Oder nein, er schaut mich nicht an, er schaut direkt durch mich hindurch, schneidet mit seinem Blick quasi in mich hinein.

»Red nie wieder so mit mir. Nie wieder.«

Dann hebt er zitternd das Bein, als wolle er versuchen, die Kellertür einzutreten, aber das Bein will ihm nicht gehorchen.

Mein Gehirn ist wie Einars Bein, es kommt nicht mehr hinterher. Haben wir nicht gerade noch unter dem Kastanienbaum gesessen und mit Paul geplaudert? Können wir nicht einfach damit weitermachen? Bevor der Kaffee kalt wird, Paul anfängt zu arbeiten, die Butter schmilzt und all die anderen kleinen Katastrophen eintreten, die sich …

Okay, jetzt reißt Einar die Kellertür mit beiden Händen auf und verschwindet mit erstaunlicher Geschwindigkeit über die enge Treppe nach unten. Ich ihm nach, mit Geheul. Ich erkenne meine eigene Stimme nicht wieder.

»Einar! EINAR! Warte, du kannst doch nicht einfach …«

»DOCH, DAS KANN ICH! Wir oder sie. WIR ODER SIE!«

Ich bin noch nie auf diesem Weg in den Keller gegangen. Es ist dunkel, doch Einar scheint kein Licht zu brauchen. Er weiß genau, wo er hinmuss. Besser gesagt, er schlägt alles beiseite, was ihm im Weg steht. Es ist eng, ich kann die Wände rechts und links fühlen, unsere Schritte sind gedämpft.

»Einar! Warte, ich seh nichts, ich kann nicht mehr atmen, es …«

Einar stößt eine weitere Tür auf. Hier ist es geräumiger, wir sind draußen in den Katakomben. Ich kann wieder atmen, aber ich sehe immer noch nichts. Das Hämmern klingt jetzt ganz nah, oder ist das nur mein Herzklopfen? Ich kann Einar nicht sehen, aber ich kann ihn hören. Er atmet laut, er keucht, und jetzt brüllt er auch noch. Du liebe Güte, das Ganze wird in einem völligen Desaster enden.

Man hört einen lauten Aufprall, Einar hat eine weitere Tür eingetreten, und jetzt dringt Licht herein. Ich blinzle. Und dann sehe ich in diesem Spalt zwei zu Tode verängstigte Büromenschen, einen Handwerker, der konzentriert auf Hochtouren bohrt, und Einar, der seine geballte Faust reckt.

6.

Ich glaube, ich bin noch nie so schnell gerannt. Ich habe auch noch nie so laut geschrien. Ich bin auf die Rue Saint Denis hinausgerannt und habe mit der Faust gegen Bonnibelles Tür gehämmert. Habe ich die Tür eingeschlagen? Keine Ahnung. Meine Knöchel sind auf jeden Fall ganz rot. Ich bin weitergerannt zum Marktplatz, wie in so einem Alptraum, wenn man furchtbar schnell irgendwo hinwill, aber einfach nicht vom Fleck kommt. Wenn man seine Brille verliert und alles nur noch verschwommen sieht, wenn die Beine einem nicht mehr gehorchen, wenn einem die Stimme versagt, wenn die Ohren nichts mehr hören – in genau so einem Zustand rannte ich zur Bar.

Ich weiß kaum noch, wie das passiert ist, aber Fabien ist jetzt auf jeden Fall bei mir und Bonnibelle ebenfalls. Wir stehen vor dem alten Käsezimmer des Klosters, in dem die Nonnen damals Käse herstellten. Jetzt ist es nur noch ein Kellerraum mit langen Tischen, scheppernden Milchkannen, Käseformen aus Keramik, Schöpflöffeln für die Molke ... und einem rasenden Einar.

Einem eingesperrten Einar. Er fuchtelte und fauchte, und als er dann noch die Bürohengste verächtlich anspuckte, da ... habe ich ihn einfach ins Käsezimmer geschubst. Er hämmerte und schrie dort drinnen, während ich die Tür von außen zuhielt und die Büromenschen eine staubige Kiste davorschoben. Dann war er eingeschlossen. Mein Einar. Ich setzte mich auf die Kiste, drückte den Rücken gegen die Tür, spürte sein Hämmern von drinnen und meine eigenen Tränen. Die Büromenschen sammelten mit zitternden Händen ihre Papiere zusammen, der Handwerker kontrollierte, ob die angebohrten Apparate saßen, wie sie sollten, und dann waren sie genauso schnell wieder weg, wie sie gekommen waren. Inzwischen war es furchtbar still hinter der Tür des Käsezimmers. In dem Moment rannte ich los, weil ich es nicht wagte, Einar alleine rauszulassen.

Jetzt stehe ich hier mit roten Fäusten, Fabien zieht die Kiste beiseite und Bonnibelle starrt auf die blinkenden neuen Apparate. Sie reden miteinander, schnell und natürlich auf Französisch. Bonnibelle geht näher an die Geräte heran, zieht sich die Strickjacke über die Schultern und schüttelt den Kopf.

»C'est fini.«

Ich kann nicht viel Französisch, aber ich weiß, was »fini« bedeutet. Zu Ende. Fabien wirft einen Blick auf die festgebohrten Dinger, und dann schüttelt auch er den Kopf. Resigniert. Schließlich öffnet er die Tür.

Einar liegt auf dem Rücken auf einem Tisch, blass und mit einer langen Schöpfkelle in der Hand. Wie eine halbnackte aufgebahrte Leiche mit roter Seidenhose, Sandalen und … Oh Gott, ist er wirklich eine Leiche?! Fabien legt ihm die Hand auf die Stirn – nein, Einar schläft nur. Ich höre Bonnibelles Schritte auf der Treppe, sie geht ein Stockwerk höher, während Fabien die Scherben der Krüge zusammensammelt, die Einar auf den Boden geschleudert hat. Ich kann mich nicht mehr auf den Beinen halten, also plumpse ich mehr oder weniger auf eine der Milchkannen. Mir zittern die Hände, und jetzt läuft mir auch noch die Nase.

»Entschuldige, Einar. Entschuldige! Aber du kannst den

Leuten doch nicht einfach ins Gesicht spucken und dich so verrückt aufführen. Ich dachte, du schlägst sie alle tot. Wie konnte ich dich nur schubsen ... Wie konnte ich nur? Und dich einschließen?! Einar ... Entschuldige. Ich weiß nicht, was ich machen ...«

Fabien legt mir seine große, weiche Hand auf die Schulter. Er zieht das Geschirrtuch unter seiner Schürze hervor und hält es mir hin. Es riecht nach Wein, Knoblauch und einem intensiven Weichspüler. Ich schnäuze mich, so leise ich kann.

Bonnibelle kommt wieder herein, mit einer weichen Decke und einem Kissen auf dem Arm. Vorsichtig schiebt sie Einar das Kissen unter den Kopf, nimmt ihm behutsam die Schöpfkelle aus der Hand und breitet die Decke über ihn. Warum habe ich nicht daran gedacht, eine Decke zu holen? Ich bin ein entsetzlicher Mensch. Ein entsetzlicher Mensch, der nicht nur jegliche Empathie verloren hat, sondern auch noch die Fähigkeit, sich zu bewegen. Nur der Schnodder läuft mir die ganze Zeit herunter – alles andere ist wie versteinert.

Bonnibelle zieht Einar die Sandalen aus und massiert ihm sanft die Füße.

Hier unten im Käsezimmer ist es kühl. Durch zwei halbmondförmige Fenster oben unter der Decke dringt ein wenig Licht herein. Davor wächst furchtbar viel Grün, wie ein Teppich vor den Fensterscheiben.

Fabien ist rausgegangen zu diesen neuen Geräten. Es knackst und piepst dort draußen. Er ruft Bonnibelle etwas zu, und sie ruft etwas zurück. Ich muss an die Nonnen denken, die hier vor hundert Jahren standen und Milch auf dem Holzofen kochten, die Käsemasse in all diese Keramikschalen gossen, die Schalen auf die langen Tische stellten und immer Käse essen konnten. Immer Käse essen zu können, ist auf jeden Fall eine Gnade. Wenn ich hier für mein Verbrechen lebenslänglich eingesperrt werde, kann ich ja anfangen, Käse zu machen.

»Annjetá!«

Fabien kommt zurück ins Käsezimmer und reicht mir sein Handy.

Die Katastrophe. Rettung ist nicht.

Mir zittern noch immer die Hände, aber ich schreibe.

Wo ist die Katastrophe?

Fabien wirft einen Blick zu Bonnibelle, die wiederum zu Einar schaut, der wiederum die Augen zu hat. Angesichts der Stimmung hier unten könnte man glauben, dass er tatsächlich tot ist. Es ist völlig klar, dass hier etwas gestorben ist. Ich bekomme das Handy zurück.

Einar wegziehen. Geld zu Ende. Keiner die Gelder hat. Adieu Kloster.

Ich lese es noch einmal, während Fabien eine andere Milchkanne heranzieht und sich draufsetzt. Er reibt sich mit den Händen immer wieder übers Gesicht. Seine Bartstoppeln machen dabei ein kratziges Geräusch. Ich versuche zu begreifen, wer hier welches Geld nicht mehr hat. Was nicht mehr zu retten ist. Ich zeige auf das Smartphone.

»Schreib, Fabien, du musst schreiben. Was ist passiert?«
»C'est fini.«
»C'est fini hin, c'est fini her. Comment ist fini?«
Ich ziehe das Handy zu mir. Ich schreibe.

WAS IST ZU ENDE?

Müde antwortet Fabien:

Das Märchen über Einar und das Kloster.

»Aber meine lieben Freunde, was ist denn das für eine düstere Stimmung? Wer ist gestorben? Doch nicht etwa ich?«
Die Leiche ist aufgewacht.

7.

Mit gesundem Appetit vertilgt Einar sein Frühstück unterm Kastanienbaum. Er trinkt vom kalten Kaffee, bestreicht sein Brot mit der geschmolzenen Butter, an der die Katzen schon geleckt haben, und drängt uns andere, ebenfalls zu kosten. Aber unser Appetit ist nicht besonders groß. Als würden wir alle dasselbe denken: Es ist wohl das Beste, wenn Einar sich satt essen kann, bevor wir es ihm erzählen. Aber was wir ihm erzählen werden, weiß ich nicht!

Ich habe das Gefühl, als hätte ich diesen Tisch in einer anderen Zeit gedeckt. Ich habe keine Demenz, die mich vor den Bildern eines rasenden Einar retten kann und der Spucke, die aus seinem Mund spritzte, als er mich anschrie. Und dass ich ihn geschubst habe. Und nicht nur geschubst – ich hab ihn auch noch eingesperrt.

Einar streckt mir ein Stück Baguette mit Butter, Aprikosenmarmelade und einer ordentlichen Scheibe starkem, sonnenwarmem Käse hin.

»Hier, meine Liebe. Iss!«

Folgsam nehme ich das Angebotene an und beiße ein Stück Brot ab. Einar wendet sein Gesicht in die Sonne und spricht weiter.

»Was für ein Tag. Hier sitzen zu dürfen, während die Sonne dort oben scheint und wir hier geschützt im Schatten der Bäume sitzen und unser … unser … wir genießen doch gerade unser Frühstück, oder?«

»Ja.«

Ich versuche zu schlucken. Es fällt mir schwer. Da legt Fabien den Arm um Einars Schultern und fragt ihn etwas. Einar schaut ihn fröhlich an.

»Ob ich mich erinnern kann? Natürlich. Wofür hältst du mich denn?«

Fabien zeigt auf mich.

»Soll ich es Agneta erklären?«, fragt Einar.

Fabien und Bonnibelle finden, ja.

»Aber wir sollen es doch keinem erzählen, oder?«

Bonnibelle wischt Einar mit einer Stoffserviette ein bisschen Marmelade vom Mundwinkel.

»En français, mon cher. Qu'est-ce que tu dis?«

»Ich frage mich, ob ich es Agneta wirklich erzählen soll?«

Jetzt mische ich mich ein.

»Du brauchst keine Geheimnisse vor mir zu haben. Wenn es eines gibt, was ich wirklich kann, dann ist es den Mund halten. Ich kann so gut den Mund halten, dass die Leute vergessen, dass ich überhaupt existiere. Ich habe tatsächlich fünfzig Jahre lang den Mund gehalten, also kannst du mir gerne dein Geheimnis anvertrauen.«

»Welches Geheimnis?«

»Da es ja ein Geheimnis ist, habe ich keine Ahnung, worum es sich handelt.«

»Quel secret?«, wendet sich Einar fragend an Bonnibelle und Fabien, die es ihm im Flüsterton zu erklären versuchen.

Doch Einar lächelt nur, streicht Fabien über die Wange und redet weiter mit mir.

»Weißt du, Agneta, dieser Mann ist ein Genie. Er ist nicht nur schön – er ist doch schön, oder nicht? Schau ihn dir doch mal an!«

Einar hält die Hände vor Fabien, als wolle er ein Meisterwerk präsentieren.

»Ein Einstein, ein da Vinci, ein Mozart – ein Fabien! Er kann nicht nur Essen kochen, die beliebteste Bar von Saint Carelle betreiben oder … Wir haben zwar nur eine Bar im Ort, aber die ist richtig beliebt! Alle gehen da hin. Das Studio 54 von Saint Carelle sozusagen. Fabien ist auch ein Meister, wenn es darum geht … wie sollen wir es nennen – kreative Lösungen? Des solutions créatives! Er hat mir vielleicht das Leben gerettet. Aber ganz sicher meine Finanzen!«

»Und wie hat er das gemacht?«

Einar nimmt einen Schluck kalten Kaffee und stellt dann das Butterfass für die Katzen auf den Boden, die sofort angerannt kommen, um ihre Arbeit zu Ende zu bringen und es ganz sauber zu lecken.

»Weißt du, was auf der ganzen Welt das Teuerste ist?«

»Diamanten? Schmutzige Scheidungen von Milliardären? Ich weiß es nicht.«

»Da könntest du recht haben. All diese Scheidungen von alten Ehefrauen, mit neuen Liebhaberinnen und Milliarden auf der Bank können grässlich teuer werden. Aber das Zweitteuerste? Nach den Scheidungen?«

»Ich hab keine Ahnung, Einar. Erzähl's mir bitte.«

»Strom. Und Wasser ist auch nicht umsonst. Aber vor allem der Strom, jedenfalls hier in Frankreich. Weißt du, was es kostet, ein riesiges Kloster zu besitzen, es im Winter zu heizen, und im Sommer so eine Klima… Klimaanlage zu betreiben, um uns Kühle zu verschaffen? Alle Pflanzen gießen zu können, sodass sie nicht eingehen? Oder einfach nur einen schlichten Kühlschrank zu haben? Meine Kleidung zu waschen, kostet ein kleines Vermögen, das kann ich dir sagen, oder einfach nur am Nachmittag neben der Leselampe zu sitzen. Vom Pool ganz zu schweigen. Es sei denn, man kennt Fabien.«

»Wie bezahlt Fabien das alles?«

»Der bezahlt natürlich keinen Pfennig. Ich aber auch nicht. Das ist ja das Magische. Herrgott, als Armand und ich hier einzogen, haben wir überhaupt keinen Gedanken daran verschwendet, wie viel es kosten würde, ein Kloster zu heizen. Wie dumm wir waren! Direkt aus der Stadt gekommen, ohne Sinn und Verstand. Ein Künstler und ein Bühnenbildner, beide mit den mickrigen Löhnen von Straßenmusikanten. Als unsere erste Stromrechnung hereinflatterte, kriegten wir einen Riesenschreck. Dann kam die Wasserrechnung hinterher, und wir begannen, unsere Sachen zusammenzupacken. Da klopfte Bonnibelle bei uns, unser rettender Engel, und flüsterte uns einen Namen zu: ›Fabien‹. Das war lange, bevor er seine Bar hatte, aber er arbeitete bereits dort. Ein Jugendlicher mit abgeschnittenem T-Shirt, gebleichten Jeans und der Bewunderung sämtlicher Mädels, die auf ihren Vespas aus den Nachbardörfern kamen, um ein *galopin* bei ihm zu bestellen. Weißt du noch, Fabien?«

Fabien ist leichenblass, versucht aber trotzdem zu lächeln. Ich komme nicht so richtig mit.

»Ein *galopin*? Heißt das Galopp auf französisch?«

Einar lacht laut.

»Agneta, du schmutziges kleines Stück. Natürlich wollten die Mädels unseren lieben Fabien reiten, aber *galopin* bedeutet etwas anderes – ein kleines Glas Bier, weiter nichts. Jedenfalls nicht in dieser Geschichte.«

»Aber ich verstehe nicht, wo jetzt das Geheimnis ist.«

»Was für ein Geheimnis?«

»Bonnibelle und Fabien wollen, dass du mir ein Geheimnis

erzählst, mit dem dir Fabien anscheinend geholfen hat. Es hat mit Strom zu tun.«

»Mit Strom?«

»Mit eurer hohen Stromrechnung.«

»Ach ja, stimmt. Fabien hat immer viel von Frauen und kreativen Lösungen verstanden. Des solutions créatives! Er hat auch seinem Onkel Charles geholfen. Und noch ein paar anderen im Dorf.«

»Wobei?«

»Beim Anzapfen der ganzen Chose.«

»Von welcher Chose redest du?«

»Von den Strom- und Wasserzählern natürlich! Das kann niemand anders als Fabien. Hier im Kloster hat er den Stromzähler an unseren zusätzlichen Kühlschrank im Keller angeschlossen. Wenn wir also unsere Stromrechnung bekommen, müssen wir bloß das bezahlen, was dieser kleine Kühlschrank verbraucht. Das Gleiche gilt fürs Wasser. Den Zähler hat er an einen Extra-Hahn angeschlossen, den wir draußen im Obstgarten haben. Wir lassen ein paar Eimer im Monat einlaufen, damit es auf der Rechnung nicht gar so mickrig aussieht. In den letzten Jahren hat sich die Lage jedoch ein wenig zugespitzt. Alle französischen Haushalte sollten neue, betrugssichere Zähler bekommen, und die kann nicht mal Fabien frisieren. Es galt also, diese Messbeauftragten nicht ins Haus zu lassen. Wie Armand und ich diesen neuen Zählern immer wieder entwischt sind, haha! Man darf denen nie die Tür aufmachen, niemals. Denn wenn man die Installateure erst mal reinlässt, dann ist es vorbei. Aber Elektro-Inspektoren dürfen nicht einfach reinkommen, also muss man nur jedes Schreiben wegwerfen, das man von den Behörden bekommt, und darf nie zu Hause sein zu den vereinbarten Terminen. Durch Fabiens kreative Anschlüsse wohne ich jetzt … ich weiß es selbst nicht mehr richtig, vielleicht für tausend Francs im Monat. Mit den neuen Zählern könnte ich hier keinen einzigen Tag mehr bleiben. Die laufen hoch bis siebzehntausend Francs, und dann hab ich noch nicht mal die Bewässerung des Gartens mit eingerechnet. Sonst wären wir bei … na, vielleicht zwanzigtausend? Environ vingt mille francs?«

Bonnibelle korrigiert ihn.

»*Euro*, Einar, deux mille *euros*.«

Ich schlucke. Fabien schluckt. Bonnibelle wischt sich die Tränen aus den Augen. Doch Einar steht auf und scheint voller Energie zu sein. Er zeigt auf die kleinen Vögel über uns.

»Irgendein kluger Mensch hat mal geschrieben, dass Fliegen eine Kunst ist, beziehungsweise eher ein Trick. Der Trick besteht darin, sich auf den Boden zu werfen. Und ihn zu verfehlen. So wie wir hier fliegen und die ganze Zeit den Boden verfehlen. Wir beherrschen diese Kunst wirklich.«

Ich schaue das Kloster an. Und spüre, wie die Flügel auf meinem Rücken unter die Haut zurückkriechen. Ich beherrsche diese Kunst nicht, ich kannte den Trick nicht. Ich habe den Boden nicht verfehlt. Ich bin sofort abgestürzt, mit dem Kopf voraus.

Fabien schiebt mir verstohlen sein Handy auf den Schoß.

Treffen der Krise. Die Bar nach dem Tod.

Die Bar nach dem Tod? Ich schreibe:

Die Bar nach der Schließung?

Fabien antwortet:

Genau. Nach dem Tod.

Google Translate liegt die Poesie wirklich im Blut.

8.

Saint Carelle hat für heute Abend zugemacht. Zwischen den verrammelten Fensterläden dringen trotzdem Alltagsgeräusche heraus. Laute Quizmasterstimmen mit daruntergelegtem Gelächter vom Band, Geschepper von irgendjemandem, der gerade den Abwasch vom Abendbrot macht, und leise Unterhaltungen.

Ich selbst habe den Abend damit verbracht, sämtliche Kabel von unnötigen Lampen zu ziehen, die Klimaanlagen zu verstecken, den zusätzlichen Kühlschrank im Keller auszuschalten, keine einzige Blume zu gießen und Einar zu sagen, dass er definitiv nicht zu duschen braucht, dass es gar nicht so warm ist, wie er meint, dass Klimaanlagen sowieso überschätzt sind und dass Kerzenlicht doch ganz gemütlich ist. Was ja auch stimmt. Aber so viele Kerzen in Reichweite eines gedächtnistechnisch sehr eingeschränkten älteren Herrn zu haben, ist nicht ganz so gemütlich.

Einar schlief in seinem sommerlich aufgeheizten Zimmer bei angeschalteter Nachttischlampe ein. Ich muss daran denken, wie im Keller der Stromzähler weitertickt. Mit jeder Sekunde, die diese Lampe brennt – tick, tack, tick, tack. Ein Euro, zwei Euro, drei Euro. Nein, das geht so nicht. Ich bin zwar schon auf dem Weg zur Bar, wo ich mich mit Fabien und Bonnibelle treffen will, aber ich drehe dennoch um, renne zurück zum Kloster, während die Kühe laut muhen ob des erotischen Schwungs ihrer Stiere. Hinein durchs Tor, durch den pechschwarzen Klostergarten, rein ins heiße Kloster, die Treppe hoch und in Einars Schlafzimmer. Er schläft tief und fest mit offenem Mund mitten auf seinem breiten Bett, und hat nichts weiter an als seine smaragdgrüne Seidenunterhose, deren Kanten mit blutrotem Samtband eingefasst sind. Unter jedem Arm hat er eine Katze. Er schläft völlig geborgen, in seinem Heim, in seinem Zimmer, mit Armand und sich selbst als lebensgroßen Statuen im Badezimmer, und ich schalte seine Nachttischlampe aus. Ich höre, wie es im Badezimmer tropft. Ich drehe den Hahn zu. Ziehe ihn richtig fest zu.

Bonnibelle, Henri, Fabien und ich sitzen rund um einen Tisch in der geschlossenen Bar mit beschlagenen Roségläsern, einer Schale Oliven auf dem Tisch und blassen Gesichtern. Henri hat einen Stapel Papiere dabei, die unheimlich wichtig aussehen. »Die Bar nach dem Tod« war wohl doch eine korrekte Übersetzung. Würde man den Suchbegriff »Google Translate« in Google Translate eingeben, würde wohl so etwas herauskommen wie »Gott übersetzt Worte und Situationen so, dass du sie mehr auf einer philosophischen Ebene verstehst«.

Henri räuspert sich und versucht, die Situation auf Englisch und Französisch zusammenzufassen. Wie diese neuen Strom- und Wasserzähler himmelschreiend hohe monatliche Kosten für Einar bedeuten werden, es geht um zweitausend Euro im Winter und vielleicht die Hälfte im Sommer. Und wie Einar garantiert Nachzahlungsforderungen ins Haus flattern werden, weil jetzt ja ganz eindeutig feststeht, dass er sich während vieler, vieler Jahre Strom erschwindelt hat.

»Vingt-cinq mille euro, et voici plus ...«

Henri liest weiter aus seinen Berechnungen vor. Macht eine Pause, schiebt sich die Brille auf die Stirn und bekommt als Antwort nur Totenstille. Ich hebe fragend einen Finger.

»How much you say?«

»Thirty-forty thousand to pay back, at least. And!«

Nein, nicht noch ein »und«, bitte!

»And ... a threat of lawsuit, c'est une ...«

Ich habe das Gefühl, in einem Anwaltsfilm aus den Achtzigerjahren zu sein, in dem über Anklagen geredet wird, über Drohungen gegen Beamte, illegale Waffen und dass der französische Staat beinhart ist, wenn man mit Gewalt gegen einen armen Beamten vorgeht, der einfach nur seine Arbeit tut. Dreißig-, vierzigtausend Euro. Ich will gar nicht dran denken, wie viel das in schwedischen Kronen ist, aber da kommen zweifellos noch ein paar Nullen mehr hinten dran.

Glückwunsch, Agneta. Du hast versucht zu fliegen und hast den Boden nicht verfehlt. Und nicht nur das, du hast auch Einar mit auf den Boden gezogen. Und er ist hoch geflogen, deswegen gab es einen ordentlichen Crash. Ich greife nach meinem Weinglas und leere es. Dann bedeute ich Fabien, dass er mir noch einmal nachschenken soll. Und das nächste Glas leere ich auch gleich.

»Ich muss mein Haus verkaufen. Sell my house! Oder meinen Körper, wenn jemand den haben will. My body, too! Ich verkaufe alles, was ich habe. Everything is my fault. I tried to fly, but I did not miss the ground. I sell all I have. Je suis à vendre!«

Absolut keiner versteht, was ich sage. Henri schiebt sich die Brille wieder auf die Stirn.

»Fly with your body? What do you mean?«

Jetzt ist Bonnibelle an der Reihe. Sie hievt ein paar Ordner auf den Tisch und fährt mit ihren faltigen kleinen, wohlmanikürten Fingern verschiedene Zahlenreihen entlang. Es erscheinen Rechnungen, Beiträge, Zettel, Schulden, und wie viel hat Einar überhaupt auf seinen Sparkonten? Null, null und abermals null. Vielleicht könnte man einen Teil von Armands Kunstwerken verkaufen? Damit würde man keine größeren Summen einnehmen. Das Theater vermieten? Damit würde man gar nichts einnehmen. Vielleicht könnte man Zimmer an Sommergäste vermieten? Damit könnte man gutes Geld einnehmen! Aber wenn diese Sommergäste von Einar nackt zum Abendessen empfangen werden oder Armand genannt werden und zärtliche Liebesbekundungen bekommen? Nein. Null Kronen. Eher noch weitere Klagen.

Jetzt steht Bonnibelle in ihrem gut sitzenden puderrosa Kleid auf, lässt ihre Hände über den Tisch wirbeln, wie ein General, der über Weltkarten späht und überlegt, wie er seine Truppen aufstellen soll. Ein verzweifelter General. Fabien mag resigniert aussehen, Henri verlegen, aber Bonnibelle – sie ist am Boden zerstört. Was sie sagt, weiß ich nicht, aber sie schreibt jede Menge Ziffern aufs Papier, blättert hin und her in neuen Ordnern, die wohl ihre eigenen Finanzen enthalten, wenn ich das richtig verstehe. Ihr Hals läuft feuerrot an, und Henri legt seine schmale, lange Hand über ihre winzig kleine. Er zwingt ihre Hand zur Ruhe.

»Chérie. Ce n'est pas possible.«

Henri schlägt seinen Laptop auf und beginnt nach verschiedenen Heimen zu suchen. Was kostet ein Zimmer in einem einigermaßen schönen Wohnheim für Demenzkranke? Schaut doch mal, das hier ist doch ganz nett, oder? Hier kann Einar im Park sitzen und Wein trinken. Dann wird auf Maklerseiten weitergesurft, und wenn man das Kloster verkauft, bekommt man doch noch ein hübsches Sümmchen, ein Sümmchen, das Einar eine angenehme letzte Zeit in einem von diesen Heimen finanzieren kann, die einen würdigen Lebensabend versprechen.

Da geht Bonnibelle aus der Bar. Sie geht einfach. Sie hat

sämtliche Ordner auf dem Tisch liegen lassen, und ihre Strickjacke hängt über dem Stuhl. Doch Bonnibelle ist weg.

»Pardon.«

Henri entschuldigt sich, packt die Ordner zusammen und tut sie in eine Tüte, die er an die Seite seines Rollstuhls hängt. Dann sagt er etwas in dem Sinne, dass es eine heikle Angelegenheit für Bonnibelle ist, was wir sicher verstehen. Fabien stimmt ihm zu, er versteht es sehr gut. Ich verstehe es überhaupt nicht. Warum ist es ein besonders empfindlicher Punkt für Bonnibelle? Hat sie auch Strom geklaut? Gehen alle Leitungen weiter in ihr Haus? Immer diese geheimen Gärten.

Henri fährt mit dem Rollstuhl zurück, während Fabien die Tische umschiebt und ihm die Tür aufhält, damit Henri hinausfahren kann. Mit einiger Mühe rollte er sich voran, es geht, aber es fällt ihm schwer, weil seine linke Seite durch den Schlaganfall nicht so funktioniert, wie sie sollte. Fabien will gerade anpacken und ihm nach Hause helfen, als ich in einer erstaunlichen Anwandlung von Handlungsbereitschaft Henris Rollstuhl mit der einen Hand greife und die andere Fabien hinhalte.

»Mobile, s'il te plaît. Je call un samtal, ein Gespräch? Ring ring? Okay?«

Fabien legt das Handy in meine Hand und macht Anstalten, mitzukommen. Ich schüttle den Kopf.

»Nein. Toi – stay. Moi – go. Henri, I help you. On y va.«

Wir spazieren über eine verlassene Avenue du Taureau. Henri sitzt mit geradem Rücken in seinem Rollstuhl, wie immer piekfein gekleidet mit beiger Leinenhose, Jackett und hellgrünem Leinenhemd. Er entschuldigt sich nochmals für Bonnibelles Szene, obwohl ich finde, dass er das gar nicht müsste.

Sie hat weder Leuten ins Gesicht gespuckt noch grässliche Dinge geschrien, das Ganze war nicht annähernd eine Szene. Henri verstummt. Sonst verstummt er nie so. Als der Gentleman, der er eben ist, plaudert er sonst über so ziemlich alles Mögliche. Aber jetzt nicht. Der Himmel ist ganz klar. Die Sterne leuchten so stark, als wären sie gezeichnet. Ich zeige nach oben.

»It's so beautiful. The stars must have seen worse things than this during all these thousands of years ...«

»Billions you mean.«

»Billions what?«

»The universe is fourteen billion years old.«

Note to self, Agneta: Wenn du smalltalken willst, dann nicht über irgendein Thema, das mit Jahreszahlen, dicken russischen Romanen oder afrikanischen Ländern zu tun hat. Das geht nie gut aus. Das Einzige, was ich eigentlich wissen will, ist die Antwort auf die Frage, warum das alles für Bonnibelle so ein besonders empfindlicher Punkt ist. In dieser Frage kommen weder russische Romane noch Jahreszahlen vor, aber ich habe doch das dumme Gefühl, dass sie vielleicht eher auf die Liste der Dinge gehört, über die ich keinen Smalltalk führen sollte. Also gehen wir schweigend weiter. Wir kommen in unsere Gasse, gehen durch die Dunkelheit unter den Bäumen, die aus dem Klostergarten ragen, über die Mauer und weiter zu den Häusern gegenüber, wie ein kompliziertes System von Blutgefäßen, die Sauerstoff und Nährstoffe untereinander austauschen. Das Herz im Inneren des Klosters und die anderen Körperteile auf der anderen Seite, hinaus auf die Rue Saint Denis, als würde etwas tatsächlich aus dem Kloster heraus pulsieren und uns allen entgegen.

Da sehe ich ein Paar kleine Füße herausschauen. Ein Paar kleine, kleine Füße in einem Paar ebenso kleiner Loafer. Bonnibelle. Sie sitzt in einer der Nischen in der Klostermauer. Wo früher vielleicht einmal eine religiöse Statue gestanden hat, jetzt aber nur eine bemooste Tasche ist, in der sich kleine, traurige Damen verstecken können.

Henri legt seine Hände auf die Räder.

»Thank you, Annjetá. I can do it from here.«

9.

Ich setze mich mitten auf den verlassenen Marktplatz. Gemüseabfälle liegen nach dem heutigen Markttag hie und da in Häufchen auf dem Boden. Ich schaue auf die gefleckten Platanen, die den runden Platz säumen. Die Platanen waren das Erste, in das ich mich verliebte, als ich hier angekommen war. Aber damals hatte ich noch nicht gewusst, dass sie Platanen hießen. Ich hatte auch nicht gewusst, dass Napoleon seine Finger mit im Spiel hatte. Einst nämlich hatte er befohlen (und wohl nie ist ein klügerer Befehl ergangen), dass man Platanen am Rand aller möglichen Straßen pflanzen sollte, sodass scheinbar endlose Alleen entstanden. Napoleons Soldaten sollten im Schatten durchs Land marschieren. Und sie sollten nicht nur Schatten haben, sondern auch noch gleich einen Imbiss dazu. Also erließ Napoleon einen weiteren Befehl, nämlich, Obstbäume zu pflanzen. In gleichmäßigen Abständen sollten süße Aprikosen, Feigen und Äpfel die Wege säumen. Die Soldaten sollten nur die Hand ausstrecken müssen, um die Früchte zu pflücken und zu verzehren, um Zucker und Energie aufzunehmen. Sozusagen ein Seven-Eleven des 18. Jahrhunderts.

Das alles hatte ich nicht gewusst, als ich hierher kam. Ich hatte auch nicht gewusst, dass Ludwig XIV. die Platanen aus der Türkei kommen ließ, wie auch immer ihm das gelungen sein mag, denn er führte ja rund um die Uhr Krieg. Bevor ich nach Saint Carelle kam, habe ich niemals auch nur einen Gedanken an Ludwig XIV. verschwendet, und noch weniger an seinen Vater Ludwig XIII. Inzwischen weiß ich alles über Ludwig XIII. Der war nämlich vermutlich schwul. Er brauchte geschlagene dreiundzwanzig Jahre, bis er einen einzigen Nachkommen mit seiner Frau zustande brachte. Denn Ludwig hatte alle Hände voll zu tun mit jeder Menge Rendezvous mit Männern in seiner Jagdhütte, irgendwo in der Gegend um Versailles. Deswegen haben sich Einar und Armand eine Kopie jener Jagdhütte in ihrem Kloster nachgebaut. Dort haben sie sich dann königlich amüsiert, in doppelter Bedeutung, mit Perücken und in schenkelhohen Jagdstiefeln, während ihnen die ausgestopften Tiere zuschauten.

Jetzt werden keine Platanen mehr am Straßenrand gepflanzt. Sie werden vielmehr gefällt. Napoleon ist schon lange tot, es sind neue Zeiten angebrochen. Denn wir brauchen keinen Schatten zum Marschieren mehr. Wir brauchen Straßen, auf denen unsere Autos nicht ins Schleudern kommen können. Aber das tun sie, weil das Laub der Platanen nicht verrottet wie gewöhnliches Laub. Stattdessen bleibt es liegen, nass und glatt.

Der kleine Springbrunnen perlt mit seinem kümmerlichen Strahl, und die Flaggen vorm Rathaus hängen schlaff herunter. LIBERTÉ, ÉGALITÉ, FRATERNITÉ steht von Hand gemalt in ausgebleichtem Blau auf der Fassade. Freiheit, Gleichheit, Brüderl...

BUMM!

Es dröhnt gewaltig durch den kleinen Ort. Aber ich bekomme keine Angst, denn ich weiß, was das ist. Denn ich kenne mich ja aus in meiner neuen Welt. Meine neue Welt heißt nicht nur Provence, sondern auch Camargue. Die Camargue ist so unendlich viel mehr als nur Lavendel und Roséwein. Hier in der tiefsten Provence ist es wie im Wilden Westen. Hier kämpft man tagsüber nicht nur Stiere nieder und frisiert bei Sonnenuntergang Stromzähler, sondern schießt nachts sogar die Radarkameras ab. Sobald eine neue Radarkamera installiert ist, wird sie weggeschossen. Kein Scheißparagraphenreiter darf einem vorschreiben, wie schnell man in der Camargue zu fahren hat.

BUMM!

Und noch eine!

»Hallo, Marktplatz! Schön, dass ich hier einfach bei dir sitzen und einen inneren Monolog über Platanen, weggeschossene Radarkameras und die sexuellen Gewohnheiten toter französischer Könige führen kann. Du warst das Erste, was ich sah, als ich letzten Herbst hier angekommen bin. Da wusste ich noch nicht, dass du *mein* Marktplatz werden würdest. Dass ich hier bleiben würde. Und nicht nur das – ich bin sogar wieder in Hochform gekommen! Wie viel ist so eine Hochform wert? Hat es einen Preis, wenn man anfängt, sich selbst zu lieben? Was ist ein Leben wert? Einars Leben. Wie viel würde ich bezahlen, damit er weiter in seinem Kloster leben darf? Wie viel wäre ich bereit zu bezahlen, damit ich auch bleiben dürfte?«

»Bonsoir, Madame Annjetá?«

Madame und Monsieur Delan schauen mich beunruhigt an, wie ich dasitze und laut Selbstgespräche führe. Wollte ich damit nicht aufhören? Ich deute auf mein Handy und versuche zu lächeln.

»Facetime! With my parents!«

»Vos parents? Ah. Bonne soirée à vous!«

»Bonne soirée!«

Sie verschwinden in einer Gasse, und ihr Geplauder verklingt allmählich.

»Freiheit, Gleichheit, Brüderlichkeit. Einar hat mir ein

neues Leben geschenkt. Jetzt bin ich dran, ihm etwas zurückzugeben, damit er seines behalten kann.«

Dann wähle ich die Nummer von Magnus.

Er geht natürlich nicht ran. Magnus geht nie ran, wenn er von einer unbekannten Nummer angerufen wird, und diese hier ist nicht nur unbekannt, sondern auch noch aus dem Ausland. Schnell schicke ich ihm eine freundliche Nachricht. Warte ein paar Minuten ab. Rufe wieder an. Kaum ist das erste Klingelsignal vorbei, da antwortet er auch schon mit verbissener Stimme.

»Ist was passiert?«

»Das kann man wohl sagen.«

»Aber du lebst?«

»Ja. Ich habe mir das Handy nicht von Gott geliehen, sondern von Fabien.«

»Ich nehme an, du weißt, wie spät es ist?«

Ich schaue zum Kirchturm hoch. Auf der Uhr steht 8 Uhr 12, aber das stimmt natürlich nicht. Auf dem Handy steht 0 Uhr 15.

»Entschuldige, dass ich so spät anrufe.«

»Du weißt doch, dass ich immer um 23 Uhr schlafen gehe.«

»Ich wusste nicht, dass es schon so spät ist, entschuldige, aber heute war so ein grässlicher Tag und ... es ist ein Notfall. Deine Stimme klingt so ... gepresst? Alles in Ordnung bei dir?«

»Das ist von diesem Schnarchband! Das sitzt schrecklich stramm, wie du weißt.«

»Trägst du das Schnarchband auch, wenn du alleine schläfst?«

»Wir absolvieren gerade ein hochintensives Training für den Ärmelkanal, und da muss ich mich um jeden Teil meines

Körpers kümmern. Schnarchen schadet der Gesundheit, und das kann ich jetzt nicht gebrauchen.«

Ich höre, wie die Gummibänder schnalzen, als Magnus sein Schnarchband abnimmt. SCHNALZ!

»Aua! So. Was ist passiert?«

»Ich wollte dich fragen, ob du mir meinen Anteil am Haus ausbezahlen kannst?«

»Wie bitte?«

»Einar ist in eine große finanzielle Krise geraten, und ich bin dran schuld. Kannst du mich bitte auszahlen?«

»Bist du jetzt völlig von Sinnen, oder was?«

»Da hättest du heute mal Einar sehen sollen. *Der* war völlig von Sinnen.«

»Agneta, warum kannst du nie normal sprechen?«

»Was war denn jetzt unnormal?«

»Du rufst mich mitten in der Nacht an und willst plötzlich deinen Anteil vom Haus? Dem Zuhause deiner Kinder? Unserem Zuhause? Dem ERBE deiner Kinder? Hast du dir ernsthaft gedacht, dass ich dich ausbezahlen würde, damit du dann das Geld deinem dementen Freund geben kannst?«

»So ungefähr. Was Einar für mich getan hat, ist unbezahlbar.«

»Du bist unbezahlbar.«

»Danke!«

»Das war nicht als Kompliment gemeint. Ich wollte sagen, dass du verrückt bist!«

»Ist es verrückt, wenn man seinen besten Freund retten will?«

»Es ist verrückt, wenn der beste Freund ein dementer alter Mann ist, und dieser alte demente Mann irgendwie in finanzielle Bedrängnis geraten ist und du dann deinen Anteil am Haus verkaufst. Und ihm das Geld dann einfach schenkst.

Und was ist, wenn er stirbt? Dann kannst du dich gleich von allem verabschieden.«

»Sag so was nicht!«

»Was?«

»Dass Einar sterben wird. Er ist vollkommen gesund.«

»Vollkommen gesund?«

»Rein körperlich ist er in besserer Form als ich.«

»Jetzt sei doch bitte einmal vernünftig.«

»Wie viel gehört mir?«

»Dir gehören fünfzehn Prozent.«

»Gehören mir nicht fünfzig?«

»Wie sollte das sein? Du hattest damals wenig Geld, ich bedeutend mehr, also hab ich ein großes Stück gekauft und du ein kleineres. Ganz einfache Mathematik. Darüber haben wir tausendmal geredet. Und wo wir grade beim Thema Mathematik sind ...«

Es gibt wohl nichts auf der Welt, worüber zu reden ich so verabscheue wie Mathematik. Magnus liebt das natürlich. Ziffern, Zinssätze und mathematische Statistik findet er richtig leckerschmecker!

»Hörst du mir zu, Agneta?«

»Entschuldige, ich hab hier nur ein etwas schlechtes Netz.«

»Also, ich habe gesagt, dass es Zeit wird für dich, mit der Drückebergerei aufzuhören. Es gibt Zinsen und Ratenzahlungen, die beglichen werden wollen. Ich habe außerdem den Kindern eine ganz schöne Summe Geld geswisht für ihr Studienmaterial.«

»Studienmaterial, haha! Alles, was du denen swishst, wandert direkt in Drinks und sexy Tops von H&M.«

»Nein, meine Liebe, Lisa hat gesagt ...«

»Ja, ja, sie sagt dies und das. Aber wenn du ihren Instagram-Account ein paar Stunden nach deinem Swish anschaust, kannst du den direkten Zusammenhang sehen. Dein Swish – ihr Drink. Dein Swish – ihr sexy Top. Und so weiter, das ist die reinste Endlosschleife. Du verstehst vielleicht was von statistischer Mathematik, aber ich kenne die Grundlagen der logistischen Swishführung und …«

»Wie auch immer, ich habe für die Kinder seit dem Frühjahr rund siebentausendvierhundertfünfzig Kronen ausgelegt. Wenn wir das nehmen und die Zinsen und die Ratenzahlungen dazuzählen, dann landen wir bei ungefähr … einundzwanzigtausend Kronen, vielen Dank.«

»Wenn du mich aus dem Haus rauskaufst, kann ich dir einundzwanzigtausend Kronen geben. Sofort.«

»Wenn du dich zusammenreißt und anfängst, für Geld zu arbeiten statt für Käse, dann kannst du mich auch bezahlen.«

»Ich habe vor, für den Rest meines Lebens für Käse zu arbeiten.«

»Ich lege jetzt auf, Agneta. Dieses Gespräch führt nirgendwohin.«

»Weil du Nein sagst! Ein Nein führt nie irgendwohin. Versuch doch mal, Ja zu sagen! Sobald du anfängst, Ja zu sagen, wirst du sehen, dass jedes Gespräch und jedes Geschäft irgendwohin führt. Also, Magnus, kannst du mich bitte auszahlen?«

»Nein. Weil ich es mir nicht leisten kann. Woher sollte ich das Geld nehmen? Es sieht ja so aus, als wäre ich in Zukunft der alleinige Ernährer, und mehr Kredite kann ich mir wirklich nicht mehr leisten. Die Antwort heißt Nein. Weil ich gar nicht Ja sagen kann.«

»Du willst bloß nicht.«

»Ich weiß nicht, in was für einer Welt du inzwischen lebst. Aber man kann nicht einfach nur Ja sagen. Manchmal bekommt man eben ein Nein, weil es ganz einfach so ist, Agneta.«

»Je m'appelle Annjetá, nicht Agneta. Und ich sage oui.«

»*Ich heiße Magnus*, ich sage Nein und soweit ich weiß, heißt du tatsächlich immer noch Agneta.«

»Aber Einar wird in einem Heim landen!«

»Vielleicht ist das ja das einzig Richtige. Er ist ein alter, dementer und bald armer Mann.«

»Er ist viel, viel mehr als das.«

»Ich weiß. Aber er hätte sich eben besser um seine Finanzen kümmern müssen. Das ist einfache Mathematik.«

»Nicht für alle! Für mich ist das schwere Mathematik. Wenn es leicht für mich gewesen wäre, dann hätte ich ein eigenes Haus besessen, das ich jetzt hätte verkaufen können. Ohne um Erlaubnis zu fragen.«

»Ich kann mir deine Fantastereien nicht mehr länger anhören.«

»Und ich kann mir deine Wirklichkeit nicht mehr länger anhören. Ich glaube nicht, dass du verstehst, wie weh es mir tut, wenn ich mir vorstelle, dass Einar aus dem Kloster ziehen muss. Dass ihm das alles genommen werden könnte. Und mir. Ich fühle mich wie dieses Kunstwerk, das die tibetischen Mönche mit Sand malen. Sie malen mich monatelang, und ich bin so wunderschön und vollkommen. Aber sobald ich fertig bin, blasen sie mich weg. Dann bin ich überall verteilt und doch nirgends. Wer bin ich ohne das alles hier?«

»Wieder du selbst, Agneta.«

10.

Ich will aber nicht wieder ich selbst werden. Alles, aber nicht ich selbst! Diese ganze Geschichte mit *man selbst sein* wird doch heillos überschätzt. Diese ganzen Selbsthilfebücher, die ich mir im Laufe der Jahre gekauft habe. Finde dich selbst! Heile dich selbst! Finde deine innere Kraft! Wütend habe ich in diesen ganzen tollen Büchern geblättert, während ich im Bett lag und ich selbst war, heimlich Rotwein aus dem Zahnputzbecher getrunken und mit den Fingern Käse gegessen habe. Warum gibt es kein Buch mit dem Titel Scheiß auf dich selbst und hol dir neuen Schwung? Oder: Pfeif drauf, dich selbst zu finden, und finde stattdessen jemand anderen? Ich will nicht wieder ich selbst werden! Ich will Annjetá sein, und das will ich hier sein, zusammen mit Einar. Und euch natürlich. Entschuldigung.«

Barry und Judy drücken sich um meine Beine herum, miauen und zieren sich, während ich die Küche aufräume. Einar ist heute Nacht wieder auf gewesen, eindeutig. Er hat eine seltsame Art von Reisgericht gekocht, eine Tomate auf dem Fensterbrett klein gehackt, hier und da ein paar schwelende Zigarettenkippen vergessen, Weiß- und Rotwein aus mehreren Gläsern getrunken – und das alles, während warmes Wasser aus dem Hahn lief und alle Lampen angeschaltet waren. Ja, es ist wie Aufräumen nach einer saftigen Party in einem Studentenwohnheim.

»Wollt ihr es ihm erzählen oder soll ich?«

Die Katzen schauen mich unschuldig an.

»Also ich?«

»Miauuu.«

»Kann man mit euch vielleicht Geld verdienen? Könnt ihr Tanzen lernen? Französisch sprechen? Crêpes machen?«

Barry legt sich auf den Rücken, weil er gerade eindeutig am Bauch gekrault werden möchte. Ich wasche alle Weingläser in kaltem Wasser ab (bloß nicht unter fließendem). Mit so wenig Wasser wie möglich, so kalt wie möglich, im Dunkeln. Tick, tack, tick, tack. Unten in den Katakomben tickt der Zähler wie eine Bombe. Es ist Einars Zeit, die da abläuft. Und meine. Jetzt kommen wieder diese Schneeflocken, die in meine Venen schneien, trotz meines warmen Morgenmantels.

»Einar und ich sind die Sandburg, und die neuen Zähler im Keller sind die Flut«, murmle ich vor mich hin.

»Und hier kommt die Sandburg – tataaam!«

Einar rauscht in die Küche. Er trägt immer noch seine smaragdgrüne Seidenunterhose mit den weinroten Einfassungen. Die Brust hat er sich mit Tomatensauce bekleckert – Überreste seines nächtlichen kulinarischen Abenteuers.

»Hier ist es ja stockdunkel.«

Er versucht, die Lampen anzuknipsen, aber das geht nicht, weil ich alle Stecker aus den Steckdosen gezogen habe. Voller Energie werkelt Einar im Esszimmer, verschiebt Möbel, zieht an Kabeln und steckt alle Lampen wieder ein. Dann schaltet er sie wieder an. Denn soviel die Morgensonne draußen auch scheinen mag, in der Küche und im Esszimmer ist es meist düster.

»Wer läuft denn hier rum und sabotiert nachts die Lampen? Judy?«

Mit einer geschmeidigen Bewegung hebt Einar Judy hoch und krault sie, bis sie laut schnurrt. Dann schaut er mich an.

»Du siehst blass aus, meine Gute.«

»Ich bin blass.«

»Warum?«

Oje. Warum? Weil ich weiß, dass du alles verlieren wirst. Dein ganzes Leben. Einar zieht eine von den Flaschen über den Tisch zu sich herüber und schenkt sich Wein in eines der alten Gläser.

»Einar, ich weiß nicht genau, wie spät es ist, aber es ist bestimmt noch nicht mal acht.«

»Aber was denn, ein Glas Wein vor dem Abendessen geht doch wohl in Ordnung, oder? Wir sind doch hier nicht bei den Abstinenzlern.«

Ungefähr zehn Stunden vorm Abendessen, aber was soll's. Genauso wie man sich nicht die ganze Zeit selbst finden muss, muss man es vielleicht auch nicht so verdammt genau nehmen mit Frühstück, Mittagessen und Abendessen. Ich schnuppere an einem der anderen Gläser und schiebe es zu Einar hinüber, der mir sofort einschenkt.

»So! Wie war dein Tag?«

»Mein Tag hat ja grade erst angefangen, deswegen weiß ich nicht, was ich sagen soll. Darf ich stattdessen eine Frage stellen?«

»Selbstverständlich!«

Einar steht mit seinem Weinglas in der Hand auf, öffnet den Kühlschrank und nimmt sich eine Salami. Er legt sie auf das Schneidebrett auf dem Tisch und schneidet sich ein paar ordentliche Scheiben ab. Ich nehme einen Schluck von meinem Wein. Nein, pfui Teufel, ich könnte nie ein Charles Bukowski werden.

»Wenn du Geld brauchen würdest, viel Geld, und das auch noch schnell, wie würdest du das anstellen?«

»Meine Liebe, du weißt, dass ich der letzte Mensch auf Erden bin, dem man Fragen zu Geld stellen kann. Ich interessier mich kein bisschen für Zahlen. Die einzige Zahl, die ich mir merken können muss, ist unsere Hausnummer. Ich glaube, wir wohnen in Nummer 3 ... Aber das lässt sich schwer festlegen, weil das Haus an der Ecke vor unserem quasi gar keine Nummer hat. Aber es müsste Rue Saint Denis 1 sein. Und dann wohnen wir in Nummer 3. Ich muss mir also nur die Ziffer 3 merken.«

»Aber WENN du – obwohl du dich nur an die Ziffer 3 erinnerst – ganz schnell Geld besorgen müsstest, was würdest du dann tun? Du darfst deine Phantasie einsetzen, soviel du willst, die Wirklichkeit ist nicht so wichtig.«

»Na ja, dann hab ich vielleicht doch noch eine Chance. Darf ich auch Banken ausrauben und so was?«

»Nein, kriminell darfst du nicht werden. Einfach nur furchtbar schnell.«

»Das ist schwierig – viel Geld, das man schnell beschaffen muss, aber ohne kriminell zu werden.«

»Sagen wir einfach mal, dass dein Leben auf dem Spiel steht!«

»Inwiefern?«

»Du kannst alles verlieren, aber wenn du richtig viel Geld ranschaffst, darfst du alles behalten.«

»Tja, das ist ein ziemlich gewöhnliches Problem. Na ja, ich würde wohl alles verkaufen, was ich hier drinnen habe, und nach Monte Carlo gehen. Da würde ich die ganze Kohle auf Rot setzen und mir die Daumen drücken. Und wenn das nicht klappt, könnte ich mich im Meer ertränken. Ich bin schon so uralt, das wäre kein Weltuntergang.«

»Wie – du würdest dir lieber das Leben nehmen, statt weiter zu kämpfen?«

»Ja, absolut. Ich hab keine Angst vorm Tod. Nicht im Geringsten. Aber ich muss zugeben, dass ich befürchte, bei Gegenwind mittlerweile nicht mehr so gut kämpfen zu können. Ein Stück Salami?«

Einar hält mir eine Scheibe Salami mit grünem Pfeffer auf seinem Messer hin. Ich schüttle den Kopf.

»Aber fällt dir noch irgendetwas anderes ein? Was nicht so viel Kampf erfordert, sich aber gut verkauft.«

»Nackt verkauft sich immer gut.«

»Nackt?«

»Ja, Herrgott. Kannst du dich nicht mehr an deine Ausstellung erinnern, mon Dieu – das war doch der totale Wahnsinn!«

Jetzt bin ich also wieder Armand. Okay. Einar muss laut auflachen.

»Hier ist ja das Plakat!«

Einar zeigt auf eines der ganzen gerahmten Plakate an der Wand im Esszimmer, die alle von Armands Ausstellungen im Laufe der Jahre stammen. Auf dem Plakat, auf das Einar gedeutet hat, ist ein nackter Mann mit muskulösem Rücken und einem Flügelpaar zwischen den Schulterblättern zu sehen. 23.9.1981, Galerie Frega, Marseille.

»Nur Nacktheit und ein paar Federn, schlechte Besprechungen in den Zeitungen, Kolumnen, erboste Katholiken und jede Menge rasende Gemeindepolitiker. Aber alles war ausverkauft innerhalb von ... na, wie lang hat das wohl gedauert? Vielleicht eine Woche? Wir sind im Geld geschwommen! Nackt zieht immer, wie damals, als wir versucht haben, hier einen Film zu drehen, oje oje.«

»Ihr habt einen Film gedreht?«

»Jacques und Georges haben doch ... Lebt Jacques eigentlich noch?«

»Ich weiß nicht ...«

»Sie hatten großartige Ideen, natürlich haben wir angenommen! Ein Porno mit François Mitterrand in der Hauptrolle, wer könnte einem solchen Plan widerstehen? Wir jedenfalls nicht.«

»War der nicht mal Präsident, oder hab ich das falsch in Erinnerung?«

»Aber mein Liebling, bist du dement geworden? Sie hatten doch diesen Kerl gefunden, so einen absolut verblüffenden Doppelgänger von Mitterrand, und der spielte die Hauptrolle in unserem Film. Und wie der spielen konnte …«

Einar gluckst zufrieden.

»Ein Porno also?«

»Ja, mein Schatz, wie konntest du das vergessen? Es heißt doch, dass man alles einmal ausprobieren soll, dann kann man feststellen, ob man das beibehalten will. Wir waren ganz zufrieden mit diesem einen Mal, oder? Du erinnerst dich doch, oder? Mitterrand hat eine Klosterschule besucht, und wir hatten eben unser Kloster, was die Film-Typen natürlich toll fanden. Wir haben nur ein paar Tage gedreht, aber wir haben trotzdem Mitterrands ganzes Sexleben dargestellt. Um ehrlich zu sein – ich habe wohl nie einen amüsanteren Bühnenbildnerjob gehabt. Wir haben im ganzen Kloster gedreht, außer im Mädchenzimmer, dem hat Bonnibelle einen Riegel vorgeschoben.«

»Das Mädchenzimmer? Warum hat Bonnibelle verhindert, dass …«

»Wie der arbeiten musste, unser lieber Mitterrand! Hast du ihn nicht in ein paar Szenen gedoubelt?«

»Habt ihr den Film dann auch *vorgeführt?*«

»Klar! Ich war sowohl Schauspieler als auch Bühnenbildner, Beleuchter und Tellerwäscher. Ich hab die Video-Kassette hier noch irgendwo rumliegen.«

»Wie hieß der Film?«

»*La vie sexuelle de Mitterrand. Sein Herz gehörte Frankreich, aber sein Arsch gehörte allen.* Schatz, wo haben wir die Kassette hingetan? Liegt die wohl irgendwo in der Bibliothek?«

Einar steht auf mit Judy auf dem Arm und seinem Weinglas in der Hand. Er sieht mich an.

»Armand? Willst du da einfach bloß rumsitzen? Jetzt hilf mir doch mal, den Film zu suchen. Der hat uns doch schon früher immer aufgemuntert – ich bin überzeugt, dass wir ihn jetzt wieder brauchen.«

»Ich komm gleich, geh du voraus.«

»Ja, aber du hast doch die Bibliothek sortiert, ich finde da nichts mehr. *Sein Herz gehörte Frankreich, aber sein Arsch gehörte allen*, quel titre!«

Lachend schlurft Einar mit seinen Pantoffeln Richtung Bibliothek.

Ein bisschen Nacktheit? Wie sollte ich Geld zusammenkriegen mit »ein bisschen Nacktheit«? La vie sexuelle d'Annjetá. Ein furchtbar kurzer, furchtbar uninteressanter und furchtbar langweiliger Film. Nur fünf Minuten, kaum eine Nacktszene. Sehr praktisch! Den kann man sich auf dem Handy anschauen, wenn man in der U-Bahn sitzt, ohne bei anderen Menschen anzuecken, nicht mal bei sich selbst. Wenn es mal ein bisschen Nacktheit gibt, ist die Lampe ausgeschaltet oder die Decke liegt drüber. Kommen Sie und kaufen Sie einen Pornofilm für Verschämte! Der wird auch billig in der Herstellung sein. Wir brauchen keinen einzigen Scheinwerfer anzumachen. Ein schwarzes Zimmer und dann ich, die unter einer Decke hin und her kriecht. *Ihr Herz gehörte dem Kloster, aber ihr Arsch war einsam.*

Ich räume die letzten Gläser weg, wasche das Geschirr, trockne ab und schalte alle Lampen wieder aus. Dann gehe ich die Treppe zu meinem Turmzimmer hoch. Es ist kühl in den dunklen Winkeln des Klosters, aber heiß in den Zimmern mit Fenster, sosehr wir auch darauf achten, die Fensterläden geschlossen zu halten. Mein Turmzimmer dampft beinahe. Ich mache das Fenster nach Norden auf, gieße mir eine winzige Menge Wasser in ein Glas und putze mir die Zähne. Währenddessen blicke ich hinaus auf den Garten – noch gedeihen alle Blumen, Obstbäume und Beerensträucher, und das Gras leuchtet in sattem Grün. Bald wird alles nur noch eine braune, trockene Wüste sein. Kein Wasser, keine Pflanzen. Ich versuche, beim Ausspucken die Kletterrosen zu treffen, damit nur ja kein einziger Wassertropfen verschwendet wird.

Einar schlendert im Garten umher, während die Sonne langsam aufgeht und alles in ein rosa schimmerndes Licht taucht. In seiner natürlichen Anmut sieht Einar so schön aus.

Dann mustere ich die Wäscheleine, die über meinem Waschbecken gespannt ist und an der drei Unterhosen und ein BH zum Trocknen hängen. Die erste ist lavendelfarben mit winzigen Knöpfchen aus Perlmutt, die zweite dramatisch samtschwarz mit einem aufgestickten goldenen Vogel, der seine Flügel ausbreitet, sodass sich die Spitzen direkt über meinem Schoß treffen, und die dritte ist aus einer alten weißen Schürze genäht, ein Traum aus weichster Baumwolle, mit Spitze und einem eingestickten »A« an der Unterkante des rechten Beinausschnitts. Der BH gehört zu der schwarzen Hose und lässt die Brüste in jeweils einem Flügel aus Gold ruhen. Leise wehen die Textilien im Luftzug hin und her.

Ich schaue wieder zum Fenster hinaus, zu Einar in seiner glänzenden Unterhose. Dann wandert mein Blick zurück zu meiner zum Trocknen aufgehängten Wäsche. Ein bisschen Nacktheit und viel Geld? Ja, vielleicht doch. Ich werfe die Zahnbürste ins Waschbecken und renne im Morgenmantel sämtliche Treppen hinunter.

11.

Fabien deutet vielsagend auf seinen Mundwinkel. Ich starre auf diesen Mundwinkel, ohne zu verstehen, was er meint. Da zeigt er ebenso vielsagend auf meinen Mundwinkel. Kann er wohl bitte alle Mundwinkel ignorieren, einfach nur von seinem alten Stuhl aufstehen und mir folgen? Ich stehe verschwitzt im Morgenmantel vor ihm im Korridor. Seit jener Nacht, die wir beide begraben haben, bin ich nicht mehr hier gewesen. Ich schaue auf die Lampe, über der mein BH gehangen hat, den Sessel, auf den meine Unterhose geflattert war, die Spüle, wo Fabien mir mein lila Lavendelkleid hochgezogen und dann vom Leibe gerissen hat, das Bett unterm Dachfenster, in dem …

Fabien steht vom Tisch mit seinem Frühstückskaffee und der Morgenzeitung auf, leckt sich den Daumen ab und wischt damit neben meinem Mundwinkel hin und her.

»Un peu de dentifrice.«
»Denti was?«
»Pour les … teeth«, sagt Fabien und zeigt auf seine Zähne.
»Zahncreme?«
»Oui.«
»Merci. Can we go now? Allez allez«, sage ich ungeduldig.

Doch Fabien schüttelt den Kopf und macht einen Küchenschrank auf, entnimmt ihm so eine typisch französische Kaffeeschale, gießt Kaffee hinein und bedeutet mir, dass ich mich setzen soll. Leider habe ich jetzt nicht die Ruhe, mich hinzusetzen. Wir müssen weg, es ist eilig. Also bleibe ich stehen, ziehe den Gürtel meines Morgenrockes enger und wippe ungeduldig auf den Füßen. Fabien zupft ein Stück von seinem Croissant ab, legt es neben meine Kaffeeschale und klopft mit dem Finger auf seine Armbanduhr. Ich beuge mich vor und blinzle auf die Uhr. Okay, es ist … es ist erst zehn nach sieben? Einar und ich leben wirklich in unserem eigenen Universum. Habe ich also schon um sechs Uhr morgens ein Glas Wein getrunken? Das ist gut, Annjetá, sehr gut sogar. Gehorsam setze ich mich auf den Stuhl, den er für mich herangezogen hat, und nehme einen Schluck Kaffee. Er ist stark und gut. Tatsächlich besser als Wein.

»Pardon. Und merci.«

Fabien ist frisch geduscht, frisch rasiert, es duftet im ganzen Raum nach einem Herrenparfum, und plötzlich werde ich verlegen. Nicht nur verlegen, mir wird klar, dass ich im Prinzip im Morgengrauen bei Fabien eingedrungen bin, in Morgenmantel und Pantoffeln. Um mit ihm über ein bisschen Nacktheit zu sprechen.

»Hör zu, es tut mir leid. Très, très viel pardon. Je suis so dumm.«

Fabien zuckt mit den Schultern und schiebt mir langsam sein Smartphone rüber. Er nimmt einen großen Schluck Kaffee und bedeutet mir, dass ich etwas schreiben soll. Ganz ruhig sitzt er mir gegenüber in seinem knallgelben Leinenhemd, das über der Brust ein bisschen aufgeknöpft ist, und ein paar Krümel von seinem Croissant liegen auf seinem Bauch.

Ich habe eine Idee, die Einar und das Kloster vielleicht retten kann.

Fabien liest, zieht fragend die Augenbrauen hoch und wedelt mit der Hand, als wollte er sagen, dass ich weiterschreiben soll.

Aber wir müssen zuerst mit Bonnibelle sprechen.

Fabien nickt und schreibt.

Die Bar offen 08.00. Komm! Du rettest Einar sag wie.

Nein, nicht in der Bar. Wir gehen zu Bonnibelle.

Jetzt?

Ja. Bonnibelle ist immer früh auf. Wir gehen zu ihr. Iss auf! Beeil dich!

Fabien schaut mich an. Als würde er in einem Museum stehen und ein Gemälde betrachten, sich überlegen, wie es gemalt worden ist, mit welcher Art von Farbe, in welcher Zeit und vielleicht sogar warum? Ja, er überlegt wohl, warum der Maler sich überhaupt genau dieses Motiv ausgesucht hat. Hysterische Frau im Morgenmantel. Oh Mann, ich bin kein Gemälde, hör auf, mich so anzuschauen und ... Da lächelt er plötzlich. Ein breites, warmes Lächeln. Dann schreibt er:

Das ist eine Frau einzigartig ich habe in meinem Kaffee.

Bonnibelle ist überhaupt noch nicht wach. Zumindest ist sie noch nicht aufgestanden. Als wir klingeln, macht uns ein verschlafener Henri auf, der noch im Schlafanzug ist. Fabien und er tauschen ein paar geflüsterte Worte, und ohne ein Wort

Französisch zu verstehen, weiß ich, dass Unruhe im Hause herrscht und dass es Bonnibelle nicht gut geht.

Henri lässt uns im Flur stehen und rollt ins Schlafzimmer, um seine Frau zu fragen, ob sie mit uns sprechen will. Henri und Bonnibelle sind immer sauber und gut gekleidet von Kopf bis Fuß, und ich habe noch nie einen Fuß in ihr Schlafzimmer gesetzt. Bis jetzt habe ich hier köstliche Mittagessen und ausgedehnte Abendessen zu mir genommen oder frisch gemahlenen Kaffee getrunken, in ihrem gemütlichen Esszimmer oder unter dem Sonnenschirm auf ihrem Hinterhof. Wenn ich nicht gerade die schmale Treppe zum Dachgeschoss hochklettern musste, wo Bonnibelle ihr Nähzimmer hat, versteht sich. Aber auch dort hat Bonnibelle alles im Griff. Immer großzügig, aber nie privat.

Doch jetzt herrscht eine andere Stimmung im Haus. Es duftet nicht nach Kaffee, der Blumenstrauß auf dem Esstisch sieht traurig aus und die Schuhe stehen durcheinander im Flur. Schweigend stehen Fabien und ich nebeneinander. Er riecht nach Zahnpasta und Aftershave und hat immer noch ein paar Croissantkrümel auf dem Bauch. Instinktiv will ich sie abstreifen, aber das steht mir nun wirklich nicht zu.

Henri kommt zurück und bittet uns, ihm zu folgen. Wir gehen durch die Küche, aus der man durchs Fenster direkt auf das Eingangstor zum Kloster schaut und auf die üppigen Baumkronen. Hinter der Mauer ahne ich den Turm, in dem ich schlafe.

Bonnibelle liegt mit einem Frühstückstablett über den Beinen in dem ziemlich schmalen Doppelbett. Das Schlafzimmerfenster ist offen, und auch von hier blickt man auf das Kloster. Alles ist geblümt in diesem Zimmer, und es duftet nach frisch gewaschenem Leinen. Sie sieht so klein aus, wie sie so daliegt. Ungeschminkt, unhergerichtet und unglücklich.

Sie sagt etwas in entschuldigendem Tonfall, Fabien versucht zu lachen und sagt, dass wir ja trotzdem schönes Wetter haben, und sie solle uns verzeihen, dass wir sie um diese Uhrzeit stören, und dann nickt er mir zu.

»Ella a une idée. Pour le monastère et Einar!«

Henri bittet uns, neben dem Fenster auf den beiden Sesseln mit den kleingeblümten Bezügen und den bestickten Schmuckkissen Platz zu nehmen. Ich hole tief Luft.

»Henri, can you please translate?«

»Of course, Annjetá«, sagt Henri.

»Bonnibelle, you saved my life, do you know that? Als du diese schöne Unterwäsche für mich genäht hast, hat das meine Sicht auf mich selbst verändert. Bis auf den Grund! Zum ersten Mal überhaupt hab ich mich schön gefühlt. Ich hab mir gestattet, schön zu sein, obwohl ich nicht so aussehe wie ein Fotomodell. Ich weiß, dass Einar das genauso empfindet. Und du auch. Alle, die deine Unterwäsche tragen, fühlen sich schön. Dank dieser Unterwäsche habe ich mich getraut, alles loszulassen und …«

Fabien und Bonnibelle schauen mich gespannt an, aber ich spreche den Satz nicht zu Ende, sondern fahre in eine andere Richtung fort.

»Das ist nur ein erster Gedanke, der mir gerade erst gekommen ist. Also müsst ihr ihn auch so auffassen. Aber ich glaube wirklich, dass wir auf diese Weise Geld zusammenkriegen könnten. Bonnibelle, du hast mir gesagt, dass du ein ganzes Lager voll Unterwäsche genäht hast, vielleicht könntest du ja noch mehr nähen? Vielleicht finden wir ja ein paar Leute, die uns beim Nähen helfen? Vielleicht gibt es hier im Ort Jugendliche, die sich mit den sozialen Medien und so was auskennen? Dann gründen wir ein Unternehmen, in dem du und noch ein paar andere schöne Unterwäsche nähen. Wir nehmen ganz normale Menschen als Fotomodelle, solche wie Fabien, mich, dich, Henri, Colette und Einar natürlich. Einar hat ein neues Smartphone, damit können wir Fotos machen. Fabien, du kannst unseren Verkäufer spielen, und ich rufe Paul an. Er ist ja Wirtschaftsprüfer, der kann uns bei der Gründung eines Unternehmens behilflich sein und ...«

Henri übersetzt, dass die Funken sprühen, doch dann wird er von Fabien unterbrochen.

»Non, non, non, Annjetá. Non.«

Mit weit aufgerissenen Augen hebt Fabien die Hände in einer abwehrenden Geste hoch, während Henri weiter übersetzt.

»Fabien say, this is no way in his life. He is a bartender, nothing else. And he will not take his clothes off for pictures. Not even for Einar's sake.«

Bonnibelle, die immer noch auf ihrem Bett sitzt, schüttelt den Kopf. Das sei ein schöner Gedanke, sagt sie, und in einer anderen Welt, in der sie jünger, munterer und kräftiger wäre, hätte sie sich das Ganze vielleicht überlegen können. Aber das hier ist eine Utopie, die nichts mit der Wirklichkeit zu tun hat. Bonnibelles Tätigkeit sei eher eine Art Guerillabewegung, eine heimliche Betätigung für private Stunden. Sie sei frei, weil sie anonym ist.

»Aber Bonnibelle! You can still be anonymous! Ich weiß was, wir können doch alle Masken aufsetzen. Einar hat doch solche, die er für irgendein Theaterstück in den Siebzigern angefertigt hat, die, die im Atelier hängen? Ich glaube, es sind drei Mäuse, ein Fuchs, ein Nashorn und ... und diese ganzen Nonnenschleier, die er noch hat! Die schönen weißen Tücher, die können wir uns auch aufsetzen. Nonnenschleier und Masken – keiner weiß, dass wir das sind! Aber wir sind gewöhnliche Menschen, mit gewöhnlichen Körpern mit ungewöhnlicher, völlig fantastischer Unterwäsche. Die wir verkaufen, und alle Einnahmen gehen an Einar.«

Stille im Zimmer. Henri muss hustend den Saft von Bonnibelles Frühstückstablett austrinken, weil seine Stimmbänder so strapaziert sind von dem ganzen Übersetzen. Fabien steht auf, küsst uns alle drei auf die Wangen, weil er jetzt zu seiner Bar gehen muss. Ein Duft von Aftershave und ein entschiedenes Nein, danke hängen in der Luft, nachdem er gegangen ist. Bonnibelle streckt sich zu mir und ich nehme ihre weiche, kühle Hand. Mit schwacher Stimme sagt sie etwas auf Französisch zu mir.

»What does she say, Henri?«, frage ich ihren Mann, der mit heiserer Stimme übersetzt.

»That you are a wonderful person with a wonderful idea. But it's too late. Too late for Bonnibelle, too late in our life, and we are just simple people. Not like you and Einar.«

Ich hebe meine Stimme.

»I am just a simple person, too! I'm the simplest person von uns allen!«

»You may have been simple once upon a time. But you are no longer, my friend. Only you or Einar can come up with an idea like this.«

»Ich bin immer noch schlicht. Ihr ahnt es ja gar nicht. This is thousand Kilometer außerhalb meiner ›comfort zone‹, wie man das heute so schön sagt. Das hier sagt also überhaupt nichts über mich als Person aus, das sagt nur, wie sehr ich Einar gernhabe. Und dass ihr alle meine Familie und mein Zuhause geworden seid. Und dass ich alles Mögliche tun werde, um Einars und mein Leben hier zu behalten. So einfach ist das.«

Ich spaziere das kurze Stück über die Rue Saint Denis, von Bonnibelles Haus zu Einar. Die Sonne ist jetzt richtig aufgegangen und sticht mir in den Augen. Ich hole den großen Schlüssel aus seinem Versteck in der Mauer und schließe das Tor auf. Mache es wieder hinter mir zu und gehe leise über den Innenhof.

»MÖÖÖUUUOOOAAARRR!«

Sind die Stiere jetzt schon wieder zugange? Kann ich jetzt Tag und Nacht gar nicht mehr unterscheiden? Vielleicht ist es ja überhaupt nicht Morgen, habe ich ... Da kommt Einar zur Kellertür herausgedonnert, speichelspritzend und mit gurgelndem Gebrüll.

»ÖÖÖOOOARRR! Wer zum Teufel hat meine Zähler ausgetauscht?«

12.

Wir sind beide völlig verschwitzt. Einar ist obendrein voller Erde. Aber jetzt sitzen wir in der Bibliothek auf dem Boden und lehnen uns an das durchgesessene Sofa mit dem Zebra-Bezug. Ich halte ihm ein Glas Wasser hin, das Einar entgegennimmt und in einem Zug austrinkt.

Wir haben ein paar Stunden das durchlebt, was man wohl als Verzweiflung bezeichnen kann. Furchtbar verwirrte Gespräche, die Einar führte, indem er mit Menschen sprach, die nur er sah. Danach begann, er auf Händen und Knien zu gehen. Und zu graben. Zuerst beim Aprikosenbaum, um es sich dann anders zu überlegen und zum Kirschbaum rüberzukrabbeln. Auf allen Vieren, mit nackten Knien über trockenes Gras, Kies und fauliges Fallobst. Die weiße Seidenunterhose war nicht mehr weiß, und der Stoff war von Schweiß durchtränkt. Ich versuchte, Einar an den Armen zu fassen, um ihm hochzuhelfen. Aber da schrie er vielleicht! Er schaute mich mit leerem Blick an und brüllte mich auf Französisch und auf Schwedisch an, Worte, die er an seine Mutter richtete und an seinen Vater, an Armand, an seine Ex-Frau. Er wehrte mich mit geballten Fäusten ab und krabbelte weiter. Ich weinte wie ein Kind, ich stand da, ließ meine Tränen über die Wangen strömen und fragte ihn immer wieder, wonach er denn bloß suchte, und ob er nicht einfach aufhören könne?

Einar hörte mich nicht. Er sah mich nicht. Er war irgendwo anders, grub nach etwas, was nicht mehr da war. Glaubte ich.

Doch als er auf blutigen Knien unter einem der größeren Kirschbäume lag und mit Erde um sich warf, förderte er am Ende doch etwas zutage: ein rostiges Metallkästchen, in der Größe eines Schuhkartons. Einar drückte sich das Kästchen an die Brust und küsste es immer wieder. Und dann lehnte er sich völlig mit Erde bedeckt gegen den Stamm des Kirschbaums und schlief erst mal ein Weilchen.

Und jetzt sitzen wir hier in der Bibliothek mit diesem erdbedeckten Kästchen zwischen uns. Einar klopft gegen das Schloss.

»Weißt du, warum ich das Ding hier ausgegraben habe?«
»Ist da Geld drin?«
»Geld? Nein, nein.«
»Gold?«
»Nein. Das hier ist das traurigste Kästchen der Welt.«

Einar macht sich am Schloss zu schaffen, versucht es mit seinen erdigen, zitternden Händen aufzubekommen. Das Kästchen ist völlig verrostet, und er stellt es sich zwischen die Beine, greift fest zu und stemmt das Schloss mit bloßen Händen auf. Neugierig spähe ich hinein. Es ist voll mit Schwarzweiß-Fotos. Junge Männer, die zusammen Eis essen, nackt von Klippen springen, splitternackt mit angespannten Muskeln posieren und dabei der Person hinter der Kamera flirtende Blicke zuwerfen. Männer, die umschlungen an Stränden liegen und mit weißen Zahnreihen lachen, gewöhnliche Portraits von Jungs mit kurz geschnittenen Haaren in weißen T-Shirts und junge Männer, die unendlich verliebt aussehen.

Einar seufzt.

»Weißt du, was das hier für Bilder sind?«

Ich schüttle den Kopf. Einar nimmt eines der Fotos mit seinen dreckigen Fingern heraus. Ein junger Mann mit Strickpulli und Shorts steckt sich lächelnd eine Zigarette an. Er sitzt ganz hinten in einem Segelboot, und alles atmet einen schönen, schwedischen Sommerabend.

»Das hier sind Bilder, die man nicht herzeigen darf. Geheimnisse. Deswegen sind sie auch vergraben.«

»Das versteh ich nicht.«

»Nein, wie könntest du das auch verstehen? Das können nur wir verstehen. In dieser Dose hier liegt so viel Liebe, Sehnsucht, Lust, Kummer und Schweigen. Das sind viel zu viele Bilder. Dieses Kästchen sollte eigentlich leer sein. Meine Freunde sind zu mir gekommen, wenn sie auf dem Sterbebett lagen oder schon zu alt waren, und haben mir diese Bilder mitgebracht. Bilder von einem Leben, von dem niemand wissen darf. Bilder, die nicht gefunden werden dürfen, nachdem man gestorben ist. All diese Menschen, die ihr Leben nicht ausleben durften. Die es nicht schafften, nicht konnten oder es nicht wagten, den Kampf aufzunehmen, die in ihrem ganzen Leben nur ein paar magische Stunden hie und da frei atmen durften. Das hier ist ihre Wahrheit. Vergraben in der Erde unter meinem Kirschbaum. Gibt es etwas Traurigeres?«

»Aber ... aber warum hast du die ausgerechnet jetzt ausgegraben?«

»Perspektive gehört zu den schönsten und wichtigsten Dingen überhaupt.«

»Perspektive?«

»Ich habe wirklich gelebt. Ich habe große Kriege verloren und bin kaum lebend herausgekommen. Aber ich habe andere Schlachten gewonnen. Ich habe offen mit meinem schönen Armand zusammengelebt, wir haben hier im Kloster gewohnt und hatten immer eine offene Tür für alle, die kommen mussten. So viele Menschen sind hier aufgelebt, sind auf und davon geflogen! In unserem ganz eigenen Paradies. Ich habe mich selbst gerettet, aber ich habe auch andere gerettet. Wenn ich all diese Gesichter hier so sehe ...«

Einar greift in die Dose und nimmt ein Foto nach dem anderen heraus. Ein paar davon küsst er, über andere streicht er mit seinen erdverkrusteten Fingern und legt sie vor uns auf den Boden.

»Wenn ich mir all diese Menschen hier so anschaue, empfinde ich so viel Kummer. Ein Leben kann so viel sein. Wenn die Liebe das ganze Lebenswerk krönt, die am meisten strahlt und wärmt. Und genau das ist diesen Menschen verwehrt geblieben. Ohne jede Logik oder vernünftige Gründe, nur wegen einer Vorstellung, wer sich lieben darf. Als ob man die Liebe jemals hätte kontrollieren können.«

Einar hält ein Foto hoch, auf dem ein Mann mit dunklen Locken, einem kleinen Tuch um den Hals und einer Lücke zwischen den Schneidezähnen breit lacht. Zärtlich küsst Einar das Bild und hinterlässt einen Schatten von mit Erde vermischtem Blut auf dem breiten Lachen des Mannes.

»Aber ebenso stark, wie ich diesen Kummer fühle, empfinde ich auch große Dankbarkeit.«

Einar öffnet und schließt seine Hand, als würde er etwas einfangen, was ich nicht sehen kann.

»Ich habe lieben dürfen. Ich bin geliebt worden. Ich habe meinen Sohn zurückbekommen. Ich habe in der schönsten aller Welten leben dürfen. Ich habe meine Fahne in schwindelnde Höhen getragen. Und jetzt ist es vorbei.«

Einar macht seine Hand wieder auf, als würde er das Leben loslassen, das er gefangen hatte. Er sieht, wie dieses Leben davonfliegt, und winkt ihm nach.

»Was meinst du damit – es ist vorbei?«

»Dass ich jetzt noch weiter fliegen kann. Das Kloster wird weiter fliegen, und wir müssen offenbar in verschiedene Richtungen. Das ist völlig in Ordnung. Jetzt hat die Flut sich meine Sandburg geholt. Es ist, wie es sein soll.«

Wie meint er das? Worüber beklagt er sich gerade? Weiterfliegen? Hier wird ganz sicher keine verdammte Flut kommen!

Einar steht auf mit zerquetschten Aprikosen und Erde am ganzen Hintern. Er stolpert zu den CDs auf dem Bücherregal hinüber. Zieht eine von ihnen heraus und steckt die Scheibe falsch herum in den CD-Spieler, immer wieder, während er gleichzeitig weiter mit mir redet.

»Das Kloster ist mein Dschungel. Hier bin ich ein freier Löwe. Wenn man mich hier wegholen würde, wäre es, als würde man mich in einen Zoo sperren. Ich weigere mich, ein Löwe zu werden, der in Gefangenschaft von morgens bis abends im Kreis läuft. Das ist nicht mein Leben.«

Einar drückt buchstäblich auf alle Knöpfe und bekommt den Player natürlich nicht zum Laufen. Ich stehe auf, streiche Einar über den Rücken und lege die CD richtig ein. Und dann strömt aus den Lautsprechern Julio Iglesias, wie schon so viele Male zuvor. Das Publikum applaudiert, Julio seufzt genüsslich und beginnt in seinem Französisch mit dem starken Akzent mit seiner schamlosen Vibrato-Version von *La mer*. Einar macht ein paar wacklige Tanzschritte in seinen lose sitzenden Sandalen, singt mit, hebt seine erdverschmierten Arme und schließt lächelnd die Augen.

»La mer, au ciel d'été, confond ses blancs moutons …«

Er streckt die Hände aus und ergreift meine. Ich will nicht tanzen. Ich will nicht weiterfliegen. Ich will das nicht hier. Ich weigere mich! Doch Einar lässt meine Hände nicht los.

»Viens, mon amie! Danse! Oui, danse!«

Widerwillig lasse ich mich hochziehen. Ich tanze schrecklich gerne mit Einar. Wir haben so oft getanzt, in genau diesem Zimmer und zu diesem Lied. Aber das ist jetzt ein seltsamer Tanz. Einar tanzt nicht fürs Leben ... er tanzt für den Tod. Ich bleibe reglos stehen, ich kann mich nicht bewegen. Einar schwingt meine lahmen Arme hin und her, während ich zu den ganzen Fotos auf dem Boden schiele, auf Einars Sandalenfüße und das mit Erde verdreckte Kästchen.

Ich versuche, Julio zu übertönen.

»Einar! Können wir uns nicht hinsetzen und reden? Wir können das Geld zusammenkriegen, wir können das hier lösen. Paul kann uns sicher auch irgendwie helfen, du hast doch seine ganzen Ordner gesehen und ...«

»Pssscht, ich liebe diese Stelle! La meeeer, les a bercés, le lo ...«

»Du kannst dich doch nicht einfach hinlegen und sterben!«

Und in diesem Moment jubelt Julios Publikum los und das Lied verklingt.

Einar wendet sich zu mir.

»Doch, genau das kann ich und genau das werde ich auch tun.«

Dann schiebt er alle Fotos wieder in die Dose, nimmt sie auf den Arm und tätschelt mir die Wange.

»Heute Abend brauchst du für mich kein Abendessen zu machen.«

»Natürlich bekommst du ein Abendessen.«

»Nein, jetzt habe ich ausgegessen. Wie lange das wohl dauert? Eine Woche? Ja, das klingt doch gut.«

Ich gehe auf und ab wie eine ruhelose Seele. Jetzt verstehe ich auch, was mit diesem Ausdruck gemeint ist. Meine Seele schwebt durch die Zimmer im Kloster. Setzt sich eine Weile auf einen der Stühle im kleinen Theater, betrachtet die Bühne mit den roten Samtvorhängen und den verschiedenen Kulissen, die Einar getischlert und bemalt hat. Dann schwebt sie weiter ins rote Esszimmer, die Bibliothek, die auch unsere Tanzfläche war, die Küche mit den getrockneten Blumen, die von der Decke herunterregnen, das zweite Esszimmer mit dem ausgestopften Löwen, der mich neugierig anstarrt, Armands Atelier, die Katzenkammer mit den ganzen Katzen, die Armand an die Wand gemalt hat, den Kristallsaal, das Bali-Zimmer, König Ludwigs Jagdzimmer, das Mädchenzimmer und zum Schluss die Hintertür, die in Einars Badezimmer führt, in dem die schwarze Wanne in der Ecke steht, sich die Gemälde vom Boden bis zur Decke ziehen, die Kristallkronleuchter tief hängen und die zwei prächtigen schwarzen Statuen von Einar und Armand am Fenster stehen. Als ich sie zum ersten Mal sah, bekam ich einen kleinen Schock. Sie sind nicht nur lebensgroß, sondern präsentieren auch noch ihre männlichen Genitalien. Mittlerweile ist die ruhelose Seele nicht mehr im Geringsten schockiert, im Gegenteil, es fühlt sich vollkommen normal an, sich in den Rattanstuhl daneben zu setzen, einen der Schränke aufzumachen, die Whiskyflasche rauszuholen, eines von den schmutzigen Gläsern, sich einzuschenken und dann dort zu sitzen, zwischen zwei Ständern, die direkt auf mein Gesicht zeigen. Ich habe Whisky noch nie sonderlich gemocht, weder als Mensch noch als ruhelose Seele, aber manchmal ist er einfach nötig. Genau wie jede andere Medizin. So wie jetzt.

»Okay. Ihr wollt jetzt also aufgeben, oder was?«

Einar und Armand geben keine Antwort, aber sie können gut zuhören. Ich nehme einen Schluck vom Whisky, will ihn eigentlich sofort wieder ausspucken, schlucke ihn aber trotzdem runter.

»Du, Armand, bist wenigstens tot, deswegen kann ich dir verzeihen, aber Einar? Du lebst in allerhöchstem Maße. Ich kenne wenige, die so viel leben wie du. Du kannst doch nicht einfach aufhören zu leben und all das hier untergehen lassen wegen so einer albernen Stromrechnung! Ja, ich weiß! Die Stromrechnung hat sich gewaschen, aber es ist doch trotzdem nur eine Rechnung. Ich will dich nicht verlieren! Ich will mein Leben hier nicht verlieren. In der Tat ist das hier nicht nur dein Zuhause, Einar, sondern auch meines.«

Ich nehme noch einen Zug. Schlucke unter Protest und drehe mich um. Ich schaue durch das hohe Fenster auf den französischen Balkon. Die abendlich funkelnde Sonne verschwindet hinter der Klostermauer. Ich sollte jetzt eigentlich alle Pflanzen gießen, aber das geht nicht. Es ist, als würde man seine vor Hunger schreienden Freunde sehen, ohne ihnen zu essen geben zu können. Sie müssen jetzt verhungern. Ich drehe mich zu Einars Statue.

»So wie du jetzt, oder? Wie blöd von dir ...«

»Entschuldige, wenn ich dich störe, ich will nur ein abendliches Bad nehmen.«

Einar betritt das Zimmer mit einem Handtuch um die Hüften.

»Kannst du mir bitte auch so einen einschenken?«, fragt er und zeigt auf mein Glas.

»Einen Whisky?«

»Ja, das klingt doch gut.«

Ich taste nach einem weiteren Glas, während Einar dampfend heißes Wasser in die Wanne einlaufen lässt. Tick, tack, tick, tack. Die Zähler da unten laufen wie verrückt, während das heiße Wasser die Wanne füllt.

»Möchtest du ein Brot?«

»Nein, danke. Ich werde jetzt nichts mehr essen.«

Verdammt. Er weiß es immer noch. Aber trinken tut er anscheinend doch noch. Ich gieße ihm ein ordentliches Glas

Whisky ein, denn der enthält wohl auch Getreide und Zucker, ein bisschen wie flüssiges Brot. Einar braucht Hilfe, um in die Wanne zu klettern, und ich nehme seine Hand. Das eine Bein über die Kante, das andere Bein über die Kante, und dann langsam, schön langsam ins heiße Wasser sinken lassen. Ich rolle ein Handtuch zusammen und lege es Einar in den Nacken, drücke ihm das Flüssigsandwich in die Hand, und jetzt gilt es verdammt noch mal, die Lebenslust in ihm zu wecken, damit er dieses Himme…

Einar seufzt zufrieden.

»Du weißt doch, was C-Dur ist, oder?«

»Ja, natürlich.«

»Dur, dieses schöne kleine Wort. Der Sonnenschein ist Dur, ein Spaziergang am Strand ist Dur, ein richtig mitreißendes Lied ist Dur. Aber wenn man zu einem Franzosen C-Dur sagt, zieht er sofort eine mitleidige Miene.«

»Wieso?«

»Wenn man ›c'est dur‹ ruft, sagt man damit, dass es gerade richtig schwierig ist, schwere Zeiten, schreckliche Zeiten, und ganz sicher kein Dur in Sicht. Dur und ›dur‹. C-Dur und ›c'est dur‹. Genauso, wie das Leben ist. Ein bisschen wie damals, als man noch klein war und auf der Wippe saß, weißt du? Wenn man wippte, Dur und Lachen. Dann sprang plötzlich der Freund auf der anderen Seite runter und man landete donnernd auf dem Boden. C'est dur und Tränen. Haha, jetzt könnte man sagen, dass mein Freund von der Wippe gesprungen ist. Aber was für einen Spaß wir vorher beim Wippen gehabt haben! Allerdings tut mir noch ein bisschen der Hintern weh, das kann ich nicht leugnen.«

Einar lacht laut und nimmt einen Schluck vom Whisky, gurgelt und schluckt.

»Das muss wehtun da hinten, wenn man richtig ordentlich

durchgenommen worden ist. So. Aber warum siehst du aus wie eine ganze Oper in Moll?«, fragt Einar und tätschelt mir die Wange.

»C'est dur«, antworte ich.

»Je sais, ma chère, je sais. Mais nous n'allons pas ...«

»Bitte auf Schwedisch.«

»Mais pourquoi, Bonnibelle, je ne comprends pas et ...«

»Weil ich Agneta bin.«

»Agneta?«

»Ja. A propos Bonnibelle. Was ist eigentlich mit ihr und diesem Kloster?«

»Kannst du mir wohl noch was nachschenken, bitte?«

Einar hält mir sein leeres Glas hin. Ich gieße ihm noch einen Whisky ein und frage, ob er seine Haare gewaschen bekommen will.

»Schrecklich gerne. Du bist so nett.«

Sanft massiere ich das Shampoo in Einars dünnes, strubbeliges Haar. Ich lege ihm ein zusammengerolltes Handtuch über die Augen, damit ihm kein Shampoo hineinläuft.

»Ach, ich hab nur überlegt wegen Bonnibelle. Wenn ich das richtig verstanden habe, gibt es irgendeinen Zusammenhang zwischen ihr und dem Kloster.«

»Ja, aber die Geschichte kennst du doch schon. Gerne ein bisschen kräftiger massieren, mein Schatz.«

Ich drücke fester zu und Einar kichert.

»Fühlt sich an, als würde hier eine kleine Frau stehen und mich am Kopf kratzen. Mach es wie immer, mon cher. So wie ich es gerne hab, du weißt schon.«

Ich blicke fragend hoch zu Armands Statue: Wie hast du das immer gemacht? Bitte hilf mir. Doch Armand steht nur da mit seiner Erektion und schaut mit leerem Blick über uns hinweg. Also reibe ich so fest ich kann, und Einar lächelt breit.

»Genau so. So ist es gut.«

»Kannst du mir noch mal in Erinnerung rufen, wie die Geschichte von Bonnibelle und dem Kloster ging?«

»Gib mir meinen Morgenmantel, dann gehen wir runter ins Theater. Da steht alles.«

13.

*E*inar wühlt hinter den Kulissen, mit Schaum in den Haaren und in seinem zebragemusterten Morgenmantel, dessen Gürtel er fest zugezogen hat.
»Es muss hier irgendwo sein, das weiß ich ganz genau.«
Napoleons Hut mit den zwei Spitzen wird zur Seite geworfen, bauschige Cancan-Kleider landen auf einer Stange an der Decke, ein Berg von Damenschuhen in Größe 44 wird in die eine Ecke der Bühne geschoben, ein fliegender Engel aus Pappmaché wird wieder an seinem Haken an der Decke aufgehängt, und da, ganz hinten, steht ein altes Spielzeugauto, ein größeres Modell. Irgendjemand hat es von Hand pistaziengrün angemalt und *Renault 4CV* auf eine der Türen geschrieben. Einars Miene hellt sich auf, er hebt das Auto hoch, hält es in den Händen und dreht es hin und her.
»Oh, das ist ja noch schöner, als ich es in Erinnerung hatte. Aber es war gar nicht so leicht, diese gestärkten Nonnenschleier zu kriegen, das kann ich dir sagen.«
Einar stellt das Auto auf einen Sockel und geht wieder zurück, um weiter in den Sachen auf dem Boden zu wühlen. Ich spähe ins Auto hinein. Da sitzen vier Barbies, alle als Nonnen verkleidet. Mit grauen Kleidern, grauen Schürzen und steifen Schleiern, die wie elegante weiße Flügel auf ihren Köpfen segeln. Solche, wie man sie nur in alten Filmen sieht. Ein Flügel schaut aus dem Fenster heraus, ein anderer bohrt sich fast der Nonne nebendran ins Auge. Die Nonne auf dem Fahrer-

sitz hat ein Baby auf dem Schoß, und auf dem Rücksitz zwischen den zwei Nonnen sitzen zwei kleine Mädchen. Ja, es sind zwei Ausgaben der ewigen Barbie-Jugendlichen Skipper, die Pagenkopf-Frisuren und hellblaue, einfache Kleider verpasst bekommen hatten.

»Hier sind sie ja! Wusste ich's doch!«

Einar hört auf zu wühlen und blickt mit einem Stoß Papier auf dem Arm auf.

»Halt mal kurz!«

Ich bekomme die staubigen Blätter in den Arm gedrückt, während Einar eine Tür an der Seitenwand aufmacht und auf verschiedene Knöpfe drückt. Lampen gehen an, Lampen werden gelöscht, ein Vorhang fällt von der Decke herunter und zum Schluss beleuchten drei starke Scheinwerfer die Bühne, woraufhin Einar die Tür zufrieden wieder zumacht. Er zieht an ein paar Seilen am Bühnenrand, und schwups fährt die Kulisse, die die Völkerschlacht zu Leipzig darstellt, gen Himmel, und die ganze Bühne ist offen.

Du liebe Güte, mein Geschichtslehrer aus der Oberstufe würde Gänsehaut bekommen, wenn er hören könnte, wie ich vollkommen lässig von »der Völkerschlacht zu Leipzig« spreche. Aber mein Geschichtslehrer hatte nicht Einars Talent für Publikumskontakt. Wenn Einar mein Geschichtsmentor in der Schule gewesen wäre, hätte ich ein zweistündiges Seminar über Napoleons Eroberungskriege halten können – über die in seinem Bett und die anderen auf dem Schlachtfeld. Vor ein paar Monaten habe ich hier im Theater gesessen, und Einar spielte mir Napoleons ganzes Leben vor, inklusive Kostümwechsel, verschiedenen Kulissen und einer großartigen Schlussszene auf der westafrikanischen Insel St. Helena, wo Napoleon als Gefangener starb.

Aber jetzt ist Zeit für eine andere Geschichtsstunde, vielleicht die interessanteste meines ganzen Lebens. Das Einzige, was mich stört, sind die Scheinwerfer, die wahrscheinlich die Zähler im Keller mehr denn je ticken lassen. Einar steht mit einem flügelähnlichen Nonnenschleier auf dem Kopf mitten auf der Bühne. Das Auto wartet immer noch auf dem Podest und Einar nimmt mir den Papierstapel wieder aus der Hand.

»Setz dich, mein Guter. Jetzt beginnt die Vorstellung.«

Ich krieche von der Bühne herunter und setze mich auf einen der Stühle in der vordersten Reihe. Einar hält einen Papierbogen hoch. Es ist eine Bleistiftskizze des Klosters, aber mit einer anderen Form von Garten, labyrinthischer und mit einer eigenen Kuhweide.

»Es war einmal ein Kloster. Ein richtig altes Kloster, das schon im fünfzehnten Jahrhundert gebaut wurde, ein Ort, an dem Frauen ihre Sexualität, ihre ewige Treue und Kraft Gott schenkten. Ich hoffe innig, dass diese Frauen dafür dann ordentlich entschädigt wurden in der Wohnstatt der Seligen, denn es war kein kleines Geschenk, das sie da machten. Im neunzehnten Jahrhundert übernahmen die Graugänse, oder die Barmherzigen Schwestern, wie sie auch genannt wurden. Eine mildere Form von Nonnenleben.«

»Warum wurden sie die Graugänse genannt?«

Einar zeigt auf seinen weißen, gestärkten Leinenschleier.

»Das ist eine Flügelhaube. Womit hat sie Ähnlichkeit?«

»Mit einer ... Gans?«

»Genau.«

»Und wenn diese Gänse dann graue Kleider tragen und genauso graue Schürzen, was meinst du, wie sie dann genannt werden?«

»Graugänse?«

»Genau! Die höchste Aufgabe der Graugänse war es, Gott

auf die Sprünge zu helfen mit all den Armen, Gebrechlichen, Lahmen und Schwachen. Mit einem Teil von ihnen, denn Gott schaffte es nicht, sich um alle zu kümmern, deswegen hatte er glücklicherweise seine barmherzigen Schwestern. Hier in Saint Carelle lebten die Graugänse mitten im Ort, bauten ihr Gemüse an, kümmerten sich um ihre Obstbäume, stellten ihre Käse her, melkten ihre Kühe, sprachen ihre Gebete, betrieben Bibelschulen für die Mädchen des Ortes, richteten Suppenküchen für die Hungrigen ein, brachten den Analphabeten das Lesen und Schreiben bei und ja, sie öffneten ihre Tore für alle, die Hilfe brauchten. Und sie öffneten nicht nur ihre Tore!«

Einar wirft den Bogen mit der Skizze des Klosters hinter sich und holt ein neues Bild hervor, auf dem die Katakomben dargestellt sind. Die gewölbten Räume im Keller mit dem festgetrampelten Lehmboden.

»Während der Weltkriege, dem ersten und dem zweiten, haben die Katakomben hier unter uns die Menschen und die Tiere im Ort gerettet. Wenn die Bomber sich näherten, öffneten die Graugänse nicht nur die äußeren Tore, sondern auch die inneren Türen, durch die man in die Katakomben hinuntergelangte. Kinder, Erwachsene, Kühe, Ziegen, Pferde und ganze Droschken voll mit wichtigen Dingen wurden in den Schutz unterm Kloster geschleppt. Dieses Gebäude hat sämtliche Einwohner des Ortes unzählige Male gerettet. Und nicht nur sie.«

Ein neues Blatt wird hervorgezogen. Eine Zeichnung von mageren, schmutzigen Kindern in Lumpen.

»Mit dem Krieg kommt auch der Tod. So viel Tod. Und viele Hinterbliebene. Hinterbliebene, was für ein Wort. Sie mussten bleiben, hinterher. Nach Tod und Katastrophen. Das ist keine einfache Aufgabe, ganz besonders nicht für Kinder.

So viele Erwachsene waren gestorben. So viele Kinder hatten keine Familie mehr. Zu Tode verängstigte, hungrige, verletzte Kinder. Eines von ihnen warst du.«

Einar schaut mich mit so viel Wärme in den Augen an, dass ich im ersten Moment glaube, dass er auch einen Scheinwerfer auf mich gerichtet hat.

»Ich?«

»Als wärest du von Gott selbst heruntergesandt worden, ohne Anfang, ohne Ende, nur ein kleines, nacktes Kind.«

»Woher kam dieses Kind?«

»Das wissen nur deine geheimsten, verstecktesten Erinnerungen. Drei Jahre warst du alt, ausgehungert und schmutzig hast du an die Klostertür geklopft. Irgendjemand wusste Bescheid, irgendjemand hatte dich hergebracht, zum Kinderheim der Graugänse.«

»Hatten die Nonnen denn ein Kinderheim?«

»Meine Liebe, wie ist es denn um dein Gedächtnis bestellt? Was war denn das hier zum Beispiel?«

»Hier? Hier im Theater?«

»Ja, da, wo du jetzt sitzt. Was hast du als Kind immer gemacht?«

»Ich … ich bin Agneta. Ich war damals nicht hier. Vielleicht war ich eine Graugans, aber das ist eine andere Geschichte.«

Einar rückt sich seine Flügelhaube zurecht, schaut erst mich an und dann seine nackten Füße. Er versucht die Welt zu verstehen, in der er gerade ist. Er holt tief Luft.

»Hier hast du genäht … Beziehungsweise, ich meine, hier hat *sie* genäht. Bonnibelle. Die kleine, schöne Bonnibelle. Wir haben das Stück nie aufgeführt.«

»Welches Stück?«

»Das von Bonnibelle und den Graugänsen. Sie fand, dass es

sich komisch anfühlte. Sie ist ein sehr privater Mensch, wie du weißt. Doch die Geschichte ist so schön. Sie ist ein so schöner Mensch. Aber sie lebt schon noch, oder?«

»Allerdings.«

Einar seufzt erleichtert.

»Manchmal ist das schwer zu unterscheiden …«

»Bonnibelle hat also hier im Kloster gewohnt?«

Einar setzt sich auf den Bühnenrand. Er legt den Rest des Papierstapels neben sich und rückt seinen Nonnenschleier zurecht.

»Mitten im Zweiten Weltkrieg musste das Kloster ein Kinderheim werden. Die Nonnen schufen ein Heim für kleine Mädchen. Gaben ihnen Essen, Liebe, Unterricht und Regeln, direkt von Gott natürlich. Die Mädchen, die hier gelandet sind, hatten trotzdem Glück. Bis Anfang der Fünfzigerjahre.«

»Was ist da passiert?«

»Für alle, die Glück gehabt hatten und ihre gewöhnlichen kleinen Leben weiterlebten, kamen der Frieden und Gene Kelly, und alles wurde ein einziges herrliches Singin' In The Rain voller Vertrauen in die Zukunft. Für die anderen galten jetzt die Gesetze des französischen Staates.«

»Wie meinst du das?«

Einar kratzt sich die Haare, die steif sind vom getrockneten Schaum.

»Im Regen zu singen war den vom Schicksal Begünstigten vorbehalten. 1952 ist der Film rausgekommen, oder? Ja, genau in dem Jahr, als die Graugänse alle Kinder abgeben mussten.«

»Warum denn das?«

»Nach dem Krieg gab es so viele Waisenkinder in ganz Frankreich, dass der Staat meinte, in dieser Angelegenheit Ordnung schaffen zu müssen. Private Kinderheime dieser Art mussten alle zumachen, die Kinder wurden in staatliche Kinderheime überall in Frankreich geschickt. Alle außer diesen drei Mädchen.«

»Bonnibelle? Durfte Bonnibelle dableiben?«

Einar steht auf und schaltet noch ein paar zusätzliche Scheinwerfer an. Ich muss sofort an den Zähler im Keller denken und schaue nervös auf die brennenden Lampen.

»Wir brauchen doch nicht noch mehr Licht, oder? Wir könnten doch fast alle ausmachen und stattdessen die Kerzen auf dem Kandelaber anstecken, oder?! Ja, das wär doch richtig gemüt…«

»Lass sie brennen.«

»Aber ich denke an …«

Kann er sich erinnern? Weiß er noch, was vor ein paar Stunden geschehen ist? Vielleicht sollte ich ihn fragen, ob er ein belegtes Brot möchte, dann wissen wir, ob …

»Man weiß nie, wann man sterben wird, man weiß nie, wann einem der Teppich unter den Füßen weggezogen wird, deswegen können wir genauso gut alle Lichter anlassen bis dahin. Mehr Licht! Ich will mehr! Alles soll leuchten! Für die Mädchen, für alle Kinderheimkinder, für alle in der Dunkelheit, für mich, für dich!«

Einar steht hastig auf, macht die Sicherungsklappe auf und zieht alle Hebel nach oben, woraufhin jeder Scheinwerfer im Theater angeht. Pang! Pong! Poff! Er springt überraschend geschmeidig von der Bühne herunter, geht zur Treppe, schaltet die Lampe dort auch ein und verschwindet ins nächsthöhere Geschoss. Ich höre, wie wirklich jeder Lichtschalter gedrückt wird. Ich stelle alle Hebel auf OFF, und Dunkelheit breitet sich aus. Ich rolle die Skizzen zusammen, schiebe sie mir unter den Arm und folge Einars Spur, in Form von lauter angeschalteten Lampen. Und ich knipse sie eine nach der anderen aus.

Es ist warm in meinem Turm, obwohl es schon später Abend ist. Alle Fensterläden und Fenster sind weit geöffnet in die weiche Dunkelheit. In der Ferne höre ich die Katzen miauen, die Kirchenturmuhr ihre unregelmäßigen Glockenschläge schlagen und irgendeinen Trupp Jugendliche auf dem Marktplatz laut lachen. Ja, im Sommer sind ein paar mehr Cliquen von Teenagern unterwegs. Vielleicht besuchen sie ihre alten Verwandten. Flirten miteinander spätnachts auf dem ansonsten menschenleeren Platz. Fahren einander mit ihren Mopeds zu den größeren Ortschaften im Umkreis, wo man vielleicht tanzen gehen kann oder es eine Bar ohne Sperrstunde gibt. Wie auch immer, es ist ein herrliches Geräusch. Fröhliche junge Menschen. *Singin' In The Rain*.

Ich habe ein paar Kerzen angezündet und sitze auf dem Boden mit Einars Skizzen und dem traurigsten (und dreckigsten) Kästchen der Welt vor mir. Ich versuche zu ergründen, was die Skizzen erzählen und in welcher Reihenfolge ich sie anordnen muss. Das Puzzle von Bonnibelles Leben. Bonnibelle wäscht, Bonnibelle putzt, Bonnibelle hängt fünfundzwanzig große weiße Unterhosen auf einer Wäscheleine in einem Teil des Klostergartens auf, der aussieht wie eine Art provisorische Waschanlage, Bonnibelle schläft dicht neben einer älteren Frau, Bonnibelle schläft mit zwei anderen Mädchen in einem kleinen Zimmer mit drei Betten. Bonnibelle stellt Käse her, Bonnibelle melkt, Bonnibelle und zwei andere Mädchen verstecken sich in einer dunklen Abstellkammer. Ein paar Mädchen werden von Familien umarmt, andere Mädchen gehen traurig durchs Klostertor, massenweise leere Betten. Bonnibelle spiegelt sich in einem Fenster, sie hat wunderschöne Unterwäsche an und ... ich muss an die Graugänse denken, ans Kloster und an den Turm, in dem ich sitze. Es kommt mir vor, als würde die Zeit wie ein Meer unter mir hindurchfließen. Die Geschichte strömt durch die Säle, die Treppen hinunter, in die Katakomben, und nachdem die Graugänse herausgespült sind, fließen Einar und Armand herein. Erst die barmherzigen Töchter und dann die sinnlichen Söhne.

Die erdverschmierte Dose liegt vor mir, angefüllt mit allen Fotos. Bilder von parallelen Leben, die versteckt und vergraben waren, die sich aber hier innerhalb dieser Mauern abspielen durften. Das Kloster hat unaufhörlich seine Tore für die Bedürftigen geöffnet. Ich war auch bedürftig und wurde eingelassen ...

Jetzt klingen die Stimmen der Jugendlichen ziemlich nah. Ich schaue aus einem Fenster nach dem anderen hinaus, kann fast nichts sehen, weil der Garten und das Kloster unbeleuchtet sind. Aber dann blinzle ich hinaus über die Mauer, ahne Stücke der Rue Saint Denis und Bonnibelles Haus. Im Licht einiger Straßenlaternen und Bonnibelles Außenbeleuchtung erahne ich fünf Jugendliche und einen Hund. Die Clique ist vollauf damit beschäftigt, Cola zu trinken, Kunststücke mit dem Hund vorzuführen und laut über Dinge zu lachen, die sie auf ihren Smartphones anschauen. Bonnibelles Enkel! Sie sind inzwischen hier. Ihre Enkelkinder trinken Cola und hängen sorglos mitten zwischen ihren zwei »Heimaten«, ihren beiden Leben.

Die schwarzweißen Fotos und die Skizzen liegen auf dem Boden, während ich das Gelächter von der Straße heraufhallen höre. Hier wohnt Einar, und auf der anderen Seite wohnt Bonnibelle. Zweige von den Bäumen des Klostergartens strecken sich sehnsüchtig über die Straße zu ihrem Haus. Das Kloster, Einar und Bonnibelle sind miteinander verbunden. Sie teilen Sauerstoff, Blut und Geschichte. Die Zähler ticken im Keller, Einar hungert in seinem Schlafzimmer, Bonnibelle wird demnächst die Stätte ihrer Kindheit verlieren, alle Männer auf den Schwarzweißfotos lächeln bei ihren heimlichen Stelldicheins, und ich muss zur Lavendelfrau werden.

Ich nehme die samtschwarze Unterhose und den BH mit den Goldflügeln von der Wäscheleine über dem Waschbecken. Das Kloster ist nicht nur ein Kloster. Es ist ein Herz, das für uns alle schlägt, und das muss es auch weiter tun dürfen. Feierlich ziehe ich meine Unterwäsche an, und dann setze ich mich auf den Boden vor Einars ganze Zeichnungen und Fotos. Die Lösung liegt hier, direkt vor mir. Und jetzt braucht es nur noch die Kraft einer Lavendelfrau, sie umzusetzen.

14.

Ich weiß nicht so recht, ob ich die richtige Person bin, um ...«

»Ob du der Richtige bist?! Du bist unentbehrlich!«

»Vielleicht können wir versuchen, finanzielle Unterstützung zu beantragen und ...«

»Finanzielle Unterstützung? Einar bekommt doch nie und nimmer irgendwelche finanzielle Unterstützung. Für seinen langen und treuen Dienst bei Schummeleien mit der Steuer und der Stromzählerbranche? Für so was gibt es keine finanzielle Unterstützung, für so was gibt es nur Gefängnis. Wo man natürlich Kost und Logis umsonst bekommt, also könnte man das vielleicht auch als finanzielle Unterstützung bezeichnen.«

Paul sitzt in seinem gebügelten hellblauen Sommerhemd mit den ordentlichen Bügelfalten auf den kurzen Ärmeln am Tisch. Er versucht, zu frühstücken – eine Tasse Tee, ein Käsebrot mit Paprikaringen und ein Glas Orangensaft. Die Morgenzeitung liegt aufgeschlagen auf dem Tisch, und ich kann spüren, wie ich seine morgendliche Routine störe.

Ich habe mich im roten Esszimmer versteckt, damit Einar nichts hört. Das Handy lehnt an dem riesigen Kandelaber mitten auf dem Tisch, und die Staubkörnchen von den ganzen schweren Gardinen und Tischtüchern tanzen im hellen Morgenlicht. Ich bin seit fünf Uhr morgens wach und habe nur darauf gewartet, dass es acht wird, damit ich Leute anrufen kann. Paul ist der erste auf meiner Liste. In meiner schwarzen Unterwäsche und einem geblümten Kleid fühle ich mich, als könnte mich nichts und niemand aufhalten. Die Lavendelfrau, besser gesagt, ICH, lehne mich zu Pauls kleinem Gesicht vor. Bei ihm zu Hause gibt es keinen Staub, alles ist sorgfältig mit einem feuchten Tuch gewischt worden.

»Eigentlich ist es doch wie ein ganz gewöhnlicher Job! Ein ganz beliebiger, außer dass du kein Geld dafür bekommst. Du gründest ein Unternehmen, das Unternehmen verkauft Bonnibelles Unterwäsche, du hilfst uns bei allen Abzügen, Quittungen und … na ja, was ein Wirtschaftsprüfer eben so tut. Ich versuche, hier auch alles richtig gut zu machen! Damit unsere Arbeit nicht als Schwarzgeld in Einars Taschen fließt und wir dann noch mehr Behörden am Hals haben. Eine reicht schon.«

»Ich denke da eher an die Rentabilität. Ich glaube nicht, dass sie ausreichend groß sein wird, um die Kosten zu decken. Und der Markt für ältere Menschen und Unterwäsche … ich weiß nicht recht. Gibt es so einen Markt überhaupt? Sind Stützstrümpfe und so was für solche Fälle nicht bessere Produkte?«

»Stützstrümpfe unterstützen die Blutzirkulation in den Beinen, aber wir wollen die Blutzirkulation im ganzen Leben verbessern! Und nein, diesen Markt gibt es heute noch nicht, aber WIR werden ihn schaffen. Wir werden es … wie soll ich das sagen … wir werden es *sinnlich* machen, älter zu sein. Oder weißt du was, ich werde jetzt ein Wort verwenden, das ich noch nie ausgesprochen habe. Aber jetzt spreche ich es aus.«

Paul wartet. Ich nehme innerlich Anlauf.

»Ein kleines Wort für die Welt, aber ein großes Wort für mich. Es soll … sexy sein.«

Paul schluckt an seinem Frühstückstisch. Aber er schluckt nicht nur sein Frühstücksbrot runter, sondern etwas anderes. Vielleicht seine Wirtschaftsprüferehre?

»Ich als Wirtschaftsprüfer würde sagen, dass sich das sehr idealistisch anhört. Es ist ein schöner Gedanke, aber es muss wirklich eine Menge Geld reinkommen.«

»Entschuldige, Paul, aber da muss ich dich unterbrechen. Sagt man nicht immer, dass man sich etwas suchen soll, was noch nie ein anderer gemacht hat, wenn man ein neues Unternehmen gründet? Ein Bedürfnis, um das sich noch kein anderer gekümmert hat? Das ist genau das, was wir hier haben! Wir werden superschöne Bilder von Menschen in allen Altersstufen machen, und sie werden Bonnibelles Unterwäsche anhaben, und ich weiß aus eigener Erfahrung, dass diese Wäsche Wunder wirkt! Ich habe dank Bonnibelle ein völlig neues Leben bekommen. Wir werden alle unbezahlt arbeiten, wir nähen die Kleider, spielen Modell, und unsere Geschäftsräume sind sowieso gratis.«

»Die Geschäftsräume sind nicht gratis. Die Geschäftsräume sind extrem teuer. Es geht doch wohl um dieselben Geschäftsräume, die wir retten wollen, oder? Oder hab ich da was verpasst?«

»Ja, doch, das stimmt schon, aber alles andere ist umsonst!«

»Der Stoff für die Unterwäsche?«

»Bonnibelle hat massenweise Stoffe!«

»Hast du schon mit Bonnibelle darüber gesprochen?«

»Ja! Oder fast.«

»Agneta, ich weiß nicht so recht … Das kommt mir alles ein bisschen übereilt vor. Ich bin mehr der methodische Typ. Natürlich will ich Einar helfen, aber das hier … mit diesem Plan fühl ich mich nicht richtig wohl.«

»Ich auch nicht. Herrgott noch mal, ich bin der prüdeste

Mensch der Welt, aber es gibt keinen anderen Weg. Wenn wir keine Banken überfallen wollen. Würdest du uns dabei helfen? Zumindest das Fluchtauto fahren? Bonnibelle kann uns vielleicht hübsche Sturmhauben nähen.«

Paul sitzt mit steifem geradem Rücken an seinem Frühstückstisch. Nimmt einen Schluck von seinem Saft. Tupft sich den Mund mit einem Stück Küchenkrepp ab. Ich falte die Hände und ertappe mich dabei, wie ich genau dasselbe tue, was meine Kinder taten, wenn alle Argumente vorgebracht waren und es nur noch um Gefühle ging. Die Lavendelfrau winselt wie ein Hund und sieht so unglücklich aus, wie sie nur kann. Vor einem armen Wirtschaftsprüfer, der gerade zu frühstücken versucht.

»Bitte. Bitte, bitte, bitte. Was hast du schon zu verlieren?«

»Ich würde wohl nicht direkt etwas verlieren, aber ich als Wirtschaftsprüfer glaube nicht an diese Idee, ich würde ganz einfach keinem empfehlen, auf so etwas zu setzen, ohne vorher eine ordentliche Analyse der …«

»Super, dann legen wir los!«

»Tun wir das?«

»Ja, du hast doch gerade gesagt, dass du dabei nichts verlieren kannst. Was ja gut ist. Dann können wir nur gewinnen.«

Für eine Weile herrscht Stille. Paul versucht, das Gesprächsthema zu wechseln.

»Hat Einar seit gestern etwas gegessen?«

»Nein.«

»Wie wirkt er auf dich?«

»Seltsamerweise ist er ziemlich fröhlich. Erleichtert, würde ich sagen. Leider.«

»Warum leider? Es ist doch wohl gut, wenn er fröhlich und erleichtert ist, oder nicht?«

»Aber er ist eher erleichtert, weil er einen Beschluss gefasst hat.«

»Was für einen Beschluss?«

»Na ja, dass er … dass er mit dem Leben fertig ist und dass das okay für ihn ist. Für ihn zumindest. Für mich nicht. Absolut nicht.«

Paul verstummt. Starrt an irgendeinen Punkt über seinem Handy. Dann faltet er die Zeitung zusammen, nimmt noch einen Schluck Tee und steht auf.

»Ich komme«, sagt er.

»Kommst du jetzt sofort? Dein Urlaub fängt doch erst in ein paar Wochen an, oder?«

»Ich sagte, dass ich nichts zu verlieren habe. Das stimmt nicht. Ich hab sehr wohl etwas zu verlieren – meinen Vater.«

Mit zitternden Händen streiche ich Pauls Namen rot auf meinem Zettel durch. Rot bedeutet, dass er mitmacht. Jetzt stehen hier nur noch drei Namen.

Ich mache ein Frühstückstablett mit frischen Croissants, Kaffee und Marmelade fertig und will gerade zu Einar hochgehen, als ich wieder in die Küche zurückgehe. Ich hole eine Flasche Rotwein heraus, Salami mit Haselnüssen, ein Stück Paté, und stelle es auch aufs Tablett. Ich habe nicht vor, Einar widerstandslos verhungern zu lassen. Auf dem Weg zur Treppe entdecke ich, dass die Hintertür offen steht. Draußen auf der Wiese sehe ich Einar. Er hat nur seine Lesebrille auf der Stirn und seine sonnengelbe Seidenunterhose an. Die mit den dunkelvioletten Fransen am Beinausschnitt und den aufgestickten französischen Königslilien in Violett auf dem gelben Stoff.

Bei den Rosensträuchern bleibt er stehen, pflückt ein paar Zweige mit Blütenständen aus kleinen Rosen ab und sammelt sie zu einem Strauß. Ich stelle das Tablett ab und schleiche leise durch die Tür. Nachdem ich das Smartphone auf stumm geschaltet habe, mache ich Bilder von ihm. Er ist so schön. Mit einem Körper, dem man ansieht, dass er gelebt hat. Ausgeblichene Tattoos, samtweiche Haut, die nicht fest an seinem Körper anliegt, sondern mehr wie ein weicher Mantel über seinen Muskeln liegt. Man spürt geradezu, wie die Sonne seine Haut wärmt, wie die Rosen duften und die Seide seiner Unterhose sich leicht im Wind bewegt. Er dreht sich um. Sieht mich da mit dem Handy stehen, und ich fühle mich ertappt, wie ich hier heimlich einen alten, fast nackten Mann fotografiere.

»Was tust du denn da? Schleichst du mir nach?«

»Nein, ich ... ich wollte nur ... Ich mache Fotos von dir.«

»Womit?«

»Hiermit!«

Ich hebe das Smartphone. Einar blinzelt von den Rosensträuchern zu mir herüber.

»Das ist doch keine Kamera.«

»Doch, es gibt eine Kamera, die ist hier im Telefon integriert, verstehst du.«

»Red nicht mit mir, als wäre ich ein Kind«, schnauzt mich Einar an. »Ich weiß sehr gut, dass es eine Kamera in diesem Telefon gibt, aber das ist keine *richtige* Kamera. Darf ich die Bilder mal sehen?«

Einar schreitet entschieden über die Wiese, während die Katzen hinter ihm herlaufen. Er legt seinen Rosenstrauß auf einen der Marmortische, schiebt sich die Brille auf die Nase und schaut aufs Display.

»Zeig her!«

Beschämt halte ich das Handy hoch und blättere durch die Bilder. Einar mustert sie gründlich. Er lächelt verzückt.

»Tja, mit dem Modell gibt es meiner Meinung nach kein Problem. Hätte gar nicht gedacht, dass mein Arsch immer noch so viel hermacht. Und siehst du diesen Rücken? Wir haben alle solche breiten Rücken in meiner Familie. Alle. Sogar meine Mutter.«

Dann senkt er die Augenbrauen und sagt mit tadelndem Ton: »Aber das ist ziemlich ... scharf.«

»Ja, unglaublich, oder?«

»Diese Handys haben alles missverstanden.«

»Ja?«

»Ja, in der Tat. Sie glauben, dass verbesserte Schärfe die Antwort auf alles ist. Wow! Wir haben eine KAMERA im TELEFON, und diese Kamera ist superscharf, der entgeht nichts. Das Telefon ist auch superscharf, dem entgeht auch nichts. Du kannst überall präzise sein, die ganze Zeit. Und uns entgeht nicht die kleinste Neuigkeit, oje, da ist jemand in Manila von einer Schlange gebissen worden und in Hanoi hat sich ein anderer scheiden lassen.«

Einar redet laut, wie mit sich selbst, er nimmt seine Rosen und geht zu dem langen Steintisch, der an der Hausfassade entlangläuft. Hier stehen Gießkannen dicht an dicht, Blumentöpfe in verschiedensten Formen, Säcke mit Erde, verstaubte Glasvasen und getrocknete Blumensträuße. Einar nimmt sich eine kleinere Vase und füllt sie mit Wasser aus dem Schlauch, der an der Wand hängt.

»Uns entgeht kein einziges Sandkorn, wenn wir mit diesen Handys fotografieren. Alles wird gesehen und gehört, und in der ganzen Welt jubeln die Menschen: ›Hurra, wir können überall sehen und hören‹! Diejenigen, die es versuchen, sehen zum Schluss überhaupt nichts mehr. Sie werden blind. So wie ein Mensch, der alle naselang gefüttert wird, irgendwann satt ist und jeglichen Hunger verliert.«

Ich scrolle die Bilder auf dem Handy durch, auf denen Einar zu sehen ist, wie er im Gras steht und Rosen pflückt. Ja, die Fotos sind scharf. Man sieht jeden Grashalm und jede Hautfalte. Ich komme mir vor wie meine Kinder, die gerade einen Vortrag bekommen haben – zum Beispiel von mir –, wie schrecklich Handys sind. Wie oft habe ich wie ein alter Mann geknurrt, dass die Handys ihr ganzes Leben auffressen, während sie genervt die Augen verdreht haben, um sich dann wieder ihrem Handy zuzuwenden? An scharfen Bildern ist doch nichts auszusetzen, oder? Reaktionärer, altmodischer Mann! Was ist daran auszusetzen, wenn man die Grashalme sieht und jede Franse an der Unterhose? Ich schaue die Fotos noch mal an, die sind doch gut! Wäre ich so ein Instagram-Mensch gewesen und hätte diese Bilder eingestellt, hätten meine Follower sie sofort geliked. Alter Opa in Unterhose mit Rosenstrauß, carpe diem, und so weiter, und so fort. Der absolute Klickmagnet!

Ich mustere Einar, wie er den Rosenstrauß sorgfältig auf einen Marmortisch stellt. Er pflückt eine dunkelviolette Feige vom Baum und legt sie daneben. Langsam, aber sicher fühle ich mich gekränkt und will die Stimme für die Ehre meiner scharfen Bilder erheben, doch da greift Einar den Besen, der dort an der Wand lehnt, fängt an, das Laub wegzukehren, und predigt weiter.

»Wollen wir, dass unser Leben immer messerscharf ist? Oder wollen wir, dass unser Leben magisch ist? Etwas, das eine Tür zur Phantasie offen lässt? Die totale Schärfe lässt alle Türen verschlossen. Ich glaube an offene Türen. Wie bei der Erotik!«

»Bei der Erotik? Was hat das hier denn mit Erotik zu tun?«

»Alles! Begehren braucht Raum. Raum zum Erforschen, Erobern, Raum für Mystik. Wenn es zu sicher wird, zu scharf und ausgesprochen, bleibt kein Sauerstoff mehr fürs Geheimnisvolle. Genauso ist es mit den Bildern. Ich will nicht mehr von etwas haben. Mir reicht das. Warum hast du diese Fotos gemacht?«

»Weil … weil … weil ich eine Idee habe.«

»Was für eine Idee?«

»Du weißt doch, dass wir gerade ein bisschen Geld brauchen, oder?«

»Geld braucht man immer, wenn du mich fragst.«

»Die Stromrechnung? Kannst du dich daran erinnern?«

»Diese neuen Zähler meinst du?«

»Genau. Durch die ist ja jetzt alles teurer geworden, und ja, wir brauchen mehr Geld.«

»Denk doch nicht mehr daran. Scheiß aufs Geld, scheiß auf die Zähler. Heute ist doch so ein schöner Tag, siehst du nicht die Rosen, wie sie in so üppigen Blütenständen wachsen? Eine Rose, die gleichzeitig zehn Rosen ist. Wie kann etwas nur so schön sein? Denk doch an so was statt an Geld.«

Okay. Jetzt muss ich umdenken. Geld und Wirklichkeit verfangen bei diesem Opa nicht. Wären Geld und Wirklichkeit sein Thema gewesen, dann wären wir uns nie begegnet. Wenn er mir nicht die Tür geöffnet hätte und ich ihn einfach hätte kennenlernen müssen, auf seiner Spielfeldhälfte. Die einzige Art, auf die man sich wirklich kennenlernen kann.

»Doch, ich habe eine Idee! Ich würde gerne fotografieren lernen. Ich habe … an eine Hommage an Bonnibelle gedacht. An ihre Unterwäsche, die mich gerettet hat. Ich will Fotos von dir machen, von mir, von Bonnibelle, von Henri und … ja, von allen, die mitmachen wollen. In Bonnibelles selbstgenähter Unterwäsche! Bonnibelles Blick auf unsere Körper, die nicht blutjung und glatt sind, ist so warm.«

»Warm? Ha! Heiß ist der! Bonnibelle ist keine Novizin mehr. Sie ist ein wilder Raubvogel unter einem gepflegten Gefieder. Aber sie würde sich nie für ein Bild zur Verfügung stellen. Bonnibelle lebt außerhalb des Bildes.«

»Ich hatte eigentlich an deine Masken gedacht, die im Atelier hängen, die könnten wir doch anlegen!«

»Diese Tiermasken? Ach, die sind doch langweilig, da kann ich neue machen. Weißt du was? Ich habe auch eine Kamera. Ein altes Stück, das ich irgendwann in den Achtzigerjahren gekauft habe, glaube ich. Diese Kamera arbeitet mit Magie und öffnet Türen zur Phantasie. Mit der musst du deine Fotos machen. Wirf die andere weg, die ist zu gut.«

Einar bedeutet mir mit einer Handbewegung, dass ich mit ihm zum Atelier kommen soll. Ich ziehe den Zettel aus meiner Tasche und streiche Einars Namen ebenfalls rot aus. Jetzt stehen nur noch zwei Namen drauf.

15.

Wir sitzen im Schatten der Markise vor Fabiens Bar. Wir haben gerade fertig zu Mittag gegessen, die Gäste lehnen sich zurück und ruhen sich aus, bei Zigaretten, Espressotassen und Smalltalk. Mit schräg aufgesetztem Panamahut, aufgeknöpftem Hemd, der alten Kamera auf dem Tisch und in Bestlaune winkt Einar nach zwei Pastis.

Im Atelier wurden Einars Zeit und Raum ausgelöscht, ich wurde zu Armand, und wir sollten offenbar an einer Fotoausstellung arbeiten. Wir fanden die Kamera, in der noch ein Film war, seit wer weiß wie lange. Aber diese Filmrolle wird entwickelt werden, neue Filmrollen werden gekauft werden, neue Masken aus Pappmaché werden gemacht werden, und mitten in Einars Eifer, Papier für die Pappmaché-Masse zu zerreißen, verspürte er akuten Hunger. Ich nahm ihn sofort bei der Hand, rannte mehr oder weniger die Avenue du Taureau hinunter zu Fabiens Bar, mit dem hinterherstolpernden Einar im Schlepptau.

Fabien begriff, dass es hier aufzupassen galt, weil der Hungerstreikende eine Pause machte, und jetzt werden Oliven, Brot, Butter und dünn aufgeschnittene Rosette-de-Lyon-Salami zusammen mit dem Pastis zu unserem Tisch gebracht. Einar wirft Fabien Kusshändchen zu und schiebt hungrig die leckeren Sachen in sich hinein. Kusshändchen, Salami, Kusshändchen, drei Oliven und so weiter. Fabien küsst Einar immer wieder auf die kauenden Wangen, um uns dann das Tagesmenü aufzusagen, glaube ich. Ich verstehe irgendwas von Tunfisch mit ... Bacon? Einar stößt einen entzückten Ausruf aus, also bekommen wir jetzt wohl Tunfisch mit Bacon. Okay. Ich tue alles für Einar und seinen Appetit, auch wenn ich Tunfisch und Bacon gleichzeitig essen muss. Wir bestellen zwei Portionen, und Einar will auch noch eine Karaffe Roséwein – jawohl! Fabien schliddert fast in die Küche, bevor Einar es sich anders überlegen kann und seinen Hungerstreik wieder aufnimmt.

Dann hebt Einar sein Glas.

»Meine liebe Freundin! Prost auf die Zukunft!«

Habe ich recht gehört? Ich will auch auf die Zukunft trinken! Wir stoßen auf die lustige Zukunft an, Einar trinkt einen Schluck und redet dann weiter mit dem Mund voller Salami.

»Pappmaché ist wie gemacht für Feste. In Paris herrschte Ende des sechzehnten Jahrhunderts eine Hungersnot. Die armen Teufel, dabei ist das Essen doch so gut.«

Einar spuckt zwei Olivensteine aus und fährt fort.

»Aber wie hat man versucht, die hungernden Bürger von Paris wieder aufzumuntern? Genau, indem man riesige Götter und Seeungeheuer aus Pappmaché anfertigte und sie die Seine runterschwimmen ließ. Davon wurden zwar die Bäuche nicht satt, aber das Volk hatte etwas, worauf es seine hungernden Blicke richten konnte. Was wären die Maskenbälle von Venedig ohne Pappmaché? Die reinste Totenwache! Du kannst dich sicher an die Aufführung über die Bartholomäusnacht erinnern, diese unbekannte Bluthochzeit, ja, du weißt es noch – da durfte ich in Pappmaché geradezu baden. Fabien, da bist du ja!«

Einar winkt Fabien an unseren Tisch, der gerade zwischen den Tischen rumläuft und Geschirr abräumt. Mit gestapelten

Tellern in den Händen bleibt er an unserem Tisch stehen, um Einar aufmerksam zuzuhören.

»Oui?«

»Lieber Fabien, du musst mit Armand zum Fotogeschäft fahren, dem in Avignon. Armand ist zu zittrig, um selbst zu fahren, wie du weißt. Kauf Filmrollen und vielleicht ein paar Ersatzbatterien für diese Kamera hier. Ich wäre gerne selbst gefahren, aber ich habe gerade ganz viel Pappmaché angerührt, das ich jetzt verarbeiten muss.«

»Einar ... Je ne comprends pas le suédois. En français, s'il te plaît.«

Einar überlegt ein paar Sekunden, dann nimmt er innerlich Anlauf und sagt genau dasselbe noch einmal, auch diesmal auf Schwedisch. Fabien schielt fragend zu mir, und ich nicke unauffällig. Da reckt Fabien den Daumen hinter seinen Tellern nach oben und Einar schlägt glücklich die Hände zusammen.

»Großartig! Hol Armand vor der Siesta ab, dann schafft ihr es ohne Probleme wieder zurück bis vier.«

Einar streichelt mir lächelnd die Wange, nimmt einen Schluck Pastis, aber mitten im Streicheln und Schlucken ist es plötzlich, als würde er erstarren. Als ob er wirklich nicht richtig wüsste, wessen Wange er gerade streichelt. Diese Leere in seinem Blick. Diese Angst. Wie ein Kind blickt er zu Fabien auf, der es mit seinen Tellern noch nicht geschafft hat wegzugehen. Einar zeigt zitternd auf mich.

»Wer ist das?«

Fabien antwortet in fragendem Ton.

»Annjetá? C'est Annjetá.«

Einar schaut mich an, sieht mich aber nicht.

»Ich will jetzt gern nach Hause.«

Ich lege meine Hand sanft auf die von Einar.

»Wollen wir nicht zuerst zu Mittag essen?«

»Hier?«

»Ja, hier. In Fabiens Bar. Hier in Saint Carelle.«

»Aber du …?«

»Ich werde auch essen. Wir essen zusammen. Du und ich. Ich bin Agneta.«

»Ich versteh das nicht. Warum sollten wir hier essen?«

»Weil das hier Fabiens Bar ist und wir ihn kennen.«

Fabien sagt etwas auf Französisch, versucht Einar zum Lachen zu bringen, doch Einars Miene verrät verbissenes Misstrauen.

»Ich glaube, der will mir meinen Hut klauen.«

»Nein, nein, er will uns Essen bringen. Er will dir deinen Hut nicht wegnehmen.«

»Wenn der mich anfasst, dann schlag ich ihn. Voll aufs Maul, sag ihm das.«

»Natürlich.«

Fabien und ich tauschen Blicke, als Einar wieder sein Pastisglas hebt und lächelnd ausruft:

»Auf die Zukunft!«

Ich proste zurück, aber nicht mit dem gleichen Enthusiasmus.

Einar lehnt sich zufrieden zurück auf seinem orangen Plastikstuhl und zieht sich seinen Panamahut ein bisschen tiefer in die Stirn. Das mit dem Tunfisch mit Bacon war gar nicht so schlecht, im Gegenteil. Leckerer marinierter Tunfisch ganz unten in die Auflaufform, dann eine Tomatensauce mit weißen Bohnen, Bacon, Knoblauch, Karotten und Weißwein. Obendrauf ein Pistou und massenweise Parmesan. Jetzt sehe ich, dass Einar sich nicht nur zurückgelehnt hat, er ist unter seinem Hut tief und fest eingeschlafen. Sein Mund steht halb offen, seine Wangen sind rosig, lautes Schnarchen ist zu hören, und auf dem Kinn kann man eine Spur von Parmesan erahnen. Kaum hat er seine erste richtige Mahlzeit nach achtundvierzig Stunden vertilgt, ist er auch schon ausgeknockt wie ein Preisboxer.

Colette beschreibt einen geschmeidigen Zickzack um die Tische, die sie vor der Siesta abräumt, abwischt und wieder richtig hinstellt. Vorsichtig stehe ich auf, und ohne den schlafenden Einar zu wecken, nehme ich unser Geschirr mit rein und schleiche mich in die Bar. Dort steht Fabien und trocknet Gläser ab, die er auf Haken über dem Bartresen hängt. Wortlos legt er mir sein Smartphone auf den Tresen und gibt mir mit einem Nicken zu verstehen, dass ich etwas auf Google Translate schreiben soll.

Ich stelle unser Geschirr auf den Tresen und klicke mich durch zu Google Translate.

Ich habe nicht vor, dich zu überreden, bei meinem »Rettet das Kloster«-Projekt mitzumachen. Aber wenn du mich zum Fotogeschäft fahren würdest, wäre ich dir schrecklich dankbar. Ich brauche einen Übersetzer.

Du stehst über mir. Über allen Sitzen!

Nein, ich brauche einen Übersetzer! Du sprichst Französisch. Ich spreche kein Französisch. Wir müssen ins Fotogeschäft in Avignon.

Was du im Geschäft Fotograf tust?

Einar hat eine Kamera, die magische Bilder macht. Wenn das Projekt eine Chance haben soll, müssen die Bilder magisch sein. Fotos mit der Handykamera werden »platt«.

Fabien liest nachdenklich, was ich geschrieben habe, dann hängt er das letzte Glas auf und trocknet sich die Hände an seinem Geschirrtuch ab. Er schreibt selbst, dann wendet er mir das Gesicht zu und hebt fragend die Augenbrauen.

»Teller«?

Ich schreibe zurück, schiebe ihm das Handy wieder rüber und nehme schnell das Geschirr vom Tresen.

Entschuldige, selbstverständlich räume ich die Teller in die Küche!

»No, no!«
Fabien packt mich von der anderen Seite des Tresens, zieht mich zurück und greift sich selbst alle Teller. Er trägt sie in die kleine Küche hinter dem Vorhang, kommt wieder raus und schreibt.

Werden die Bilder »Teller« du schreibst. Wie?

Ich schreibe erneut »platte Bilder« in das Textfeld. Und drücke auf Übersetzen. Lese das Ergebnis. Okay, Google Translate behauptet, dass das »images assiettes« heißen muss.

Vergiss alles. Ich will versuchen, das Kloster und Einar zu retten. Ich werde mit Einars alter Kamera fotografieren. Aber die braucht Filmrollen.

Du machst Projekt über das gerettete Kloster?! Von sich selbst?

Ja. Ich muss irgendwas unternehmen. Einar ist auf seine Art mit im Boot! Paul wird auch mitmachen bei »Rettet das Kloster«.

Paul rettet?

Was? Nein. Oder ja, vielleicht doch. Aber vor allem soll er mitmachen beim Projekt RETTET DAS KLOSTER!

Du keine Angst haben. Die Hilfe bin ich!

Ich habe keine Angst! Ich will RETTEN!

Nicht so schlimm. Du und die Kamera keine Siesta. Ich rette.

Machst du mit bei meinem Projekt??!! JA!

Nein. Ich mache mit im Auto zum Geschäft Fotografie.

Dann stellt uns Fabien zwei Tassen Espresso auf den Tresen, zeigt auf die Wanduhr und hält seine zehn Finger hoch. Okay, wie es aussieht, fahren wir wohl in zehn Minuten zum Fotogeschäft nach Avignon. Ich gehe mit den Kaffeetassen hinaus zu meinem schlafenden Tischgenossen und stelle fest, dass er gar nicht mehr schläft. Oder vielleicht schläft er doch, was weiß ich? Er ist jedenfalls verschwunden, nur sein Hut liegt noch auf dem Tisch. Ich schütte erst den einen Espresso hinunter, dann den anderen, und ja, dann muss ich mir nur noch den Hut aufsetzen und in Saint Carelle auf Einarjagd gehen.

16.

Es gibt all diese Geschichten über Menschen, die ungeahnte Kräfte entwickeln, wenn jemand ihre Kinder bedroht. Muskelkräfte, die in uns versteckt liegen und die einfach auftauchen, wenn wir aufhören nachzudenken und einfach nur handeln. Man denke nur an die sogenannte Latte-Macchiato-Mutter, die auf der Straße mit einem Kinderwagen spazieren geht, an dem so eine praktische Halterung für einen Kaffeebecher befestigt ist. Plötzlich kann diese Latte-Macchiato-Mutter ein ganzes verdammtes Auto hochheben, wenn ihr Kind plötzlich darunter gelandet ist. Dabei konnte sie vor ein paar Minuten noch nicht mal ihren eigenen Kaffee halten, aber jetzt schmeißt sie mal eben einen Toyota einfach um! War es so ein Phänomen, das ich gerade erlebte? Aber statt versteckter Muskelkräfte war es wohl eher ein verborgener Mut, der über mich kam. Ich hatte gar nicht gewusst, dass ich diesen Mut besaß. Und das hab ich ja auch noch nie. Aber jetzt sitze ich hier in Fabiens gelbem Renault mit einer Kamera auf meinen zitternden Knien und einem Mut, der davongeflogen ist zwischen die Platanen, ja, schau, da fliegt er! Ich sehe, wie der Mut neuen Abenteuern entgegenfliegt, mit interessanteren Körpern, in denen er wohnen kann.

Gestern Nacht kam mir das alles wie eine astreine Idee vor. Heute Morgen auch noch. Im Atelier zusammen mit Einar war ich mehr oder weniger ein Genie, wenn man mich gefragt hätte. Vielleicht war ich eine Virtuosin bis zum Mittagessen.

Doch als ich Einar verzweifelt dastehen und an der Kreuzung am Marktplatz zaudern sah, an der er schon tausendmal nach rechts abgebogen ist, kam es mir vor, als würde der Mut sich plötzlich wieder in sein altes Versteck zurückziehen, oder als würde er davonfliegen zu einem neuen Körper. Bei mir ist er jedenfalls nicht mehr.

Für wen halte ich mich eigentlich? Ich bin mittlerweile seit ein paar Monaten in Saint Carelle. Einar ist schwer dement. Er ist bis über beide Ohren verschuldet. Bonnibelle ist quasi hundert Jahre alt, soll sie anfangen, jede Menge Unterwäsche zu nähen? Sollen Einar, ich und noch ein paar andere alte Leute Fotomodelle spielen? Und Einar fotografieren?! Sollen wir innerhalb kürzester Zeit eine halbe Million verdienen, um Einars gesamte Schulden bezahlen zu können und dann glücklich für den Rest unserer Tage zu leben? Bis die nächste Rechnung genau einen Monat später kommt. Wenn ich die Augen zumache, sehe ich meine Mutter vor mir. Ich kann sie hören: »Du bist Schwedin, Agneta. Du bist keine Französin, auch wenn du es zu glauben scheinst. Das Ganze wird langsam albern. Vielleicht verpasst du das beste Stück, weil du es nicht kauen kannst.«

Das kleine Auto heult durch die Platanenalleen. Fabien schaut geradeaus und kurz zu mir. Wieder geradeaus und kurz zu mir.

»Annjetá? Toi okay?«

»Je ne sais pas.«

»Pourquoi?«

»This is stupid.«

»Stupide? Toi? Moi? What est stupide?«

»Moi. Diese Kamera! Die Fotos. Alles. Tout. Je suis un idiot.«

Fabien fährt ohne zu blinken rechts ran und bremst so

stark, dass die Erde bis zu den Fensterscheiben hochfliegt. Ein anderes Auto braust erbost hupend vorbei, und dann wird es still. Fabien kurbelt sein Fenster runter, stützt den Ellenbogen auf, holt sein Smartphone heraus und schreibt.

Du bist Mut.

Ich schüttle den Kopf. Er schreibt erneut.

Du meister Mut in meinem Leben. Du kennst Napoleon?

»Was heißt schon kennen? Wir sind jetzt nicht eng befreundet, aber ja, ich weiß, wer Napoleon ist.«
»Oui?«
»Oui.«
Fabien schreibt wieder.

Napoleon sagt: Wenn du im Krieg, moralische Kraft dreimal mehr Stärke als Kraft körperlich. Du hast sie! Diese Moral! Deine Existenz warum du kämpfst! Nicht Geld. Nicht die Ehre. Die Existenz. Dreimal stärker!

Wir sind umgeben von Napoleons ganzen Platanen. Jetzt regnen auch noch seine Zitate auf mich nieder. Ich verspüre fast den Impuls, die Hand unter meine Weste zu schieben. Stattdessen schreibe ich:

Ich bin also dreimal so stark wie das französische Finanzamt?

Fabien lacht.
»Exactement!«

Ich schüttle den Kopf, greife mir wieder das Smartphone und schreibe:

Nein, nein, nein. Ich hab den Kontakt zur Realität völlig verloren! Sperr mich ein! Ich bin dreimal so DUMM wie alle anderen. Besonders das französische Finanzamt.

Fabien grinst breit. Er schreibt.

Wer mit beiden Füßen auf der Erde steht, steht still. Du keinen Fuß auf der Erde. Perfekt. Jetzt bewegen wir uns. Jetzt bewegen wir alles!

Und damit lässt Fabien das Auto wieder an und wir fahren weiter Richtung Avignon, mit dem Kies, mit Napoleons Platanen und der Wirklichkeit, die hinter uns hochspritzt.

Wir haben nicht viel Zeit, weil Fabien zurück zu seiner Bar muss, bevor die Siesta um ist. Sein gelbes Auto braust durch die engen Gassen von Avignon, und ich muss mich am Handgriff über der Beifahrertür festhalten wie eine alte Dame, um nicht komplett aus dem Auto zu fallen. Vor dem Fotogeschäft halten wir an, kaufen Filme, geben den alten zum Entwickeln ab, prüfen die Batterien der Kamera und gehen dann rasch in die Markthalle nebenan. Fabien begrüßt die halbe Markthalle mit Wangenküsschen, während sich eine Tüte mit Oliven, Würsten und verschiedenen Käsesorten füllt. Ich werde als seine Freundin Annjetá vorgestellt, und als seine Freundin bekomme ich auch jede Menge Wangenküsschen und zwei Tüten Oliven umsonst.

Dann geht die Post wieder ab nach Hause. Jedes Mal, wenn wir uns auf die Sitze setzen, scheint sein Duft aus dem Hemd zu strömen. Ein Geruch nach Rauch, Mann und sauberer Kleidung. Ab und zu streichelt er mir den Nacken und fragt, ob alles okay ist, vergewissert sich, dass ich noch kann, und entschuldigt sich, dass das alles so stressig ist. Es ist okay, dass es stressig ist. Es ist gut, dass es so schnell geht, schließlich haben wir es eilig. So oder so sitzen uns die Siesta, das Finanzamt und mein hoffnungsloses Vorhaben im Nacken.

Die Nachmittagssonne glitzert über der Rhône, die still neben Avignon dahinfließt, während wir die Stadt hinter uns lassen. Ich sitze im Auto und schaue hinaus auf die mittelalterliche Stadt, die dort auf der anderen Seite liegt, mit ihren Zinnen, Türmen und Mauern. Wenn jetzt ein Trupp Ritter auf ihren Pferden angaloppiert käme, würde ich mich kein bisschen wundern. Es fühlt sich seltsamer an, in einem gelben Auto zu sitzen, das von selbst rollt. Auf meinem Schoß halte ich die Kamera und die Tüte mit den Filmen fest.

Fabien schielt zu mir und den Filmrollen hinüber. Sehe ich recht? Ist er da ... nass um die Augen? Er lacht laut auf, und der Blick, der auf mir landet, ist ... Warm. Er ist so warm. Ich könnte fast glauben, dass er gleich das Auto anhalten und mich in den Arm nehmen wird. Stattdessen wendet er und fährt mit Vollgas wieder zurück nach Avignon. Doch kurz vor der Stadt biegen wir ab und fahren am Fluss entlang. Fabien zeigt auf die Stadt.

»Cité des Papes«, ruft er.

»Des papes? Des papier maché?«

»Papier maché? Non, hahahaha! *Des papes!*«

Fabien lässt das Lenkrad los und lenkt stattdessen mit seinen Oberschenkeln, ohne die Geschwindigkeit auch nur minimal zu verringern. Dann hält er die Hände zusammen wie zum Beten, um anschließend gestisch einen furchtbar hohen Hut anzudeuten. Aha!

»Päpste? Popes?«

»Oui – les papes! Papier maché?! Annjetá, tu es folle, hahahaha!«

Fabien lacht frei heraus und deutet nochmals, erzählt mir auf Französisch, was ich da sehe. Palais gothique hier, corruption da, und der Rocher des Doms ist etwas ganz unheimlich Dramatisches.

Wir biegen ab auf einen holprigen Waldweg, der gesäumt ist von Laubbäumen und hoppla, jetzt wird er breiter und mündet auf einen Parkplatz. Mit lautem Quietschen bringt Fabien sein Auto zum Stehen, dass ich mir fast das Kinn am Armaturenbrett anschlage, wirft sich aus der Tür, läuft ums Auto herum, macht mir die Tür auf und hält mir die Hand hin.

»Madame! Bienvenue.«

»Wie, was? Okay, merci.«

Am Fluss liegt ein Restaurant. Die Bäume hängen tief über den Tischen und dem Fluss. Die Stühle sind wacklig, und während Fabien die Bedienungen begrüßt und sagt, wie lange man sich schon nicht mehr gesehen hat, stelle ich mich ans Flussufer und spahe auf die andere Seite hinüber. Dort sehe ich ganz Avignon, Cité de papier maché. Die Sonne lässt den Fluss und die Stadt dort oben glänzen wie Gold. Ein paar müde Bötchen tuckern vorbei und – wie spät ist es jetzt? Kurz vor halb vier.

Was habe ich genau zu dieser Zeit letztes Jahr gesehen? Ach ja, Magnus' Finger, der auf Unkraut zeigte, das ich beim Jäten übersehen hatte. Alle Beete in unserem Garten in Sollentuna mussten noch einmal beschnitten werden, bevor wir auf irgendeine Birdwatching-Tour in Schonen fuhren. Ich hatte gedacht, dass genau dieses Unkraut eine von uns gepflanzte Blume war, weil sie so hübsch war, deswegen ließ ich sie stehen. Magnus zeigte auf jedes Unkraut, und ich riss alles heraus, eines nach dem anderen, obwohl es genauso schön war wie die angepflanzten Blumen daneben. Magnus drehte noch mal eine Extra-Runde mit dem Rasenmäher, mit einer etwas schärferen Einstellung, für den Feinschnitt. Danach feierten wir mit zwei großen Gläsern lauwarmem Wasser (lauwarmes Wasser ist nämlich besser für den Körper als kaltes. Unsere inneren Organe freuen sich offenbar total über alles, was lauwarm ist. Dass unsere Seelen dabei weinen, steht auf einem anderen Blatt).

»Beau, non?«

Fabien deutet auf die Aussicht und hält mir eines von den zwei Gläsern Weißwein hin, die er in der Hand hat. Richtig schön kalt sind sie. Doppelt sündig. Ich nehme einen Schluck und setze mich auf den Stuhl, den Fabien mir hergezogen hat. Schweigend trinken wir unseren Wein, schauen auf den Fluss und auf die Stadt. Da zeigt Fabien wieder auf etwas. Vor einem Jahr habe ich auf Magnus' Finger geschaut, jetzt folgt mein Blick Fabiens Finger, der auf eine Brücke zeigt. Oder Moment, das ist ja gar nicht *eine* Brücke. Das ist nur eine *halbe* Brücke, eine halbe Steinbrücke mit schönen Bögen, die unendlich alt und stabil aussieht. Doch mitten im Fluss hört sie einfach auf. Ich muss lachen. Fabien grinst breit und holt sein Smartphone heraus. Es ist so schön, wenn er so breit grinst, denn dann sieht man seine ganzen kleinen Zähne und die Lücke zwischen den oberen Schneidezähnen. Er sollte öfter so breit grinsen.

Fabien schreibt.

Pont d'Avignon. Die führt nirgendwohin.

Ich lese es und schaue zur Brücke. Nein, die führt wirklich nirgendwohin. Fabien nimmt einen Schluck Wein und schreibt weiter.

Aber alle wollen schauen! Alle lieben eine Brücke halb. Dein Projekt vielleicht eine Brücke halb. Vielleicht ganze Brücke! Das wissen wir nicht. Aber ich will dich bauen.

Mich bauen?!

Brücke halb MIT dir bauen.

Ich schiele zu den anderen Gästen. Alle haben ihre Stühle so hingedreht, dass sie die halbe Brücke im Blick haben. Sie trinken ihren Wein und genießen diese halbe Brücke, ein totales Scheitern, einen Versuch. Weil Versuche etwas Schönes haben.
»Compte sur moi«, flüstert Fabien.
»Was?«
Fabien hat dieses Warme an sich – wieder mal. Feuchte Augen – wieder mal.
»Compte sur moi.«
»Öh, comment?«
»I help. I help Annjetá. Toi.«
Dann schreibt er. In Großbuchstaben. Und mit einem Ausrufezeichen am Schluss.

ICH BIN DRINNEN! ABER KEINE FOTOS IN MIR!

»Du machst mit? Gemeinsam sind wir sechsmal stärker als das französische Finanzamt! Jetzt könnten wir wirklich eine Chance haben!«
»Moi no understand, mais toi happy? Oui?«

Ich schiebe die Hand unter meine Weste wie Napoleon, Fabien tut dasselbe und wir stoßen an, mit napoleonisch entschlossenen Blicken in die Zukunft und auf die halbe Brücke. Dann schütten wir den ganzen Wein auf einmal herunter, wischen uns die Münder mit dem Handrücken ab und marschieren zu unseren Truppen, beziehungsweise zu unserem gelben Auto. Die Siesta ist in einer Viertelstunde zu Ende, und dann muss die Bar wieder auf sein.

Im Auto ziehe ich meinen knittrigen Zettel aus der Tasche und streiche Fabiens Namen auch rot aus. Jetzt ist nur noch ein Name übrig. Der wichtigste.

17.

Zu Hause im Kloster ist die Küche leer, der Garten leer, Einars Zimmer leer, die Bibliothek leer, das Theater leer, doch schließlich finde ich ihn im Atelier. Einar sitzt im Schneidersitz auf dem Boden. Vor ihm liegen drei Gesichtsmasken mit kleinen, waagrechten Öffnungen bei den Augen, als ob hinter der Maske eine Jalousie blinzeln würde. Eine von den Masken hat eine Art kleine Hörner, die zweite ein Paar Ohren und die dritte eine Art Flamme, wie aus Feuer. Die Katzen liegen faul im offenen Fenster, wedeln mit den Schwänzen und beobachten ihren Untertan dabei, wie er Schicht um Schicht Zeitungspapier auf die Masken leimt. Wangenknochen, Ohren und Nasen herausarbeitet. Neben ihm stehen ein Glas Wein, ein paar Stücke Brot und Oliven.

Schweigend stehe ich auf der Schwelle und genieße den Anblick eines essenden, schaffenden Einar. Da blickt er auf.

»Armand! Mein Schatz! Ich hab mich grade gefragt, wann du nach Hause kommst.«

»Ich ... ich hab beim Fotogeschäft vorbeigeschaut. In Avignon, du weißt schon.«

»Beim Fotogeschäft? Hast du Luc gesehen?«

»Äh, ja. Ich glaube schon. Ich hab den Film zum Entwickeln dagelassen und ein paar neue Rollen gekauft. Dann können wir mal probieren, ein paar Bilder zu machen, wenn du Zeit hast.«

»Was wollen wir denn fotografieren, mein Lieber?«

»Ich hatte mir gedacht, dass du mir ein bisschen zeigen kannst, wie diese Kamera funktioniert, und wie man das Licht und so was einbeziehen soll. Hast du Lust?«

»Es ist doch deine Kamera! Du kennst sie doch besser als ich.«

Er liebt mich. Er liebt mich, wenn ich Agneta bin, aber wenn ich Armand bin, liebt er mich so, wie alle Menschen geliebt werden wollen. Wenn ich hier so stehen darf, mit Einars Blick auf mir, und so geliebt werde, will ich den Moment für keinen von uns verderben.

»Ja, doch.«

»Wir machen es wie immer.«

»Wie machen wir das noch mal?«

Einar stößt einen Seufzer aus und fährt mit seiner Kleberei fort.

»Du kommst gegen sieben hoch, wenn das Licht am schönsten ist. Und wie immer bringst du auch was zum Essen mit, dann können wir hier zusammen in der letzten, brennenden Sonne sitzen. Ich bin so seltsam hungrig, mein Magen knurrt und knurrt.«

»Dann machen wir das so. Wie immer.«

»Gut, dann mach ich in der Zwischenzeit diese Masken hier fertig. Morgen können wir sie bemalen!«

Ich gehe hoch ins Atelier mit dem schweren Ziegelstein in den Händen. Zwischen den Konserven hatte ich eine Dose mit eingelegten Entenkeulen gefunden, fertig gekocht und getränkt in ihrem eigenen Fett. Ziemlich weit entfernt von der schwedischen Knackwurst, wenn man von Konserven redet, die man so in seiner Speisekammer findet. Ich briet die Entenkeulen in ihrem eigenen Fett, briet Kartoffeln in noch mehr Entenfett, schnitt Knoblauch in Scheiben, der auch im

Entenfett angebraten werden durfte, und ... tja, damit war das Abendessen ganz einfach fertig. Wenn Einar sich wieder einbildet, dass er sich tothungern möchte, wird es auf jeden Fall eine Weile dauern, bevor er dieses Abendessen hier weggehungert hat. In diesen Tagen gilt es rustikal zu denken.

Ich schubse die Ateliertür mit der Hüfte auf, finde aber weder Katzen noch Menschen vor. Nur drei Masken auf dem Boden, die hohläugig an die Decke starren.

»Einar?«

Keine Antwort. Ich balanciere wieder die Treppe hoch und gehe ins Obergeschoss, wo ich ihn in seinem Bett vorfinde, mit einer Katze unter jeder Achsel, tief schlafend. Er hat nur Bonnibelles löwengelbe Unterhose an. Ich stelle das Tablett auf den Boden und krieche neben ihn ins Bett. Die Katzen gähnen und strecken sich, wobei sie die Entenkeulen gierig anvisieren. Ich streiche Einar über das zerzauste Haar.

»Einar. Abendessen ist fertig. Zeit zum Aufwachen.«

Er macht ein Auge auf. Schielt mich misstrauisch an.

»Es ist sieben Uhr, ich bin Agneta, und es ist Zeit fürs Abendessen.«

Er macht auch das andere Auge auf.

»Man isst doch kein Abendbrot zum Frühstück!«

»Es ist ja auch sieben Uhr abends, und da isst man für gewöhnlich Abendbrot.«

»Ich habe aufgehört mit Abendbrotessen. Das weißt du doch.«

»Man kann ja wieder anfangen. Ich zum Beispiel werde jetzt anfangen.«

Ich strecke mich über Einar hinweg und hebe einen Teller mit knoblauchduftenden Entenkeulen hoch, wobei ich den Teller so nah wie möglich an seiner Nase vorbeiführe. Das Fleisch zerfällt, sobald ich es mit der Gabel aufspieße. Sowohl

Einar als auch die Katzen nehmen den Duft mit zitternden Nasen auf. Ich kaue leise und deute auf die Weinflasche.

»Kannst du mir bitte ein bisschen Wein einschenken? So ein würziger Burgunder schmeckt einfach so gut zu Ente. Ich hab die Flasche in eurem alten Weinkeller gefunden. Hast du auch aufgehört zu trinken oder möchtest du mal kosten?«

Einar überlegt. Die Katzen ebenfalls. Ich kann geradezu sehen, wie sie nur darauf warten, sich auf die Ente zu stürzen, die auf dem Boden steht und auf ihr Schicksal wartet.

»Wenn ich heute meine letzte Mahlzeit esse, dann bin ich in ungefähr einer Woche tot«, sagt Einar. »Ich schiebe es ja nur ein bisschen auf. Ein paar Tage hin oder her machen ja wirklich keinen Unterschied.«

Mit dem Mund voll Ente schließe ich mich seiner Argumentation an.

»Essen muss man, sonst stirbt man. Aber auch wenn man isst, stirbt man irgendwann. Na ja, egal – du kannst doch genauso gut was essen, oder? Am Ende stirbst du ja doch. Ich auch. Können wir nicht ein bisschen was essen, während wir warten? Sonst wird es so unerträglich langweilig.«

Einar überlegt laut.

»Aber man stirbt schneller, wenn man nichts mehr isst.«

»Kann schon sein, aber bis dahin ist dir todlangweilig.«

»Ich langweile mich nicht gerne.«

»Nein, es ist wirklich langweilig, wenn einem langweilig ist. Möchtest du nicht ein bisschen confierte Ente mit mir essen? Und mit einem Burgunder anstoßen? Diese Flasche ist von … 2012. War das ein gutes Jahr?«

»Ich weiß nicht mehr, darf ich mal probieren?«

Ich reiche Einar mein Glas, hebe den zweiten Teller vom Boden und stelle ihn ihm auf den Schoß. Die Katzen seufzen enttäuscht, drehen sich um und schlafen mit den Nasen an Einars Brust wieder ein.

Einar beugt sich über den Teller und atmet den Duft tief ein.

»Knoblauch und Entenfett. Der Duft der Düfte. Warum sollte ich nicht essen?«

»Du meinst, warum du beschlossen hast, dich zu Tode zu hungern?«

»Hab ich das wirklich getan?«

»Ja.«

»Aber warum denn?«

»Weil du ... weil du jede Menge Strafe zahlen musst und einen neuen Stromzähler bekommen hast. Und da hast du wohl das Gefühl bekommen, dass du lieber sterben willst, als zu versuchen, das nötige Geld zusammenzukriegen. Was meiner Meinung nach ein äußerst dummer Beschluss war.«

»Ist es denn viel Geld?«

»Das kann man wohl sagen.«

»Wie auch immer das alles sein mag ... ich kann doch wohl einfach mal diese Ente hier essen, oder?«

»Ja, das finde ich auch.«

Einar gibt den Katzen jeweils ein Stück zum Kosten, und dann haut er selbst rein. Die letzte rosarote Abendsonne leuchtet durch sämtliche Fenster von Einars Schlafzimmer. Der ganze Raum badet in tiefstem Gold. Sogar ich kann sehen, dass das ein schönes Licht ist.

»Ist es okay, wenn ich ein paar Fotos von dir mache, während du hier liegst und mit deinen Katzen isst? Einfach nur, um das Licht auszuprobieren?«

»Haha, klar, schöner als so wird es nicht. Und damit meine ich nicht nur das Licht. Ein fast nackter Mann mit Katzen und Entenkeulen, näher kann man dem Himmel kaum kommen. Oder was meint ihr, meine Miezen?«

Die Katzen bekommen noch ein bisschen mehr Ente, sie schmatzen laut und ich starre völlig ratlos auf die Kamera hinunter.

»Kannst du nicht einfach einen Film einlegen? Und diese ganzen Knöpfe so einstellen oder was man da tun muss?«

»Wenn ich mir kurz die Finger abwischen könnte, geht das sicher gleich.«

Einar hält seine entenfetttriefenden Finger hoch, und Katzen sind nicht nur Katzen, sie sind auch lebendiges Küchenpapier. Eine Hand für Barry und eine Hand für Judy, und innerhalb von drei Sekunden sind seine Hände saubergeschleckt.

Einar kniet im Bett. Die Katzen sitzen vor ihm und waschen sich die Nasen, und auf dem Nachttisch stehen die zwei Teller mit den Resten der Ente, zwei leere Weingläser, Bücherstapel und eine große Lampe mit langen, glänzenden Fransen. Das Bett steht mitten in dem riesigen Zimmer, und das letzte Licht des Tages beleuchtet Einar, sodass jede graue Haarsträhne an seinem Körper glitzert. Ohne die geringste Scheu schaut er in die Kamera. Ich fotografiere. Jedes Mal, wenn ich auf den Auslöser drücke, klickt es laut. Einar steht auf, auf seinen unsicheren Beinen, beginnt mit den Hüften zu wackeln und singt laut vor sich hin.

»La meeer, qu'on voit danser, le long des golfes clairs …«

Ich drücke mir den Fotoapparat fest ans Gesicht, um die Tränen aufzuhalten, die mir übers Gesicht laufen. Ich denke an ganze Leben, halbe Brücken und dass ich mir wünsche, Einar wäre unsterblich. Ich will, dass er den Rest seines Lebens so weiterführen kann. Und ich auch. Doch Einar weint nicht. Stattdessen windet er sich aus seiner knallgelben Unterhose, geht nackt zu seiner großen Kommode und holt eine

Unterhose in dunkelstem Rotviolett heraus, mit geflochtenen Samtschnüren, an deren Enden Goldkugeln klirren.

»Die hier ist noch schöner in diesem Licht.«

Mit der Hand auf die Kommode gestützt zieht er die Unterhose an, ein Bein nach dem anderen. Auch davon mache ich Fotos. Wie die Katzen neugierig zuschauen, als Einar sich mit zitternden Händen seine Unterhose anzieht und sorgfältig die Schnüre verknotet. Jetzt kann ich nicht mehr sprechen, merke ich. Irgendetwas mit dieser abgestützten Hand auf der Kommode und der Sonne, die ziemlich schnell aus dem Schlafzimmer verschwindet. Strahl um Strahl flieht, während Einar sich auf die Bettkante setzt und auf mich zeigt.

»Man kann auch Bilder mit Selbstauslöser machen! Komm, setz dich neben mich.«

Ich will die Kamera nicht von meinem Gesicht nehmen. Ich will ihm nicht die ganzen Tränen zeigen, die mir über die Wangen laufen und diesen Moment stören.

»Armand, komm, das Licht verschwindet gleich, wir müssen die Chance nutzen.«

Ich bin Armand und lasse den Fotoapparat sinken. Einar sieht weder Tränen noch Agneta, er sieht nur seinen Geliebten. Eifrig bedeutet mir Einar, dass ich ihm die Kamera geben soll. Er fummelt an verschiedenen Knöpfen rum, wankt zur Kommode und stellt die Kamera drauf.

»Setz dich auf die Bettkante!«

Ich gehorche. Setze mich mit nassen Wangen zwischen die Katzen und schnäuze mich geräuschlos in den Ärmel. Einar rennt fast auf mich zu, wirft sich neben mich und gibt mir einen Kuss auf die Wange, genau in dem Moment, als der letzte Sonnenstrahl aus dem Zimmer verschwindet und die Kamera auf der Kommode »klick« macht.

Einar lächelt mich an.

»Wir haben es geschafft, das war der letzte Sonnenstrahl. Jetzt müssen wir nur noch ...«

Hinter uns hört man ein lautes Geräusch. Als würde eine Tür aufgerissen werden. Wir drehen uns um.

»Oh, entschuldigt die Störung bitte. Es war offen, deswegen hab ich gedacht ...«

In der Tür steht ein Mann in makellos gebügelten Klamotten mit einem großen Koffer neben sich. Paul.

18.

Fabien ist auf dem Weg nach Avignon, um die im Eilverfahren entwickelten Bilder von Einar auf dem Bett abzuholen. Paul hat alle Ordner in das Bücherregal im Arbeitszimmer des Gästehauses gestellt, die Bonbonreste von 1983, eine kaputte Lesebrille und Klebeband mit aufgedruckten Penissen aus den Schreibtischschubladen entfernt, um sie stattdessen mit Leuchtmarkern und anderen wichtigen Utensilien zu füllen. Ich habe eine Tarte Tatin gebacken, nach einem Rezept von Armands Mutter, mit Birnen, die in Birnenschnaps eingelegt werden müssen, karamellisiertem Zucker, und dann wird zum Schluss natürlich alles gestürzt. Denn wo es um Tarte Tatin geht, weiß man nicht, was oben oder unten ist, bevor das Ganze fertig gebacken ist. Ein bisschen so wie das Leben.

Einar glaubte natürlich, dass Armand wieder zurück war, als in Wirklichkeit sein Sohn in der Tür stand. Er ließ sich einfach voller Freude zurückfallen, dass das ganze Bett bebte. Er spreizte die Beine und rief: »Bienvenu!« Doch Paul und mir war klar, dass Einar einfach gerade nicht wusste, was Sache ist. Aber man kann wissen, soviel man will, eigentlich möchte man nicht so gerne, dass der eigene Vater die Beine spreizt, wenn man auftaucht.

»So, dann wollen wir mal sehen. Wird wohl langsam Zeit, sie zu stürzen, oder?«

Barry und Judy schmiegen sich an meine Beine, und ich

halte die ofenheiße Bratpfanne fest, mit den Birnen am Boden und dem Mürbteig obendrüber. Ich spanne alle Armmuskeln an, nehme den großen Teller in die eine Hand und die Bratpfanne in die andere. Dann lege ich den Teller auf die Bratpfanne und drehe sie um.

»Hau ruck!«

Es gibt ein schmatzendes Geräusch, als sich der Kuchen von der Pfanne löst und auf den Teller wandert. Jetzt ist der Mürbteig ganz unten und die zuckerglänzenden Birnen oben.

»Verdammt, ist die gut geworden. Schaut doch mal!«

Ich halte die Kuchenplatte den Katzen vor die Nase, die sich nicht im Geringsten beeindruckt zeigen.

»Ihr versteht doch überhaupt nichts. Das ist eine perfekte Tarte Tatin! Das ist keine halbe Brücke, das ist eine GANZE Brücke!«

In einer Viertelstunde kommen Bonnibelle und Henri zu uns. Sie haben gefragt, ob sie ihre Enkelkinder mitbringen dürfen, aber dieses Mal waren wir doch gezwungen, Nein zu sagen. Auch wenn ich aus mehreren Gründen ungeheuer neugierig auf sie bin. Unter anderem unter dem Gesichtspunkt billiger Arbeitskraft. Auch französische Jugendliche brauchen doch einen schlecht bezahlten Ferienjob, oder? Zum Beispiel … hm, was für coole Namen könnten wir dem Ganzen geben … Marketing Content Social Media Junior Advisor? Oder so was in der Art. Macht sich super im Lebenslauf! Aber wir müssen mit Bonnibelle anfangen. Alles fängt an mit Bonnibelle.

Zu guter Letzt schlief Einar ein, nachdem er zuerst Paul mit Armand verwechselt hatte. Als ihm klar wurde, dass es Paul war, war er so über alle Maßen glücklich, dass sofort ein Festmahl gekocht, Champagner geöffnet und mit Leinentischtüchern im Rosengarten gedeckt werden musste. Danach nahm ich Paul mit ins Arbeitszimmer in dem alten Steinhäuschen im Klostergarten, wo die Nonnen so eine Art Kontor gehabt hatten.

Kann das wohl auch im Mittelalter schon Kontor geheißen haben? Was hatte mir Einar noch erzählt, als er mir dieses Häuschen zeigte? Ja, genau, dass die Bezeichnung Kontor vom französischen »comptoir« abgeleitet ist, was Rechenbrett bedeutet, und dieses Kontor war das Herzstück des Klosters. Und jetzt sollten wir dieses Herz entstauben, es wieder zum Pulsieren bringen und kluge Sachen auf diesem Rechenbrett ausrechnen. Das Kontor ist vielleicht nicht ganz das, was Paul so gewöhnt ist, es ist ziemlich weit entfernt vom kleinen Revisionsbüro in Täby. Er blieb ein paar Sekunden zu lang auf der Schwelle stehen, stieß einen tiefen Seufzer aus, bevor er diesen Raum betrat, dessen Wände mit Tapeten mit Leopardenmuster bedeckt sind und in dem ein riesiger schwarzer Lackschreibtisch und ebenfalls schwarz lackierte Bücherregale stehen.

Ich war furchtbar brav und habe Paul nicht erzählt, was Einar mir bei meiner ersten Führung durchs Kloster sagte: dass nämlich das Wichtigste an einem Büro ein stabiler Schreibtisch sei, damit man seine Kunden immer ordentlich auf dem Schreibtisch durchhobeln kann. Menschen, die noch nie auf einem Schreibtisch durchgehobelt wurden, hätten keine Ahnung von den Herrlichkeiten des Lebens. Rechnungen, Quittungen und Buchhaltung in allen Ehren, aber ein Schreibtisch solle vor allem ein bisschen robuste Erotik ausstrahlen.

Die Katzen starren mich fragend an, und ich hebe die Hände in einer abwehrenden Geste.

»Also, laut Einar, eurem Herrchen. Von mir stammt das nicht! Herrgott, ich hab noch nie etwas anderes als Quittungen festgehalten, wenn ich an einem Schreibtisch saß.«

Ich stelle die Tarte Tatin aufs Tablett, zusammen mit den Kaffeetassen und dem Espressokocher, schwanke damit die steile Treppe hinunter, balanciere weiter durch den Klostergarten und ins Kontor. In diese leopardengemusterte Krypta, in der jetzt farbenfrohe Ordner statt staubiger Romane ein paar Regale füllen. Es riecht nach Putzmittel, der Schreibtisch glänzt, und Paul wirft das letzte Stück aus der Schreibtischschublade in eine Mülltüte. Fragend hält er eine Packung Kondome hoch.

Ich stelle das Tablett auf den Schreibtisch.

»Die kannst du wegwerfen.«

»Was haben die hier zu suchen? In einem Büro?«

»Ich weiß nicht so wirklich ... Was steht da drauf? Sind das die mit Bananengeschmack? War das nicht in den Neunzigern angesagt? Die sind sicher nicht mehr verwendbar.«

»Dann kann ich die also wegwerfen?«

»Ja, ich glaub schon.«

Paul schaut sich um.

»Ich tue mich furchtbar schwer damit, zu entscheiden, was man wegwerfen kann und was man aufheben sollte. Unsere Meinungen dazu, was wertvoll ist, gehen sicher auseinander. Aber was meinst du, sieht das jetzt gut aus hier?«

Paul hat die zwei toten Palmen ausrangiert. Gut gemacht.

Paul hat die riesigen goldenen Lampen in Form einer lebendigeren Palme poliert. Gut gemacht.

Paul hat gestaubsaugt, gescheuert und ist mit dem Staubwedel über alle Leopardenwände gegangen. Gut gemacht.

Paul hat alte Kondompackungen und alte Süßigkeiten weggeworfen und das große Kreuz zurechtgerückt, das zwischen den zwei schwarz glänzenden Bücherregalen hängt. Gut gemacht.

Paul hat seinen Computer mitten auf den Schreibtisch gestellt, alle kaputten Kabel gegen seine eigenen ausgetauscht und außerdem einen Drucker installiert, der bis obenhin mit Papier gefüllt ist. Gut gemacht.

Paul hat es gewagt, den Stapel mit gemeinen Briefen von den ganzen französischen Behörden zu öffnen. Sehr gut gemacht.

Paul hat eine Lesebrille aufbewahrt. Eine mit … Leopardenmuster natürlich. Sie liegt jetzt frisch geputzt neben seinem Computer. Mutig gewesen.

»Wie schön das jetzt aussieht. Dass du das alles innerhalb so kurzer Zeit hingekriegt hast!«

»Ich konnte nicht so richtig schlafen, deswegen dachte ich mir, dass ich eigentlich genauso gut gleich loslegen könnte. Als ich die Briefe aufgemacht habe, wurde mir klar, dass es … tja, dass es eben eilig ist. Ich werde einen Budgetplan fürs Kloster aufstellen und versuchen herauszufinden …«

»J'ai les photos!«

Fabien kommt ins Zimmer gepoltert und hält ein Kuvert voller Fotos in die Höhe, wie man einen Pokal hochhält, den man gerade gewonnen hat. Während ihm der Schweiß über die Stirn läuft, geht Fabien mit großen Schritten auf Paul zu, verpasst ihm Küsschen auf die Wangen und nimmt ihn bei den Schultern. Er lächelt so breit, dass die ganzen kleinen Zähne in seinem Mund glänzen.

»Paul! Tu es là!«

Und dann küsst er Paul noch mal auf die Wangen. Paul steht wie angenagelt da und lässt die Arme herunterhängen. Diese Arme bewegen sich wohl nur, wenn sie einen Geschäftsbericht eingeben müssen. Ich frage mich, ob sie wohl jemals etwas umarmt haben? Fabien lässt Paul los und dreht eine Runde durchs Kontor.

»Merde, quel bureau! Nice job, nice job. Paul et Annjetá, you good job.«

Stolz schaue ich auf unsere Truppe. Wir haben einen Plan, wir haben ein Kontor, wir haben einen Wirtschaftsprüfer. Jetzt fehlt nur noch Bonnibelle.

»Bonjour, mes amis.«

Bonnibelle und Henri spähen neugierig herein. Okay. Jetzt fehlt nichts mehr. Fabien macht das Kuvert mit den Fotos auf und breitet sie auf dem Tisch aus. Keiner von uns hat sie gesehen, sie kommen ganz frisch aus dem Fotogeschäft. Einar hatte die Kamera eingestellt und mich zu der Stelle im Zimmer gelotst, an der ich optimal arbeiten konnte mit seinen Einstellungen und dem Fortschreiten des Lichts. Die Bilder sind diesig und haben dunkle Ecken, aber genau dort, wo Einar steht, leuchten sie. Die Abendsonne schleicht sich durch das Fenster und beleuchtet Einar auf dem Bett, wo er in seiner Unterhose steht, an der jede Falte Lust atmet, wo die violetten Fransen an seinem Bein spielen, das sich weich in die Decke senkt. Eine Decke, die dahergeflossen kommt wie ein Meer aus Sahne. Einar und ich auf der Bettkante, wie er mich küsst, als die Sonne uns gerade verlässt. Es ist nicht scharf. Es ist ein Bild mit diesen Türen, von denen Einar gesprochen hat. Hier steht nicht nur die Tür zur Phantasie offen, wir sind *in* der Phantasie.

Fabien bleibt der Mund offen stehen.

»Ils sont magiques. Annjetá, tu es un génie.«

»Nein, nein, Einar ist das Genie. Il est le photographe.«

Schweigend blättern wir weiter in den Bildern. Zweiundvierzig sind es. Manche sind viel zu verschwommen oder seltsam oder ich bin zusammengezuckt oder Einar hat sich in die falsche Richtung geworfen, aber fünf sind tatsächlich großartig. Wir sehen es alle.

Bonnibelle nimmt eines der Fotos in die Hand und hält es vor sich. Das Bild vor ihr zeigt einen tanzenden Einar.

Ich wende mich an Henri.

»We have nothing to lose! We can only win. Fabien, tell them about Napoleon! What he said. If you fight for your existence, you are three times stronger than all the weapons you can find. Das ist so durch und durch wahr. Und wir werden für Einar und für unsere eigene Existenz kämpfen. Wir sind dreimal so stark wie sämtliche französischen Behörden. Wer sind wir schon, dass wir Napoleon widersprechen könnten?«

Henri übersetzt, Bonnibelle lässt das Bild nicht aus den Augen und jetzt sagt Fabien etwas. Henri und Bonnibelle lauschen aufmerksam, während Fabien die Stimme hebt. Mit feuchten Augen. Er wedelt mit den Armen erst in die eine, dann in die andere Richtung, zeigt auf Paul, zeigt auf mich, und schließt damit, dass er seine Hand in Imitation der Napoleonpose in sein Hemd schiebt.

Bonnibelle antwortet ganz ruhig und ich schaue Henri an.

»Was sagt sie?«

»Bonnibelle has to make a call.«

»Wen will sie anrufen?«

»Her sisters.«

»Sisters?«

Bonnibelle legt das Foto wieder zurück auf den Tisch. Dann nimmt sie meine Hände und redet auf Französisch auf mich ein, als könnte ich alles verstehen. Henri versucht zu Anfang noch, zu übersetzen, was sie sagt, aber er sieht ein, dass er nicht mehr nachkommt, also lehnt er sich in seinem Rollstuhl zurück und bittet um Kaffeenachschub.

Zu guter Letzt steht Bonnibelle auf, Henri rollt ihr hinterher und wir hören, wie sich das Klostertor öffnet und hinter ihnen schließt. Fabien holt fast in der nächsten Sekunde sein Smartphone hervor und schreibt, so schnell er kann. Dann legt er es auf den Tisch, sodass Paul und ich es lesen können.

Die drei Mädchen wohnen im Kloster mit den Nonnen in einer Zeit weit entfernt. Eine Bonnibelle. Sie nähen. Alles die Nonnen Kleider. Alles die Nonnen Tischtücher. Alles die Nonnen Bettwäsche, Wandteppich, religiöse Stickerei. Die drei Mädchen können nähen, gestickt, alles was du kannst dir vorstellen. Jetzt alte Dame. Alle drei. Die alten Damen nähen, wenn Bonnibelle fragt. Vielleicht! Vielleicht auch nicht. Wenn die Damen Ja sind, ist Bonnibelle Ja. Kloster ist Zuhause für sie.

Ich stehe auf.

»Ich brauch einen Schnaps. Das hier ist mehr, als ich grade verdauen kann.«

19.

Paul, Einar, Fabien und ich haben jeder ein Glas Cognac in der Hand. Ich hasse Cognac, aber ich hab einfach die erstbeste Flasche genommen, die mir in die Hände fiel. Ich liebe es jedoch, genau hier mit genau diesen dreien draußen zu sitzen. Paul sitzt mit kerzengeradem Rücken auf dem Stuhl, in seinem bis obenhin zugeknöpften, kurzärmligen Strandhemd, und nippt vorsichtig von seinem Glas. Fabien wiederum hat die Füße auf eine mit Tigerstoff bezogene Ottomane gelegt, während er sich in seinem halb aufgeknöpften Hemd zurücklehnt und sein zweites Glas leert. Ich sitze zwischen den beiden, in einem Kleid, bei dem ich einen kleinen Knopf am Hals aufgeknöpft habe, und schlürfe immer noch an meinem ersten Glas. Wäre es Piña Colada, dann wäre ich wohl schon bei meinem dritten Glas, ja, vielleicht sogar beim vierten. Einar ist ganz in seiner Welt, wie immer. Verschlafen sitzt er da in seiner abgerissenen Adidashose und dem rot glänzenden Morgenrock mit einem gestreiften Seemannsoberteil darunter. Er trinkt direkt aus der Flasche und gurgelt in aller Seelenruhe, als wäre es 1979 und neben ihm stünde die Zahngesundheitsbeauftragte, die in die Schulen kam und den Schülern erklärte, wie man sich mit Fluorzahncreme richtig die Zähne putzt. Er beugt sich über den Tisch und betrachtet die Bilder. Er schluckt und schnauft hörbar aus.

»Ihr wollt also, dass ich und ein paar andere als Modelle für

Bonnibelles Sachen posieren? Und dann wollt ihr die Wäsche teuer verkaufen und meine Schulden bezahlen?«

Fabien und ich nicken eifrig. Paul blinzelt gestresst, aber bejahend. Einar stellt sich hinter Paul und küsst ihn auf den Kopf.

»Paul? Willst du da auch mitmachen?«

»Na ja, ob ich genau *das hier* will, weiß ich nicht. Aber ich will dir helfen, so viel weiß ich.«

»Willst du das wirklich?«

»Selbstverständlich.«

»Nein, nein, das ist überhaupt nicht selbstverständlich! Willst du Zeit dafür aufwenden, deinem hoffnungslosen Vater zu helfen?«

Paul hält warnend einen Finger in die Höhe.

»Ja, aber ich habe sehr deutlich klargemacht, dass ich für Fotos nicht zur Verfügung stehe. Ich kümmere mich um die Finanzen und werde zusehen, dass wir das ordentlich hinkriegen. Aber damit beginnt und endet mein Engagement in dieser Geschichte.«

Einar verdreht glücklich die Augen.

»Engagement. Das schönste Wort der Welt. Ich kann mich für alles andere engagieren, wenn du nur die Finanzen im Auge behältst. Ich kann Fotomodell spielen, Fotograf, Jongleur – was ihr wollt. Wenn ich nur dabei sein darf. Und ihr macht es so unglaublich richtig. Man muss seiner Idee folgen! So wie das Spermium zielstrebig zum Ei schwimmt. Kann es einen aussichtsloseren Wettbewerb geben? Doch das Spermium kann es nicht lassen. Wir auch nicht. Wie eine Truppe von kleinen Spermien wollen wir auf ein Ei hoffen.«

»Aber wir müssen noch auf Bonnibelle warten«, gebe ich zu bedenken. »Ohne sie funktioniert das Ganze nicht.«

»Bonnibelle ist unser Ei«, ruft Einar. »Zu ihr müssen wir alle schwimmen. Le sperme! À l'œuf!«

Einar schlägt die Hacken zusammen, imitiert einen militärischen Gruß und beugt sich dann zu Pauls Kopf herunter, um ihm immer wieder neue Küsse draufzudrücken. Fabien kann ein Auflachen nicht unterdrücken.

»À la santé!«

»À la santé!«

Einar nimmt einen Schluck aus der Flasche, bevor er das Etikett näher in Augenschein nimmt.

»Der schmeckt gar nicht so schlecht. Wo habt ihr den gefunden?«

»Neben dem offenen Kamin.«

Einars Miene hellt sich auf.

»Aha! Früher habe ich immer Feuer angemacht, wenn meine Freunde zu Besuch kamen. Das schaffe ich heute nicht mehr. Deswegen habe ich diese Flasche Cognac gekauft und danebengestellt, damit ich sie auffordern kann, direkt aus ihr zu trinken. Das hat denselben Effekt wie ein wärmendes Kaminfeuer. Was feiern wir hier eigentlich gerade?«

Ich stelle mein Glas auf den Tisch, ich bringe wirklich nichts mehr runter von diesem Zeug.

»Wir feiern gar nichts. Wir warten auf Bonnibelle. Sie muss mit ihren Schwestern darüber sprechen, ob sie für uns Unterwäsche nähen wollen.«

»Unterwäsche?«

»Ja. Die können wir dann verkaufen und Geld einnehmen. Damit wir die Stromrechnungen bezahlen können.«

Paul flüstert mit zusammengebissenen Zähnen:

»Und noch eine ganze Menge andere Rechnungen.«

Einar steht mit der Flasche in der Hand vor uns und starrt uns vier an.

»Ich esse nichts mehr, oder?«

»Doch. Du isst jetzt, sage ich dir. Gott sei Dank warst du nicht so gut im Nicht-Essen.«

Einar schaut auf Pauls Kopf und seine Miene hellt sich auf, als würde er ihn zum ersten Mal sehen, und er küsst ihn erneut.

»Ja, warum sollte ich es so eilig haben, in den Himmel zu kommen? Mein Paradies ist schließlich hier – bei euch!«

Da hören wir, wie das Tor geöffnet und wieder geschlossen wird. Das Geräusch von kleinen Damenschuhen, die den Innenhof des Klosters durchqueren. Einar lauscht.

»Jetzt kommt sie. Das Ei!«

Bonnibelle tritt durch die offene Tür. Diese kleine Frau mit ihrer perfekt geföhnten und mit Haarspray fixierten Frisur, ihrer Bluse, die so schön über ihren leicht gekrümmten Rücken fällt, mit der dünnen Strumpfhose und – darunter versteckt – der schönsten Unterwäsche. Als ich sehe, wie Bonnibelle hereinspäht, sehe ich sie als das Mädchen, das sie einmal gewesen ist. Ebenso wohlgekämmt, ordentlich gekleidet und klein. Wie sie an die Tür des Kontors der Nonnen klopfte, die gerade versuchten, ihre Mittel so einzuteilen, dass sie damit auskamen. Bekam sie vielleicht einen Wangenkuss, als sie auftauchte? Oder hat man sie angeschnauzt? Drei kleine Mädchen durften bleiben, nachdem der französische Staat private Kinderheime verboten hatte. Die drei Kinder können unmöglich in irgendwelchen öffentlich zugänglichen Dokumenten zu finden sein. Diese drei Mädchen mussten ernährt worden sein, betreut, aufgezogen, ausgebildet und … hoffentlich klammheimlich geliebt worden sein. Ja, die Nonnen müssen diese drei Kinder geliebt haben, sonst hätten sie nicht bleiben dürfen. Und wenn Bonnibelle nicht von diesen Nonnen geliebt worden wäre, dann wäre sie nicht in Saint Carelle geblieben, genau gegenüber von ihrem Kloster. Dieses Kloster versteht sich auf Liebe und Geheimnisse. Wir, die wir hier sitzen, sind vielleicht nicht unbedingt Nonnen, aber …

Bonnibelle, unser Ei, räuspert sich und sagt etwas auf Französisch. Sie sagt es kurz, resolut und mit festem Blick. Was sagt sie? Was sagt sie?!

Fabien springt von seinem Stuhl auf, nimmt Bonnibelles kleine Hände in seine und küsst sie. Dann wendet er sich zu mir, streckt seine langen Arme aus und ohne richtig nachzudenken, werde ich von seiner warmen Umarmung eingesaugt und umschlossen. Mit dem Mund an seiner Brust versuche ich, mich bemerkbar zu machen.

»Oui?«

Ohne mich loszulassen, ruft Fabien:

»OUI, maestro, oui!«

Wenn ich jetzt sterbe, sterbe ich den Erstickungstod an einer lockenbedeckten Männerbrust. Ein wunderschöner Tod. Vielleicht werde ich das in den Wünschen für mein Ableben festhalten, dass man, wenn ich einmal auf dem Sterbebett liege, sofort einen großen, lockigen Mann kommen lässt, der seine Brust gegen mein Gesicht drückt. Aber ich sage es wie Einar: Warum soll ich in den Himmel, wenn ich doch hier mein Paradies habe?

Einar schüttelt die fast leere Flasche.

»Ich verstehe nicht, warum sich hier gerade alle so freuen. Aber Bonnibelles Schwestern kommen morgen zu uns, das klingt doch toll. Wollen wir nicht noch eine Flasche holen?«

Es ist dunkel im Kloster. Ich habe alle Kabel aus den Steckdosen gezogen, von allen Geräten, die Strom verschwenden könnten, ausgenommen Kühlschrank und Gefrierschrank. Da gibt es dann doch eine Grenze. Alle meine Fenster im

Turm stehen weit offen, und ohne Klimaanlage ist es irrsinnig heiß. Draußen schreit ein ganzer Klostergarten nach Wasser. Aber der muss warten. Dieses Jahr haben Klostergärten einen schweren Sommer.

»BRRRÖÖÖUUU!«

Nicht nur die Klostergärten schreien. Die Kühe brüllen auch. Tief aus ihren erotischen Abenteuern in den Weiden vor der Stadtmauer. Ich liege nackt und still auf meinem runden Bett. Ich rede mit den Kühen. Nicht, dass sie mich hören könnten, aber ich kann sie hören, und das ist fast schon eine Kommunikation oder zumindest wie jede andere mittelmäßige Ehe.

»Fabien, ihr wisst schon, dieser gelockte Mann mit der Bar. Bevor er wieder zu seiner Bar zurückmusste, um Pastis zu servieren, schrieb er mir einen Satz. Er schrieb, dass ich jetzt, ich zitiere wörtlich, ›die beste Dirigentin war, die er jemals gesehen hat‹. Dass alle anderen ohne mich eben nicht mehr als ein chaotisches Orchester waren. Aber dass ich die Dirigentin war, auf die sie alle gewartet hatten. ›Ma chef d'orchestre‹, hat er gesagt.«

»Muuu.«

»Unterbrich mich nicht, ich will das hier nur noch mal durchkauen, dann bin ich auch schon still. Fabiens Blick war wieder so warm. Ich dachte fast, dass er mich noch einmal an seiner Brust ersticken würde. Und das hab ich mir beinahe auch gewünscht.«

20.

Drei Damen stehen mit ihren Nähmaschinen mitten im Klostergarten. Die kleine Bonnibelle, eine furchtbar große Dame mit streng hochgestecktem Knoten und eine rundliche Frau mit breitem Sonnenhut. Einar und ich sehen sie von einem der leeren Speicherräume aus. Dort haben wir die breiten Bodendielen gescheuert, die Fenster geputzt, gelüftet und zum Schluss drei Tische und drei Stühle aufgestellt. Fabien hat Kabel hierhin und dorthin verlegt, damit es genügend Steckdosen gibt. Denn Nähmaschinen brauchen eben doch Strom. Wir können schließlich nicht verlangen, dass diese Damen ihre Nähmaschinen mit dem Fußpedal betreiben.

Es sieht richtig professionell aus. Man stelle sich eine coole Reportage in einer coolen Zeitschrift vor, über eine coole Gang mit einem coolen Loft in Brooklyn, in dem sie coole Klamotten designen. Bald kommt unsere coole Gang. Drei uralte Damen. Cooler geht's nicht.

Einar hat Farbe auf dem Hemd, nachdem er die Masken im Atelier bemalt hat. Misstrauisch schaut er auf die alten Damen im Hof hinunter.

»Haben wir hier heute so eine Art Rentnertreffen?«

»Wie meinst du das?«

»Na, warum stehen denn da unten drei alte Frauen rum? Wir haben keine Zeit für so was, wir haben doch alle Hände voll zu tun!«

»Das sind doch Bonnibelle und ihre Schwestern. Die werden hier oben nähen. Für die haben wir das hier doch alles hergerichtet.«

»Für die? Diese alten Tanten?«

»Ja! Die sollen die ganze Unterwäsche nähen.«

»Aber Bonnibelles Schwestern sind doch noch keine alten Tanten. Monique und Claire sind ... die sind doch bloß ein paar Jahre älter als ich, oder?«

»Und wie alt bist du?«

»Ich ... ich bin ... vierzig?«

»Du bist über achtzig. Komm, wir gehen runter und helfen ihnen beim Tragen.«

»Was, wir sollen Monique und Claire tragen?«

»Nein, das können sie wohl noch selbst, aber bei ihren Nähmaschinen müssen wir mithelfen.«

Einar schaut wieder beunruhigt aus dem Fenster.

»Das können die nicht sein.«

»Ich verstehe dich ja, manchmal bekommt man einen Schreck, wenn man sich selbst im Spiegel sieht oder alte Freunde von früher. Aber es kann ja nicht immer nur 1986 sein, oder? Würden wir das überhaupt wollen?«

»1986 ... Das war ein ziemlich schönes Jahr, wenn ich mich recht erinnere. 1986 würde ich gerne noch eine Weile behalten. Das war das Jahr, in dem Armand und ich *La vie sexuelle de Mitterrand* gedreht haben. *Sein Herz gehörte Frankreich, aber sein Arsch gehörte allen.* Weißt du eigentlich, wo die Videokassette hingekommen ist?«

»Glücklicherweise weiß ich das nicht, aber 1986 war ich vierzehn, und das war überhaupt kein schönes Jahr. Ich bin in allen Fächern durchgefallen. Und da rede ich nicht nur von der Schule, ich rede auch von allem anderen. Ich konnte mich nicht mal richtig im Solarium sonnen – ich hab die ganze

Zeit die Stirn gerunzelt und bekam weiße Falten bis zum Haaransatz. Durchgefallen.«

»Also scheißen wir auf 1986?«

»Ich bin dafür.«

»Wir bleiben also in … 1998?«

»Allerdings. Komm, wir gehen runter zu den Damen und helfen ihnen mit ihren Nähmaschinen.«

Einar packt mich bei der Hand. Drückt sie ganz fest.

»Ich bekomme Angst.«

»Wovor?«

»Davor, dass alles so aufgelöst wird. In meinem Kopf drinnen. Ich hab das Gefühl, als würde ich durch einen Traum wandern, in dem sich ständig alles ändert. Aber ich wache nie auf.«

Ich weiß nicht, was ich darauf sagen soll. Also nehme ich ihn einfach in den Arm. Fest und lange. Er erwidert die Umarmung und will mich gar nicht mehr loslassen.

Die Nähmaschinen stehen jetzt alle auf ihren Tischen. Und auf jedem Stuhl liegt jeweils ein weiches Kissen, von Bonibelle genau für diesen Zweck genäht. Ungefähr zwanzig Stoffballen sind hochgetragen worden, Unterwäsche hängt zur Inspiration an Bügeln, und Perlen, Knöpfe, Schnüre, Seidenbänder und Fransen sind ordentlich hintereinander aufgereiht. Zwei Bilder von Einar im Bett sind mit Nägeln an der Wand befestigt worden. Alles ist bereit.

Aber zunächst wollen wir ein viel zu spätes Mittagessen im Schatten unter dem Kastanienbaum zu uns nehmen. Bonibelle, die sich nicht richtig auf meine Kochkünste verlassen möchte (ganz richtiger Instinkt, wie immer bei dieser Dame), hat Crique aufgetischt – diese französische Version von Kartoffelpuffern –, mit Tomatensalat, Brot und Weißwein. Wo wir Schweden mit Preiselbeeren und Speck arbeiten, hacken die Franzosen Knoblauch und Petersilie und reiben Gruyère.

Ich bin nervös. Das sind alles alte Damen, und ich habe sie gezwungen, herzukommen. Habe sie gezwungen, ihre blühenden Gärten, halb gelesenen Bücher und überraschten Haustiere mitten im Sommer zu verlassen. Monique mit ihrem strammen, schwarz gefärbten Knoten, der großen Seidenrosette um den Hals und der untadeligen weißen Seidenbluse spricht kein Wort Englisch. Dafür kann es Claire mit dem großen Sonnenhut. Nachdem sie zwei Ehemänner überlebt hat, von denen der letzte in England lebte, hat sie überhaupt kein Problem damit, zwischen den Sprachen hin und her zu wechseln.

Die drei Schwestern haben sich seit mehreren Jahren nicht mehr gesehen und haben sich so viel zu erzählen, dass sie die ganze Zeit durcheinanderreden. Einar versucht, mitzukommen, und ich versuche, sie nicht zu stören. Ich weiß nicht, woher diese Nervosität kommt. Ich fühle mich, als wäre ich elf, würde in meinem Zimmer sitzen und mir zusammenphantasieren, was wir für Einar tun könnten. Dann wird aus dem Spiel plötzlich Ernst, und jetzt sitzt Paul im Kontor und rechnet, Einar bemalt Masken, Bonnibelle und ihre Schwestern haben ihre Nähmaschinen entstaubt und Fabien hat sich heute Abend freigenommen, um ein Aufhängesystem zusammenzuschreinern für die ganze Unterwäsche, die hier demnächst genäht werden soll. Bald kommen auch Bonnibelles Enkel, die uns mit den sozialen Medien helfen sollen, und ich ... ich soll offenbar Fotografin werden. Ich habe es immer gehasst, wenn ich auf Fotos zu sehen war, es ist mir unmöglich, mich natürlich zu geben, wenn jemand einen Fotoapparat hebt. Ich habe niemals verstanden, welche Seite meine »hübsche« Seite ist, denn ich habe mich nie selbst irgendwie mit Hübschsein in Verbindung bringen können. Hinter der Kamera zu stehen, ist da schon wesentlich einfacher. Da muss man bloß festhalten und draufdrücken und warten und noch ein bisschen drücken und nicht so viel sagen. Warten und nicht so viel sagen – das ist schon immer eine meiner Königsdisziplinen gewesen.

Eine Hand legt sich auf meine. Es ist die kühle Hand von Bonnibelle. Jetzt erzählt sie von mir, die Damen lauschen neugierig, lachen laut, bekommen feuchte Augen und lachen wieder, dass ihnen erneut die Tränen kommen. Claire muss ihren Hut festhalten, damit er nicht vom Wind weggeweht wird. Einar mischt sich mit lauter Stimme ein.

»Ohne sie wäre Paul nie zurückgekommen.«

Bonnibelle fällt ihm ins Wort.

»En français, mon chéri.«

Einar hält inne und spricht dann weiter. Auf Schwedisch natürlich. Die Damen hören ihm geduldig zu und tauschen verständnisvolle Blicke mit Bonnibelle, während sie zu Paul schielen, der seine Criques anständig mit geschlossenem Mund kaut.

Einar kann beim Erzählen kaum stillsitzen vor lauter Eifer.

»Und ihr wärt auch alle nicht hergekommen. Alles haben wir Agneta zu verdanken! Ich hab versucht, still zu bleiben, ich weiß ja, was für ein … Geheimnis ihr immer noch macht aus diesen Nonnen, die sich um euch gekümmert haben. Aber es ist schwierig, da jetzt mein Gedächtnis nicht mehr so zuverlässig ist. Ich kann mir Kleinigkeiten nicht mehr richtig merken, zum Beispiel, was wir gerade für ein Jahr haben und so was. Aber ihr seid ja … auch nicht mehr jung. Nein, wirklich nicht, haha! Ich ja wahrscheinlich auch nicht mehr. Aber ich habe euer Zimmer gelüftet, falls ihr dort schlafen wollt.«

Einar deutet zum Mädchenzimmer hoch, dessen Fenster weit offen steht. Die Damen lächeln freundlich und werfen ihrem alten Zimmer Kusshändchen zu. Aber sie wollen ganz sicher nicht darin schlafen. Ich habe die Betten in zwei Gästezimmern mit der schönsten Bettwäsche von Armands Mutter bezogen, und dorthin hat Paul auch ihre Koffer gebracht. Claire wischt sich den Mund ab und legt das Besteck ordentlich neben ihren Teller. Sie hat jede Menge Ringe an den Fingern, trägt ein wahnsinnig geblümtes Kleid und sieht jünger aus als die anderen. Ihr Blick ist von einem trüben Blau, aber rein in seiner Freundlichkeit.

»Annjetá, you know, although many years have passed and everything is statute barred, it is still a delicate matter. Wir sind hier heimlich aufgewachsen. Die Nonnen durften uns nicht adoptieren, und sie durften keine Kinderheimkinder haben, weil sie kein Kinderheim mehr betrieben. Wären wir entdeckt worden, wäre das wie ein Entführungsfall behandelt worden. The nuns would have ended up in jail right away!«

»But ... could you go outside the ... wall?«

»No, not really. Das ist hier ein kleiner Ort, an dem man nichts geheim halten kann. Also verbrachten wir unser Leben gemeinsam innerhalb dieser Mauern. Die Nonnen unterrichteten uns, wir lernten Kochen, Wirtschaften, Putzen und Nähen. Im Nachhinein war das das Beste, was uns hätte passieren können. Die Kinderheime nach dem Krieg waren nicht gut für Kinder. Sie waren ganz entsetzlich. Wir konnten innerhalb dieser Mauern doch frei sein.«

»But why you? Warum haben sie ausgerechnet euch drei behalten?«

»Oh, Bonnibelle, maybe you should tell yourself? À propos de toi et des nonnes?«

Bonnibelle schluckt, wirft einen verstohlenen Blick zum

Schlafzimmerfenster, wird jedoch unterbrochen, bevor sie den Mund aufmachen kann.

»Grand-mère! Einar! Nos tantes! Coucou!«

Zwei ältere Jugendliche und ein vorpubertärer Junge schauen uns durch die Hintertür des Klosters an. Claires Miene hellt sich auf, und sie reißt beinahe den Tisch um vor Eifer, als sie aufspringt und sie mit Wangenküssen überschüttet. Jetzt werden erst mal aus Leibeskräften Wangenküsse ausgetauscht, und ich räume die Teller ab, hole den Espressokocher raus, kleine Kaffeetassen und die ganzen Éclairs, die ich in der Bäckerei gekauft habe. Trinken Jugendliche überhaupt Kaffee? Oder wollen die lieber was Cooleres wie Cola? Jetzt bekomme auch ich Wangenküsschen, von allen drei Teenagern. Die Mädchen müssen an die achtzehn sein und der kleine Junge wohl um die zwölf. Herrgott, sollen diese unschuldigen Menschen sich wirklich um unser, wie nennt man das noch, um unser Marketing kümmern? Die Handys sind schon gezückt, Monique zeigt hierhin und dorthin, und die Jugendlichen scrollen wie bekloppt und plappern dabei eifrig etwas, was ich nicht verstehe.

Ich stupse Einar an.

»Was sagen die da?«

»Sie reden über …«

Einar lauscht.

»Sie reden von … Certains influenceurs … Was ist denn ein ›influenceur‹?«

»Ein Influencer? Du liebe Güte, auf die Frage gibt es viele Antworten. Das ist jemand, der andere beeinflusst, sodass sie irgendwelche Sachen kaufen oder eine bestimmte Art von Leben führen.«

»Die meinen, dass wir die Unterwäsche einfach an diese Influencer schicken sollen. Dass das der beste Weg wäre.«

Einar lauscht weiter.

»Dann kommt die Sache richtig in Gang, sagen sie.«

Die Jugendlichen halten ihre Handys hoch. Wir beugen uns alle vor und sehen die Instagram-Accounts mit verschiedenen französischen Influencern vorbeiblitzen, die die Lippen spitzen, Kaffee mit frechem Milchschaumbart trinken oder so tun, als würden sie ein Buch in einem gut gepolsterten Bett lesen. Ich bekomme Bauchweh. Soll Bonnibelles magische Unterwäsche in gut gepolsterten Sponsorenbetten liegen und so tun, als würde sie Bücher lesen? Ich verstehe, was die schlauen Jugendlichen meinen. Ich bin ja nicht blöd. Selbstverständlich muss man so was machen, wenn man Unterwäsche verkaufen will. Und das wollen wir ja, das ist ja der Witz an dem ganzen Projekt. Die Teenager zeigen uns, wie leicht es ist, einen Account hier oder dort aufzumachen, und dann verlinkt man hierhin und dorthin und schickt schöne Pakete mit Unterwäsche an schöne Menschen auf Instagram. Aber vorher muss auf Vorrat genäht werden, denn an dem Tag, an dem die mit dem Milchschaumbart diese Unterwäsche anzieht, wird sie anfangen, sich zu verkaufen, verspricht unser Marketingteam.

Bonnibelle meint, dass Agneta das mit den Influencern entscheiden soll, sie selbst wird bloß nähen, und dann zeigt sie auf ihre dünne Armbanduhr. Es wird Zeit, dass sie mit der Arbeit loslegen. Die Kaffeetassen werden beiseitegeschoben und sie holt einen Block mit Skizzen hervor. Monique und Claire beugen sich neugierig vor und lassen sich einladen in Bonnibelles Welt aus Samt, Materialverbrauch, Brustweite und Hüftumfang. Und ich sitze daneben mit leicht schmerzendem Magen, während unsere Marketingabteilung höflich das Geschirr abräumt.

21.

Es ist sechs Uhr abends, und noch für eine Stunde ist das Licht perfekt, lässt die Profifotografin ausrichten. Also ich. Bonnibelle hat Einar seine drei schönsten Unterhosen rausgesucht, hat sie gewaschen und gebügelt, sodass sie ganz faltenfrei sind. Eine ist hellblau mit smaragdgrünen Schlangen, deren rote Zungen sich über dem Hintern kreuzen, eine andere ist seine Lieblingsunterhose, die mit dem Löwen mit dem aufgerissenen Maul, und die dritte ist eher raffinierter und aus dunkelrotem Samt, der sich über seinem Päckchen spannt und an den Hüften ein kompliziertes System aus Goldschnüren hat. Die Farben der Masken sind getrocknet, und vor denen könnten sich alle anderen venezianischen Masken vor Scham verstecken. Einar hat seinen Kopf aufgemacht und alles, was darin war, in diese Kunstwerke gegossen. Sie liegen in der Papiertüte, die ich fest in einer Hand halte.

Ich klopfe an seine Schlafzimmertür, bekomme aber keine Antwort.

Ich klopfe erneut. Wieder keine Antwort.

Vorsichtig mache ich die Tür auf und sehe ihn mit den Katzen auf der Decke liegen. Er schnarcht laut. Sein Körper ist farbverschmiert, die Bettwäsche voller Kaffeeflecken, und auf dem Nachttisch steht eine leere Weinflasche.

»Einar?«

Zzzzz.

»Einar!«

Zzzzz.

Hier liegt ein alter Mann. Ich vergesse das immer so leicht, denn sobald er wach ist, verschwindet alles, was an ihm alt ist. Da erlebe ich nur seine leuchtenden Augen und sein lautes Lachen. Falten und schwindende Muskeln sehe ich nie. Aber jetzt, da er in seiner kaffeefleckigen Bettwäsche liegt und weder lacht noch mich anschaut, sehe ich, dass er gealtert ist. Heute hat dieser Mann schwer geschuftet: geschleppt, geputzt, er hat mit vielen Menschen geredet und ist in seinen Wachträumen herumgewandert.

Ich streichle ihm leicht die Wange.

»Einar. Gleich haben wir das schönste Licht der Welt. Was meinst du?«

»Was?!«

Einar erwacht mit einem Ruck.

»Ich bin's, Agneta. Wollen wir ein paar Bilder machen?«

»Mitten in der Nacht?«

»Es ist nicht mitten in der Nacht. Was meinst du? Wollen wir dich abwaschen und dich fertigmachen fürs Modeln?«

Einar starrt mich an, als hätte ich völlig den Verstand verloren.

»Das ist ja eine Unverschämtheit. Wasch du dich doch ab. Und du kannst gleich mit diesem blöden Grinsen anfangen.«

Ich höre auf zu lächeln und Einar schlägt nach dem Fotoapparat.

»Stell den aus!«

»Ausstellen?«

»Du musst irgendwo anders bohren. Was sind denn das für Manieren? Mit Bohrmaschinen bei fremden Menschen einbrechen.«

Da höre ich es. Weit über uns. Ein hartnäckiges Bohren.

Das ist Fabien, der das Aufhängesystem für die Wäsche baut. Einar hat sich schon wieder umgedreht, das Kissen über den Kopf gezogen und eindeutig beschlossen, dass er heute nicht mehr wach sein will.

Aha. Okay. Wenn man demente Fotomodelle hat, muss man eben mit unvorhergesehenen Ausfällen rechnen.

Fabien steht auf einem Schemel und hängt eine lange Stange an die Halterungen, für die er gerade die Löcher in die Wand gebohrt hat. Ich habe Fabien noch nie mit etwas anderem arbeiten sehen als mit dem Servieren von leckerem Essen in seiner Bar. Jetzt steht er hier in zerrissenen Jeansshorts und einem verwaschenen gestreiften Hemd mit einem Riss am Rücken. Ich verstehe nicht ganz, was er sich dabei gedacht hat, aber irgendeine Art von Installation hat er zusammengeschustert, mit Stangen, die ein Stück aus der Mauer ragen und auf denen eine ansehnliche Menge von Kleiderbügeln Platz hat. Ein paar Bierflaschen stehen neben einem Radio auf dem Boden, und man hört Franzosen lautstark über irgendwas höchst Wichtiges diskutieren.

»BONSOIR!«

Ich übertöne die französische Radiodebatte und Fabien dreht sich um.

»Ah! Annjetá! Ça va?«

»Ça va bien! Beziehungsweise na ja. Comme ci, comme ça trifft es vielleicht besser.«

»Comme ci, comme ça? Pourquoi?«

Fabien rüttelt ein paar Mal an seiner Konstruktion, um zu prüfen, ob sie auch gut hält, und das scheint sie zu tun. Er trocknet sich die Hände an seinen Jeansshorts ab und greift sich zwei Bierflaschen. Er beißt von der einen den Kronkorken ab und reicht sie mir. Dann lässt er sich auf den Boden sinken, lehnt sich an die Wand und klopft mit der Hand neben sich.

»You sit. S'il te plaît.«

Er nimmt einen Schluck von seinem Bier und legt sein Handy auf den Boden. Ich lasse mich neben ihn sinken, mit meiner Kamera vor dem Bauch, den Masken in der Tüte und den Unterhosen im Arm. Dann greife ich nach seinem Handy und schreibe:

Wir haben heute übers Marketing gesprochen. Unsere Marketingtruppe findet, dass wir Unterwäsche an Influencer schicken sollen. Wenn die Menschen diese Influencer dann in unserer Unterwäsche sehen, werden sie vielleicht bei uns bestellen wollen. Ich hab Angst vor Influencern.

Mein Fotomodell ist schlecht gelaunt, aber bald haben wir das beste Licht, und wir haben es eilig.

So. Jetzt bin ich es, die die halbe Bierflasche in einem Zug leert, während Fabien liest, überlegt und dann eine Antwort eintippt. Hier ganz oben im Kloster sind sowohl Fenster im Dach als auch niedrige, halbmondförmige Fenster auf dem Boden, genau unter dem Beginn der Dachschräge. Das golden glänzende Licht strömt durch alle Luken und fällt über den Boden bis zu uns.

Erst nähen, dann Angst. Nicht Angst jetzt. Tanten vielleicht nicht überleben die Woche hier! Harte Arbeit für Tanten im Kloster. Tanten vielleicht nicht schaffen nähen unter Kleidern. Wir warten und sehen. Ich auch Angst vor Influencern.

Du Fotomodell! Ich bin froh! Ich Fotograf! Ich bin froh!

»Toi? Fotograf?«
»Oui! Et toi modèle photo!«
»No ...«
Ich schreibe:

Ich bin SCHÜCHTERN! NEIN!

Fabien wirkt aufrichtig verwundert.

Du bist mutigster. JA!

Ich antworte:

Dann musst du aber auch Fotomodell sein.

Wieder wirkt Fabien aufrichtig verwundert.

Ich bin SCHÜCHTERN! Und hässlich. NEIN! Du mutig schön JA.

Fabien greift nach dem Band, mit dem ich mir den Fotoapparat um den Hals gehängt habe, und zieht es mir über den Kopf. Er hält die Kamera in beiden Händen und schaut durch den Sucher auf mich.
»Moi photographe. Toi – modèle photo.«
Ich nehme ihm die Kamera wieder ab.
»Me Tarzan – you Jane.«
Fabien nimmt mir die Kamera wieder ab.
»No! Moi Tarzan et toi Jane!«
Ich lasse ihn die Kamera behalten und lasse mich ein Stück weiter auf den Boden sinken.
»Je suis Cheeta. Tarzans Affe.«

Fabien zieht überrascht die Augenbrauchen hoch.

»Ohohohoho!«

Ich mache Affenlaute nach, so gut ich kann, und Fabien lacht laut auf.

»AH! Cheeta!«

Er legt mir seine weiche Hand aufs Knie. Und nimmt mit der anderen sein Handy. Er schreibt:

Du etwas anderes. Neues. Lustig! Mit dir Vollzeit lustig. Keine andere Frau.

Das Licht senkt sich über Fabiens Augen und leuchtet hinein. Seine dunkelbraunen Augen verwandeln sich durch die Sonne in Kastanienhonig. Ich sehe erst jetzt, dass er schwarze Punkte auf seiner Iris hat. Schwarz gesprenkelte Honiggläser, eingerahmt von schwarzen Wimpern. Ich nehme ihm die Kamera wieder ab und stehe auf. Fabien will gerade auch aufstehen, aber ich beuge mich vor und drücke ihn sanft wieder zurück.

»Warte. Sitz einfach bloß so da.«

»Quoi?«

»Wait. Sit.«

»No, Annjetá, no.«

Fabien vergräbt verschämt sein Gesicht in den Händen, als ich vor ihm in die Knie gehe.

»Fabien? Coucou?«

Fabien hebt sein Gesicht und schaut mit der Sonne in seinen Kastanienhonigaugen direkt in die Kamera.

Klick.

Er nimmt mir die Kamera aus den Händen und richtet sie auf mich.

»Nein, nein, nicht mich.«

»Oui.«

Ich will erst laut protestieren, etwas in der Richtung sagen, dass ich hässlich bin, dass wir keine Filmrolle mit mir verschwenden sollten und tausend andere Dinge, die ich immer gedacht habe, sobald jemand eine Kamera auf mich richtete. Aber dann denke ich mir, wenn ich Bilder von Fabien machen will, muss ich ihn auch Bilder von mir machen lassen. Als Dirigentin dieses Orchesters muss ich den Taktstock gut festhalten, auch wenn ich mir damit selbst auf die Finger schlage. Ich hebe erst einen Arm. Dann den anderen. Beide strecken sich zur Papiertüte und ziehen eine Maske heraus, die weiße mit den rosa Punkten, zwei kleinen Hörnern und einer horizontalen Öffnung über den Augen. Ich binde mir das Band um den Kopf. Jetzt bewegen sich meine Arme wieder, die bewegen sich zu meinem Kleid. Sie machen einen Knopf nach dem anderen auf. Fabien hebt die Kamera und macht ein Foto. Ich mache noch einen Knopf auf. Er macht noch ein Foto. Ich gebe Fabien eine Maske.

Fabien schüttelt den Kopf und reicht mir die Kamera. Dann knöpft er einen Knopf an seinem Hemd auf. Und noch einen. Ich mache ein Bild.

Klick.

Seine großen Finger sind überraschend geschmeidig, sie bekommen einen Knopf nach dem anderen auf, und dann lehnt er sich zurück, mit aufgeknöpftem Hemd, sodass seine behaarte Brust und sein Bauch frei sind. Er nimmt einen Schluck Bier.

Klick.

Ich bin dran. Ich stehe auf. Ziehe mir das Kleid von den Schultern und lasse es fallen, und während es herunterfällt, drückt Fabien auf den Auslöser.

Jetzt stehe ich da, in meiner weißen Unterwäsche, die Bonnibelle für mich aus Schürzen genäht hat. Die kleinen Shorts mit einem eingestickten rosa »A« am einen Beinausschnitt und den weichen weißen BH mit den bestickten Kanten. Ich stehe da, ohne über Beine, Arme, Bauch oder Haare nachzudenken.

Klick.

Die Maske scheuert. Das Atmen fällt einem schwer, wenn man sie aufhat. Als ob die Atemzüge keinen Platz dahinter hätten. Ich nehme die Maske ab und lege sie auf den Boden. Dann stehe ich einfach so vor Fabien.

Klick.

Zögernd drehe ich mich auf der Stelle. Strecke meine Arme aus.

Klick.

Ich drehe mich ein bisschen schneller, merke, wie meine Haare mitschwingen.

Klick.

Ich bleibe stehen, das Atmen fällt mir immer noch schwer. Fabien wendet den Blick nicht von mir ab. Er sieht mich. Und schiebt mir die Kamera über den Boden zu. Ich hebe sie auf, schaue ihn durch die Kameralinse an. Meine Atemzüge? Höre ich die gerade?

Dann ergreift Fabien den Gürtel seiner Jeansshorts und …

»Ach, hier seid ihr! Mann, ich hab euch im ganzen Kloster gesucht.«

Einar kommt mehr oder weniger hereingetanzt, mit den zwei Katzen im Schlepptau.

»Ich hab Frühstück gemacht«, ruft er, »und hab den Tisch im Garten gedeckt.«

22.

Einar und Fabien lachen laut, als sie mitten auf der Wiese stehen. Einar bedeutet Paul, dass er zu ihnen rüberkommen soll, aber der schüttelt den Kopf und bleibt in Sicherheit neben der Klostermauer, mit einer Tasse Kaffee in der Hand. Das Licht wird demnächst verschwinden, doch die Abendsonne leuchtet immer noch rosa über dem Klostergarten, dem runden Tisch unterm Kastanienbaum und dem hohen Gras. Die Sonne geht unter, aber der Frühstückstisch ist gedeckt. Café-au-Lait-Schalen, Espressokocher, Marmeladengläser, verschiedene Käsesorten, Baguette, Butter, ein knittriges Tischtuch und darauf zwei Katzen. Im Gras liegen zwei Masken. Die rote mit dem Horn hat Einar getragen.

Ich halte die Kamera fest, als ich im hohen Gras stehe. Ich habe nur meine weiße Unterwäsche an. Einar schenkt uns Kaffee ein, und auf seinem Hintern treffen sich die roten Zungen der Schlangen.

»Dreh dich doch mal ein bisschen weiter rum, sodass ich deinen Hintern sehen kann!«

Einar dreht sich sofort um, streckt den Hintern raus und legt den Kopf zurück.

Klick.

Laut lachend steckt sich Fabien eine Zigarette an, während die Katzen an der Butter lecken.

Klick.

Fabien hat das Hemd anbehalten dürfen, da verlief seine

Grenze. Aber unten hat er Einars Löwenunterhose an. Er hat die rostige Heckenschere in der Hand, und ich habe ihm gesagt, dass er die Rosensträucher im Hintergrund beschneiden soll. Damit man nur seinen Rücken und die Unterhose sieht, sonst nichts. Wie ein rosaroter Panther schleiche ich durchs Gras.

Einar hebt Judy hoch und über seinen Kopf.
Klick.
Einar gießt Kaffee in beide Tassen.
Klick.
Er geht mit dem Kaffee zu Fabien, der so tut, als würde er die Rosensträucher beschneiden.
Klick.
Der brüllende Löwe auf seiner Unterhose.
Klick.
Lauter glänzende Austernschalen unter den Rosensträuchern.
Klick.
Paul auf seinem wackligen Caféstuhl kann sich ein Lachen nicht verkneifen.
Klick.
Fabien übernimmt die Kamera, als Einar die Hand ausstreckt und mir zuruft: »Darf ich bitten?« Niemand führt so wie Einar. Keiner kann seine Hand so fest um meine Taille legen. Nicht, dass ich so viele Hände um meine Taille gehabt hätte, aber ich weiß, dass diese Hand etwas ganz Besonderes ist. Er singt.

»La mer ... les a bercés ... le long des golfes clairs.«
Klick. Klick. Klick.
»Et d'une chanson d'amour, la mer ...«
Klick.
Das Gras wird langsam feucht vom abendlichen Tau, und

meine Füße tanzen hindurch. Ich höre, wie über unseren Köpfen das Laub des Kastanienbaums rauscht, spüre Einars Hand um meine Taille und Fabiens Blick auf mir. Ich genieße es, wenn er mich anschaut. Völlig schamlos. Einar hat immer für die Schamlosigkeit plädiert. Warum sollen wir uns schämen, wenn wir etwas genießen? Wer hat sich so einen Blödsinn ausgedacht? Schamlos muss man sein!

»MUUUÖÖÖ!«

Einars Miene hellt sich auf und er blökt zurück zu den Dumonts.

»Jaaa! Genau so! Genießt es, dass Sommer ist und ihr lebt und einander habt! MUUU!«

Wie eine muhende Kuh heult er zum Himmel hoch.

Klick.

Dann tanzt er auf Paul zu und versucht auch ihn zum Tanzen zu animieren. Nimmt seine Hände und lässt sie vor und zurück wippen.

Klick.

»Darf ich bitten, mein lieber Sohn?«

Verschämt senkt Paul den Blick und schaut auf seine Füße, die in ordentlich zugeschnallten Sommersandalen stecken.

»Nein, ich kann grade nicht.«

»Du kannst nicht? Doch, du kannst, mein Lieber. Komm, wir tanzen zusammen.«

»Ein andermal.«

Einar beugt sich zu Paul hinunter und gibt ihm einen zärtlichen Kuss auf die Nasenspitze.

Klick.

Dann lässt er Pauls Hände los und trompetet:

»Meine allerliebsten Menschen! Jetzt tanze ich weiter bis in mein Schlafzimmer. Aber für euch ist die Nacht immer noch jung, also macht weiter. Macht immer weiter!«

Einar breitet seine Arme aus, als wollte er uns alle umarmen, wirft uns Kusshändchen zu und verbeugt sich tief.

Klick.

Ich wasche gerade die letzte Tasse ab und stelle sie tropfend auf Trockengestell. Wische mir die Hände am Geschirrtuch ab, falte es zusammen und hänge es über den Backofengriff, da höre ich plötzlich Fabiens Stimme.

»Einar sleep maintenant.«

Fabien lehnt sich in die kleine Küche, jetzt ist er wieder voll bekleidet. Wenn wir die Sprache des anderen beherrschen würden, würden wir jetzt vielleicht etwas sagen. Dass es ein schöner Abend war. Dass es vielleicht gute Bilder werden. Aber wir würden sicher nichts darüber sagen, was vorhin auf dem Dachboden passiert ist. Beziehungsweise was eben nicht passiert ist. Was in den nächsten Momenten hätte passieren sollen. Aber wir können die Sprache des anderen nicht, also stehen wir einfach nur in der engen Küche, ohne ein Wort zu sagen. Fabien in seinem zerrissenen Hemd und den Jeansshorts, ich in Einars ausgefranstem Morgenrock. Fabien lacht auf und zuckt mit den Schultern, als wollte er sagen, scheiß drauf, jetzt red ich trotzdem.

»Merci pour une bonne soirée.«

Ich lache und zucke ebenfalls mit den Schultern, als wollte ich sagen, scheiß drauf, jetzt antworte ich trotzdem.

»Danke dir auch. Ich will nicht, dass der Abend zu Ende geht. Ich will ihn mit dir fortsetzen.«

Fabien schaut mich ratlos, aber neugierig an. Dann erwidert er mit einem ziemlich langen französischen Wortschwall, von dem ich kein einziges Wort verstehe. Aber ich antworte ihm trotzdem.

»Wenn ich mich trauen würde, würde ich jetzt zwei Schritte

nach vorn machen. Ich würde zwei Schritte nach vorn machen und ich würde meine Arme unter dein Hemd schieben. Ich würde deinen Rücken streicheln. Und dann würdest du mich küssen. Wenn ich mich bloß trauen würde.«

Fabien hört aufmerksam zu und antwortet ziemlich ausführlich. Bekommt er rote Wangen unter seinen Bartstoppeln? Ja, tatsächlich.

»Weißt du was? Wenn ich ganz ehrlich sein soll, und das bin ich jetzt einfach mal, habe ich seit unserer Nacht in deiner Wohnung jeden Tag an dich gedacht. Als du mich ausgezogen hast und meine Kleidungsstücke über Lampen und Sessel geworfen hast. Ich hatte lästige Gedanken, ich hatte Angst und hab alles bereut, aber ich hab mich die ganze Zeit zurückgesehnt. Jedes Mal, wenn ich an der Bar vorbeigehe und dich da drinnen oder draußen sehe, überfällt mich die Sehnsucht.«

Jetzt schäme ich mich. Meine Wangen glühen. Ich senke den Blick auf den Boden. Ich hoffe inständigst, dass seit gestern nicht irgendetwas Rätselhaftes, Metaphysisches passiert ist und dass Fabien wie durch Zauberei fließend Schwedisch spricht. Denn ich habe mich eben gerade fast ein bisschen zu sehr aus dem Fenster gelehnt.

»Du biist bösondörs, du biist schön.«

Wer hat das gesagt? Ich blicke auf. Fabien wiederholt seine Worte.

»Du biist bösondörs, du biist schön.«

Verdammt! Hier ist wirklich alles möglich.

»Sprichst du ... sprichst du Schwedisch?«

»Google Translate.«

Ich gehe zwei Schritte nach vorn, schiebe ihm die Hände unters Hemd und streife so gerade eben seinen Rücken. Dann küsst er mich.

23.

*E*s gibt einen Knopf an meinem runden Bett oben im Turmzimmer, einen Knopf, auf dem On und Off steht. Irgendwann in den Achtzigern hat der mal funktioniert und das Bett konnte sich auf Befehl drehen. Aber es ist lange her, dass dieses Bett Befehlen gehorcht hat. Mittlerweile macht es nur noch das, was es will, und es dreht sich nur, wenn es Feeling bekommt. So wie heute Nacht. Gegen vier Uhr morgens bekam mein Bett Feeling und begann sich zu drehen. Und nicht nur das Bett, kann ich berichten, auch ich. Ich durfte neben einem Menschen schlafen, auf eine Art, wie ich schon seit ganz langer Zeit nicht mehr ... nein, auf eine Art, wie ich noch nie neben jemandem geschlafen habe. Die Bettwäsche ist völlig zerknittert und ist fast aus dem Bett geglitten, wie eine Erinnerung an diese Nacht.

Ich, die ich sonst immer so viel im Kopf zu Hause bin, gestern Nacht war ich ausschließlich ... Körper. Ich hatte keine komischen Gedanken, dass ich mir irgendetwas gönnte oder diese Gelegenheit ergreifen sollte. Ich dachte nicht, dass ich irgendetwas nicht sollte oder nicht dürfe. Oder dass ich brav gewesen war und mir eine Belohnung verdient hatte. Ich suchte nach nichts. Ich ... ich nahm mir einfach das, was ich haben wollte, ohne einen einzigen Gedanken. Meine Lust hatte das Steuerrad in der Hand. Meine Libido!

»How do you do, my libido? Danke, alles absolut perfekt.«

Letztes Mal war noch so viel Angst im Spiel. Ein Ehemann, der einem lautstark im Kopf rumspukt, gibt einem wenig Frieden. Aber jetzt gibt es weder Gespenster noch Ehemänner. Oder doch, einen Ehemann gibt es schon, weil wir unsere Scheidungspapiere noch nicht eingereicht haben, aber da fehlt nur noch das Papier, er ist nicht mehr mein Ehemann. Er ist sein eigener Mann. Und ich, ich bin meine eigene Frau. Eine echte Agneta. Hundertprozentig ökologisch. Regional, gesund und ohne Kunstdünger – sie wächst so schnell, dass es kracht.

Die echte Agneta lag auf dem runden Bett, das endlich aufgehört hatte, sich zu drehen, mit Fabien ganz dicht neben sich. Gemeinsam schliefen wir in diesem Meer aus Körperteilen ein, die genau dort begannen, wo die des anderen aufhörten. Wie kann so ein großer, behaarter Mann so weich sein? Und so gut riechen? Und so leise schlafen, obwohl er aussieht wie ein starker Schnarcher mit seinem vorstehenden Bauch und allem Drum und Dran? Bevor er nach Hause gehen musste, um zu duschen, sich zu rasieren, ein frisches Hemd anzuziehen und seine Bar aufzumachen, bekamen wir noch einmal Feeling.

Ich wusste gar nicht, dass Feeling sich so anfühlen kann. Ich wusste auch nicht, dass man so unglaublich gut neben einem anderen Menschen schlafen kann. Nicht gut schlafen im Sinne von tief schlafen, sondern gut schlafen im Sinne von aufwachen und hoffen, dass diese Nacht nie zu Ende geht. Aufwachen, noch weiter ankuscheln, wieder einschlafen, aufwachen, noch weiter ankuscheln, wieder einschlafen, aufwachen und so weiter.

Die Kirchenglocke schlägt aufs Geratewohl ein paar Mal, aber ich glaube, es müsste jetzt ungefähr neun Uhr sein. Ich habe Monique und Claire auf der Treppe plaudern hören, bevor sie zum Frühstück zu Bonnibelle rübergingen. Wie gesagt, Bonnibelle vertraut mir nicht, was die französische Küche angeht, nicht mal das Frühstück wagt sie mir zu überlassen. Jedes Mal, wenn ich den Espressokocher auf den Herd stelle, schaut sie nervös auf die arme Kaffeekanne.

Auf dem Nachtkästchen stehen die drei Filmrollen vom Vortag. Heute werde ich mir Einars Opel Olympia ausleihen und nach Avignon fahren, um die Bilder im Eilverfahren entwickeln zu lassen und die alten abzuholen, die noch in der Kamera waren. Ich ziehe meinen Morgenmantel an, tappe die Treppe hinunter, bleibe aber auf halber Strecke stehen. Denn dort, in der Wohnung über mir, höre ich das Summen von drei Nähmaschinen, die gleichzeitig arbeiten, die genau dasselbe Geräusch machen wie drei Damen, die alle gleichzeitig reden. Und dazu noch das Summen in meiner eigenen Brust! Oh, das ist das wunderbarste Geräusch überhaupt.

Ich hüpfe die restlichen Stufen hinunter und mache Einars Tür einen Spaltbreit auf. Er liegt auf der Seite im Bett unter seiner Decke, nur seine großen Füße schauen unten raus. Ich lasse ihn schlafen.

»Hahaha!«

Was war das? Hat da gerade jemand gelacht? Die Bibliothek ist leer. Die Küche ebenfalls. Moment, das war ja ich, die da gerade gelacht hat. Ein hohes, ökologisches Lachen, ganz ohne andere Zusätze als das Leben selbst.

Das Frühstückstablett steht bei Einar auf der Bettkante, ich habe eine eiskalte Dusche genommen (Warmwasser ist streng verboten), das Kehren des Untergeschosses abgeschlossen (Staubsaugen streng verboten, es reicht schon, wenn drei Nähmaschinen auf dem Dachboden Strom verbrauchen), die zwei Mülltonnen stehen auf dem Gehweg, zwei ungewöhnlich anhängliche Katzen sind gefüttert worden, eine Trommel mit heller Wäsche weicht gerade in einem Bottich ein (Waschmaschine streng verboten), dann habe ich für die Schneiderinnen eine Karaffe Limonade hochgetragen (die heute Morgen von einem großen roten Herz aus Nähgarn auf dem Speicherboden begrüßt worden sind. Einar muss gestern Nacht hier oben gewesen sein, hat alle Rollen rote Nähseide rausgesucht und … na ja, er hat seine Dankbarkeit auf seine ganz eigene Art gezeigt), eine Tasse Kaffee zu Paul hinausgebracht, tragen worden und jetzt muss ich nur noch die Abdeckung vom Auto ziehen, dann kann ich losfahren.

Paul steht im Schatten und nippt an seinem Kaffee. Er hat heute Shorts an, und seine sehr weißen Beine leuchten nur so.

»Ich glaube, Einar muss gestern Nacht auf dem Dachboden gewesen sein«, sagt er.

»Ja, sieht ganz so aus. Du hast schon von dem Herz oben bei den Damen gehört, oder? Was hat er bei dir gemacht?«

»Das war ganz komisch, ich bin davon aufgewacht, dass er bei mir auf der Bettkante saß und mir mehr oder weniger … na ja, er hat mir die Haare gestreichelt. Und irgendwie sah er anders aus. Aber das kann natürlich auch die Dunkelheit gewesen sein.«

»Wie sah er aus?«

»Schwer zu beschreiben. Aber ich war ja auch grade erst aufgewacht, deswegen war es ein bisschen wirr.«

»Aber er hat dir nur die Haare gestreichelt?«

»Ja. Nur die Haare.«

»Manchmal, wenn ich aufwache, hat Einar die Möbel umgestellt oder Unmengen von seltsamem Essen gekocht und … na ja, er ist nachts oft furchtbar verwirrt.«

Ich knöpfe die Schutzplane des Autos auf. Paul stellt sofort seine Kaffeetasse aus der Hand.

»Soll ich dir helfen?«

Ich schüttle den Kopf und reiße die Plane herunter, werfe sie über die Löwenstatue neben dem Auto, und der sahneweiße Opel wird den Strahlen der Vormittagssonne ausgesetzt. Dieses historische Auto, das Einar damals im Humlegården mitnahm, in jener Mittsommernacht vor sehr, sehr langer Zeit. Als die Tür des Wagens aufging, stieg Einar in seine neue Zukunft ein. Diesem Auto haben wir es zu verdanken, dass wir jetzt alle hier stehen.

Ich mache die Beifahrertür auf und winke Paul zu.

»Willst du schnell mitfahren?«

Pauls Miene hellt sich auf. Er schaukelt auf seinen Sandalen.

»Das wäre toll. Aber stör ich dich wirklich nicht? Vielleicht willst du ja alleine fah…«

»Du störst mich nie. Es ist schönes Wetter, Markttag in Montbron und irgendjemand muss auf das Auto aufpassen, wenn ich schnell ins Fotogeschäft laufe.«

»Ich hab alles in Ordnung gebracht, was man bis jetzt in Ordnung bringen konnte.«

»Auch wenn du überhaupt nichts in Ordnung gebracht hättest, wäre es Zeit für einen Ausflug. Komm, spring rein.«

Langsam fahren wir über die Avenue du Taureau. Der Opel ist ziemlich breit und ziemlich laut, und alle winken uns fröhlich zu, wenn wir vorbeigleiten. Vor der Bar herrscht Hochbetrieb, die alten Männer trinken ihren Morgenespresso, rauchen und unterhalten sich. Fabien plaudert mit allen, während er gleichzeitig die Tische abwischt und Aschenbecher ausleert.

Niemand kann uns übersehen, als wir angerollt kommen. Ich weiß nicht warum, aber ich fahre mit Absicht ein bisschen langsamer. Herrgott noch mal, wem will ich hier eigentlich was vormachen? Ich weiß genau, warum ich mit Absicht ein bisschen langsamer fahre. Damit Fabien Gelegenheit bekommt, mich zu sehen, Gelegenheit zu einer Reaktion bekommt. Vielleicht findet er ja sogar Gelegenheit, zu uns zu kommen und ...

»Stimmt irgendwas mit dem Auto nicht?«

Paul schielt beunruhigt aufs Armaturenbrett.

»Äh, nein, ich wollte einfach nur ein bisschen langsamer fahren, weil ... weil ...«

Da klopft es ans Fenster. Fabien. Ich bremse, man merkt es kaum, weil ich mich in den letzten Minuten sowieso nur noch vorwärtsgebremst habe. Die Scheibe herunterzukurbeln, ist in diesem Auto fast schon wie eine Runde Gymnastik. Ich kurble und kurble, und es geht so unerträglich langsam, dass ich stattdessen einfach die Tür aufmache. Fabien muss laut lachen. Ich muss noch lauter lachen. Ich habe keine Ahnung, was alle anderen hier gerade so treiben. Die sind außerhalb meines Blickfelds. In meinem schmalen Ausschnitt sehe ich nur Fabien.

Verschämt flüstert er mir zu:

»Du biist schön eutö.«

Ebenso verschamt flüstere ich zurück:

»Merci. Du biist auch schön eutö.«

»Merci ...«

Plötzlich scheint es, als würde Fabien aufwachen und Paul im Auto sehen. Hastig richtet er sich auf, fährt sich mit der Hand durchs Haar und richtet sich an uns beide.

»You go boutique photo?«

»Yes«, antwortet Paul zögerlich.

»Bien ... Très bien.«

Fabien fährt sich noch mal mit der Hand durchs Haar. Ich schaue ihn an. Jetzt spüre ich meine Libido. Sie übernimmt die totale Kontrolle über mich. Und sie weiß genau, was sie will.

»Äh ... Fabien? Une minute? S'il te plaît?«

Paul versucht zu verstehen, was hier eigentlich grade los ist. Da werfe ich mich aus dem Auto und rufe Paul zu:

»Ich muss nur kurz ... Wir müssen nur kurz ... Ich bin gleich wieder da!«

Ich will nur eine Minute mit Fabien. Eine Minute. Drei Sekunden später stehen wir in der engen Besenkammer der Bar. Wir haben Feeling. Es fühlt sich an, als wären wir Kim Basinger und Mickey Rourke in *9 ½ Wochen*. Wenn jemand die Tür der Besenkammer aufmachen würde, würde er ganz bestimmt nicht an Kim und Mickey denken. Viel zu viel Fleisch, Falten, Staubsauger, Wischmopps und sehr weit entfernt von der Wall Street. Aber das Feeling ist dasselbe.

Fünf Minuten und achtundvierzig Sekunden später sitzt Kim Basinger wieder auf den roten Ledersitzen im Auto. Das Gefühl von siebenundvierzig Küssen hält sich immer noch auf ihren Lippen. Mickey Rourke winkt mit seiner großen, weichen Hand, die gerade eben noch Kims Brust gestreichelt hat, aber jetzt ein paar kartenspielenden Herren drei Espresso serviert. Er hat so geschickte Hände, mit denen er so viel anfangen kann!

24.

Tomaten, Salat und Aprikosen gibt es im Moment fast umsonst. Wir haben eine ganze Kiste auf dem Rücksitz. Die Salatköpfe sind so groß wie die Sitzflächen von Stühlen, die Tomaten haben alle möglichen Formen und Behaarungen, und die Aprikosen sind klein und pelzig. (Fabiens Hände, Fabiens Hände, Fabiens Hände ...) Paul hebt jetzt alle Rechnungen auf. Für Benzin, für die Entwicklung der Fotos und fürs Gemüse. Er behauptet, dass sogar Aprikosen von der Steuer abgesetzt werden können. Wir müssen sie bloß auf ein paar Fotos draufhaben oder behaupten, dass wir unsere Fotomodelle damit verköstigt haben. (Fabiens Mund, Fabiens Mund, Fabiens Mund ...)

Keiner von uns hat die Bilder angeschaut. Wir wollen es zusammen mit allen anderen machen. Und was die alte Filmrolle angeht, die noch in der Kamera war, so soll Einar die Bilder als Erster zu sehen bekommen. Wenn es denn überhaupt etwas zu sehen gibt. Der Mann vom Fotogeschäft hat mir vieles zu diesem Film erklärt. Ich hab einfach genickt, bezahlt, die Rechnung eingesteckt und daran gedacht, wie Fabien mich um die Taille gefasst hatte, die Tür zur Besenkammer aufgedrückt und sie glücklicherweise hinter uns zugemacht hatte, ohne mich aus den Händen oder Augen zu lassen.

Mit heruntergekurbelten Fenstern brummen wir zwischen den Platanen hindurch, zurück nach Saint Carelle. Paul spricht besonders laut, um das Motorengeräusch zu übertönen. Ich denke besonders fest an Fabien, weil ich gerade nichts anderes tun kann. Paul gelingt es, sogar meine Gedanken zu übertönen.

»Bist du jetzt ganz hergezogen? So richtig, wenn du verstehst, was ich meine?«

»Ich sag's mal wie Einar: Was ist so richtig und was ist nur vorgetäuscht? Ich weiß es selbst kaum mehr. Aber ich weiß, dass ich hier bei Einar im Kloster sein will und nirgendwo anders.«

(Und bei Fabien. Ich will bei Fabien sein.)

»Aber du fühlst dich hier zu Hause?«

»Ich hab mich früher nie so richtig gemocht. Ich hab immer verstanden, warum keine mit mir spielen oder mit mir zusammen sein wollte. Warum hätten sie das auch tun sollen? Ich war ja bloß nach innen lustig, nie außerhalb meiner eigenen Haut. Weil ich mich nie getraut habe, aus dieser Haut herauszukriechen. Weil niemand neugierig genug war, um mich herauszulocken. Aber jetzt bin ich herausgelockt worden. Also, ja, ich fühl mich hier zu Hause. Weil ich hier ich selbst bin.«

(Und weil ich genau hier auch bei Fabien bin.)

»Ich stecke immer noch in meiner Haut fest.« Paul schaut aus dem Fenster und folgt den ganzen Platanen mit seinem Blick.

»Fühlst du dich dort denn wohl?«

»Ich weiß nicht. Aber es ist halt sicher.«

»Ich versteh dich so gut. Ich fühlte mich auch so sicher, dass ich meinte, ich würde dort bleiben. Beim bloßen Gedanken an Flucht ging mir der Arsch auf Grundeis – entschuldige meine Ausdrucksweise.«

»Einar wollte gestern mit mir tanzen.«

»Ja, ich hab's gesehen.«

»Aber ich habe abgelehnt.«

»Das hab ich auch gesehen. Bereust du es?«

»Ich kann es nicht bereuen.«

»Warum nicht?«

»Ich hätte niemals in diesem Moment an diesem Ort tanzen können. So einer bin ich nicht.«

»So eine war ich auch nicht. Du hast mich bloß erst hier kennengelernt. In Schweden war ich ein vollkommen anderer Mensch.«

(Herrgott, ich will nur über Fabien sprechen, spüre ich. Kann er mir nicht irgendeine Frage zu Fabien stellen, egal welche, und ich bin bereit, tief in dieses Thema einzutauchen.)

»Ist er jetzt ganz weg?«

»Wer? Fabien?«

»Fabien? Nein, ich meine, dieser andere Mensch, der du gewesen bist.«

»Ach so! Also, hier und jetzt ist er tatsächlich völlig verschwunden, aber wenn ich daran denke, nach Hause zu fahren, bekomme ich Angst. Du weißt schon – dieses Gefühl, das man hat, wenn man eine Charterreise nach Mexiko gemacht hat und sich einen großen Sombrero gekauft hat. In Mexiko fühlt man sich zu Hause mit diesem Hut, ja, wenn man genau überlegt, ist man vielleicht sogar ein bisschen Latina! Dann steigt man in Arlanda mit diesem Sombrero aus dem Flugzeug. Und dann merkt man plötzlich, dass man gar keine Latina war, man war bloß sein normales Ich, eben nur mit einem verdammt großen Hut. Und diesen Sombrero kann man unmöglich aufsetzen, wenn man zur Arbeit geht. Er ist so breit, dass er bloß Kunstpflanzen und wichtige Berichte über die Ampelanlagen in Stockholm-Nord runterreißt, wenn man sich einmal umdreht und eine Tasse Kaffee trinken will. Der Sombrero wird abgenommen und beiseitegelegt. Die Sonnenbräune verblasst. Alles wird wieder wie vorher. Man hat nur mit etwas anderem geflirtet. Ich hab furchtbare Angst, dass auch das hier sich als Flirt herausstellt. Deswegen ist es das Beste, wenn man einfach nicht mit diesem Sombrero zurückfährt.«

»Ich will mein Leben gar nicht eintauschen. Ich könnte hier nie leben. Das ist mir alles zu ... chaotisch hier.«

»Du brauchst dein Leben ja gar nicht einzutauschen, aber wenn dir danach ist, einen Nachmittag lang einen Sombrero aufzusetzen, solltest du dich trauen. Und dich nicht dran hindern lassen von dem Geschmack und der Meinung anderer Leute darüber, wie ein Leben aussehen sollte. Stell dir mal vor, du sitzt mit Sombrero am Schreibtisch und schreibst Jahresabschlussberichte!«

Paul schnaubt.

»Vielleicht würde mir das ein bisschen bessere Laune machen?«

»Man sollte niemals zögern bei Dingen, die einem bessere Laune machen.«

(Fabien, Fabien, Fabien.)

Damit biege ich ab nach Saint Carelle und bremse genau vor Fabiens Bar.

»Meinst du, du könntest das Auto nach Hause fahren? Ich muss noch ein paar Dinge erledigen, es dauert höchstens eine Stunde.«

Wir liegen nackt nebeneinander auf Fabiens Bett. Letztes Mal, als ich hier lag, glitzerte der Winterhimmel über uns durch das kleine Dachfenster. Jetzt ist das Fenster weit offen und die Sonne versucht durch den dünnen Stoff zu scheinen, den Fabien dort festgenagelt hat. Es ist Nachmittagsruhe, die Bar ist geschlossen, aber wir sind völlig offen. Ich lese auf dem Smartphone, während Fabien an meinen dünnen Haarsträhnen rumspielt.

Mit dir kein Tinnitus.

Ich antworte:

Wie meinst du das? Was für ein Tinnitus?

Fabien schreibt:

Andere Frauen immer Tinnitus.

Haben die Frauen Tinnitus?

Nein! Ich!

Du?

Ja. Wenn ich verliebt in Frau kommt Tinnitus an. Die Frau redet. Meine Ohren piepen. Die Frau will Liebe und Kinder haben. Meine Ohren piepen.

Du bekommst Tinnitus, wenn es mit Frauen ernst wird?

Ja! Die reden Zukunft. Ich Tinnitus. Einmal blind geworden.

Blind? Wie denn das?

Ich fahre das Auto. Zum Pfarrer! Hochzeit organisieren. Im Auto. Blind. Sehe nichts. Wir nicht ankommen. Hochzeit Kuss weg. Frau Kuss weg. Sicht zurück.

Du wirst also psychosomatisch blind oder taub, wenn Frauen dich haben wollen?

Ja. Ich bin ein schlechter in der Beziehung. Frauen Raubtiere, ich die Antilope. Renne um mein Leben.

Du bist also ein Feigling?

Ich bin eine angeschossene Antilope. Aber mit dir will Antilope nicht Flucht. Die Antilope nie zuvor so fühlen. Nie.

Kein Pfeifen in den Ohren?

»Nein.«

Du siehst alles ganz klar?

»Oui.«
Fabien schreibt noch etwas auf seinem Smartphone, hält es mir hin und ich lese:

Ja. Mit deinem alles andere Sachen. Ich sehe. Ich höre. Ich will sehen. Ich will hören. Ich will mich zeigen. Nie mich gezeigt. Du mit der Kamera in mich reingeschaut, in meinen Körper reingeschaut, ich nicht schön, aber fühlte mich schön! Du hast mich schön gesehen.

»Du siehst mich auch schön, Fabien.«

Dann küsse ich ihn, ich ziehe ihn an mich und sein ganzer warmer Körper drückt sich an meinen. How do you do, my libido? Very, very well, thank you.

Es ist bald vier Uhr, und ich renne fast nach Hause zum Kloster. Ich muss mich um die eingeweichte Wäsche kümmern, die drei Schneiderinnen müssen verwöhnt werden, die Fotos müssen angeschaut werden, und Einar hat noch kein Mittagessen bekommen. Das Auto ist vom pflichtbewussten Paul geparkt worden und steht jetzt wieder unter der Persenning. Die Fenster oben im Dachgeschoss stehen offen, und das Mehrfachsurren hört man bis in den Hof hinunter.

Ich wasche mir kurz die Hände, trinke ein paar Gläser kaltes Wasser und gestatte mir, den Kopf kurz unter das eiskalte Wasser zu halten. Herrgott, ich muss mich abkühlen. (Fabien, Fabien, Fabien ... Er ist schlimmer als sämtliche französischen Hochsommer zusammen, wenn es um Hitzeentwicklung geht.) Langsam, aber sicher geht meine Körpertemperatur wieder runter, und ich schnappe mir das nächstbeste Geschirrtuch, das ich mir um die Haare wickle, bevor ich im Treppenhaus – einmal nach oben, einmal nach unten – nach Einar rufe.

Keine Antwort.

Ich schaue ins Atelier, spähe durch den Garten und in die Bibliothek. Ich renne die Treppe zu Einars Schlafzimmer hoch, klopfe an, bekomme jedoch keine Antwort, weswegen ich vorsichtig die Tür aufmache. Das Frühstückstablett steht unangerührt neben der Bettkante. Die Füße schauen genauso unten raus wie heute Morgen. Wie lange kann ein Mensch eigentlich schlafen? Natürlich ist es gestern spät geworden, aber muss man deswegen gleich bis vier Uhr nachmittags schlafen?

Miauend tauchen Judy und Barry auf und streichen mir um die Beine. Keine von den beiden Katzen springt aufs Bett. Keine von ihnen schläft bei Einar. Die zwei, die sich doch sonst keine Chance entgehen lassen, sich in seine Achselhöhlen zu kuscheln, drücken sich jetzt an meine Waden. Sie haben weder sein Frühstück angerührt noch seine Achselhöhlen besetzt.

»Einar?«

Er antwortet nicht. Seine Füße bewegen sich nicht. Nichts bewegt sich. Alles ist furchtbar, furchtbar still. Nur die Gardinen flattern sachte neben den offenen Fenstern. Ich will mich umdrehen. Ich will ganz weit in der Zeit zurückgehen, den Film wieder zurückspulen bis zum Anfang. Oder auf Pause drücken. Ich will bis ans Ende meines Lebens auf Pause drücken. Alles, aber nicht das.

Jetzt zittern mir die Beine. Sie zittern so stark, dass ich nicht begreife, wie sie mich überhaupt tragen können. Aber sie bewegen sich, sie zittern sich ums Bett herum und bleiben genau dort stehen, wo ich mich am Fensterbrett festhalten kann. Als ich dort stehe und mich am Fensterbrett festhalte, sehe ich Einars Gesicht. Wie er mit dem Kopf weich auf dem Kissen liegt, mit beiden Händen unter einer Wange. Wie ein kleines Kind. Er ist fast ganz glatt – wo sind seine ganzen Falten hin verschwunden? Er hat die Augen geschlossen, schnarcht aber nicht. Er atmet überhaupt nicht mehr.

Ich spüre die Kühle. Die Schneeflocken, die durch meine Venen donnern und unter meine Haut schießen.

25.

Du bist um vier Uhr morgens gestorben. Ja, so hat es der Arzt gesagt. Zur Wolfsstunde. Viele sterben um diese Uhrzeit. Viele werden um diese Uhrzeit auch geboren. Um vier Uhr morgens sind die Gespenster am mächtigsten. Sie müssen zurück in ihre Verstecke, bevor die Sonne aufgeht, deswegen haben sie um vier Uhr ihre letzte Chance, und du hast diese Chance auch ergriffen. Natürlich. Du bist ein Meister darin, Chancen zu ergreifen, wenn sie sich bieten.

Ich schütte die letzten Tropfen Whisky in mich hinein.

»Kurz nachdem du deinen Körper verlassen hast, begann sich mein Bett zu drehen. Fabien und ich schrien auf vor Überraschung, denn mitten in all dem Feeling drehte sich unsere Welt plötzlich im Kreis. Da lachten wir noch, denn wir wussten nicht, dass du mit deinen magischen Gespensterfingern auf den Knopf gedrückt hattest. Unglaublich, dass ich ... dass ich einfach ein Stockwerk über dir lag und ... und mit Fabien schlief, während du die letzten Atemzüge deines Lebens genommen hast. Warum hab ich das nicht gespürt? Wie konnte mir entgehen, dass du verschwunden bist? Ich war derart mit meiner eigenen ... meiner eigenen Libido beschäftigt, dass ich es nicht mal merke, wenn Menschen in meiner Nähe sterben.«

Ich schenke mir noch ein bisschen Whisky nach.

»Jetzt lachst du mich aus, stimmt's? Du findest es lustig,

oder? Das ist genau deine Art von Humor. *War*, sollte man jetzt vielleicht sagen. Ich hasse das Wort *war*.«

Einar sagte auf Wiedersehen auf seine ganz eigene Einar-Art. Mit einer Drehung. Mit einem Streicheln über die Haare. Mit einem Herz aus Nähseide. Vielleicht hat er das Herz aus Nähseide vor seinem Tod gemacht, vielleicht danach. Ich weiß es nicht. Es ist auch nicht mehr wichtig. Die Nähmaschinen sind verstummt. Die Katzen miauen nicht mehr. Die Grillen haben aufgehört zu zirpen. Die Sterne glitzern nicht mehr. Nicht mal die Kühe muhen mehr. Einars Seele ist an irgendeinen anderen Ort geflogen. Er ist nicht mehr hier. Das Kloster ist wie ein einziger, großer, herrenloser Körper. Ich auch.

»Prost, Einar. Prost, Armand.«

Ich proste mit meinem Glas den schwarzen Marmorstatuen mit ihren Erektionen zu. Ich, die ich sonst nie Whisky trinke, tue es jetzt. Auf dem Badezimmerboden, in Einars Bademantel mit dem Leopardenmuster und mit vom Weinen verschwollenen Augenlidern. Umgeben von Muscheln, Spiegeln, Einars Zigarettenstummeln in Austernschalen, Bildern, anderen kleineren Statuetten, drei eingestaubten Kronleuchtern an der Decke und der schwarzen Marmorbadewanne, über deren Kante immer noch das Handtuch liegt, auf das Einar vor kurzem noch seinen Kopf gelegt hatte. Es tut so weh, ich wusste gar nicht, dass etwas derart wehtun kann. Es tut so weh, dass ich Whisky trinke. Es tut so weh, dass ich nichts essen kann. Es tut so weh, dass ich mich kaum rühren kann. Es tut so weh, dass ich nur hier auf dem Badezimmerboden sitzen kann und Whisky aus dem Badezimmerschrank trinken.

»Du hast mit mir vor einer Weile über Sandburgen gesprochen, weißt du noch? Du hast davon geschwatzt, dass es sich immer lohnt, Sandburgen zu bauen, Federn in die Türme zu stecken und Wasser für die Wallgräben zu holen. Obwohl die Flut am Ende kommt und alles einreißt. Nicht mal die Feder bleibt übrig, wenn die Flut ihr Werk getan hat. Du fandest, dass man Sandburgen bauen und auf die Flut scheißen sollte, weil die Sandburgen in Wirklichkeit gar nicht verschwinden. Auf dem inneren, eigenen Strand des Erbauers bleiben sie für immer stehen. Aber ich weiß nicht, ob ich dir da zustimmen kann.«

Statuen-Einar hört genau zu, wie er da so schwarz und glänzend steht.

»Du warst meine Sandburg, Einar! Jetzt hat das Meer und die Flut dich mitgenommen, und du kommst nie wieder zurück, und ich würde mir fast wünschen, dass wir uns nie kennengelernt hätten. Kannst du dieses Gefühl verstehen? Vor dir wusste ich nicht, dass es dich gab! Ich wusste nicht, dass es ... so ein Leben wie dieses hier geben konnte. Und da vermisste ich dich auch nicht. Aber jetzt werde ich dich bis an mein Lebensende vermissen. Dir hab ich es schließlich zu verdanken, dass ich lebe! Wer soll jetzt mit mir tanzen? Wer soll diese ganzen neugierigen Fragen stellen und furchtbar komisch oder furchtbar klug auf meine ganzen Überlegungen antworten? Wer soll meine Lebenslust jetzt bewässern?«

Ich schütte den letzten Rest Whisky in mich hinein, stelle das Glas auf den Boden und schaue den Statuen-Einar an.

»Ich weiß, dass du das gesagt hast. Dass man sich ins Meer werfen muss. Dass es besser ist, zu leben und dann zu sterben, als kein bisschen zu leben, um am Ende trotzdem zu sterben.«

»Ich dachte, du wärst vielleicht eingeschlafen, ich hab eine ganze Weile unten gewartet und ...«

»Einar?!«

Ich fahre herum. Paul ist ins Bad gekommen, mit seinem

kurzärmligen weißen Hemd, roten Augen und mit Wasser gekämmtem Haar. Ihre Stimmen. Sie sind sich so ähnlich.

»Entschuldige, natürlich bist du es. Gib mir fünf Minuten, dann komm ich.«

Ich ziehe Einars großes hellgelbes Hemd mit den schwarzen Punkten an, das er über den Stuhl im Schlafzimmer geworfen hat. Er hat es selbst vor drei Tagen dorthin geworfen. Es ist viel zu groß und viel zu gelb. Aber ich bin viel zu traurig, um mich darum zu kümmern. Das Einzige, was mich interessiert, ist, dass es Einars Hemd ist. Und dass sein Duft immer noch darin hängt. Es geht mir bis zu den Knien, und das muss ausreichen. Ich ziehe meine Schuhe an, als ich versuche, mich über den Innenhof zu schleppen. Hüpfe auf einem Bein, zwänge meinen Fuß in einen Schuh, hüpfe auf dem anderen Bein und versuche, den anderen Fuß hineinzudrücken. Als ich beinahe umfalle, streckt jemand eine Hand aus. Paul steht vor dem Tor und wartet.

»Danke.«

Ich halte seine Hand fest und will sie am liebsten gar nicht mehr loslassen. Sie fühlt sich an wie die von Einar. Doch wo Einars Hand trocken und weich war, ist Pauls mehr von der feuchten Sorte. Ich spüre, wie Paul versucht, sich aus meinem Griff zu ziehen, aber ich will ihn nicht loslassen, ich will alles festhalten, was ich noch festhalten kann. Hand in Hand gehen wir durch ein schlummerndes Saint Carelle. Ein paar Jugendliche fahren mit ihren Motorrollern, dass es nur so durch die Gassen knattert, französische Quizsendungen und synchronisierte Spielfilme tönen aus den Fernsehapparaten hinter geschlossenen Fensterläden, und das Leben geht überall weiter wie gewohnt, nur bei uns nicht. Ich spüre, dass diese Neuigkeit noch gar nicht richtig gesackt ist. Dass ich noch nicht am schlimmsten Punkt angekommen bin, dass er mich ein bisschen weiter in der Zukunft erwartet. Jetzt bin ich betäubt, aber wenn die Betäubung nachlässt, dann ko...

»MUUUÄÄÄUUU.«

Die Kühe der Dumonts!

Lächelnd blicke ich zu Paul hoch.

»Wie schön, ich hatte schon gedacht, dass sie mit Einar verstummt wären. Aber die Kühe sind noch da, mit ihrer ganzen Brunst. Wenn wir an Karma glauben, dann ist dein Vater als eine von Dumonts Kühen wiedergeboren worden.«

Paul antwortet ohne jede Begeisterung:

»Okay.«

Okay. Kleine Notiz am Rande: Einar und Paul sind zwei sehr unterschiedliche Personen. In Einars Welt ist es eine Ehre und Utopie, als eine von den Dumont'schen Kühen wiedergeboren zu werden. Paul lebt da in einem anderen Universum, in dem sich die Tagträume mit ganz anderen Themen beschäftigen als mit Kühen, die in der Dämmerung von Stieren besprungen werden. Schweigend spazieren wir weiter, hinaus auf die Avenue du Taureau, vorbei an dem kleinen Platz, auf dem der Springbrunnen mit unregelmäßigem Strahl sein Wasser herausprotzt. Paul richtet den Blick in die Ferne, als er spricht, fast so, als würde er mit sich selbst reden.

»Was meinst du, war es der richtige Einar oder der tote Einar, der mir übers Haar gestrichen hat?«

»Wer auch immer es war, es war Einar. Ich habe nie an irgendein Leben nach dem Tod geglaubt oder Geister oder so was. Aber wenn einer zwischen den Welten wandern kann, ist es Einar. Er hat sich noch nie um irgendwelche Regeln geschert.«

»Ich hätte mich ihm tanzen sollen. An seinem letzten Abend.«

»Ihr wart an seinem letzten Abend am selben Ort, und er durfte deine Hände küssen. Glaub mir, wenn ich dir sage, dass er darüber mehr als glücklich war.«

»Kann schon sein«, meint Paul. »Aber ich bin so ... unglücklich darüber, dass ich nein gesagt habe. Ich hätte Ja sagen sollen. Ich meine – ist das wichtig, ob ich mir albern vorgekommen wäre? Oder mich beim Tanzen dumm angestellt hätte? Im Großen und Ganzen wäre es überhaupt nicht wichtig gewesen. Für niemanden.«

»Du kannst ja beim nächsten Mal Ja sagen.«

»Es gibt kein nächstes Mal.«

»Einar wandert nach Lust und Laune zwischen den Welten. Oder vielleicht ist es gar nicht er, der dich beim nächsten Mal fragt! Vielleicht ist es jemand anders. Und dann sagst du Ja.«

»Mich fragt nie jemand anders. Es war das erste Mal, dass ich in meinem Leben zum Tanz aufgefordert wurde. Und ich hab nein gesagt.«

26.

Fabiens Bar hat für den Abend geschlossen, aber nicht für uns. Colette und Bonnibelles Enkel haben zwei von den runden Tischen fein gedeckt: Kerzen brennen, die Weinflaschen sind entkorkt, das Brot wartet in seinen Körben, ein altes, gerahmtes Schwarzweißfoto von einem herzlich lachenden Einar steht auf dem Tresen, und der Koch hat Einars Lieblingsgericht in den Ofen geschoben: Armands gebackenen Ziegenkäse mit Schinken, Ricotta, Mascarpone, Sahne und Lavendelhonig. Ein völlig ungeniertes Gericht, das sich nicht für sich selbst entschuldigt. Genauso wie Einar es nie tut. Nie getan hat, wollte ich sagen. Wie kann er jemals ein Mensch im Imperfekt werden? Oder Moment! Es heißt ja gar nicht mehr Imperfekt, es heißt ja neuerdings *Präteritum*.

»*Prateritum*! Wie kann Einar nur in diesem hässlichen Wort existieren?«

Bonnibelle, Paul und Henri blicken zu mir auf.

»Entschuldigung. Pardon. That was verkehrt. Wrong. I thought I thought.«

Fabien kommt aus der Küche mit einer Auflaufform voller Chèvre frais avec jambon, stellt das dampfende Käsegericht auf den Tisch und küsst uns alle erst mal reihum auf die Wangen. Als er zu mir kommt, hält er inne, streichelt mir die Arme und küsst mir auch die Wangen. Ein bisschen zarter und langsamer als bei den anderen.

»Du und iesch? Un rendez-vous plus tard? Trössten miit Liebö.«

Trösten mit Liebe. Wir kann er feinere Ausdrücke auf Schwedisch lernen, als ich es jemals gekonnt hätte?

»Oui, merci. Du und ich. Trösten mit Liebe.«

»Du und iesch.«

Ich kann den Geschmack des Käses nicht schmecken, ich kann kaum essen. Ich trinke ein bisschen Roséwein, aber es brennt zu sehr im Magen. Wir stoßen auf Einar an, wir weinen und machen noch eine Flasche auf. Die wohlerzogenen Enkelkinder räumen ab, die Mousse au Chocolat wird aufgetragen, und wir weinen noch ein bisschen. Da klopft Bonnibelle mit dem Dessertlöffel gegen ihr Glas. Sie bliebt sitzen, wo sie sitzt, kleiner denn je, mit einer schwarzen Strickjacke über ihrer dünnen schwarzen Seidenbluse.

»Henri, traduis pour Annjetá et Paul, s'il te plaît.«

Henri fährt mit seinem Rollstuhl näher zu mir und Paul heran. Bonnibelle beginnt zu erzählen, und Henri versucht mitzuhalten, so gut er kann. Bonnibelle erzählt vom Kloster. Dem Heim ihrer Kindheit, in dem sie mit den ganzen Nonnen gewohnt hat. Frauen, die aus unterschiedlichen Gründen beschlossen hatten, Nonnen zu werden, und sich innerhalb der Klostermauern ihre eigene Welt aufgebaut hatten. Wie Einar und Armand. Es gibt mehr Parallelen, als man glauben könnte. Und Bonnibelle hat sich in beiden Welten gleichermaßen zu Hause gefühlt.

Sie tupft sich die Augen mit der Serviette ab und nimmt einen großen Schluck Wein, oder nein, sie schüttet vielmehr den letzten Tropfen Rosé in sich hinein. Bonnibelles schnelles Französisch zu übersetzen, kostet viel Kraft, deswegen trinkt Henri sein Wasserglas hastig aus, und eines seiner Enkelkinder füllt ihm brav Wein und Wasser nach.

»Lucile et Einar. Ma mère et mon frère.«

Lucile und Einar. Bonnibelles Mutter und Bruder. Lucile ist offenbar die Nonne, die Bonnibelle besonders ins Herz und in ihre Arme geschlossen hatte, die ihre Decke hob, wenn Bonnibelle nachts nach ihren Alpträumen zu ihr geschlichen kam. Neben der Bonnibelle schlafen durfte, von der sie die Haare geflochten bekam, die sich irgendetwas über Bonnibelles leibliche Eltern zusammenphantasierte, wenn sich die Fragen zu sehr häuften, die Bonnibelle abends Märchen vorlas, ihr erzählte, wie die ganzen Sternbilder hießen und was für Geschichten dahintersteckten. Ein Sternbild hieß Bonnibelle, und noch keine Astronomen hatten diesen geheimen Sternenhaufen entdeckt, nur Lucile. Aber genau dieses Sternbild war das schönste von allen, und nur die beiden konnten es sehen. Nicht mit einem Teleskop, sondern nur dann, wenn sie die Augen zumachten. Nachts schlichen sie sich manchmal in den Klostergarten hinaus, der damals voll war mit Kräuterbeeten, Salatpflanzungen, aufgehängter Wäsche, schlafenden Ziegen und Obstbäumen, um die Augen zu schließen und das Sternbild Bonnibelle zu sehen.

Henri trinkt sein Wasserglas aus, und jetzt schenke ich ihm nach, ich will keine Sekunde verpassen, kein Wort und keinen Atemzug von dieser Geschichte. Als die französische Regierung versuchte, das Land nach dem Krieg wieder in den Griff zu bekommen, die Kinderheime geschlossen und alle Kinder zu ihren verschiedenen neuen Schicksalen geschleust wurden, wurden Bonnibelle, Monique und Claire versteckt. In den Zeitungen stand, sie wären ausgerissen und nie wieder zurückgekommen. Lucile verstand zwar, dass ein Leben hinter Mauern nicht gut ist für ein einsames Kind. Aber drei Kinder gemeinsam können damit zurechtkommen.

Jetzt entdeckte Lucile zwei neue leuchtende Sterne, als sie

an einem späten Abend zu viert im Klostergarten standen und die Augen schlossen. Die Sterne hießen Monique und Claire. Sie gehörten zu Bonnibelles Sternbild, und zusammen bildeten sie die Sommerstraße, die parallel neben der Winterstraße schwebte. Drei Schwestern, die ihre Kinder- und Jugendjahre gemeinsam verbrachten. Zwei von den Sternen fuhren irgendwann neugierig mit dem Bus aus Saint Carelle hinaus und flogen weiter hinaus in die Welt, als sie volljährig geworden waren. Sie küssten alle Nonnen zum Abschied, dann waren sie fort.

Doch Bonnibelle blieb. Arbeitete an kleinen Schulen in der Nähe von Saint Carelle und von Lucile. Sie pflegte Lucile, bis sie zur Sommerstraße und ihrer ganzen Sternenfamilie dort oben davonflog. Bonnibelle sah das Kloster verfallen, Spekulanten kamen und gingen. Kein vernünftiger Mensch war bereit, ein baufälliges Kloster in einem bedeutungslosen provençalischen Dorf zu kaufen. Aber dann kamen diese zwei unvernünftigen Menschen. Zwei unvernünftige Männer, auf der Flucht vor urteilenden Verwandten und unbarmherzigen Welten. Einar und Armand kamen, und das Kloster öffnete seine Tore für diese neuen Sterne. Innerhalb der Klostermauern konnten sie ihr Leben so führen, wie es geführt werden sollte. Ein Leben, das genauso viele Geheimnisse barg wie das der Nonnen.

Henris Stimme ist fast am Ende. Jetzt zischelt er fast nur noch. Die älteste Enkelin flüstert, sie könne auch Englisch, und dann übernimmt sie das Übersetzen. Oh, unsere ehemalige Marketingabteilung ist so talentiert. Ich sehe die junge Bonnibelle in ihr, wie sie so dasitzt und mir erzählt, wie ihre Großmutter einmal von Einar in dem weißen Opel mitgenommen wurde. Die ganze Strecke bis nach Paris fuhren sie. Zu Stoffläden, Antikflohmärkten, dem heimlichen Lager einer mittlerweile geschlossenen Knopffabrik sowie zu einer Madame Cruise und ihrer Fransensammlung. Einar hatte die Tür zu Bonnibelles geheimem Garten einen Spaltbreit aufgemacht, in die magische Welt ihrer Unterwäsche. Sie wussten, dass man nähen kann, was man will. Dass man anziehen kann, was man will. Dass alle das Recht auf einen geheimen Garten haben. Dass Bonnibelle nicht nur fleißig und dankbar zu sein brauchte, sondern auch auf ihre eigenen Wünsche hören durfte. Und ihnen folgen. Zusammen stellten sie Bonnibelles Nähatelier im Obergeschoss des rosa Häuschens zusammen, in der ihre Phantasie, ihre Lüste und Träume frei blühen durften, Wurzeln schlagen, gepflückt und beschnuppert werden. Ein kleiner Raum mit großen Freiheiten.

Nach dieser Reise nach Paris gelobte Bonibelle, dass sie Einar helfen würde, wann immer er sie brauchte. Genauso, wie sie Lucile den ganzen Weg über die Hand gehalten hatte, hielt sie nun Einars Hand. Und er hielt ihre.

Jetzt hat er das Kloster verlassen und ist einer von den Sternen in der Sommerstraße geworden. Auf das Kloster! Auf Einar! Auf die geheimen Gärten!

»Vive les jardins secrets!«

27.

*E*s ist schon spät, und ich gehe durch sämtliche Zimmer des Klosters. Die Lampen brennen alle. Es ist ja jetzt nicht mehr wichtig. Vielleicht sollte ich noch eine Trommel Wäsche in die Maschine tun, wenn ich schon mal dabei bin? Oder eine richtig heiße Dusche nehmen? Die Blumen gießen? Die Klimaanlage einschalten? Die Steinböden sind kalt unter meinen nackten Fußsohlen.

»Einar? Wo steckst du denn?«

Ich schaue in die Bibliothek mit ihren Bücherregalen vom Boden bis zur Decke, dem durchgesessenen Sofa, den Zebrasesseln, den ganzen vollen Aschenbechern und dem Regal mit Einars und Armands alten Filmen. Irgendwo hier versteckt sich wohl auch *La vie sexuelle de Mitterrand. Sein Herz gehörte Frankreich, aber sein Arsch gehörte allen.* Einars Herz gehörte allen; wie es sich mit seinem Hinterteil verhielt, weiß ich nicht wirklich, aber mit dem war er wohl auch ziemlich offenherzig.

Oben auf dem Dachboden stehen drei leere Tische. Die Nähmaschinen sind wieder weg. Claire und Monique waren kaum angekommen, da konnten sie auch schon wieder nach Hause fahren zu ihren angefangenen Büchern, verlassenen Haustieren und Leben. Aber die Stoffballen stehen immer noch an die Wand gelehnt, die Skizzen liegen immer noch auf einem Tisch und die neue Unterwäsche hängt an Fabiens Stange. Ich nehme einen violetten Samt-BH mit goldenen

Sternen herunter, falte ihn zusammen und lege ihn in einen großen Karton. Lege die dazugehörige Unterhose zusammen und rieche daran. Der Duft von Bonnibelles Lavendelspray steigt mir in die Nase. Ich lege die Unterhose auf den BH in der Kiste.

»Jetzt mal ganz ehrlich – was hattest du dir eigentlich dabei gedacht?«

»Was?«

Ich schaue mich um. Es raschelt in allen dunklen Ecken, irgendetwas kriecht dort in den Schatten herum.

»Hallo, hier ist die Realität und ihre Kollegin Sylvia. Wir hatten das Gefühl, dass wir dich mal kurz anrufen sollten. Das hier ist kein ›Was hatten wir noch mal gesagt‹-Gespräch, denn mit so was geben wir uns nicht ab. Aber ... was hatten wir noch mal gesagt? Sein ganzes Glück auf einen uralten Mann zu bauen, der in seinem Leben viel zu viel Alkohol getrunken und geraucht hat und zudem noch langsam dement wird, ist keine gute Idee. Lustig vielleicht, solange es gedauert hat, aber das war nicht besonders lang. Aus logischen Gründen.«

»Bitte ruft mich nicht an, um mir was von Logik zu erzählen. Ich interessier mich kein bisschen für Logik.«

»Eben, und deswegen sitzt du jetzt da, wo du sitzt. Warte, Sylvia ruft hier grade etwas ... Nein, entschuldige, das betraf nur unsere After-Work-Party hier im Büro.«

»Dann geht auf eure After-Work-Party und lasst mich in Ruhe, okay?«

»Wir haben das Gefühl, dass wir dich vielleicht ein bisschen zu viel in Ruhe gelassen haben. Du würdest nicht dort sein, wo du jetzt bist, wenn wir ein bisschen mehr Anwesenheit gezeigt hätten. Das wird nicht gut aussehen in unserer Schlussbilanz.«

»Die Realität wird überschätzt. Auf Wiederhören.«

Ich nehme die Wäschestücke eines nach dem anderen ab. Falte sie so schön zusammen, wie ich nur kann, lege sie in den Karton, bis ich merke, dass ich von dieser neuen Realität fast speien muss. Noch vor kurzem war es real, dass hier oben drei Damen saßen und nähten. Jetzt ist es real, dass sie weg sind. Alles ist weg. Vor allem Einar. Ich will mich nicht auf die schöne Unterwäsche übergeben, deswegen gehe ich die Steintreppe hinunter und …

Brennt da Licht in Einars Zimmer? Wenn ich hier stehen bleibe und keine Tür öffne, einfach nur auf die Tür schaue, die nur angelehnt ist, scheint es fast so, als wäre nichts passiert. Ich atme ruhig, ein und aus, ein und aus. Sehe die Realität an den Deckenleisten entlangschweben, doch ich mache die Augen zu. Meine Übelkeit legt sich wieder. Die Realität wird überschätzt, sie ist wie ein Muskel, der seine Form, Kraft und Geschwindigkeit ändern kann. Je nachdem, wie wir damit umgehen. Ich will, dass Einar zurückkommt. Ich will, dass Einar in seinem Zimmer sitzt, wenn ich jetzt die Tür aufmache. Ich will, dass das alles hier nur eine komische Luke zu einer irrealen Welt ist, die nichts mit der Realität zu tun hat.

Ich mache die Tür einen Spaltbreit auf. Aber nicht Einar sitzt mitten auf seinem breiten Bett mit den schwarzen Seidenlaken, umgeben von Büchern, großen Tischlampen, Tellern und Kissen. Sondern Paul. Mit angeschalteten Bettlampen und den Katzen um sich herum sitzt er mit kerzengeradem Rücken auf dem Bett und blättert in einem Fotoalbum. Einars altem Album, mit den Bildern von Paul und Pauls Mutter Margareta. Ich habe es einmal zusammen mit Einar angeschaut. Zu Anfang ist noch so viel Hoffnung zu spüren, mit Bildern einer schwangeren Margareta, die fast schüchtern in die Kamera lächelt. Paul, wie er als Neugeborener mit nacktem Hintern auf einem Schaffell liegt. Zimtschnecken, Thermoskannen mit Kaffee, Einar, Margareta und ein Kinderwagen bei strahlender Frühlingssonne. Paul mit seinem gehäkelten Sonnenhut zwischen Einar und Margareta in ihren Trachten. Dann nur noch leere Seiten, als hätte sich alles in Luft aufgelöst. Hat es sich ja irgendwie auch.

»Darf ich mich zu dir setzen?«

Paul nickt und ich setze mich auf die Bettkante. Die leeren Seiten leuchten ihm entgegen.

»Ich hasse diese Seiten.«

»Kann ich verstehen.«

»Ich hab mich jeden Tag nach ihm gesehnt.«

»Und er hat dich vermisst. Auf jeder Seite.«

»Ich hab nicht mal jemanden, auf den ich wütend sein könnte. Meine Mutter ist tot. Alle sind tot. Nur noch ich bin übrig. Jetzt habe ich wirklich beide Eltern verloren. Das ist in gewisser Hinsicht eine Befreiung. Ich bin jetzt frei. Frei von jeglichen Erwartungen bezüglich der Dinge, die sich gehören würden oder die sich vielleicht entwickeln könnten. Jetzt bin nur noch ich übrig. Auf die Art ist es leichter, so richtig allein zu sein.«

Ich weiß nicht, was ich sagen soll. Wahrscheinlich gibt es gar keine Verbände für seine Wunden. Keine Wattebäusche, mit denen man sie tupfend befeuchten könnte. Paul lehnt sich im Bett mit der schwarzseidenen Bettwäsche zurück. Die Katzen folgen ihm rasch und kuscheln sich in seine Achselhöhlen. Die Kristalle am Kronleuchter schwanken leicht an der Decke und klingeln leise. Pauls lange Beine heben sich kreideweiß von dem ganzen Schwarz ab, und da liegt er jetzt mit dem Fotoalbum auf der Brust.

Ich streichle Judy das Fell. Eigentlich würde ich gerne Paul streicheln, aber seine Integrität lässt das nicht zu. Noch weniger als die von Judy, und das will schon eine ganze Menge heißen. Ich krabble zu ihm hoch, und dann liegen wir einfach nur da, dicht nebeneinander, auf Einars Bett mit der schwarzen Bettwäsche. Paul hält das Fotoalbum fest umklammert, während ich die Katzen streichle.

An der Wand, neben dem Bett, hängt ein Fotostreifen aus einem Passfotoautomaten an der Wand. Einar und Armand haben sich in die kleine Kabine gequetscht, küssen sich und ziehen alberne Grimassen. Paul schaut die Bilder an.

»Was ist aus dem Film geworden?«

»Aus welchem Film?«

»Dem alten, der noch in der Kamera war, den du zum Entwickeln gegeben hast.«

»DU LIEBE GÜTE! DIE BILDER!«

Ich werfe mich fast aus dem Bett. Judy, Barry und Paul zucken zusammen und schauen mich mit großen Augen an, als ich aus dem Zimmer schliddere und ihnen auf dem Weg nach unten zurufe:

»Moment!«

Die Plastiktüte mit den Fotos liegt jetzt schon seit drei Tagen im Flur. Dort hatte ich sie hingelegt, als ich von meiner »Siesta« mit Fabien zurückkam. Dort hatte ich sie in meinem früheren Leben hingelegt, als alles noch so war wie immer. Und jetzt liegen sie immer noch dort, obwohl sich seitdem buchstäblich alles verändert hat. Ich greife mir die Plastiktüte und renne die Treppe wieder hoch. Mit klopfendem Herzen und zitternden Händen lande ich auf dem Bett, und die Katzen werfen mir gereizte Blicke zu. Ich hole den Umschlag mit den Fotos aus der Tüte und reiche sie Paul.

»Mach auf.«

»Ich weiß nicht, solltest das nicht lieber du tun?«

»Nein, du musst sie aufmachen. Er war schließlich dein Vater.«

Vorsichtig nimmt Paul ein Foto nach dem anderen aus dem Kuvert. Nein! Ein Fabien mit Schlafzimmerblick knöpft langsam sein Hemd auf, man sieht verschwommen, wie meine Kleider zu Boden fallen und ich hab viel zu rosarote Wangen und nein, nein …

»Warte. Ich muss bloß kurz …«

Ich will gerade die Bilder an mich reißen, als Paul meine Hände wegschiebt und die Bilder vor uns auf dem Bett ausbreitet. Er sagt dabei kein Wort, er legt einfach nur ein Foto nach dem anderen hin, auf denen Menschen zu sehen sind, die so lebendig aussehen. Die sich wollen. Sich nacheinander sehnen. Einander auffordern. Ja sagen. Ich habe einen Blick, den ich noch nie zuvor an mir gesehen habe. Fabien steht ohne Hemd, mit seinem großen Bauch, vor mir und knöpft sich die Jeansshorts auf. Einar tanzt lächelnd vor der Kamera. Wir sehen, dass er Dinge sagt, die uns alle zum Lachen bringen. Das Licht lässt uns alle glänzen, es sieht so aus, als würde man die verschwommenen, aber glücklichen Erinnerungen von jemand anderem betrachten. Als würde man mitten in eine Sandburg blinzeln, die von der Flut abgetragen werden wird, aber heute Abend immer noch mitten am Strand steht. Paul streckt die Hände aus und lässt sie sich von Einar küssen. Judy sitzt auf dem Tisch und schleckt die Butter in sich hinein. Fabien beißt mit geschlossenen Augen in eine gelbe Feige. Ich muss so lachen, dass ich total verschwommen bin. Einar gibt Paul ein Küsschen auf die Nasenspitze. Einar winkt zum Abschied mit einem breiten Lächeln. Wir anderen winken zurück, während die Sonne untergeht und hinter den Klostermauern verschwindet.

Paul und ich schauen uns an. Er spricht es schließlich aus.

»Ich hab noch nie in meinem Leben so schöne Fotos gesehen.«

Ich kann ihm nur zustimmen.

»Das ... das hätte vielleicht funktionieren können?«

»Ja, kann gut sein.«

Paul macht den Umschlag mit der Filmrolle auf, die noch in der Kamera war. Das erste Bild ist schwarzweiß und am Rand total beschädigt, als wären überall schwarze, verschwommene Wolken. Aber dort, mitten zwischen den Wolken, erscheint Einar, ungefähr fünfzigjährig, mit einem Sträußchen vierblättriger Kleeblätter in der Hand. Armand, der große, schmale, dunkelhaarige Mann, bückt sich auf dem nächsten Bild, um noch mehr vierblättrige Kleeblätter zu pflücken. Sie sind hier im Klostergarten, aber auf der Rückseite. Es gibt noch ein paar verschwommene Nahaufnahmen von Armand und Einar mit vierblättrigen Kleeblättern hinter den Ohren oder zwischen den Zähnen. Ein Bild zeigt sie, wie sie sich küssen, mitten in so einer schwarzen Wolke. Armand, wie er nackt bis auf die Unterhose in seinem Atelier malt, Einar mit einer wahnsinnig hohen Kochmütze aus Papier, auf die irgendjemand »le chef« geschrieben hat, und mit einem riesigen Topf in den Händen, anscheinend haben sie Gäste zum Abendessen. An einem gedeckten Tisch im Klostergarten sitzt Bonnibelle ohne ein einziges graues Haar, hält sich die Hände vors Gesicht und will nicht mit aufs Bild. Hinter ihr steht ... hinter ihr STEHT Henri. Du liebe Güte, er ist so groß, wenn er nicht im Rollstuhl sitzt. Und er hatte so dichtes Haar. Henri hat in jeder Hand ein Weinglas und hält eines davon dem Fotografen hin. Armand und Einar prosten sich gegenseitig zu in ... Fabiens Bar! Sie sind in der Bar, die damals natürlich noch Onkel Charles gehörte, und da ... ist auch ein Bild von Onkel Charles. Er sieht Fabien so ähnlich, obwohl er einen viel dickeren Bauch hat. Und Moment ... da steht ein Jugendlicher mit dunklen, gelockten Haaren, der sich überrascht über die Schulter schaut, als ein Foto von ihm geschossen wird, wie er gerade in der kleinen Küche den Abwasch macht. Das ist Fabien. Die Augen kommen mir größer vor, seine Wimpern länger, er hat einen Ohrring in einem Ohr und der schmale Oberkörper steckt in einem gestreiften Oberteil. An der Küchenwand hinter Fabien hängt eine Digitaluhr. Sie zeigt an, dass es 17 Uhr 12 ist und Freitag.

Ich drehe mich zu Paul und halte das Foto hoch.

»Dieses Bild kannst du auf die leeren Seiten kleben. Weil Einar jeden Freitag um 17 Uhr dort in der Bar saß und auf dich gehofft hat.«

»Während ich zu Hause in Schweden saß und auf ihn gehofft habe. Oder vielleicht hatte ich ihn schon früher aufgegeben. Wollen wir auch davon ein Bild einkleben?«

»Ja, gute Idee.«

Paul klappt das Album zu und schaut auf die ganzen anderen Fotos auf dem Bett.

»Ich weiß nicht, wie man so was macht.«

»Wie man *was* macht?«

»Mit seiner ... Enttäuschung umgehen. Wohin mit diesem Gefühl?«

»Tja, für so was geht man wohl in Therapie, oder?«

»Da hast du wohl recht. Aber ich kann mir vorstellen ... wer wäre ich gewesen, wenn ich Einar in meinem Leben gehabt hätte? Und sei es auch nur im Sommer. Da wäre ich vielleicht ein ... fröhlicherer Mensch geworden?«

»Das denke ich mir auch immer – wer ich geworden wäre, wenn ich irgendwo anders aufgewachsen wäre. Bei anderen Eltern. Ich habe mich bei meinen nie so richtig zu Hause gefühlt. Aber durch Einar habe ich nach Hause gefunden. Nach Hause zu mir selbst.«

»Für dich ist es leichter, ihn anzunehmen. Dich hat er ja nicht enttäuscht.«

»Das stimmt natürlich.«

»Ich frage mich, wie es sich anfühlt, ein ganz anderer Mensch zu sein. Einer, bei dem alles ist, wie es sein soll, bei dem alles funktioniert.«

»Gibt es solche Menschen denn?«

»Ich weiß nicht. Ich kenne nicht so viele Menschen. Ich kenne ja wohl nicht mal mich selbst.«

»Ich kenne mich selbst auch nicht. Aber vielleicht ist es wichtiger, dass man *mit* sich selbst fühlt. Dass man quasi … sich selbst sagt, dass es okay ist, ein bisschen unvollständig und ein bisschen verloren zu sein und sich langsam vorzutasten.«

Paul schluckt und lässt seinen Blick über die Bilder schweifen.

»Ich sehne mich nach Hause. Zu Hause ist es einfacher.«

»Was ist einfacher?«

»Ich zu sein. Der Mensch zu sein, für den ich mich entschieden habe. Den ich … akzeptieren kann, wie er geworden ist.«

Ich lege meine Hand auf die von Paul, obwohl seine Integrität größer ist als die von allen Katzen. Er schluckt.

»Ich werde das Kloster erben.«

»Selbstverständlich.«

»Es fühlt sich für mich zwar nicht so an. Aber es ist so. Es gibt ein Testament. Irgendein alter Liebhaber von Einar, der anscheinend sogar sein Anwalt war, hat ihm geholfen. Es lag zwischen seinen ganzen anderen Papieren. Ich bin sie gründlich durchgegangen, wie du weißt. Das Testament steckte nicht in einem versiegelten Kuvert, sondern war ganz offen zugänglich. Unterschrieben von Einar und zwei Zeugen. Er hat seinem Testament im Frühjahr noch etwas hinzugefügt.«

»Verstehe. Nachdem ihr euch kennengelernt hattet.«

»Nein, nachdem *ihr zwei* euch kennengelernt hattet. Das Kloster hatten Einar und Armand mir schon beim Kauf vermacht. Bonnibelle erbt natürlich ganz viel vom Inventar – was auch immer sie dann damit anfangen soll. Fabien bekommt alles, was vom Weinkeller noch übrig ist.«

»Und was willst du mit dem Kloster machen?«

»Da gibt es nichts zu machen. Jedenfalls nicht für mich.«

»Wie meinst du das?«

»Aber Agneta ... was soll ich denn mit so einem riesigen Kloster anfangen, das im Keller voller Schimmel ist und solche Schuldenlasten hat? Ich bin nicht Einar. Nicht im Geringsten. Es ist egal, wie viele vierblättrige Kleeblätter hier im Klostergarten wachsen, ich werde nie in der Lage sein, mich darum zu kümmern. Und das will ich auch gar nicht. Einar ist weg.«

»Du ... du willst das Kloster also verkaufen?«

»Ja. Das hier ist nicht mein Leben.«

»Aber wollen wir es nicht trotzdem versuchen? Wir haben doch ein paar Garnituren Unterwäsche und die Fotos und ... du siehst es doch selbst! Es könnte funktionieren!«

»Agneta. Nein. Das war ein Traum. Ich hab mich nur wegen Einar zur Verfügung gestellt. Jetzt lebt Einar nicht mehr. Es ist vorbei.«

»Was ist vorbei?«

»Das hier!«

Paul deutet mit seinen Armen durch Einars Schlafzimmer.

»Aber es kann doch nicht einfach vorbei sein? Das kann

doch hier nicht alles zu Ende sein? Willst du ... willst du nach Hause fahren?«

»Ja. Du nicht?«

»Auf den Gedanken bin ich noch nicht mal gekommen. Es war so viel los, seit Einar gestorben ist, und irgendwie hab ich wohl doch gedacht ... Ich weiß auch nicht. Du fährst also nach Hause?«

»Ja. Ich erledige noch die ganzen praktischen Dinge, wie das Nachlassverzeichnis, und werde mit einem Makler Kontakt aufnehmen, und ich kann ja auch viel von zu Hause aus regeln.«

»Einen Makler? Wozu brauchst du denn einen Makler?«

»Damit er mir hilft, das Ganze hier zu verkaufen. Das Kloster kostet jeden Monat ein Heidengeld, es ist unmöglich, es zu behalten. Oder willst du es vielleicht kaufen?«

»Natürlich!«

»Im Ernst?!«

»Ich hab zwar keine großen Summen, weder, um das Kloster zu kaufen, noch, um die monatlichen Ausgaben zu decken. Aber ich will auch nicht, dass es verkauft wird. Ich will nicht, dass sich hier irgendetwas verändert! Ich will, dass Einar zurückkommt und ewig lebt und nicht mehr tot ist. Was ist denn das für ein Unfug, den er hier treibt? Der Tod? Komm schon, es gibt doch wohl lustigere Dinge, als sich dem Sterben zu widmen?«

»Es ist, wie es ist.«

»Ich will aber, dass es so ist, wie es war.«

»Du bekommst auf jeden Fall etwas, was du mit nach Hause nehmen kannst.«

»Wie meinst du das?«

»Einar hat dich im Frühjahr in sein Testament aufgenommen.«

Ich bekomme Herzrasen. Es fühlt sich an, als würde Einar mit mir reden. Er sagt etwas zu mir, von der anderen Seite. Was wird er sagen? Bekomme ich eine Art spirituelle Führung?

»Wie – er hat mich in sein Testament aufgenommen? Was hat er geschrieben?«

»Er hat aufgeschrieben, was du alles erben solltest.«

»*Ich* soll etwas erben?«

»Außer seiner Stereoanlage und ein paar CDs mit Julio-Iglesias-Liedern gehören diese zwei jetzt auch dir.«

»Welche zwei?«

Paul zeigt zum Badezimmer und auf die zwei lebensgroßen Statuen aus schwarzem Marmor von Einar und Armand, mitsamt ihren Prachtständern.

28.

Das Bett hat sich kein bisschen gedreht. Wir liegen uns schweigend gegenüber, Fabiens Hand liegt auf meiner Hüfte, meine Hand unter seiner Wange. Eben grade waren wir noch ineinander, eben grade noch sind mir die Tränen runtergelaufen, während Fabien meine Pobacken ergriff, oder besser gesagt meinen ganzen Körper. Aber jetzt liegen wir schweigend da, und ich schreibe auf seinem Smartphone.

Aber was will er mir damit sagen?! Mit diesen beiden Statuen? Warum habe ich sie bekommen?

Das du weißt doch, oder?

Fabien grinst und wirft einen vielsagenden Blick auf meinen Schoß.

Aber jetzt mal im Ernst! Ich verstehe, warum ich die Stereoanlage und die CDs bekommen habe. Damit ich weiter tanze. Das ist ein einfaches Rätsel. Aber die Statuen?

Du kannst nicht mit ihnen umziehen.

Weil ich sie nicht bewegen kann?

Ja! Du bleibst hier! In mir! In den Statuen! Hier!

Aber was sollte ich denn hier tun? Ohne Einar?

Mich lieben. Mich wohnen. Mich arbeiten. Mich altes. Mich töten.

Du bist so eine Sandburg! Du würdest doch Tinnitus bekommen und blind werden, sobald ich bei dir einziehe. Die Flut würde uns nach ein paar Stunden wegspülen. Es geht nicht. Ich kann nicht.

Fabien setzt sich kerzengerade im Bett auf und schaltet eine Lampe ein. Im ersten Moment will ich protestieren, bis mir einfällt, dass wir ja ruhig jeder eine Lampe einschalten können. Dann schreibt er, so schnell, dass ihm fast die Finger rauchen:

Du – ein Feigling! DU Angst. DU Wasser von Zeit. Ich bin die Welle! Ich wage dich. Lerne Schwedisch! Umziehen Schweden. Du sagst – Fabien tut.

Fabien fummelt mit seinem Handy herum und ruft eine App auf, die er öffnet und in der steht, wie viele Punkte er diese Woche beim Schwedischlernen erreicht hat. Mit lauter, ernster Stimme erklärt er:

»Iesch eißö Fabien. Iesch bien fünfundvierziesch Jahrö altö.«

Ein kleines Lachen blubbert in mir hoch. Ich könnte laut loslachen, als Fabien so stolz und nackt irgendeine Art von Schwedisch spricht, die er über eine App gelernt hat. Ich schlucke das Blubbern wieder runter. Das Lachen ist wieder weg. Die Realität richtet aus ihrer dunklen Ecke im Turmzimmer ihren bohrenden Blick auf mich. Die Realität braucht kein Google Translate, um sich verständlich zu machen. Die Realität flüstert mir aus ihrer dunklen Ecke zu:

»Noch mal hallo, Agneta. Hier spricht die Realität. Noch mal. Wir haben nämlich eine kleine Liste für dich, die du dir unserer Meinung nach mal durchschauen solltest. Wobei – so klein ist sie nun auch wieder nicht. Willst du mal hören?«

Ich schüttle den Kopf, während Fabien angefangen hat, meine Brüste zu küssen. Er küsst sie, als ob er sie wirklich lieben würde. Als wären gerade meine zwei Brüste die absolut wundervollsten, die ihm in seinem ganzen französischen Leben untergekommen sind und …

»Es ist nun mal so: Wir sind die Realität, und da kannst du den Kopf schütteln, soviel du willst. Wir werden dir trotzdem unsere Liste vorlesen.«

»Aber ich bin doch grade ein bisschen beschäftigt, seht ihr das nicht? Können wir das nicht ein andermal machen?«

»Wenn wir von der Realität erst mal angefangen haben anzuklopfen, können wir nicht mehr aufhören. Also können wir es genauso gut jetzt gleich erledigen. Sonst gibt das so ein verdammt nerviges Geklopfe. So, mal sehen …«

Die Realität raschelt mit ihren Listen und Fabien packt meinen soliden Hintern und murmelt irgendwas, was ziemlich aufmunternd klingt.

»Gut. Wir haben deine finanziellen Verhältnisse. Du hast null Kronen, und es sind auch keinerlei Einnahmen zu erwarten, soweit wir das sehen können. Du hast einen Mann, von dem du dich noch nicht hast scheiden lassen, soweit wir das sehen können. Magnus lässt übrigens ausrichten, dass eure Kinder mittlerweile angefangen haben zu fragen, ob du noch lebst.«

»Ich lebe! Richte den Kindern aus, dass ich lebe und in jeder Hinsicht gesund bin, wie es sich für eine Mutter gehört. Wie kann ein Mensch die Fußsohlen so streicheln, dass sich einem die Kopfhaut kräuselt?«

»Wir von der Realität glauben nicht so wirklich, dass wir diese Botschaft gelten lassen können. Mit anderen Worten: Zeit, dass du nach Hause zurückgehst. Ja, wir sehen auch, dass dieser behaarte Mann herrliche Sachen mit dir anstellt und dir auch noch das Blaue vom Himmel verspricht. Das hat er früher auch schon gemacht. Viele Frauen sind in seine Dachkammer gezogen, um dann ein paar Monate später ihre Sachen zu packen und wieder nach Hause zu fahren. Klingt das verlockend?«

»Aber das hier ist etwas anderes! Habt ihr nicht gesehen, wie er gerade meine Brüste angefasst hat? Habt ihr seine schwedischen Sätze gehört, die er auf eigene Faust gelernt hat? Er hat weder Tinnitus, noch ist er erblindet. Es kommt mir vor, als wäre ich blind und taub, denn wie schön könnte das Leben sein, wenn ich mich nur tr...«

»Entschuldige, wenn wir dich an dieser Stelle unterbrechen, aber wir würden dir gerne Folgendes sagen: Mach dir ein paar wunderschöne letzte Wochen mit Fabien, dann putz das Kloster, betraure und begrabe Einar, und anschließend schenkst du die Stereoanlage und die CDs der Diakonie. Na ja, der französischen Entsprechung der Diakonie, wie auch immer die heißt. Sylvia, kannst du das mal schnell für mich nachschauen, ich schreib mir das hier auf ... So! Lass die Statuen im Kloster, die kann man ja unmöglich da rauskriegen, dazu bräuchte man ja Hebekräne und alles Mögliche, die streichen wir ganz einfach. Tja, und dann musst du bloß noch nach Hause fahren. Und dich mit dem Leben auseinandersetzen, das du hier zu Hause hast, mit Magnus kannst du ja auf eine nette Art Schluss machen – oder warum gibst du ihm nicht einfach noch eine Chance? Magnus ist keine Sandburg. Der hält allen Fluten stand, lässt mein Kollege hier neben mir ausrichten. Er ist eine Betonburg! Jetzt sehen wir hier auch noch, dass die Betonburg Magnus eine Anzeige ins kostenlose Verkaufsblatt gesetzt hat, um das Auto zu verkaufen, das du immer gefahren hast. Wir befürchten, dass er das Geld, das du ihm seiner Meinung nach schuldig bist, von dem Erlös einbehalten wird. So. Das wäre dann alles von unserer Seite.«

»Fein. Auf Wiedersehen und …«

»Nein, Moment, meine Kollegin Sylvia ruft grade noch etwas! Ja, sie will nur sagen, dass du sofort aufhören sollst, darüber nachzudenken, dich um das Kloster zu kümmern. Das ist tatsächlich eine noch größere Sandburg als Fabien. Und außerdem noch mit Leopardenmuster tapeziert. Du magst doch gar keine Leoparden.«

»Früher nicht. Aber ich habe meine Meinung geändert! Jetzt liebe ich Leoparden! Ist es verboten, seine Meinung zu ändern?«

»Nein, natürlich nicht. Aber du redest hier grade mit der Realität. Möchtest du weiterverbunden werden zur Abteilung für Lebenslügen?«

»Ja, gerne. Sofort. Stell mich durch.«

»Gut, dann machen wir das so. Ich bedanke mich für dieses Gespräch und verbinde dich weiter.«

Fabiens Körper liegt schwer auf meinem, seine Atemzüge sind so warm in meinem Ohr, seine Worte so schön, auch wenn ich nicht weiß, was er gerade sagt, und …

»Ja, hallo, hier ist die Abteilung für Lebenslügen. Wir wollen dich nicht mitten in einer Lebenslüge stören, also mach ruhig weiter mit dem, was du grade tust. Wir wollen nur schnell ausrichten, dass Fabien dich nie verlassen wird, dass das Kloster die reinste Geldquelle ist, der Schimmel ein Mythos, und die Sache mit den Schulden können wir mit ein bisschen guter Laune sicher auch wieder in Ordnung bringen. Nichts wird sich jemals verändern, wenn du es nicht willst, und über den Tod können wir auch noch mal reden. Wir sind gar nicht mal davon überzeugt, dass es den Tod wirklich gibt.«

Bei der sanften Stimme der Lebenslügen-Abteilung spüre ich, wie es in meinem Bauch zu kribbeln beginnt, in meinem Unterleib, in meinen Schenkeln, den Knien, meinem Herzen, und ich glaube fast, dass sich das Bett dreht. Obwohl es nur Fabien war, der da gerade auf meinen ganz eigenen inneren An-Knopf gedrückt hat.

29.

Ich habe Angst vor der Zeit. Wir schnell sie vergeht, und wie viel passieren kann in genau dieser sogenannten Zeit. Wie ein Leben sich in mehrere Kartons verpacken lässt, wie viele Kleiderschränke man ausleeren kann, wie viele bunte Schals man in Tüten stopfen kann, die an Bedürftigere weitergegeben werden. Wie viele leere Shampooflaschen man in die Kunststoffsammlung geben kann, während fünfundachtzig leere Champagnerflaschen nach der Farbe des Glases sortiert werden. Wie schnell sämtliche Kulissen und Bühnenbilder eines Theaters zusammengepackt und gleich Abiturienten auf der Ladefläche eines Lkws zu einer Theaterschule für Kinder in Avignon geschickt werden können. Wie schnell ein paar Wochen vergehen und Bonnibelles Enkel verabschiedet werden, mit den Erinnerungsstücken von Einar in ihren Rucksäcken. Wie viele Möbelstücke ein Antikhändler mit seinem Namen versehen und wie er den großen Tisch im Esszimmer taxieren kann, die riesigen Kleiderschränke, alle Statuen (außer meinen beiden), und wie etwas, das für Einar Millionen wert war, anderen nicht mal einer Schätzung würdig ist.

Ich habe Angst vor den diversen Maklern, die zum Kloster kommen werden, wie sie eifrig darüber reden werden, wie man es zu einem Hotel umbauen könnte, vielleicht auch in eine spannende Kunstgalerie, oder einfach alles rausreißen und das ganze Gebäude luxusrenovieren lassen, »wenn bloß die Sache mit dem Schimmel in Ordnung kommt, oje, oje, der Schimmel und die Stromkosten drücken den Preis natürlich ganz gewaltig.« Vom Dach ganz zu schweigen. Es muss saniert werden, und es ist kein kleines Dach, und außerdem finden sie die Sache mit dem penisförmigen Pool auch nicht so gut, ihre Kunden wissen solche Pools nur ganz selten zu schätzen. »Da werden sie sicher einen neuen Pool bauen wollen, was den Preis des Klosters natürlich nochmals drückt.«

Ich habe geradezu eine Todesangst davor, dass ich eines Spätnachmittags zur Bäckerei gehen will und von einem Saint Carelle in heller Aufregung begrüßt werde. Die ganze Avenue du Taureau ist mit wackeligen Zäunen gesäumt worden, gegen die weiße Pferde, gestresste Stiere und Jugendliche gedrückt werden. Auf dem Marktplatz stehen Wagen, die Essen ausgeben, mal hierhin, mal dorthin, Tische und Stühle streiten sich um jeden Zentimeter Platz, Kinder sausen herum wie überdrehte Flummis, ältere Touristen ziehen sich Pizza rein, irgendein lokales Talent singt in ein hallendes Mikrofon mit einem kleinen Metallgestell voll blinkender Lichter über sich, und die Leute schwingen ihre Arme im Takt durch die Luft, während sie gleichzeitig den Refrain mitsingen. Alle Jungs über dreizehn drängeln bei dem Versuch, die Stiere dazu zu verlocken, in die falsche Richtung zu rennen. Sie ziehen die Stiere an den Schwänzen, hauen ihnen auf den Hintern, und das alles ist eine Art verrücktes Spiel, damit die Pferde zeigen können, wie geschickt sie die Stiere wieder zusammentreiben können.

Ich habe Angst davor, wie das Leben außerhalb der Klostermauern weitergeht. Ich habe solche Angst, dass ich einfach heimfahre, ohne Baguette, und die Tür hinter mir zumache. Und Paul knöpft sich das Hemd immer höher zu, während er die hoffnungslosen Angelegenheiten seines Vaters in Ordnung bringt. Er packt seine Ordner und Locher wieder in den Koffer und bemüht sich, die ganze Bürokratie rund um eine französische Beerdigung zu durchschauen. Ich versuche auch auszumisten, aber ich würde am liebsten alles aufbewahren. Alles aufbewahren, die Zeit anhalten und den Tod auf eine Milliarde verklagen. Denn der Tod hat sich wirklich hundsgemein benommen.

Bonnibelle ist seltsamerweise gar nicht so böse auf den Tod. Sie redet sowohl mit mir als auch mit Gott über beides und bedankt sich dafür, dass Einar so lange leben durfte, Paul kennenlernen durfte, dass wir die schönen Fotos gemacht haben, dass er mit Hoffnung gestorben ist und dass er nicht leiden musste. Offenbar wollen Henri und sie nach Kreta fliegen, wo Bonnibelle schon seit den Sechzigerjahren hin möchte, nachdem sie den Film *Alexis Sorbas* gesehen hat. Der Film, in dem man dem Unglück ins Gesicht lacht, alle Knoten des Lebens und die Krawatte löst und Sirtaki am Strand tanzt. Bonnibelle hat immer Sirtaki mit Sand zwischen den Zehen tanzen wollen, und das wird sie jetzt offenbar wirklich machen. Sie werden einen Monat weg sein. Nur die beiden, ganz allein.

Bonnibelle trägt Schwarz, sie trauert, aber ich sehe auch, dass sie Wind in den Haaren hat. Einen Wind der Freiheit. Vielleicht der erste Freiheitswind überhaupt. Die Nonnen und Einar sind im Himmel, die Kinder sind in Paris und können sich selbst versorgen, und jetzt kann sie nach Kreta fahren. Ich höre ihre klackernden Schritte überall im Kloster. Wie sie sich flink zwischen den Zimmern bewegt, packt, zusammenfaltet, zuklebt. Als wir im Garten eine Tasse Kaffee trinken, sagt sie etwas darüber, dass Einar nicht mehr hier ist. Deswegen trägt sie jetzt alle in ihrer Brust, und die hat sie immer dabei, wohin sie auch geht. Dann trinkt sie ihren restlichen Kaffee aus und geht mit klackernden Absätzen davon, um Armands Atelier mit ein paar Kunststudenten durchzuschauen, die sich aussuchen dürfen, was sie haben wollen.

Ich suche mir auch aus, was ich haben will. Einen von Einars alten Koffern habe ich in mein Zimmer hochgestellt. Jedes Mal, wenn ich ihn sehe, schnürt es mir den Magen zusammen. So wie jetzt. Mein Magen kneift und brennt, und ich starre die beiden Masken an und den lila Seidenschal mit den dünnen grünen Rändern, Einars Angoramantel von Yves Saint Laurent, den ich so liebe, ein paar von Einars Hemden und zweiundzwanzig Julio-Iglesias-CDs. Ich weiß nicht, wo ich mit diesem Koffer hinsoll.

»Hallo, wir sind's, die Lebenslügen-Abteilung. Willst du den Koffer nicht einfach direkt zu Fabien tragen? Ist doch gar nicht so weit! Außerdem kann er dir ja helfen, das versprechen wir dir. Und dann ziehst du in seine gemütliche Junggesellenbude mit ein. Ihr könnt zusammen arbeiten! Dann habt ihr es ganz nah in die Arbeit, nach Hause und ins Bett … Dass ihr nicht richtig miteinander reden könnt, ist doch nicht so tragisch, ihr kommuniziert doch wunderbar per Körpersprache. Er wird bald fließend Schwedisch gelernt haben mit dieser App, und du sprichst ja auch schon fast Französisch. Du kannst im Ort bleiben, in Bonnibelles Nähe und zusammen mit dem Mann, den du liebst.«

»Moment mal, ich hab nie gesagt, dass ich Fabien liebe.«

»Entschuldige, wir werden hier schnell ein bisschen übereifrig in der Lebenslügen-Abteilung. Aber du bist in ihn verliebt, das kannst du nicht leugnen, und …«

RRRIIINNNGGG!

Auf einmal klingelt Einars Handy, das auf dem Nachttisch liegt. Magnus ruft mich über Facetime an. Ich gehe ran, und Magnus taucht auf, er sitzt im Schatten auf der Terrasse zu

Hause in Sollentuna. Er ist fast weiß im Gesicht vor lauter Sonnencreme.

»Erst mal herzliches Beileid, Agneta. Wie geht's dir?«

»Ich weiß es gar nicht so wirklich. Aber ich bin traurig.«

»Klar.«

»Wir sind grade am Ausräumen.«

»Da habt ihr ja gut zu tun. Er war wohl eher ein Sammlertyp. Ich hatte für dein kleines Auto ein Inserat ins kostenlose Anzeigenblatt gesetzt, weil ich dachte, dass du nie wieder nach Hause kommen würdest. Aber jetzt hab ich die Annonce wieder rausgenommen, dein Bett frisch bezogen, und deine Mutter möchte gerne zur Feier deiner Rückkehr ein Abendessen kochen. Mit Kindern und allem.«

»Aber ich weiß gar nicht so recht, ob ich ...«

»Du, das war auch nicht meine Idee, aber du kennst doch deine Mutter, wenn die erst mal loslegt, ist es schwer, ihr was entgegenzusetzen. Hast du das Geld für die Rückfahrt?«

»Also, ich bin überhaupt nicht sicher, ob ich ...«

»Ich kann dir ja ein Ticket kaufen. Aber dann fürs Flugzeug. Züge dauern so lange, wie sie teuer sind, und so was will ich nicht unterstützen. Also ... dann sehen wir uns einfach demnächst zu Hause.«

»Und Linda?«

»Linda? Tja, weißt du ... Wir trainieren gerade volle Kanne. Wie du weißt, wollen wir ja im September über den Ärmelkanal schwimmen, also ... na ja, da muss man ganz schön trainieren.«

»Übt ihr auch zu Hause? Vielleicht ein bisschen Brust-an-Brust-Schwimmen?«

»Wie meinst du das?«

»Schwimmt ihr in euren Kanälen, Linda und du?«

Magnus wird rot unter dem ganzen weißen Sonnenschutzfaktor. Er steht auf und ich sehe, dass auch seine Beine sorgfältig eingecremt sind.

»Ich schick dir dein Flugticket. Passt es in einer Woche?«
Die Realität flüstert mir etwas aus ihrer dunklen Ecke zu, und ich höre, wie ich ihre Worte wiederhole:
»Ja, das passt.«

Ich sitze in der letzten Abendsonne und schaue über den Klostergarten. Wir haben gerade perfektes Licht. Also – wenn wir jetzt fotografieren würden.

»Ich denke an die Regel, dass man den Ball immer schön flach halten soll. Ich habe gegen sie verstoßen und bin hart bestraft worden. Bin rumgelaufen und hab mich für Werweißwas gehalten. Habe geglaubt, dass man sein Leben einfach so wechseln kann. Ich gestehe! Ich habe gegen diese grundlegende Regel des Maßhaltens verstoßen und bin bereit, meine Strafe anzunehmen. Vertreibung aus dem Paradies, ohne über Los zu gehen. Hahaha, nein, meine Liebe, das geht nicht, dass du einfach mit einer elektronischen Fußfessel hierbleibst, du musst hier weg und nach Hause.«

Ich trinke einen Schluck Champagner. Unten im Keller stehen noch eine ganze Menge Flaschen mit Jahreszahlen wie 1982 und 1998. Ich kann genauso gut alle Lampen anschalten und alle Champagnerflaschen leertrinken. Sieben gelbe Feigen liegen auf dem Tisch, die ich von dem Baum da hinten gepflückt habe. Ich nehme mir noch einen Champagner und noch eine Feige.

»Auaaa!«

Irgendetwas sticht mich aus purer Bosheit in den Zeh, und … dort steht die Schildkröte Luzette mit ihren schrägen kleinen Augen mit dem leeren Blick. Sie muss Hunger haben, weil sie gerade versucht hat, meinen großen Zeh zu verspeisen. Luzette weiß nicht, dass ihr Herrchen gestorben ist. Sie weiß wohl nicht mal, dass sie ein Herrchen hat. Sie wandert frei durch den Klostergarten, taucht ein paar Mal pro Jahr auf, beißt jemanden in den Zeh und verschwindet dann wieder spurlos. Hinaus in diese ganze Wildnis, die einmal ein japanischer Garten war, innerhalb eines Rosengartens mitten in einem französischen Klostergarten. Damals hatte Luzette einen Ballon auf ihren Panzer geklebt bekommen, damit Armand und Einar sie immer finden konnten. Sobald der Ballon schlaffer wurde, bliesen sie ihn wieder auf und klebten ihn fest. Jetzt sind alle Ballons weg, der japanische Garten ist zugewuchert und im Rosengarten sind mehr leere Austernschalen als Rosen.

Ich gieße mir Champagner in mein Kristallglas nach.

»MUUUÄÄÄ!«

Dumonts Kühe brüllen, und die Sonne verschwindet hinter der Klostermauer, sodass ich im Schatten sitze. Ich will Luzette gerade eine Feige zu fressen geben, als ich merke, dass auch sie verschwunden ist. Verschluckt vom Grün. Alle verschwinden immer nur! Die Sonne! Einar! Luzette! Sogar Bonnibelle!

»ARRRGGGHHH!«

Jetzt bin ich diejenige, die brüllt. Ich brülle so laut, dass es nur so zwischen den Klostermauern hallt. Ich schreie so laut, dass Paul mit vom Schlaf zerzausten Haaren aus seinem Schlafzimmer kommt. Ich schreie, als ob ich auf einer Art Selbsterkenntnisseminar wäre, wo man seine Angst für dreitausendfünfhundert Kronen am Tag herausschreien kann. Ich schreie, bis die Stiere sich wundern, was das für eine Kuh ist und ob sie vielleicht etwas für sie sein könnte.

Die Betäubung hat nachgelassen. Jetzt spüre ich den Schmerz so richtig.

30.

Ich schreie weiter. Im Stillen. Aber ich schreie die ganze Zeit. Ich schreie, als wir einen Sarg aussuchen müssen. Ich schreie, als wir vierblättrige Kleeblätter aus dem Garten pflücken, mit denen wir den Sarg dekorieren wollen. Ich schreie, als Bonnibelle Einars rosa Hemd bügelt, seinen gelb gepunkteten Schal und die seidenweiche Löwenunterhose. Ich schreie, als sie sie sorgfältig mit ihrem Lavendelwasser einsprüht, damit Einar gut duftet auf seiner letzten Reise. Ich schreie, als wir einen von den glänzendsten Leoparden-Bettüberwürfen aussuchen, den wir auf dem Sarg drapieren wollen. Ich schreie, als wir den langen Tisch unterm Kastanienbaum eindecken. Ich schreie, weil wir diesen Tisch decken, um uns von ihm zu verabschieden. Ich schreie während der Beerdigung in der kleinen Kirche. Als die Kirchenglocke ihre ganzen schiefen Schläge von sich gibt, als es so eng wird mit den ganzen Freunden in den Reihen, dass die Leute aufstehen müssen, ja, es sitzen sogar Menschen auf der schmalen Treppe, die zur Orgel hinaufführt, und neben der Orgel, so dass der Organist kaum noch seine Tasten erreichen kann bei dem ganzen Gedränge. Ich schreie, weil Einar so ein reiches Leben geführt hat und weil meine eigene Beerdigung niemals eine ganze Kirche füllen könnte, und sei sie noch so klein.

Ich schreie, als Einars Freunde und Liebhaber Reden halten, Einar hochleben lassen und Einars Lieblingslieder singen. Sie sind jung, uralt, mittelalt, sie sind langhaarig, kurzhaarig, glatzköpfig oder tragen gleich eine Perücke. Ich schreie auch deswegen, weil ich Einars Leben durch sie sehen kann. Wie er gelebt hat, wie frei er darüber gedacht hat, was ein Mensch alles sein kann. Ich schreie, als wir alle zusammen unterm Kastanienbaum sitzen, das Essen verzehren, das wir zusammen aus Fabiens Bar herübergetragen haben, während eine Laterne nach der anderen im Klostergarten eingeschaltet wird und unsere ganze Welt beleuchtet, als wäre sie eine große, makellose Bühne. Ich schreie, als alle Freunde ein letztes Mal zu Julio Iglesias' *La mer* im Garten tanzen, um dann mit ihren eleganten Mänteln, hohen Hüten, Stöckelschuhen in Größe 48 und Rollatoren spätabends wieder nach Hause zu gehen. Jeder darf sich ein Stück aus dem Kloster aussuchen, das er mitnehmen will. Sie weinen, lachen, erinnern sich und spazieren durch ein hallendes Saint Carelle mit ihren Kerzenleuchtern, Kunstbüchern, Austernschalen, Pappmaché und Gemälden im Arm. Ich höre, wie das Klackern ihrer Schuhe und das Geplauder in den Gassen verklingt. Dann herrscht nur noch Stille. Ich schreie, weil ich sehe, dass auch für sie das Leben bald vorbei sein wird.

Ich schreie, weil mein Leben jetzt auch schon vorbei ist. Dieses Leben, das ich eine Weile mitleben durfte. Ich schreie, als ich Fabien erkläre, dass ich nach Hause zurückfahren muss, dass ich die Augen nicht vor der Realität verschließen kann. Erst habe ich mein Glück auf Einar gebaut, einen dementen alten Mann. Ich kann mein nächstes Glück nicht auf einen Barinhaber bauen, der in Sachen Liebesbeziehungen die schlechteste Bilanz der Welt hat. Ich muss an meine Kinder denken, meinen Mann, der bald mein Ex-Mann werden wird, meine Eltern, meine Rente, meinen Hauskredit und all das, was ich einfach zu Hause zurückgelassen habe. Ich schreie, während ich das hier sage. Natürlich nicht laut, doch innerlich schreit mein ganzes Ich. Ich schreie, als Fabien mir in holprigem Schwedisch sagt, dass er auf mich warten wird. Er wartet, bis ich zurückkomme. Ja, er sitzt da auf seiner Bettkante und hält meine Hände, als ich in den tiefsten Tiefen meiner selbst schreie. Ich schreibe, dass es so wehtut, und dass ich nicht will, dass es wehtut. Fabien schreibt, dass er froh ist, dass es ihm wehtut, denn ihm tut nur selten etwas weh, aber jetzt tut es ihm sehr wohl weh, und das bedeutet, dass ihm das hier wichtig ist. Dass ich wichtig bin. Dass er fühlen kann. Ich schreie wieder.

Bonnibelle lädt uns zum Mittagessen unter dem Sonnenschirm in ihrem kleinen Garten ein, und ich versuche, nicht zu schreien. Ich versuche, nicht zu schreien, als ich erzähle, dass ich nach Hause fahren und mein Leben in den Griff bekommen werde, dass ich natürlich wiederkommen werde, um sie zu besuchen, dass ich vielleicht sogar schon zu Neujahr komme, und alle finden, dass sich das wunderbar anhört, doch innerlich schreie ich stumm. Ich schlafe die letzte Nacht in meinem runden Bett im Kloster, Fabien hält mich im Arm und ich schreie in jeder Sekunde. Die Katzen mussten zu Bonnibelle umziehen, aber sie verstehen nicht, dass sie dort wohnen, sondern klettern über die Klostermauer, suchen Einar und jagen Kleingetier in ihrem Garten.

Ich verstehe auch nicht mehr, wo ich wohne. Demnächst wird Einars Asche dort im Klostergarten verstreut, damit er dort ruhen kann, zusammen mit Armand zwischen den ganzen Austernschalen unter den Rosensträuchern. Ich schreie, wenn ich daran denke, dass sie vielleicht gar nicht mehr so lange dort liegen dürfen. Dass sie in ein paar Jahren vielleicht unter irgendeiner durchdesignten Holzterrasse ruhen müssen. Gott, da werden sie vielleicht spuken. Sie werden wie zwei rastlose Seelen in der Küche sitzen und rund um die Uhr

Kette rauchen. Der Gedanke ist der einzige, bei dem ich nicht schreien muss. Ich übergebe schreiend die Schlüssel und das Handy an Paul. Von Bonnibelle bekomme ich ein weiches Paket zum Abschied, ich küsse Fabien tausendmal, finde das erdverkrustete Kästchen mit den ganzen heimlichen Fotos und schreie wieder. Schreie, als ich denke, dass dieses Kästchen am Ende weggeschmissen worden wäre. Das erdverkrustete Kästchen und ich schnallen uns zusammen auf dem engen Sitz im Flieger an.

Und die ganze Flugreise der alten Realität entgegen ist ein einziger langer Schrei.

31.

Lisa und Ludvig sind vom Tisch aufgestanden und haben das Reihenhaus meiner Eltern in Kvistbro verlassen. Irgendwo in der Innenstadt findet ein Fest statt, »schön, dich zu sehen, Mama, wir wollen später unbedingt alles hören, wie schade, dass dieser alte Mann gestorben ist, und hast du jetzt eigentlich wieder ein Smartphone? Mit Swish?«. Offenbar gab es Ärger mit der Bezahlung ihrer Ferienjobs, und ich musste ihnen leider eine große Enttäuschung bereiten, weil ich weder Swish noch Geld habe. Aber ich bin zu Hause, tadaa! Wir können uns jetzt so oft treffen, wie wir wollen, bevor ihr euch wieder in eure weit entfernten Studentenzimmer verzieht. Die Reaktion auf diese Neuigkeit war nicht gerade das, was man »überschwänglich« nennen würde. Immerhin konnte ich mir ihre Abenteuer und ihre finanziellen Sorgen anhören. »Dann hören wir uns, sobald ich mein Gehalt und Swish habe«, rief ich ihnen nach, als sie gingen. Magnus fand, dass das unnötig war. Ich fand es lustig.

Meine Mutter organisierte das Willkommens-Essen, das sie angedroht hatte. Also musste ich direkt zu meinem Elternhaus fahren, nachdem ich gelandet war. Es gab kein Entkommen, als mein Vater mich in der Ankunftshalle empfing, und dann wurde geradewegs das Souterrainreihenhaus in Kvistbro angesteuert, mit gedecktem Tisch auf der Terrasse hinterm Haus.

Ich schreie eigentlich immer noch, aber langsam werde ich

heiser. Und nicht nur heiser, sondern auch schrecklich müde. Es fühlt sich an, als könnte ich eine Woche nur schlafen, bevor ich überhaupt wieder den Mund aufmachen kann. Aber jetzt muss ich erst mal staunen, denn jetzt wird die neue Hecke vorgezeigt, die Tarmo noch einmal gestutzt hat, dann gibt es Schnittchen mit »gesundem« Krabbensalat (an dieser Stelle hält meine Mutter einen langen Vortrag über Quark), Fotos vom letzten Golfturnier, ein bisschen Beileid wegen Einars Tod, aber nun kommt der Nachtisch! Quarkifrutti! Ja, sowohl meine Mutter als auch mein Vater müssen ein paar Pfunde abnehmen, und, na ja, vielleicht solltest du auch mal drüber nachdenken, hm, Agneta? Meine Mutter kneift mich in die Seite.

»Das ist ja ein furchtbar enges Kleid, das du dir da gekauft hast. Oder ist es vielleicht eingelaufen? Ja, muss es wohl. Auch ein bisschen Quarkifrutti?«

Meine Mutter füllt mir eine Art Mischmasch aus Quark und Orangenschalen auf, schaut auf meine Taille und löffelt dann wieder ein bisschen vom Mischmasch zurück. Jetzt liegt also eine winzige Portion Quarkifrutti auf meinem Teller. Ich habe mein rotes geblümtes Kleid an. Das hab ich mir auf dem Markt in Arles gekauft, es war nicht teuer, aber es ist ziemlich kurz. Einar und ich haben darüber geredet, dass ein Mensch, der zwei Beine hat, damit nicht nur tanzen sollte, sondern sie auch herzeigen. Denn nicht alle Menschen haben zwei funktionstüchtige Beine, also sollte man sie genießen, solange es sie gibt und sie ihren Dienst tun.

Meine Mutter schlägt gegen ihr Glas und steht auf.

»Schade, dass die Kinder schon fahren mussten, aber wir müssen dankbar sein, dass sie auch kurz reinschauen konnten. Sie haben dich vermisst, Agneta, genau wie Papa und ich. Stimmt doch, oder?«

Mein Vater nickt, ohne richtig verstanden zu haben, was meine Mutter gerade gesagt hat, und die hebt ihr Glas.

»Ich möchte auf die *Familie* anstoßen. Weil wir wieder zusammen sind. Es ist gar nicht so schlimm, wie du zu glauben scheinst, Agneta, das hier hat uns die ganzen Jahre über gereicht. Weißt du, nicht jeder hat eine Familie, und man muss sich an sie anpassen. Ich meine natürlich auf sie AUFpassen. Man sollte gut auf sie *aufpassen*, wollte ich sagen. Wir bleiben immer hier ...«

»Wie eine Betonburg!«

Das hab wohl ich gerade gerufen. Meine Eltern und Magnus schauen mich an, und ich versuche, es ihnen zu erklären.

»Die Sandburg verschwindet mit der Flut, aber die Betonburg bleibt stehen. Sie kann sich gar nicht bewegen, egal, wie man sie anrempelt.«

Meine Mutter lässt ihr Glas ein wenig sinken.

»Na ja, vielleicht klingt Betonburg nicht so schön, Agneta. Aber ich verstehe, dass du es gut gemeint hast. Wie auch immer – prost auf unser Beisammensein.«

Meine Mutter prostet Magnus zu, der ganz weiß im Gesicht ist vor lauter Sonnenschutzfaktor (und vielleicht auch ein bisschen vor Schreck, denn meine Mutter kann überraschend erschreckend sein). Offenbar probiert er gerade irgendeine neue Creme aus, die wahnsinnig wasserfest ist und beliebig viele Schwimmgänge im Ärmelkanal aushält. Fragt sich bloß, ob sie auch gegen Abendessen mit der Verwandtschaft schützt – es sieht nicht so aus.

»Magnus und Agneta. Papa und ich hatten auch so einige ... wie soll ich es formulieren ... hohe Berge und tiefe Täler in unserer Ehe. Herrgott, weißt du noch, wie verliebt du in Anita von der Firmenzentrale warst, Roland? Nein, für mich war das nicht lustig, das war eine der Herausforderungen meines Lebens, könnte man sagen. Aber für dich war es auch nicht immer lustig, als ich so wahnsinnig hofiert wurde von Sture Lennartsson im Golfrestaurant. Umso lustiger war's für mich, denn Sture Lennartsson ist sehr attraktiv, er hat eine gewisse Ähnlichkeit mit Tom Jones, ihr wisst schon ... der Stier aus Wales. Aber das Leben kann nicht immer lustig sein, auch wenn Papa und ich uns wirklich darum bemühen. Und ich hoffe, das werdet ihr jetzt auch tun. Für die Kinder und die Familie und ...«

Genau an dieser Stelle falle ich ihr ins Wort.

»Auf die Betonburg!«

Dann hebe ich mein Glas und schütte den Inhalt in mich hinein.

Ich stehe in meiner unvorteilhaften, auftragenden Maushose vorm Kleiderschrank und hänge ein Kleid nach dem anderen auf. Das Lavendelfrauenkleid, mein kurzes rotes mit dem Blumenmuster, mein hellblaues mit dem Schlitz und dem tiefen Ausschnitt, Einars Hemden und seinen langen, gestreiften Angoramantel. In meiner Wäscheschublade liegen meine Unterhosen. Die ausgewaschenen mit den ausgeleierten Gummizügen. Ich decke sie mit Bonnibelles Wunderwerken zu. Dabei komme ich mir vor, als würde ich Erdbeeren mit Nuklearabfällen mischen. Alle CDs mit Julio Iglesias und Einars Masken quetsche ich ganz oben in den Schrank, hinter eine unbenutzte Yogamatte.

Das traurigste und schmutzigste Kästchen der Welt schiebe ich unters Bett. Das Paket von Bonnibelle habe ich noch gar nicht aufgemacht – als wollte ich mir dieses Erlebnis aufsparen, für den Zeitpunkt, an dem ich es wirklich brauche. Bis dahin werde ich versuchen, mich zusammenzureißen. Ich werde diese Umarmung von ihr später brauchen. Es ist so still hier. Keine brüllenden Kühe, keine Gewehrschüsse, die Radarkameras treffen, niemand, der »Annjetá« ruft, und kein, absolut kein Einar, der mich fragt, wie es mir und meiner Libido heute geht. Hier kenne ich keinen Barbesitzer, der mir immer meinen Lieblingswein auf den Tresen stellt, wenn ich auftauche. Oder die Decke hochhebt, unter der er nackt liegt, um mich zu sich einzuladen.

Es klopft leise an der Tür.

»Herein.«

Magnus streckt sein Gesicht herein, es ist jetzt nicht mehr weiß. Vielleicht hat der Schreck sich gelegt oder er hat sich seine Sonnencreme abgewaschen. Die Sonne ist jetzt ja auch schon untergegangen. Er räuspert sich.

»Willst du eine Tasse Bai cha?«

»Bai *was*?«

»Bai cha. Weißer Tee.«

»Hast du nichts Stärkeres?«

»Pu Erh?«

»Pu *was*?«

»Das ist die Antwort der Tees auf einen kräftigen Amarone«, erwidert Magnus.

»Dann nehm ich davon ein Glas.«

»Eine Tasse, meinst du?«

»Du kannst ihn reingießen, wo du willst. Ich versprech dir, ich werde ihn trinken.«

Ich kann auch nie halten, was ich verspreche. Dieser Amarone unter den Tees schmeckt wie eine Tasse gefiltertes Wasser mit Erdgeschmack. Niemals kann ich den austrinken. Wir sitzen uns auf der Terrasse gegenüber, hören den Mähroboter in der Ferne surren und schauen auf Magnus' – beziehungsweise *unseren* – Garten. Selma und Fridolf stapfen in Gebüsche hinein und wieder heraus, auf der Suche nach irgendetwas Lebendigem, das sie ermorden können. Ich überlege, was Barry und Judy jetzt wohl grade machen. Wahrscheinlich dasselbe wie Selma und Fridolf, bloß im völlig verlassenen Klostergarten.

»Noch einen Schluck Pu Erh?«

»Nein, danke, aber vielleicht wäre er mit ein bisschen Milch und Honig ganz lecker. Der Tee ist ganz schön … stark.«

»Pu Erh kann zu Anfang als ziemlich robust wahrgenommen werden. Er soll so schmecken. Aber man gewöhnt sich dran. Nach einer Weile liebt man ihn.«

»Warum ist es besser, sich ›an etwas zu gewöhnen‹, als es zu mögen?«

»Jetzt versteh ich nicht ganz, was du meinst.«

»Wie Vollmilchschokolade, Küsse und Kartoffelgratin – das sind alles Sachen, die zu lieben man sich nicht angewöhnen muss. Man ist sofort verliebt, einfach so, ratzefatz. Und dann liebt man sie, bis man stirbt. Weil sie so lecker sind. Und es gibt keinen, der rumläuft und kräht ›Ich liebe Vollmilchschokolade.‹ Aber es ist immer so viel besser, wenn man einen Tee liebt, der nach altem Kartoffelacker schmeckt! Weil man sich dazu gezwungen hat.«

»Du musst auch immer alles so verkomplizieren, Agneta.«

»Ich? Warum, ich sage doch genau das Gegenteil: dass ich nicht verstehe, warum man die Dinge so verkomplizieren muss und versuchen, zu lernen, einen rauchigen Whisky oder Landwirtschaftstee zu trinken. Genauso wie du unbedingt über den Ärmelkanal schwimmen willst. Ich weiß, dass du meinst, dass es ein Riesenspaß wird, und ich sag ja auch gar nichts dagegen. Aber ich bin eher der Typ, der in Strandnähe in lauem Meerwasser schaukeln will, um danach aus dem Meer zu kommen und Kartoffelgratin zu essen. Keine Quälerei, nur Genuss.«

»Sprichst du jetzt grade von mir?«

»Nein, ich spreche mehr davon, wie unterschiedlich wir sind.«

»Ich verstehe nie, was du meinst. Du redest immer in irgendwelchen Metaphern oder sagt eine Sache, während du eine andere meinst. Jetzt zum Beispiel redest du davon, wie schrecklich es ist, wenn man lernt, Sachen zu lieben. Da denke ich natürlich, dass ... du von mir sprichst. Dass ich dieser Kartoffelacker bin.«

Ich nehme einen Schluck von meinem Tee, den ich nur mit Mühe runterschlucken kann. Magnus sitzt in seinem »Abenddress« da, wie er es immer nennt. Nach seiner abendlichen Joggingrunde duscht er, und nach der Dusche zieht er seinen »Abenddress« an. Ein ökologischer Schlafanzug in genau der richtigen Größe, aus dunkelgrauer Baumwolle mit gerippten Bündchen an Handgelenken, Knöcheln und Hals.

»Magnus, du bist nie dieser Kartoffelacker gewesen. Ich war vielmehr mein eigener Kartoffelacker.«

»Jetzt redest du schon wieder so komisch daher. Sag doch einfach mal genau das, was du meinst.«

»Ich wollte sagen, dass ich mich nie selbst geliebt habe! Ich habe versucht, mich auf verschiedenste Arten aufzupeppen, aber soviel Milch und Honig ich auch hineintue, es hat mir nie geschmeckt. Ich glaube wirklich, dass ich auch für alle Menschen in meiner Umgebung so ein seltsamer Tee war. Ich bin zwar auch nicht gerade eine Tafel Vollmilchschokolade, die sofort und bis in alle Ewigkeit die Herzen gewinnt. Aber ich bin auch nie so ein rauchiger Whisky gewesen, den alle lieben, wenn sie sich ganz, ganz doll bemühen. Ich war wie eine Packung mit diesen Hot Dogs ohne Haut, du weißt schon. Die niemand liebt oder hasst, sondern die man isst, wenn nichts anderes da ist.«

Ich schiebe die Tasse ein Stückchen von mir weg. Sogar die Katzen auf dem Rasen weichen sofort ein Stück zurück. Magnus nimmt einen großen Schluck von seinem weißen Tee und wartet darauf, dass ich weiterspreche.

»In Saint Carelle bin ich jemand geworden«, fahre ich fort. »Jemand, den ich gerne mochte. In Frankreich schienen alle Leute zu glauben, dass ich so eine Vollmilchschokolade bin, und mit diesem Blick auf mich wurde ich … *wurde* ich zu einer Vollmilchschokolade. Ich glaube nicht, dass du dir vorstellen kannst, wie ungeheuer befreiend das war. Dass ich mich plötzlich selbst lieben konnte.«

»Du warst im Urlaub. Allen Menschen geht es im Urlaub besser.«

»Das war kein Urlaub, Magnus. Es war ein ganzes Leben.«

Magnus starrt mich an, wie ich da in meiner abgetragenen Maushose vor ihm sitze, die an meinen Beinen anliegt und gleichzeitig am Hintern hängt. Magnus steht auf, zieht seine Schlafanzughose zurecht, sammelt die Tassen zusammen und stellt sie auf das Tablett.

»Ich habe auf jeden Fall alle Papiere ausgefüllt.«

»Was für Papiere?«

»Unsere Scheidungspapiere und noch ein paar andere Formulare. Dann bist du mich los und kannst neu anfangen mit deiner ganzen Vollmilchschokolade.«

32.

Es liegen drei Stapel ausgefüllte Formulare auf dem Küchentisch. Ein Stapel sind die Scheidungspapiere, einer besteht aus den Schätzungen für unser Haus und der letzte Stapel aus den Kontoauszügen meiner Konten.
Ein paar Tuben Wollfett und Sonnencreme stehen auf der anderen Seite des Tisches. Magnus muss sich eingeschmiert haben und dann schwimmen gegangen sein. Es regnet, aber ein bisschen Regen hat Magnus noch nie von irgendwelchen Outdooraktivitäten abhalten können. Schwimmen, Tee mit Erdgeschmack und Regenwetter – für ihn sind das herrliche Herausforderungen, die einen Menschen erst formen! Oder zumindest Magnus formen. Mich hat so was nie geformt. Ich will nicht geformt werden, ich will tanzen.
Ich mache den Kühlschrank auf, in den ich jetzt seit einem halben Jahr nicht mehr gestarrt habe. Quark, Hüttenkäse, frischer Spinat, mehrere Köpfe Brokkoli, fünf Dosen Makrele in Tomatensauce, sieben Dosen Tunfisch, eine große Schale mit einer Art kalter Grütze mit Hafer und … sind das etwa Chiasamen? Ich mache die Speisekammer auf und suche nach Kaffee. Finde Tee, der nach verschiedenen Wurzeln und Erdsorten schmeckt. Mache den Kühlschrank wieder auf, nehme einen Kopf Brokkoli heraus. Ich mustere ihn, beiße ein Stück ab und kaue langsam. Dabei wandert mein Blick zur Kleingelddose über der Speisekammer. Ich schüttle sie kurz, ja, rasselt wunderbar. Der Brokkoli wandert zurück in den Kühl-

schrank, und dann nehme ich den Deckel von der Gelddose ab und schaue hinein. Das reicht auf jeden Fall für einen kleinen Einkauf.

Ich renne vor Eifer fast in mein Zimmer, mache den Kleiderschrank auf und mustere den Inhalt. Spontan will ich meine praktische alte Jeans anziehen und meinen großen Pulli. Ich will ja bloß schnell einkaufen gehen. Doch Einar hat gesagt, dass man auch, wenn man »bloß schnell will«, immer ein bisschen zu schick sein kann.

»Ein bisschen zu schick sein« war dein Leitsatz. Das Leben wird lustiger, wenn man »ein bisschen zu schick ist«. Du hast es … »savoir vivre« genannt. Sich zu schick anziehen, obwohl es unpraktisch ist. Anstrengende Umwege gehen, weil sie einfach schöner sind. Nicht praktische Überlegungen, sondern die Sinnlichkeit entscheiden lassen, wohin man geht. Es kostet ja nicht mal Geld! Einen schönen Umweg zu gehen ist tatsächlich umsonst. Es kostet nur Sorgfalt und Zeit. Aber man bekommt das durch ein größeres Leben zurück.

Und deswegen greife ich nach meinem lila Lavendelkleid aus Lambswool, obwohl ich nur kurz einkaufen gehen will und es nieselt. Savoir vivre.

Ich gehe mit Einars Seidenschal um den Hals und meinem lila Lavendelkleid spazieren. Das Kleid schmiegt sich an meinen Körper, die Schuhe mit dem kleinen Absatz klackern und das Kleingeld in meiner Tasche klimpert. Der Regen trommelt auf meinen Regenschirm, und ich schaue auf die ganzen wohlgepflegten Gärten, an denen ich vorbeikomme. Es ist bald Mitte August, die Leute sind aus ihren Ferien zurückgekommen, waschen ihre Autos, laufen ihre alten Joggingrunden, kaufen sich neue Schuhe für den Herbst, machen Diäten, um die Urlaubspfunde wieder loszuwerden, und …

»Nein – hallo, Agneta! Dich hab ich ja ewig nicht gesehen!«

Ich schaue unter der Sicherheit meines Regenschirms hervor. Da steht Buchclub-Katarina und lädt Lebensmitteleinkäufe aus ihrem frisch gewaschenen Kombi aus. Sie lächelt mir entgegen und schaut verwundert auf mein Lavendelkleid.

»Neues Kleid?«

»Äh ... ja. Oder, nein, gar nicht mal so neu.«

»Ist ja ein ganz neuer Stil ... Ja, ist doch schön, wenn man den Herbst mit etwas Neuem beginnt. So ein kräftiges Lila sieht man nicht alle Tage. Du warst schon ein paar Mal nicht mehr bei unseren Buchclubtreffen, oder? Es kommt mir überhaupt so vor, als wäre es schon ein Weilchen her, dass ich dich zum letzten Mal gesehen habe!«

»Ich habe die sieben letzten Treffen des Buchclubs versäumt.«

»Sieben? Du warst sieben Mal nicht dabei? Hast du dann auch die Reise nach Mårbacka verpasst?«

»Nein, da war ich dabei.«

»Ach, stimmt ja, das warst ja du.«

Katarinas Lächeln erstarrt, ich kann geradezu sehen, wie sie fieberhaft überlegt. Nach mir sucht, auf dem Mårbacka-Ausflug.

»Nein, war bloß Spaß. Ich war nicht dabei. Hattet ihr's schön?«

Ihr Lächeln bleibt starr, doch Katarina schlägt sich wacker, das muss ich ihr lassen.

»Es war super. Erst haben wir den *Kaiser von Portugallien* gelesen, weil wir eine Verbindung zu Selma haben wollten. Tja, und dann sind wir in den Zug nach Mårbacka gestiegen, es war zwar furchtbar stressig, aber unser Club hat beschlossen, dass wir uns umweltbewusst verhalten.«

Ich mustere Katarinas riesigen Benzinschleuder-SUV. Sie folgt meinem Blick.

»Na ja, aber hier zu Hause muss man ja doch sein eigenes Leben führen. Ich muss die Kinder ja ständig zum Training chauffieren, mit ihrer ganzen Hockeyausrüstung und so. So was kriegt man in einem normalen Auto nicht unter, das ist einfach so.«

»Okay.«

Katarina fährt fort.

»Auf jeden Fall haben wir Selmas Haus in Mårbacka besichtigt, aber das Beste war, dass es in der Nähe ein Spa-Zentrum gab. Also haben wir uns ein paar Behandlungen gegönnt, haben gut zu Abend gegessen und sind zwei Tage dort geblieben. Du hättest dabei sein sollen! Schade, dass du nicht konntest.«

»Ich hätte vielleicht gekonnt, aber ich glaube nicht, dass ich eingeladen wurde.«

»Nicht? Oh, da muss ich mal mit Annika reden. Bist du aus unserem Gruppenchat gerutscht?«

Ich weiß nicht, was ich darauf antworten soll. Also stehen wir uns in diesem verlegenen Schweigen gegenüber, das ich schon so lange nicht mehr erlebt habe. Dabei war ich doch in einem Land, von dem ich nicht mal die Sprache spreche. Vielleicht kann ich besser Französisch als Smalltalk? Die Grammatik des Smalltalks und das Regelsystem für den Bau verständlicher Sätze haben sich mir nie erschlossen. Da ist sogar Französisch noch leichter.

Katarina nimmt noch mal einen Anlauf.

»Was hast du denn in letzter Zeit so getrieben?«

»Ich war in Frankreich.«

»Du liebe Güte, das ist ja toll. Hast du dir da auch das Kleid gekauft?«

»Ja.«

»Das ist wirklich besonders mit solchen Ländern, wie verschieden die Mode da überall ist. So ein Kleid würde sich hier in Schweden nie verkaufen. Aber in Frankreich ist es sicher supermodern. Diese ... Kulturschocks sind so spannend.«

Der Regen prasselt weiter. Ich schaue an mir herunter, auf mein lila Kleid. Jetzt sehe ich, wie es über meinem Bauch spannt, er ist richtig zu sehen. Dabei darf man Bäuche doch gar nicht sehen! Die müssen flach sein, dürfen am besten überhaupt nicht existieren. Hier stehe ich und existiere in meinem lila Kleid. Meine Brüste, die zuvor so sicher im Ausschnitt ruhten, sehen jetzt auf einmal ganz dünn und traurig aus, als würden sie nicht verstehen, warum sie sich zeigen sollen, weil sie sowieso völlig unter aller Kanone sind. Ich habe mehr Bauch als Busen, sehe ich jetzt. Wie kann ich der Welt so etwas zumuten?

»Was hast du in Frankreich gemacht?«

»Ich hab bloß ... ein bisschen Urlaub gemacht.«

»Wo?«

»In der Provence.«

»Da bin ich auch schon ganz oft mit Micke gewesen. Es ist so wunderschön da unten. Ich kann mir vorstellen, wie du das genossen hast.«

»Wart ihr auch auf einer Stierhatz?«

»Auf einer Stierhatz? Nein, wirklich nicht. Aber wir haben das Lavendelmuseum in Cabrières-d'Avignon besucht und ein paar wundervolle Weingüter in der Gegend dort. Wie du weißt, lerne ich ja gerade für meine Sommelier-Prüfung, aber nicht wirklich als Beruf, sondern einfach nur, weil ich Weine so interessant finde. Im Buchclub trinken wir mittlerweile immer Wein aus der Gegend, in der das Buch spielt. Warst du auch auf ein paar Weingütern?«

»Nein … Ich hab einfach den getrunken, den ich im Keller gefunden habe.«

»Im Keller? Tja, na ja, das macht wohl jeder, wie er's mag.«

Ich weiß nicht, was ich fragen soll. Ich weiß nicht, was ich erzählen soll. Warum kann ich nicht einfach sagen, dass das kein x-beliebiger Keller war, sondern Katakomben voller Champagner? Sag es doch einfach, Agneta, ist doch nicht so schwer.

»Es war … es war ein furchtbar großer Keller.«

»Wie schön, aber oje, jetzt schmelzen mir die ganzen Tiefkühlpackungen, ich muss wohl …«

Katarina greift nach zwei Einkaufstüten im Kofferraum und hebt sie heraus.

»Dann sehen wir uns vielleicht im September im Buchclub! Diesmal treffen wir uns bei mir.«

Katarina lässt mich so schnell im Regen stehen, dass ich sie nicht mehr fragen kann, welches Buch sie gerade lesen. Hoffentlich ist es kein isländischer Autor. Dann wäre es nämlich schwer, einen Wein aus der Region zu finden. Und wenn Katarina eine noch so gute Sommelière ist.

Mit zitternden Beinen setzen ich und mein Sombrero, besser gesagt ich und mein Kulturschock-Kleid, den Weg zum ICA-Supermarkt am Pendelzug-Bahnhof fort. Das Kleingeld rasselt in meiner Tasche, genau dreiundsiebzig Kronen sind es.

Ich mache die Tür zum Supermarkt auf, schüttle meinen Regenschirm aus und reiße einen roten Plastikkorb an mich. Mein Kleid leuchtet zwischen Päckchen mit 3-Minuten-Nudeln und Stapeln aus Maisdosen. Zwei Jugendliche, die offensichtlich hier ihren Ferienjob haben, schielen zu mir hin, während sie halbfette Milch ins Kühlregal einräumen. Grinsen die? Tauschen sie einen vielsagenden Blick à la »ältere Frau in engem Kleid, die sich für sexy hält, aber eigentlich ein Kulturschock ist«? Ich weiß es nicht. Aber vielleicht. Rasch nehme ich mir Toastbrot, ein kleines Paket Butter, ein Glas Aprikosenmarmelade, und dann bleibe ich vor dem Kaffeeregal stehen, um mein Kleingeld zu zählen. Nein, Kaffee kann ich mir jetzt nicht mehr leisten. Oder Moment ... hier ist eine Packung mit Kaffee, der gleich mit Milchpulver vermischt worden ist. »Cappuccino original – für alle, die einen cremigen Cappuccino genießen wollen«. Fünf Tüten mit irgendeinem Pulver, das man mit Wasser aufgießt, für zwanzig Kronen. Ich bekomme also sowohl Kaffee als auch Milchschaum für zwanzig Tacken. Perfekt.

Die junge Frau an der Kasse fragt, ob ich eine Tüte will, als ich versuche, alles mit den Händen zu transportieren. Oh ja, vielleicht will ich eine Tüte, aber nein, ich kann mir keine Tüte mehr leisten. Die Frau an der Kasse fragt mich noch etwas. Sie fragt, ob ich nicht Lisas Mutter bin.

»Doch, das bin ich.«

»Ich hab Sie im ersten Moment gar nicht wiedererkannt. Ich bin Malou, von der Lacka-Schule.«

»Malou? Ich hab dich auch nicht wiedererkannt. Du bist ja quasi ... erwachsen geworden.«

»Sie sehen auch anders aus. Sie haben irgendwie Ihren Stil geändert oder wie man das sagen soll.«

»Ach, das hier ist ... Ich gehe auf ein Fest. Deswegen hab ich dieses Kleid an. Ich geh heute noch ... auf eine Konfirmation.«

»Eine Konfirmation?«

Malou schaut mich verständnislos an.

»Okay ... Schönen Gruß an Lisa.«

»Richt ich aus.«

Eine Konfirmation? War das das Einzige, was mir eingefallen ist im Zusammenhang mit Festen? Eine *Konfirmation*? Oh Mann, deswegen ging alles leichter in Frankreich. Niemand hat verstanden, was ich gesagt habe. Hier verstehen mich die Leute. Das gereicht mir nicht zum Vorteil.

Draußen regnet es immer noch, aber ich kann den Regenschirm nicht auch noch festhalten neben Toastbrot, Cappuccino-Packung, Butter und Marmelade, also muss ich den Regenschirm opfern. Ich renne den ganzen Weg nach Hause, in meinem lila Kleid aus pitschnasser Lambswool und feuchtem Toastbrot, das ich mir an die Brust drücke.

Ich kann nicht wirklich behaupten, dass ich einen »cremigen Cappuccino genossen« hätte. Aber ich musste zumindest nicht Makrele oder Brokkoli zum Frühstück essen. Der Regen peitscht gegen die Scheiben und ich habe meine Maushose wieder angezogen, die keinen Respekt vor den Gesetzen der Schwerkraft hat. Mein lila Kleid hängt zum Trocknen ganz hinten am Schrank. Den Blicken, mit denen Katarina mich und mein Kleid musterte, will ich uns nie wieder aussetzen.

Einar, dich hätte ich gebraucht, als Katarina auftauchte. Du hast in deinem ganzen Erwachsenenleben so viele Katarinas um dich herum gehabt, du musst doch ein ganzes Buch mit Antworten parat haben, und einen Kulturbeutel voller Pflaster für die Wunden.

Ich lasse mich aufs Fernsehsofa sinken, ziehe mir die Decke über die Beine, und das fühlt sich seltsam an. So gewohnt. So ungewohnt. Selma und Fridolf liegen auf den Sesseln gegenüber und werfen mir scheele Blicke von der Seite zu. Sie haben ein halbes Jahr nicht mehr den Duft von Marmelade und Butter gerochen. Was ist das hier für ein seltsamer Mensch, der nicht nach Makrele in Tomatensauce stinkt?

Sollen wir ihn auffressen? Nie im Leben. Vielleicht hat mir die Wahl meines Frühstücks gerade das Leben gerettet.

»So, meine lieben Katzen. Wollen wir mal sehen, was das Herrchen heute für spannende Papiere ausgefüllt hat? Ich meine, die Demütigung ist ja schon in vollem Gange, warum also zurückschrecken?«

Keinerlei Antwort von Selma und Fridolf, sie sind sogar noch schlechter in Smalltalk als ich. Ich kippe die letzten Reste meines »cremigen Cappuccinos« hinunter, setze Magnus' Lieblingsbrille auf, atme tief durch und mache mich an den ersten Stapel. Die Scheidungspapiere.

»Wisst ihr was, Selma und Fridolf? Ich unterschreibe einfach. Wir sind einfach keine Vollmilchschokolade füreinander. Wir sind ja nicht mal Pu-Erh-Tee füreinander. Ihr werdet niemals traurig über diese Entscheidung sein. Ihr werdet nicht mal merken, wie es passiert ist. Unsere Kinder werden es auch nicht merken. Und Magnus und Linda können sich von mir aus gegenseitig mit Wollfett einschmieren bis ans Ende ihrer Tage. Sie können über jeden Kanal schwimmen, den sie finden.«

Ich unterschreibe. Es kommt mir überraschend banal vor. Es kommt mir wie gar nichts vor! Es hat mir über so viele Jahre so viel bedeutet, aber ich hatte nie so wirklich das Gefühl von ›oh, wie sehr und tief wir uns lieben‹. Im Gegenteil. Es sind andere Gefühle gewesen, die meilenweit entfernt sind von Tiefe. Freundlichkeit und Fürsorge – ja, zweifellos. Aber nichts von dem anderen. Fabien ... bei ihm würde es mir schwerer fallen, die Scheidungspapiere zu unterschreiben. Dabei sind wir ja nicht mal verheiratet. Wir kennen uns kaum. Aber ich würde niemals ein Papier unterschreiben, auf dem steht: »Fabien und du dürft nie mehr zusammenleben.«

»Wie spät ist es eigentlich? Elf? Jetzt steht Fabien grade in der Küche und redet mit seinem Koch. Er lehnt sich wahrscheinlich gegen den Türrahmen, hat sich ein Geschirrtuch über die Schulter geworfen und vielleicht hat er sein ... *mintgrünes* Hemd über der Brust aufgeknöpft und die Ärmel hochgekrempelt? Was ist heute wohl das Tagesgericht? Donnerstags steht immer der Fischverkäufer auf dem Markt – vielleicht gibt es ja diesen guten gekochten Fisch mit Fenchelsauce und Pastis? Noch sitzen bloß die alten Männer an den Tischen vor dem Lokal und trinken Kaffee. Aber bald werden die ersten Mittagsgäste eintrudeln. Dann wird es stressig für Fabien. Vielleicht isst Paul ja heute bei ihm zu Mittag. Er wollte diesen Sonntag nach Hause fahren. Ja, er isst bestimmt dort zu Mittag. Vielleicht empfängt er gerade einen Makler. Vielleicht hat jemand das Kloster gekauft? Vielleicht isst ein Makler noch schnell bei Fabien zu Mittag, bevor er zur Bank weiterfährt, um die Unterlagen für die neuen Besitzer zu organisieren.

Aua. Ich bekomme Bauchweh. Ganz schön heftiges sogar. Ich muss mich aufs Sofa legen, meine Beine und Zehen ausstrecken und durchatmen. Ich taste nach dem nächsten Papierstapel, den mit meinen Kontoauszügen. Ich habe drei. Gehaltskonto: null Kronen. Sparkonto: null Kronen. Sparkonto Nummer zwei: null Kronen. $0+0+0=0$. Ich habe keinen Pfennig auf der Naht. Da muss ich nichts unterschreiben.

Und dann sind da noch so viele Informationen über unser Haus, dass ich es gar nicht alles lesen kann, aber es wurde 1985 gebaut, zum Teil renoviert, zum Teil vernachlässigt, aber immer gut entwässert, wenn auch mit überalterten Fenstern, die man wahrscheinlich mal ersetzen sollte. Das Haus ist dennoch eine ganze Menge wert, und da steht die Gesamtsumme. Okay. Magnus hat einen Zettel mit seinen eigenen Anmerkungen dazugelegt, über meine fünfzehn Prozent Anteil. Dass er mich ausbezahlen kann für 440 000 Kronen. Als ich ihn zum ersten Mal darum bat, hatte er das Geld nicht. Aber es war wohl doch nicht so schwer, weil ich jetzt nicht Einar mein ganzes Geld schenken werde, sondern wie ein vernünftiger, erwachsener Mensch in eine nette schwedische Wohnung investieren werde. Eine Menge Geld, wenn man es auf der Bank einzahlt. Absolut nichts, wenn man versuchen will, sich eine Wohnung in der Nähe von Stockholm zu kaufen.

Und schau mal her, hier sind noch zwei Zettel. Ein Ausdruck von zwei Anzeigen für kleine Wohnungen, die ich mir laut Magnus leisten könnte. Was heißt »leisten können« – ich könnte mir die Anzahlung leisten, müsste dann aber immer noch einen Kredit aufnehmen. Ein-Zimmer-Wohnungen in den dunkelsten Winkeln der nördlichen Vororte. Schau doch mal hier! Hier ist eine Wohnung mit Aussicht auf eine riesige Betongarage. Und hier eine andere Bude, die so weit im Souterrain liegt, dass sie fast schon ein Keller ist, mit zwei schmalen Fenstern in der Decke, durch die man keinen Himmel sieht, sondern nur endlose Reihen von Hochhäusern. Jetzt tut mein Bauch wieder so weh.

Ich nehme das letzte ausgedruckte Blatt in die Hand. Es ist eine Kopie aus der Homepage der Stadt Stockholm, von der Seite mit den Stellenanzeigen. Das Verkehrsplanungsbüro sucht »dich, mit Teamgeist, Kreativität und ganz neuen Denkansätzen, daran gewöhnt, dir deine Zeit selbst einzuteilen und deine Arbeit voranzutreiben« für die strategische Verkehrsplanung. Sie bieten mir an, »dabei zu sein bei der Gestaltung des Stockholms von morgen«. Magnus hat diese Anzeige mit rotem Textmarker eingekreist. Das Verkehrsbüro sucht sogar Sachbearbeiter für den Kundendienst, wo ich die Fragen der Bürger bezüglich der städtischen Grünanlagen am Telefon oder via App beantworten muss. Als Sachbearbeiterin im Kundendienst darf ich gerne positiv und teamorientiert sein.

»Einar? Hörst du mich?«

Keine Antwort.

»Einar, ich brauch dich jetzt. Was meinst du? Soll ich mir diese Ein-Zimmer-Wohnung mit der Aussicht auf die Garage kaufen und meine Kredite abzahlen von meinem Lohn als Kundendienst-Sachbearbeiterin? Oder soll ich die mit den Fenstern in der Decke kaufen und meine Kredite als strategische und teamorientierte Verkehrsplanerin abzahlen?

Einar antwortet nicht. Vielleicht findet er nicht nach Sollentuna?

»Und ihr? Was meint ihr?«

Die Katzen heben nicht mal die Lider für mich, sie schlafen weiter auf ihren Sesseln. Dann raschelt es hinter der Gardine.

»Wir finden, dass du eine von diesen Wohnungen kaufen solltest.«

»Hallo, Realität.«

»Hallo, Agneta.«

»Ich hab jetzt keine Zeit, mit euch zu reden.«

»Wir hier in der Realität sind auch nicht blind. Das ist einer unserer stärksten Charakterzüge, dass wir die Dinge sehen. Im Moment sehen wir dich grade auf einem Sofa liegen und Toastbrot mit extra viel Butter und aller Zeit der Welt essen. Jetzt ruft mich gerade Sylvia, wir haben einen akuten Fall in Sandviken. Schau gerne solange der Realität ins Auge, wir hören uns später noch mal.«

Ich denke über meine Konten mit ihren null Kronen nach. Dann ziehe ich die ausgedruckten Immobilienanzeigen und die Jobtipps energisch heran und gehe zu Magnus' PC.

33.

Ich muss mich ernähren. Ich muss mich scheiden lassen. Ich brauche ein Dach über dem Kopf. Ich muss mich fügen. Ich muss akzeptieren. Ich muss meine Kulturschockkleider im Schrank lassen. Ich muss abnehmen, weil mir meine alten Sachen nicht mehr passen. Ich muss positiv und teamorientiert sein und Freude daran finden, dass ich dabei sein darf bei der Gestaltung des Stockholms von morgen. Ich muss mir ein Handy kaufen, sobald ich wieder Geld habe. Ich will Kontakt mit Saint Carelle haben. Ich will Fabien Nachrichten schicken, oder vielleicht sogar anrufen! Ich will sein Gesicht auf dem kleinen Display sehen, will sehen, dass es das Leben, Bonnibelle, Henri, das Kloster, die Bar, Judy, Barry und Luzette immer noch gibt, ich muss es sehen. Ich hab das Gefühl, als wäre ich hier zu Hause einem unseligen Aderlass ausgesetzt. Im Mittelalter hatten die Leute die medizinische Vorstellung, dass wir Menschen aus vier Säften bestehen. Blut, gelbe Galle, schwarze Galle und Schleim. Wenn diese Säfte nicht im Gleichgewicht waren, konnte man deprimiert, melancholisch oder geisteskrank werden. Meine Säfte sind nicht im Gleichgewicht! Aber ich brauche keinen Aderlass, im Gegenteil, ich habe das Gefühl, als würde mich jemand nachts heimlich zur Ader lassen, mir den letzten Tropfen Blut abzapfen, bis nur noch Schleim und schwarze Galle übrig sind. Ich muss meine Säfte wieder ins Gleichgewicht bringen.

»Dann wollen wir mal … Agneta? Herzlich willkommen.«

Ich habe mir tausend Kronen von Magnus leihen dürfen, damit ich mein Auto volltanken kann, die Parkplätze in der Stadt bezahlen, zu Vorstellungsgesprächen fahren und Wohnungen besichtigen kann. Aber mehr als das bekomme ich nicht, denn jetzt soll ich mal erzogen werden! Agneta, fünfzig Jahre alt, soll ihre Lektion lernen, wie das Leben funktioniert. Agneta soll lernen, Verantwortung für ihre Handlungen zu übernehmen. Agneta soll lernen, zwischen Traum und Realität zu unterscheiden und …

»Agneta?«

»Was? Oh, Entschuldigung. Ich hab grade … Ich hab nicht gehört, was Sie gerade sagten, könnten Sie es bitte noch einmal wiederholen?«

»Ja, also zu Anfang werden Sie nur am Telefon sitzen, bevor Sie alle unsere Kommunikationskanäle beherrschen. Kommen Sie damit klar?«

»Natürlich. Ich kann richtig gut telefonieren.«

»Wir machen das immer so, das hat sich als das Vernünftigste erwiesen. Sie werden also einkommende Anfragen von Einwohnern, Unternehmern und sogar Besuchern unserer schönen Stadt beantworten, registrieren und weiterleiten! Haben Sie sich schon mit unserer ›Sag-was-du-denkst-App‹ vertraut gemacht?«

»Ja. Ich finde sie … spannend.«

Die Frau vor mir zwinkert mir mit einem Auge zu, schnipst mit den Fingern und zeigt mit ihrem frisch geschnipsten Zeigefinger auf mich. Oh Mann, sind solche Gesten nicht irgendwann um 1989 ausgestorben?

»Spannend ist genau das richtige Wort! Sie werden diese App schon bald meisterhaft beherrschen. Wie Sie wissen, werden Sie mit den verschiedenen Abteilungen des Verkehrsplanungsbüros und den Verwaltungseinheiten hier in der Stadt

Stockholm zusammenarbeiten, also werden Sie höchstwahrscheinlich Ihre alten Arbeitskollegen wiedertreffen.«

»Hurra.«

»Ja, ist doch toll, oder?«

Jetzt ist die Frau so enthusiastisch über meine Wiedervereinigung mit meinen Arbeitskollegen und dieser Sag-was-du-denkst-App, dass sie fast spontan selbst verbrennt, wenn sie dran denkt, wie wir das Morgen gestalten werden. Sie muss mal auf die richtige Art zur Ader gelassen werden. Nicht wie ich. In mir schwappen nur noch Schleim und schwarze Galle herum. Ohne die geringste Spur von Selbstverbrennung.

Ich schaue auf meinen Teller hinunter. Gedämpfter Brokkoli mit ein wenig Flockensalz, gekochter weißer Fisch, frische Zitrone, Quinoa und ein großes Glas lauwarmes Wasser. Magnus langt mich gutem Appetit zu. Wir sitzen uns auf der Terrasse gegenüber und lassen uns von der Spätsommersonne wärmen. Ein Glück, denn sonst ist es ziemlich kalt hier am Tisch. Ich nehme einen Schluck Wasser. Es kommt mir vor, als würde ich in einem lauwarmen Tümpel schwimmen und zufällig den Mund aufmachen.

Jetzt räuspert sich Magnus.

»Ich finde, wir sollten irgendwann in der Woche mit den Kindern zum Essen gehen. Sie fahren ja demnächst wieder zurück, dann müssen wir die Gelegenheit ergreifen, wenn sie in der Stadt sind, damit wir ihnen von der Scheidung erzählen können.«

»Natürlich. Ich kann jeden Tag zu jeder Zeit.«

»Wollen wir Dienstag sagen?«

»Dienstag passt wunderbar. Ich hab ja kein Handy, kannst du es ihnen sagen?«

»Ich schreib es ihnen jetzt gleich.«

Magnus nimmt das Handy und tippt wie wild darauf rum. Ich schaue es begierig an. Ich habe Lust, es zu klauen, so weit wegzurennen, wie es nur geht, mich irgendwo in Sicherheit mit diesem Handy hinzusetzen und Einar anzurufen. Wenn ich ihn nur anrufen könnte. Vielleicht kann ich ja Fabien stattdessen anrufen. Wie spät ist es jetzt? Vielleicht sechs? Abendservice in der Bar.

»So. Damit wär das abgemacht.«

»Warum kommen die Kinder eigentlich nicht nach Hause im Sommer?«

»Na ja, sie haben ja Freunde mit eigenen Wohnungen und ...«

»Ich weiß, aber ich dachte, sie haben mich so wahnsinnig vermisst. Sie sind ja fast vergangen vor lauter Sehnsucht. Das hast du mir am Telefon ständig vorgehalten. Also ... warum sind sie nicht hier?«

Magnus versucht, ein allzu großes Stück Brokkoli runterzuschlucken.

»Na ja ... Sie vermissen es vielleicht eher, dass du in der *Nähe* bist, sie wollen wissen, dass du hier bist, wenn sie dich brauchen.«

»Ich bin für sie da, wenn sie mich brauchen, ganz egal, wo ich bin«, antworte ich, so ruhig ich kann.

»Nein, eben nicht. Das kann man nicht.«

»Kann man das nicht?«

»Nein. Man kann nicht gleichzeitig hier und dort sein.«

»Was spielen wir hier eigentlich? Sind wir hier in der Sesamstraße? Hier ist da, wo man nicht ist?«

»Was? Wir spielen doch gar nichts. Ich hab nur deine Frage beantwortet.«

»Du weißt doch sehr gut, dass man unheimlich schnell von dort nach hier kommen kann.«

»Agneta, hör doch auf, mir die Worte so im Mund umzudrehen.«

»Ich dreh dir die Worte nicht im Mund um. Ich will nur, dass wir ehrlich sind. Lisa und Ludvig brauchen mich nicht im Geringsten. Im Gegenteil. Sie brauchen ihre Distanz zu mir. Und von dir! Sie müssen sie selbst werden. Wenn irgendwann mal Enkelkinder kommen, wird alles wieder anders werden, aber jetzt? Nein.«

»Weißt du was, Agneta? Du musst dich jetzt mal ein bisschen abregen. Das würde dir richtig guttun. Du musst dich abregen, dir einen Job und eine Wohnung besorgen und aufhören, vor der Realität davonzulaufen.«

»Welche Realität meinst du? Ist denn bloß das hier Realität? Sind die Dinge weniger real in Saint Carelle? Ist da alles bloß zum Spaß?«

»Jetzt hör doch auf, dich so komisch aufzuführen. Du verstehst sehr gut, was ich meine. Kannst du den Abwasch machen? Ich hab ja gekocht. Und fürs Essen bezahlt. Und hab es aus dem Geschäft hergetragen und …«

»Ich wasch schon ab.«

Magnus nimmt seine Dose Wollfett und beginnt, sich die Arme einzuschmieren, während ich den Tisch abräume. Offenbar ist jetzt eine abendliche Schwimmrunde im Meer angesagt. Als ich die Essensreste in den Biomülleimer kratze, höre ich ein Zwitschern. Was ist das für ein Vogel, der da so schön zwitschert? Aber dann geht mir auf, dass das überhaupt kein Vogel ist. Es ist Magnus. Der gerade mit Linda am Telefon hängt.

34.

Meine Hose in der sexy Farbe Beige ist am Bauch so eng, dass ich sie mit einem Gummiband zumachen muss statt mit dem Knopf. Um das Gummiband zu verstecken, hole ich meine alte Tunika von Indiska, die wirklich alles verhüllt, was man als normale Frau mittleren Alters verhüllen will. Den Busen, die Taille, die Hüften und die Seele. Das bisschen, was dann noch übrig bleibt, wird von einem kleingeblümten Muster ertränkt. Die Tunika, meine Gummibandhose und ich fahren von Wohnung zu Wohnung. Wir ignorieren komische Gerüche aus dem Abfluss, monotone graue Ausblicke aus schmutzigen Küchenfenstern, wir versuchen, das Positive darin zu sehen, dass wir um einen Balkon herumkommen, und das Vernünftige in engen Küchenzeilen statt dieser riesigen Küchen, die viel zu viel Putzarbeit machen und andere Gräuel. Ich ignoriere alles. Man könnte sagen, dass sich ein blinder Mensch diese Wohnungen anschaut.

Die Makler fragen, ob die Wohnungen für meine Kinder gedacht sind. Ich erkläre, dass diese winzigen Unterschlupfe für mich sind, dass ich mich gerade scheiden lasse und diese Wohnungen eben das sind, was ich mir momentan leisten kann. Aber ich kann sie mir ja gar nicht leisten, denn ich muss schließlich einen Kredit aufnehmen, und soll der Kühlschrank innen wirklich so grün bemoost sein? Alle Makler versuchen, lyrische Töne anzuschlagen und das Loblied zu singen auf meine Situation, in der ich in einem kleinen, privaten Unterschlupf mit einem Glas Sekt und allen Freundinnen den diem carpe, und dieser Kühlschrank ist doch gar nicht grün vor Schimmel? Der ist doch einfach nur farbenfroh!

Die letzte Wohnung liegt in Kvistbro. Eine Ein-Zimmer-Wohnung mit siebenundzwanzig Quadratmetern, mit einem Kühlschrank, der innen nicht grün ist, weil es nämlich gar keinen gibt, einem Hochbett, auf das ich gar nicht hochkomme, sowie einem Ausblick auf eine trostlose Tankstelle. Hierfür muss ich nicht mal einen Kredit aufnehmen. Außerdem ist es ganz in der Nähe von meinen Eltern. Ehrlich gesagt, da nehme ich lieber einen Kredit auf. Ich bin lieber auf immer verschuldet, als in fußläufiger Nähe zu meiner Mutter zu wohnen. Ich setze mich in mein kleines Auto, reiße mir das Gummiband von der Hose und atme aus. Glotze auf die Tankstelle. Dann lasse ich das Auto an und fahre zum Reihenhaus meiner Eltern.

Sie sind nicht zu Hause. Klar. Das Auto ist weg, die Türen sind abgeschlossen, und hinterm Haus läuft der Rasensprenger. Sie sind wahrscheinlich beim Golfen oder liefern sich ein hartes Bridge-Match oder sind auf irgendeinem Boot unterwegs, auf dem ein Krabbenfest mit einem Alleinunterhalter veranstaltet wird. Da hatte ich nun vorgehabt, die brave Tochter zu spielen, eine Tasse Kaffee zu trinken und mir dann das Handy meiner Mutter zu leihen, um schnell in Saint Carelle anzurufen, und jetzt ist keiner zu Hause. Ich setze mich auf einen der sorgfältig gewaschenen Terrassenstühle. Sie sind immer noch weiß, obwohl sie auf dieser Terrasse stehen, seit ich klein war. Sie sind geputzt, gewaschen und neu gestrichen worden, Jahr für Jahr.

Der Rasensprenger schwingt übers Gras hin und her. Ich kann mich noch erinnern, wie ich ungefähr elf Jahre alt war.

Ich hatte gerade Brüste bekommen, solche schwachen Ausbuchtungen, für die man sich eher schämt. Jedenfalls habe *ich* mich geschämt. Eines frühen Vormittags lief der Rasensprenger, meine Eltern waren beim Einkaufen und die ganze Reihenhaussiedlung war menschenleer. Also zog ich meine Sachen aus und rannte hin und her über diesen Rasensprenger. Es war richtig, richtig toll, die Sonne schien mir auf den Körper und das Wasser kitzelte so schön zwischen meinen Beinen, wenn ich drübersprang. Plötzlich spürte ich den harten Griff meiner Mutter am Arm. Ich hatte sie nicht kommen sehen, aber sie sah mich, und was sie sah, gefiel ihr ganz und gar nicht. Sie schleifte mich ins Haus, schrie Dinge wie »du solltest dich schämen« und »du bist doch jetzt groß« und »so was macht man nicht« und na ja, seitdem bin ich nicht mehr über den Rasensprenger gesprungen.

Als Katarina mich und mein Kleid anschaute auf ihre »das ist sicher modern in Frankreich«-Art, da fühlte ich mich genauso wie damals, als meine Mutter mich beim Rasensprenger festhielt. Angeblich tritt Scham dann auf, wenn wir uns nicht würdig fühlen, zu einer Gruppe zu gehören. Scham ist offenbar eine Art laute innere Hupe, die uns daran erinnert, dass TUT-TUUT es jetzt Zeit ist, die sozialen Beziehungen zu reparieren, die anscheinend ein bisschen entgleist sind.

»Einar? Stimmt das? Sagt mir mein Inneres, wenn ich mit Katarina rede und die übelste Rasensprengerscham spüre, dass ich meine Beziehung zu Katarina reparieren muss? Eine von ihrer Gruppe werden, nicht auffallen, mich ins Glied einreihen und in den Buchclub? Ich weiß noch, wie wir bei der Arbeit mal jemanden dahatten, der einen Vortrag hielt. An diesem Tag, als alle vom Verkehrsplanungsbüro sich solche befeuernden Vorträge anhören sollten, bekam jeder kostenlos ein Glas Wein (den Rest müssen Sie an der Bar kaufen, MfG

Verkehrsplanungsbüro) und wir sollten einander richtig kennenlernen. Da sagte irgend so ein Vortragsredner mit unglaublich weißen, gebleichten Zähnen, dass die Scham ein guter Kompass sei. Dass die Botschaft der Scham laute: ›Jetzt, mein Freund, wird es Zeit, dass du dein Verhalten *anpasst*, damit du deiner Beziehung zum Rest der *Gruppe* nicht schadest.‹ Dass wir uns nicht für unsere Scham schämen sollten, weil sie nur versucht, uns zu den Gesetzen und Regeln der Herde zurückzulotsen. Die Scham sorge dafür, dass wir uns anstrengen und Ordnung halten. Was sagst du dazu, Einar? Warum habe ich bei dir niemals Scham empfunden? Da habe ich doch völlig frei in allen möglichen engen Kleidern getanzt? Wir sind halbnackt durch den Klostergarten gerannt, und ich hab mich kein bisschen geschämt. Hier treffe ich Katarina auf dem Weg zum Supermarkt, und sofort werde ich von Scham überfallen. Mein Schamgefühl scheint unzuverlässig zu sein, wie sollte ich mich darauf verlassen können? Sagt es mir, dass ich zu Katarina gehören will? Ich versteh's nicht. Einar?«

Keine Antwort.

»Dir würde es total gefallen, über den Rasensprenger zu springen. Wenn du mich als kleines Mädchen genau so hättest springen sehen, hättest du Beifall geklatscht, statt mich so fest am Arm zu packen. Oder?«

Keine Antwort.

»Ich hab Sehnsucht nach euch allen. Ich sehne mich so sehr nach dir, dass ich nicht weiß, wohin mit mir.«

Der Rasensprenger bewegt sich, und ich schaue auf die großen Wohnzimmerfenster. Ahne das Sofa, den Sessel, den Fernseher und die Bücherregale da drinnen. Früher waren die Bücherregale voll mit der vornehmen Sammlung tanzender Plastikpuppen von meiner Mutter, die alle verschiedene Trachten anhatten. Am schönsten war die spanische Flamencotänzerin. Jetzt sind sie weg. Nur das an der Wand befestigte Telefon neben der Terrassentür ist noch da, mit dem meine Mutter (vor der Zeit der Handys) auf der Treppe in der Sonne sitzen und telefonieren konnte. Moment mal ... Ich stehe hastig auf und drücke die Nase gegen die Fensterscheibe. Ja. Ich kann es von hier aus sehen. Das Wandtelefon. Nur wenige Zentimeter von mir entfernt. Ich gehe rückwärts auf den Rasen und ja, das Schlafzimmerfenster meiner Eltern ist gekippt. Wo ist die Trittleiter? Hinter mir ist der kleine Schuppen, versperrt mit Kette und Vorhängeschloss. Warum müssen Männer immer ihre Schuppen absperren? Als ob jemand ihre Transistorradios aus den Siebzigern stehlen wollte oder ihre Holzrestesammlung. Die Trittleiter ist auch eingesperrt. Well. A woman's got to do what a woman's got to do. Wie so viele Male zuvor stelle ich den Fuß auf einen von den herausstehenden Ziegelsteinen und ziehe mich hoch zu einem anderen von den herausstehenden Ziegelsteinen und ...

In diesem Moment platzt meine Hose. Die Kombination aus zu großer Frau in zu kleiner Hose und Klettern wie Spiderman war zu viel. Ich reiße mir die Überreste meiner Hose herunter und beginne, in Unterhose und Tunika zum Balkon hochzuklettern.

»VERDAMMTE SCHEISSE!«

Ich konnte den Fluch nicht unterdrücken – wenn man den Halt verliert und mit nackten Beinen über unregelmäßig geformte Ziegel nach unten rutscht, ist das ganz schön schmerzhaft. Ich unternehme einen neuen Versuch, mit einem Körper, der sowohl älter als auch schwerer ist als bei meiner letzten Klettertour hier. Aber ich bin wie eine von diesen Müttern, die Autos umschmeißen können, wenn ihre Kinder in Gefahr sind. Ich stehe über allen Gesetzen der Schwerkraft und Kulturschocks und ... da schwinge ich auch schon mein Bein übers Balkongeländer. Eifrig schiebe ich meine Hand durch den Fensterspalt und hake es auf. So. Weg mit den gepflegten Pelargonien meiner Mutter, weg mit den Zierdeckchen auf den Fensterbrettern und rein mit Agneta.

Ich renne vorbei an dem ordentlich gemachten Doppelbett, die Treppe hinunter, und dann schliddere ich zu dem an der Wand befestigten Telefon. Blut läuft mir am Bein runter. Ich hatte ganz vergessen, dass diese Ziegel so böse Wunden verursachen konnten. Jetzt weiß ich es wieder. Aber Fabiens Telefonnummer weiß ich nicht mehr. Ich habe ihn noch nie angerufen. Ich habe sein Handy zwar bestimmt hundertmal in der Hand gehabt, ihn aber nie angerufen.

Da höre ich ein Geräusch, das ich sofort erkenne. Der Schlüssel meiner Mutter in der Wohnungstür.

»Du bist doch wahnsinnig, Agneta. Einfach nur wahnsinnig. Roland, holst du schnell noch ein paar mehr Kompressen? Weißt du, die Nachbarn hätten gut und gerne die Polizei rufen können. Ja, wirklich. Wie hätten sie ahnen können, dass *du* hier einbrichst? Warum hast du uns nicht einfach angerufen und gefragt, wo wir den Ersatzschlüssel verstecken?«

»Weil ich kein Telefon habe!«

»Ach, stimmt ja. Herrgott, dass man sich immer so für dich schämen muss.«

»Schämst du dich, weil du glaubst, dass du jetzt nicht mehr bei der Reihenhaus-Gang dabei sein darfst?«

»Wie meinst du das?«

»Scham! Die empfindet man doch, wenn man Angst hat, aus der Gruppe ausgeschlossen zu werden.«

»Was faselst du denn da? Jeder vernünftige Mensch würde sich schämen, wenn seine erwachsenen Kinder die Mauer hochklettern – in der UNTERHOSE! Außerdem müsstest du diese Unterhose wirklich mal mit Bleichmittel bearbeiten. Du kannst doch nicht mit so schmuddeliger Unterwäsche rumlaufen, Agneta.«

»Kannst du nicht stolz sein auf deine Tochter, die mit fünfzig Jahren noch genauso geschmeidig und schnell ist wie Spiderman?«

»Nein, das kann ich wirklich nicht. Mit fünfzig Jahren hat man seine Schlüssel und Telefone in Ordnung und behält seine Hose an. ROLAND, SCHATZ! Mehr Kompressen. SOFORT!«

Mein Vater reicht die sauberen Kompressen meiner Mutter zu, die gerade in Einmalhandschuhen aus Plastik meine blutenden Schenkel säubert. Sie legt saubere Kompressen auf die Wunden und klebt rundherum alles ordentlich fest.

»Und wen musstest du denn so wahnsinnig dringend anrufen, dass du ins Haus deiner eigenen Eltern eingebrochen bist?«

»Ich hätte am liebsten Einar angerufen.«

»Aber Agneta, du weißt doch, dass man keine Toten anrufen kann. Roland, komm mal her! Agneta will tote Menschen anrufen!«

Seufzend legt mein Vater das *Aftonbladet* aus der Hand und dreht seinen Sessel in unsere Richtung.

»Sag noch mal, wen du anrufen wolltest«, befiehlt sie.

»Fabien.«

»*Fabbiwen*? Vorher hat sie Einar gesagt. Du weißt schon, diesen toten Mann. Sie hat gesagt, sie will Einar anrufen – *ich* bin hier nicht die Verrückte.«

Mein Vater wirft einen sehnsüchtigen Seitenblick auf seine Abendzeitung, und ich setze meine allersanfteste Stimme ein.

»Papa. Mama. Ich werde mich kurzfassen. Ich würde mir furchtbar gerne eines von euren Handys ausleihen und mit meinem Freund Fabien facetimen. Mich erkundigen, wie es den Dorfbewohnern geht und so. Ich werde nur mit lebenden Menschen reden. Versprochen. Und ich werde nie wieder in Unterhose zu eurem Balkon hochklettern.«

»Sicher?«

Meine Mutter schaut mich zweifelnd an und reicht mir eine von den größeren Hosen meines Vaters.

»Ganz sicher.«

Ich winde mich in die Hose, während meine Mutter mit hochgezogenen Augenbrauen alles wegräumt und saubermacht nach ihrem Lazarettcinsatz.

»Dann musst du dir Papas Handy leihen, denn ich hab einen Bridge-Wettbewerb online, der auf keinen Fall gestört werden darf!«

»Du meinst, ich könnte mich in deinen digitalen Bridge-Wettbewerb reinhacken?«

»Nein, aber du könntest versehentlich auf eine Taste kommen, und dann ist alles weg, und alle meine Punkte verschwinden, und ich kann mich wirklich nicht mehr auf dich verlassen, wenn du ...«

»Hier. Nimm einfach meins. Kann ich jetzt bitte mal ein bisschen Ruhe haben?«

Mein Vater reicht mir sein Handy rüber und verschwindet dann schnell wieder hinter seiner Abendzeitung.

35.

Laut dem Handy meines Vaters ist es 18 Uhr 37. Ich habe die Telefonnummer der Bar Chez Charles in Saint Carelle gefunden. Es ist eine Mobilnummer, und ich weiß, dass es die von Fabien ist. Ich habe furchtbares Herzklopfen. Siebzehn Tage sind vergangen, seit ich Saint Carelle verlassen habe. Es waren nur etwas mehr als zwei Wochen, doch es fühlt sich an wie ein ganzes Leben. Saint Carelle ist an den Rändern schon verschwommen, wie ein Traum, den man noch ganz scharf vor Augen hat, wenn man aufwacht, der aber schon am späteren Nachmittag unter einem seltsamen Schleier liegt. Ich liege auf dem Doppelbett meiner Eltern und betrachte die gerahmten Kinderfotos von meiner Schwester und mir. Unsere Schulfotos von der vierten Klasse bis zum letzten Jahr auf dem Gymnasium, in gerader Reihe aufgehängt an einer ganzen Wand. Wir lächeln mit Milchzähnen, Zahnlücken, neuen schiefen Zähnen, Zahnspangen, auftoupierten Ponys, Seitenscheiteln, neuen geraden Zähnen und Vokuhilas. Warum hängen Eltern sich nur Kinderfotos von ihren Nachkommen auf, nie Portraits von ihnen als Erwachsene? Ich sollte weiß Gott ein neues Foto von mir als letztes in der Reihe an die Wand hängen! Mit blutigen Beinen und verwaschener Unterhose.

»Sosehr du es auch zu leugnen versuchst, Mama, ich bin immer noch dein Kind. Ha!«

Aber zuerst rufe ich Fabien an, obwohl ich hin- und her-

gerissen bin. Ich habe Sehnsucht und Todesangst zugleich. Doch ich setze mich gerade im Bett auf, versuche die Nachttischlampen so einzurichten, dass das Licht so schmeichelhaft wie möglich ist. Ich ziehe meine Tunika aus. Und starre erschrocken auf meinen verwaschenen BH, schlängle mich gleich wieder in meine Tunika, mache die Augen zu und drücke rechts oben auf die Option »Facetime-Video-Call«. Es klingelt. Einmal, zweimal, dreimal.
Keine Antwort.
Ich rufe noch mal an. Wieder klingelt es. Einmal, zweimal, dreimal.
Keine Antwort.
Jetzt bricht mir vor lauter Stress der Schweiß aus, und ich mache das Schlafzimmerfenster ganz auf und reiße mir diese unmögliche Tunika wieder vom Körper. Ich stehe im Luftzug mit dem beige-grau-ausgewaschenen BH, statisch aufgeladenem Haar, und dann ziehe ich die Tunika wieder an und versuche, tief durchzuatmen. Auf einmal fängt Ove Thönquist mitten im Schlafzimmer an zu singen.
Das ist der Klingelton von Papas Handy. Die Telefonnummer auf dem Display ist die von Fabien. Ich drücke mit zitternden Fingern auf Annehmen, als mir meine schlappen BH-Träger von den Schultern rutschen und mir meine statisch aufgeladenen Haare wie ein dünner Heiligenschein vom Kopf abstehen. Fabiens erstauntes Gesicht blitzt auf dem Handydisplay auf. Er hat sein allerblauestes Hemd an, es steht offen, sodass die Locken rausschauen, und er hat sich ein weißes Geschirrtuch über die Schulter geworfen. Ich höre das Stimmengewirr von laut redenden und lachenden Menschen um ihn herum, wie er in seiner Bar steht. Und ich stehe hier, mit rotem Gesicht und fast nackt, elektrisch aufgeladen und mit Unmengen von gepflegten Pelargonien um mich herum.

Oh Mann, ich seh wirklich aus wie eine Verrückte. Ich hole das Handy näher heran, damit er meine Haare und das ganze andere Elend nicht sieht.

Fabien reißt überrascht die Augen auf.

»Annjetá?!«

Ich lache laut, sodass das ganze Display von meinem großen Mund eingenommen wird. Es kommt mir vor, als würde jemand das ganze Gelächter aus mir rauslassen, dass seit siebzehn Tagen in meinem Körper gelegen und gewartet hat – jetzt bricht es einfach aus mir heraus. Und die Tränen kommen mir auch. Oh Mann, ich stehe hier mit meinem BH und knallroter Birne und die Tränen spritzen mir nur so aus den Augen, während ich gleichzeitig laut lachen muss. Das ist alles so unglaublich wunderbar!

»OOOUUUI!!! Ich bin's!«

»C'est toi! C'est Annjetá!«

Fabien hebt das Handy so, dass ich in die Bar blicken kann, und dort sitzt Bonnibelle mit ein paar anderen Damen bei einem Glas Wein. Alle winken, werfen mir Kusshändchen zu und rufen Sachen, die ich nicht verstehe. Aber ich spüre es. Es ist warm, so warm. Moment, da ist ja auch Barry vorbeigestrichen mit seinem geraden Schwanz. Fabien schleicht auf den Marktplatz raus, der leer ist. Der Springbrunnen plätschert halbherzig und ich höre das erratische Schlagen der Kirchenglocke in der Ferne. Er grinst so breit und plaudert munter drauflos. Ich kann richtig sehen, wie er von allem Möglichen erzählt, vielleicht erzählt er sogar etwas vom Kloster. Vielleicht ist es verkauft worden. Ich kann ihm bloß beim Reden zuschauen, weil ich nichts verstehe.

»Et toi? Comment vas-tu?«

»Ich weiß nicht, wie es mir geht. Aber ich bin so froh, euch alle zu sehen. Ich bin so unglaublich, unglaublich froh. Ein bisschen traurig bin ich auch! Aber vor allem froh. Ich weiß nicht, was ich sagen soll ... Ich vermisse dich.«

»Bonsoir, monsieur de la Barre!«, ruft Fabien fröhlich und winkt Monsieur de la Barre zu, der mit seinem müden Hund im Schlepptau über die Avenue du Taureau geht. Das Handy wendet sich wieder Fabiens Gesicht zu, ich kann sehen, dass er sich seit heute Morgen nicht mehr rasiert hat, sein Kinn verfärbt sich langsam, aber sicher schwarz. Jetzt setzt er sich auf eine Parkbank auf dem Marktplatz und legt mich auf seinen Schoß, während er eine Zigarette herausholt, sie ansteckt und mich wieder hochhebt. Wir schauen uns an. Lächeln ein bisschen. Ich drehe die Kamera um und zeige ihm meine aufgehängten Kinderfotos, zeige auf verschiedene Frisuren und Zahnspangen, und Fabien lacht. Ich nehme ihn mit auf den Balkon und zeige ihm die Aussicht auf ein Reihenhausgärtchen neben dem anderen.

»Ma ... ma maison as a child«, stottere ich.

»Ta maison d'enfance?«

»Oui.«

Ich filme die Ziegelwand, die Pflaster auf meinen Beinen und versuche, ihm zu erklären, dass ich hier raufgeklettert bin, um mit Fabien zu sprechen, aber ich merke, dass er es nicht so richtig versteht. Genauer gesagt versteht er überhaupt nichts, als ich auf die unregelmäßigen Steine zeige. Stattdessen schnipst er seine Kippe weg und nimmt mich wieder mit in die Bar, wo alle auf den orangen Plastikstühlen sitzen, Wein trinken und durcheinanderreden. Im Inneren der Bar ist es ruhiger, und Fabien zeigt mir das Foto von Einar, das immer noch auf dem Tresen steht. Jetzt werde ich auch auf den Tresen gelegt, während ich höre, wie Fabien ein paar Gläser holt. Dann stellt er drei Gläser auf den Tresen. Eines für mich, eines für Einar und eines für sich selbst. Er schenkt sie alle voll. Stellt das eine vor Einars Foto, schiebt das andere zu mir und hebt das dritte in die Höhe.

»Santé!«

»Santé!«

Ich rufe es so laut vom Balkon, dass es über alle Reihenhausgärten hallt, gerade als der Koch aus der kleinen Küche tritt, Fabien auf die Schulter klopft, über irgendetwas lacht und einen Schluck Wein aus meinem Glas nimmt. Er hat meinen Wein genommen! Einfach so. Jetzt schaut der Koch mich an, winkt mir lächelnd zu, nimmt mein Weinglas mit und schlüpft wieder hinter den Vorhang, in die Küche. Fabien nimmt einen Schluck und sagt dann etwas in der Richtung, dass er jetzt weiterarbeiten muss.

»C'est ton numéro, Annjetá?«, fragt er. »Je … I call toi?«

»Ob das meine Nummer ist? No, no. Das ist die von meinem Vater! Papa! Nicht anrufen! Not call this phone!«

Fabien zuckt mit den Schultern, als wollte er sagen, so ist das Leben. Ich zucke auch mit meinen nackten Schultern, als wollte ich sagen, so ist das Leben. Fabien nimmt ein Tablett und schlendert nach draußen auf die Caféterrasse. Ich höre die Stimmen, das Geklirr und Gelächter näher kommen, und ich hab das Gefühl, den lauen Sommerabend fast auf der Haut zu spüren.

Er lächelt und flüstert:

»Au revoir! Mille bisous!«

»Au revoir, Fabien … Au revoir, und vielleicht können wir ja …«

»Êtes-vous heureuses, mesdames, je peux …«

Und damit ist Fabien verschwunden. Nicht nur er, alles verschwindet auf einmal. Das Flirren, das Klirren, das Gelächter, die Wärme. Bei mir ist es weg. Bei ihnen bleibt es. Als Fabien auf den Knopf drückte, bin nur ich aus seiner Welt verdunstet. Ihr Leben geht weiter, als hätte es mich nie gegeben. Einar hat sein Foto auf dem Tresen, aber in Saint Carelle hat niemand ein Foto von mir aufgestellt. Mein Leben hat sich verändert. Ihres nicht. Die Sandburg gehört mir. Die Flut bedroht nicht sie. Es sind meine Sandburg und meine Flut, und ich stehe allein auf diesem Strand, ohne die kleinste Feder von dem übrig zu haben, was gewesen ist. Nur schwarze Galle und Schleim.

36.

Alles fühlt sich jetzt noch viel schlimmer an. Alles fühlt sich noch hoffnungsloser und grauer an, als wäre alles Schöne endgültig aus und vorbei. Ich liege ausgestreckt auf dem Fernsehsofa, nage an einem rohen Brokkoli in Unterhose und der kotzfarbenen Tunika. Meine Beine sind verpflastert mit ungefähr zwanzig Kompressen, sodass ich unmöglich eine lange Hose anziehen kann. Es ist kurz vor halb zehn. Magnus ist auf seiner abendlichen Schwimmrunde mit Linda. Denn das muss man auch üben – das Schwimmen im Dunkeln. »Weißt du, im Ärmelkanal scheint auch nicht Tag und Nacht die Sonne, Agneta.« Bei Agneta scheint auch nicht Tag und Nacht die Sonne, das kann ich dir sagen.

Da höre ich eine Stimme unter dem Tischchen in der dunkelsten Ecke des Wohnzimmers.

»Hallo, Agneta.«
»Wer bist du?«
»Ich bin die Realität.«
»Kommst du mich abholen?«
»Ich geh schon eine ganze Weile neben dir her.«
»Ich weiß.«
»Bist du bereit?«
»Warte bitte noch einen Augenblick.«
»Das sagen sie alle. Aber ich gewähre keine Aufschübe.«
»Du spielst doch Schach, oder?«
»Aber Agneta, jetzt hör doch auf, wir wissen, dass du *nicht*

Schach spielst. Es war ja eine Weile ganz lustig mit dieser *Das siebente Siegel*-Geschichte, aber jetzt müssen wir uns hier ein paar Angelegenheiten vornehmen.«

»Ich würde lieber Schach spielen, als mir irgendwelche Angelegenheiten mit dir vorzunehmen.«

»Du sprichst gerade mit der Realität, wir kennen dich. Du hasst Schach. Also nehmen wir uns jetzt lieber ein paar wichtige Angelegenheiten vor. Hast du schon mit den Leuten von der Lebenslügen-Abteilung gesprochen?«

»Nein ... Ich hab schon eine ganze Weile nichts mehr von ihnen gehört.«

»Schön, das freut uns. Denn erst wenn du dich nicht mehr von ihnen zu allen möglichen Dummheiten verleiten lässt, können wir dein Leben richtig in Angriff nehmen! So. Die Scheidungspapiere sind unterschrieben, oder?«

»Ja.«

»Und hast du sie auch schon abgeschickt?«

»Magnus hat sich darum gekümmert, ich glaube nicht, dass er da was versäumt hat. Ihr wisst schon, dass er mit Linda gerade beim Schwimmen ist?«

»Was Magnus tut oder nicht tut, kümmert uns nicht. Das muss seine Realität mit ihm ausmachen. Wir sind deine Realität. Deine Stellensuche? Du hast dich um zwei beworben?«

»Ja. Ich habe eine Chance, am Telefon ›alle Bürger von Stockholm vom Verkehrsplanungsbüro zu neuen Höhen zu führen‹.«

»Gut. Wohnung? Mehrere besichtigt?«

»Ja. Aber alle haben mir Angst eingejagt.«

Die Realität macht sich eine Notiz, ich höre geradezu, wie die Spitze ihres Stifts auf dem Papier kratzt.

»Angst ... ja ... das ist nicht ungewöhnlich, wenn man mit

der Realität zu tun hat. Aber sie lässt nach, wenn man sich erst mal dran gewöhnt hat. Du weißt doch – man gewöhnt sich an alles! Egal, wie die Realität aussieht. Es dauert nicht länger als ein paar Wochen, dann wird alles ganz natürlich, und auch kleine Wohnungen mit Ausblick auf Tankstellen werden am Ende ein Zuhause.«

»Juhu.«

»Jetzt bist du ein bisschen zynisch, und das ist auch okay. Wir verstehen das. Und wir sind auch furchtbar stolz auf dich, Agneta. Doch wir glauben nicht, dass es gut ist, wenn du wieder Kontakt zu deinem alten Leben in Saint Carelle aufnimmst.«

»Warum nicht?«

»Ich glaube, dass du die Antwort selber hast.«

»Ich habe definitiv keine Antwort.«

»Du musst einen richtigen Schnitt machen. Du musst akzeptieren, dass das alles nur ein Abenteuer gewesen ist. Und ein Abenteuer ist und bleibt ein Abenteuer. Jetzt geht es wieder um dein normales Leben, einen nachhaltigen und vernünftigen Alltag.«

Verdammt, ist das langweilig, diesen rohen Brokkoli zu essen.

»Wisst ihr was, ihr von der Realität, ich verstehe ja, was ihr mir sagen wollt, aber ...«

»Entschuldige, wenn ich dich da unterbreche, aber wenn jemand sagt: ›Ich verstehe, was ihr mir sagen wollt‹, bedeutet das ausnahmslos, dass er unserer Meinung nicht zustimmt. Soll ich dich vielleicht doch noch mal mit der Lebenslügen-Abteilung verbinden?«

Ich reiße mir die Tunika herunter. Wie kann es so warm sein, obwohl es schon so spät am Abend ist? Mit meiner verwaschenen Unterhose, meinem schmuddelig-grauen BH und den Kompressen, die meine ganzen Beine bedecken, wühle ich in der Küche herum. Nirgendwo ein Krümelchen Zucker. Nicht mal eine Rosine. Wein kann man sowieso vergessen … aber Moment mal … Ich renne die Kellertreppe hinunter, ziehe die große Gefriertruhe nach vorne und spähe dahinter. Wusste ich's doch! Mein altes Versteck. Die Marmelade ist verschimmelt, die Butter vollkommen weggegammelt, aber die Kakao-Packung ist noch intakt. Die Genugtuung brandet mir durch den ganzen Körper.

»Ha!«

Ich renne mit der Kakao-Packung in der Hand die Treppe hoch, wie einst Björn Borg mit seinen Wimbledon-Pokalen. Selbstverständlich steht kein Milchprodukt im Kühlschrank, aber es gibt zumindest Leitungswasser. Ich schütte fünf Esslöffel Kakaopulver in ein Glas, gieße es mit Wasser auf und rühre um. Nehme einen großen Schluck.

»AAAH!«

Ich nehme noch einen Schluck und komme gar nicht dazu, mir meinen Kakao-Schnurrbart abzuwischen.

»AAAH! So, jetzt wollen wir mal schauen. Hallo, Lebenslügen-Abteilung? Hört ihr mich?

»Ja, klar, wir sind immer für dich da. Wie schön, dass du heute mit deinem zukünftigen Ehemann telefonieren konntest.«

»Ja, oder?«

»Man konnte richtig sehen, wie er sich nach dir gesehnt hat. Hat er nicht gesagt, dass er den ganzen Abend Schwedisch büffeln will, nachdem er seine Bar zugemacht hat?«

»Ich weiß nicht – hat er das gesagt?«

»Ja, natürlich! Wir von der Lebenslügen-Abteilung sprechen fließend Französisch, und das war genau das, was er gesagt hat.«

Räusper. Jemand räuspert sich. Ist das die Realität? Ich drehe mich um. Magnus und Linda stehen in der Tür und sehen erschreckend real aus.

37.

*E*rniedrigend ist vielleicht doch der treffendere Ausdruck dafür. Aber ich konnte zumindest Linda mal kennenlernen. Ich bot ihr eine Tasse Kartoffelackertee an, aber sie musste anscheinend eilig nach Hause. »Ein andermal gerne«, bekam sie heraus, bevor sie verschwand. Und was die die Frage mit dem »Verschwinden« angeht, kann ich vermelden, dass ich das auch so rasch wie möglich tun sollte. Magnus war sehr, sehr böse. Er schämte sich ganz, ganz furchtbar. Und ich kenn mich ja wirklich aus mit Scham. Er hatte einfach ganz, ganz, ganz viel Angst, dass er nicht mehr zu Lindas Gemeinschaft gehörte. Nachdem er ihr jetzt seine Ex-Frau in all ihrer Pracht mit BH, Unterhose, Kompressen, Kakaoschnurrbart und einem lauten Selbstgespräch gezeigt hatte.

Linda war süß. Linda war das, was man eine frische, gut gepflegte und geschmackvoll blondierte Frau nennen konnte. Alles im rechten Maß. Sie sah sogar im Badeanzug präsentabel aus! Klar, dass Magnus zwitschert, wenn er mit ihr redet. Klar, dass Magnus mit mir geschimpft hat nach dem schrecklichen Kakao-Gate. Er hat mich in der Badehose ausgeschimpft. Er hat mich mit Shampoo in den Augen beim Duschen ausgeschimpft. Und er schimpfte mich immer noch aus, als er in seinen Abenddress schlüpfte. Ich sei doch total verrückt geworden. Ich würde ihn nur blamieren. Ich solle mein Leben in Ordnung bringen. Ich solle ausziehen. Ich solle bald ausziehen. Ich solle am besten jetzt gleich ausziehen. Ich solle einen Termin bei einem Psychologen machen.

Ich erkläre ihm, dass ich für eine Therapie gar kein Geld habe.

Magnus schreit, dass ich mir eine Arbeit suchen müsse, damit ich Geld für eine Therapie und eine Wohnung habe. Magnus schafft es nicht mehr, ständig zu schimpfen. Er schafft es auch nicht mehr mit mir. Er vermisst die alte Agneta. Die vernünftige Agneta. Die Frau, die er sich als Mutter seiner Kinder ausgesucht hat. Aber es ist offenbar schon lange her, dass er die zum letzten Mal gesehen hat, »den Kindern geht es genauso« ist das Letzte, was er sagt, bevor er sich in sein Zimmer einsperrt, wo er wütend seinen Instagram-Account mit Vogelthema updatet. Ein Instagram-Account, der anscheinend sehr populär ist bei anderen Birdwatchern. Magnus lädt Bilder von verschiedenen schönen Vögeln hoch, die er beobachtet hat, und schreibt jede Menge interessante Informationen über sie dazu. Das Letzte, was er an diesem Abend zu mir sagt, ist: »Ich lade jetzt einen *kalifornischen Kondor* hoch. Der gilt als der hässlichste Vogel der Welt, und außerdem ist er vom Aussterben bedroht! Der wird keine Likes bekommen, und daran bist *du* schuld!« Plötzlich verspüre ich Wärme im Herzen für den kalifornischen Kondor.

38.

Ich habe eine Stelle gefunden. Ab Montag bin ich Kundendienst-Sachbearbeiterin im Verkehrsplanungsbüro. Ich werde ein positiver, teamorientierter kalifornischer Kondor sein, der auf alle möglichen Fragen zu den Stockholmer Grünanlagen antwortet. Ein Glück, dass ich diese Antworten nur über Telefon, E-Mail oder die pfiffige »Sag-was-du-denkst«-App gebe, dann bleibt den Bürgern der Stadt der Anblick dieses vom Aussterben bedrohten Kondors mit dem Headset erspart.

Aber gerade steht der Kondor zusammen mit seinem Ex-Mann in der Küche und kocht. In einer halben Stunde kommen ihre Sprösslinge und sollen hören, dass die Kondorfrau und der Menschenmann nicht mehr zusammenwohnen werden, weil sie zu verschieden sind. Die eine ist ein vom Aussterben bedrohter, hässlicher Vogel und der andere ein Mann in seinen besten Jahren mit einer offenbar strahlenden Zukunft. Der Menschenmann freut sich für die Kondorfrau, dass sie eine Arbeit gefunden hat. Aber am meisten freut er sich wohl für sich selbst, weil das bedeutet, dass die Kondorfrau es sich vielleicht leisten kann, demnächst woanders hinzufliegen.

Ein großes Stück Lachs steht ganz unten im Ofen, und das Gemüse brät in einer Auflaufform ganz oben. Magnus rührt ein fettfreies Dressing an, indem er Wasser mit Kartoffelmehl kocht, um das Ganze dann mit Tomatenmark zu würzen. Der Kondor Agneta lechzt nach Fett. Nach Öl, Butter und Sahne.

Ich decke den Esstisch mit vier Tellern. Magnus ruft aus der Küche:

»Wir nehmen heute schon die Tischsets, oder?«

Gehorsam hole ich vier Untersetzer mit einem Muster aus schwedischen Sommerblumen hervor. Die blauen Papierservietten stelle ich in die Gläser und ja, das hier sieht so wunderschön kernfamilienmäßig aus, wie es nur geht.

»Einar? Ich muss an deinen Riesenschrank mit den Tischtüchern denken. Ich muss an all deine Schränke denken, mit Besteck, Tellern, Schüsseln und Gläsern aus aller Welt. Wenn ich jetzt bei dir wäre, hätte ich den Tisch in Rot gedeckt. Rot wie schlagende Herzen. Herzen, die weiterschlagen, obwohl sie schmerzen, und Herzen, die dafür sorgen, dass wir weiterleben, solange es in der Brust pocht! Vielleicht sollte ich auch deine goldgeränderten Champagnergläser abstauben?

Magnus ruft wieder aus der Küche:

»Agneta! Du redest doch wohl nicht wieder mit dir selbst?«

»Nein, nein, ich rede nur ein bisschen mit ... den Katzen.«

Magnus holt den Lachs aus dem Ofen und presst eine Zitrone über ihm aus. Das fettfreie Dressing gießt er über den grünen Salat, den er schon vorbereitet hat.

Magnus kehrt mir den Rücken zu, und ich stecke einen Finger in den Salat, um das Dressing zu kosten. Es schmeckt fettfrei.

»Eigentlich hätten wir lieber meine Eltern zu diesem Essen einladen sollen«, sage ich. »Sie wissen ja, dass wir uns scheiden lassen, aber meiner Mutter geht es so schlecht bei dem Gedanken, dass die Familie ›gespalten‹ wird, wie sie es nennt. Sie sollte sehen, dass wir trotzdem zusammen Essen kochen, einen Tisch decken und uns benehmen können.«

»Meinst du das im Ernst?«

»Natürlich nicht. Aber meine Mutter macht sich wirklich Sorgen, wie ich ohne dich zurechtkommen soll. Ihr größter Traum ist ja, dass ich genauso lebe wie sie. Verheiratet sein, zwei nette Kinder haben, ein gepflegtes Reihenhaus und das richtige Maß an ablenkenden Hobbys. Alles, was außerhalb dieses Rahmens liegt, ist eine direkte Kränkung ihrer eigenen Entscheidungen.«

Es klingelt an der Tür. Fragend schaue ich Magnus an.

»Seit wann klingeln unsere Kinder?«

Magnus streut ein paar gesunde Körner über den Lachs und sagt mir, dass ich einfach aufmachen soll. Vor der Tür stehen meine Eltern mit einem Rosenstrauß und einer Schüssel Quarkifrutti.

»Hej, Glückwunsch zur neuen Stelle!«

»Danke, wie schön, aber wir wollen eigentlich ...«

Meine Mutter macht ein schmatzendes Geräusch mit den Lippen, und ich weiß, dass sie jetzt etwas Wichtiges sa...

»Wir haben noch eine Überraschung!«

Mein Vater hebt fröhlich die Stimme.

»Unsere Nachbarin hat ...«

Meine Mutter gibt meinem Vater einen Klaps auf den Arm.

»Nicht doch, Schatz! Nicht jetzt, nicht so! Das erzählen wir, wenn wir das Quarkifrutti essen.«

»Lisa und Ludvig können jeden Moment hier sein, wir wollten mit ihnen über ...«

»Wie schön, diese Überraschung wird sie auch freuen. Oh, das riecht ja köstlich, gibt es Lachs?«

Meine Mutter übernimmt die Führung und rauscht an mir vorbei auf den Flur. Nichts kann sie aufhalten. Sie hat schon ihre Straßenschuhe ausgezogen, ihre Hausschuhe angezogen und angefangen, im Esszimmer Dessertschälchen für ihr Quarkifrutti hinzustellen.

Ich habe offenbar eine Bleibe gefunden. Ich kann sofort einziehen und dort für viertausenddreihundert Kronen pro Monat wohnen – bis ich eine Eigentumswohnung finde oder für den Rest meines Lebens, das liegt bei mir. Ist doch großartig. Ich soll bei einer Frau wohnen, die ein paar Reihenhäuserblocks entfernt von meinen Eltern wohnt und deren Mann vor ein paar Jahren gestorben ist. Jetzt vermietet sie ihre Souterrainwohnung, möbliert, mit einem Minikühlschrank, Küchenzeile und der Einrichtung der alten Dame, und das Ganze bloß 153 Meter entfernt von meinen Eltern. Sie haben es offenbar ausgemessen. Das ist »eine Millionenchance«, kräht meine Mutter, während Lisa und Ludvig sich noch wundern, warum ich überhaupt von zu Hause ausziehe.

Tja, wir waren nicht dazu gekommen, ihnen das zu erzählen, wofür wir dieses Abendessen überhaupt arrangiert hatten. Meine Mutter war so übereifrig und ich bekam ein halbes Reihenhaus, bevor unsere Kinder überhaupt wussten, dass wir uns scheiden lassen. Lisa wollte wissen, ob wir jemand anderen kennengelernt hätten, denn das wäre ja wirklich total widerlich. Wir versicherten ihnen hoch und heilig, dass das nicht der Fall sei. Ludvig fragte, ob er seine Skisachen bei uns im Keller stehen lassen darf, und auch das versicherten wir ihm hoch und heilig. Wir versprachen offenbar auch, dass sie ab jetzt beide tausend Kronen im Monat bekommen würden, als Trostpflaster für die Wunde, die wir ihnen mit dieser Scheidung zufügen. So können sie ihre ärmlichen Studentenbudgets ein bisschen vergolden. Lisa begann sofort, online bei H&M nach hübschen Oberteilen zu suchen, und Ludvig bestellte ein Uber-Taxi in die Stadt, weil seine Kumpels aus Lofsdalen so eine Art Après-Ski veranstalteten, auch wenn es eher ein »Après-Sommer«-Fest war, und das wollte er nicht verpassen. Ich überlegte schweigend, wie viele Shot-Tabletts man für tausend Kronen bekommt. Dann erzählte Lisa sehr ausführlich von ihren neuen Seminaren in Lund, während Ludvig versprach, dass er nach dieser Saison in Lofsdalen, die wahrscheinlich seine letzte werden würde, vielleicht wirklich mal anfangen würde zu studieren. Ich überlegte mir, ob man überhaupt etwas »vielleicht versprechen« kann. Aber man kann es offenbar, woraufhin ich »versprach, ihnen vielleicht tausend Kronen im Monat zu geben«. Ich fand das lustig. Magnus fand es zu grob.

Dann blieben Magnus und ich mit dem Abwasch und miteinander sitzen.

Die Sonne geht schlafen, so wie ich, und Magnus packt einen Probekoffer vor seiner Durchschwimmung des Ärmelkanals. Er stopft Dosen mit Wollfett in die Tasche, Riegel, die nur so von Energie strotzen, Badehosen, Badekappen sowie die beste Sonnenschutzcreme laut den amerikanischen Warentestern. Er hakt jede Menge Gegenstände ab, die abgehakt werden müssen für so ein Begleitboot, wie Linda und er es sich gebucht haben.

Ich liege auf dem Sofa und beobachte ihn, wie er so hin- und herläuft.

»Ich will auch so ein Begleitboot.«

Magnus blickt auf.

»Was willst du denn damit?«

»Dasselbe wie du! Ein Boot, das mir folgt, mir Schokolade zuwirft und mich anfeuert, wenn ich es brauche.«

»Du hast doch deine Eltern. Die haben eine Wohnung für dich organisiert. Das ist doch wohl so eine Art Begleitboot, oder? So, mal schauen, ein, zwei, drei, vier, fünf Unterhosen ...«

»Meine Eltern sind kein Begleitboot, die sind eher ... so

ein nerviger Wasserscooter, der einen ständig umkreist. Was willst du denn mit so vielen Unterhosen? Ihr wollt doch schwimmen, oder?«

»Wir werden auch ein paar Tage in Calais bleiben.«

Als Nächstes zählt Magnus seine Strümpfe. Genauso viele wie die Unterhosen. Er ist jetzt ein »Wir« mit Linda. Ich bin kein »Wir« mehr mit Magnus. Wir zwei sind jetzt nur noch Magnus und Agneta, während Magnus und Linda dieses »Wir« bilden. Ich bin nur ich. Und in diesem Moment, als meine Mutter mir irgend so eine seltsame Wohnung organisiert hat, die Kinder gegangen sind und Magnus eine Tasche für sein neues »Wir« packt, fühlt es sich einsam ein, nur ich zu sein.

»Darf ich mir mal schnell dein Handy leihen?«

Magnus blickt auf und denkt nach, und ich überlege, ob ich da einen winzigen Stich von schlechtem Gewissen ahne. Spürt er auch diese Verlagerung des Begriffs »Wir«?

»Die PIN ist immer noch dieselbe.«

Meine Hände zittern. Ich liege auf meinem Bett und habe Fabiens Nummer hervorgeholt. Es ist kurz vor halb elf. In einer halben Stunde macht die Bar zu. Ich gehe auf »Video-Anruf«. Es klingelt. Einmal, zweimal, dreimal.

Keine Antwort.

Ich war darüber fast froh.. Sie alle dort zu Hause zu sehen, beziehungsweise da in Frankreich, das ist ... nein, vielleicht sollte ich lieber den kalifornischen Kondor googeln. Ich bekomme ein Bild. Der Kondor ist nicht schön, mit seinem kahlen grauen Kopf und diesen rosa herabhängenden Falten unter der Kehle. Ein paar Haarsträhnen auf dem Kopf und struppiges Gefieder. Sie kommunizieren vor allem durch Grunzen oder Pfeifen.

Schau mal an: Die Kondormädchen können ihre Eier selbst befruchten! Wenn sie keine Kondorjungs auftun können, nehmen sie die Dinge selbst in die Hand. Aber wenn man versucht, so einen Kondor in Gefangenschaft zu halten, stirbt er vorzeitig. Wenn der Kondor jedoch frei leben kann, kann er richtig, richtig alt werden.«

Es klopft und Magnus steckt seinen Kopf herein.

»Ich müsste jetzt telefonieren, bist du fertig?«

»Ja, ich wollte nur ein paar Informationen über diesen kalifornischen Kondor googeln.«

Magnus starrt mich mit einem Blick an, den man gut und gerne als kalt bezeichnen kann. Auch wenn ich mich gerade fühle wie der einsamste, am meisten vom Aussterben bedrohte Kondor der Welt.

39.

»Aber der ist doch perfekt hier, Agneta!«

Meine Mutter schreit fast, als sie den winzig kleinen Kühlschrank aufmacht. Ich verstehe, dass sie so einen kleinen Kühlschrank perfekt findet. Ich habe ein paar Kilo zugenommen, und mit einem so kleinen Kühlschrank, in den gerade mal eine Portion Hüttenkäse reinpasst, ist das Problem ja schnell gelöst.

»Schau doch, alles ist da, alles, was man braucht!«

Meine Mutter zeigt auf das ordentliche Zweiersofa mit dem leeren Holztisch davor, auf den Teppich, der perfekt unter den Tisch passt, und die zwei Zierkissen, die man sich als Stütze unter den Nacken legen kann, wenn man vor dem alten Fernseher einschläft. Hellblaue Kerzen in hochglanzpolierten Kerzenständern. Ein alter CD-Player steht auch an der Wand, mit einem Blumentopf auf jedem Lautsprecher. Schön, da kann ich ja meine geerbte Julio-Iglesias-Sammlung genießen. Meine Mutter zeigt auf das Bett mit dem ordentlich kleingeblümten Überwurf und den zwei zueinanderpassenden kleingeblümten Kopfkissen und ruft fröhlich:

»Den gleichen Überwurf haben wir doch auch im Gästezimmer! Weißt du was, Agneta – das hier ist richtig, richtig fein.«

In der Küchenzeile gibt es Platz für genau einen Herd mit zwei Kochplatten, eine Mikrowelle und eine winzige Spüle. Und in der Besteckschublade liegen vier Gabeln, vier Messer, vier Löffel und ein Korkenzieher. Das ist ja schon mal was. Mit einem Korkenzieher kann ich auf jeden Fall meinen Kummer ertränken.

»Und hier! Siehst du das?«

Mama schiebt die kleingeblümte Gardine zur Seite und ja, ich sehe es. Ich sehe ihr Reihenhaus ein Stück die Straße runter.

»Ich freu mich für dich, mein Schatz. Es kann natürlich ein bisschen einsam werden zu Anfang. Als unsere Freundin Lisbeth sich scheiden ließ, war es ganz schön blöd in der ersten Zeit. Sie hat zu viel Wein getrunken, und, na ja, ein paar Männer hat es da wohl auch gegeben. Sehr chaotisch, das Ganze.«

»Das klingt doch total lustig, findest du nicht? Was soll man denn als Single anderes machen als Wein trinken und mit Männern zusammen sein?«

»Agneta, jetzt willst du mich absichtlich missverstehen. Selbstverständlich kann man mal ein Glas Sekt trinken und sich mit einem netten Mann treffen. Aber eben nicht … nicht zu viel, so was ist nie gut. Du weißt doch, was das für ein Gerenne war hier in der Gegend. Dein Vater war total gestresst, der war ja im Wachverein der Gegend. Er wusste nie, ob es Einbrecher waren oder Lisbeths Liebhaber, die sich hier herumtrieben. So was kannst du hier nicht machen, Agneta. Du weißt doch, jetzt bist du zu Hause bei uns. Oder zumindest ganz nahe bei uns. Wir kennen hier alle, also bitte nicht in Unterhosen rumklettern und Kerle rein- und rausrennen lassen wie … die Frisbees.«

»Wie die Frisbees?«

»Ja, ich weiß nicht, wie ich das sonst ausdrücken soll. Ich meine, dass du nicht wie so ein Hund sein sollst, der Frisbeescheiben hinterherjagt. Der hinter jedem Frisbee herrennt, das vorbeisaust. Ja, du weißt schon, was ich meine. Roland? Was sagst du dazu?«

Mein Vater fummelt an den Steckdosen herum, kontrolliert, ob die Lampen in der Küchenzeile alle funktionieren, klopft gegen eine Wand, nimmt die Scharniere an der Wohnungstür in Augenschein, ob sie auch nicht quietschen, und rüttelt an der Duschkabine – ja, die scheint stabil zu sein. Das Sofa ist hart, wenn ich mich draufsetze, und der Teppich rau unter meinen Füßen. Alles ist heil, sauber und wahnsinnig ordentlich. Es gibt zwei blitzblanke Fenster, eines geht auf meine alte Reihenhausstraße und das andere ist eine Terrassentür auf der Hausrückseite, wo ein streichholzdünner Kirschbaum einsam mitten auf dem Grasfleckchen steht und versucht, dem Vormittagswind standzuhalten.

»Was sagst du, Agneta? Das ist doch so gut, wie du es erwarten konntest, wenn man sich vor Augen hält, in was für Umstände du dich gebracht hast.«

»In was für Umstände ich mich gebracht habe? Ich bin doch nicht schwanger, Mama.«

»Das weiß ich auch. Gott bewahre! Warum sagst du so was? Jetzt machst du mich wirklich *sehr* nervös, ich kann doch nicht noch mal Großmutter werden in meinem Alter, und auch mit meiner Bridgerunde und so.«

»Ich hab gesagt, ich bin NICHT schwanger. Aber ich kann hier nicht wohnen, das ist mir viel zu …«

Meine Mutter senkt die Stimme und schmatzt mit den Lippen, wie sie es immer tut, wenn sie über etwas Wichtiges sprechen will.

»Bodil wäre so erleichtert. Du weißt doch, ihr Mann … der ist ja jetzt tot, Göran. Er hatte die ›Verantwortung‹ für ihre gemeinsamen Finanzen. Tja, und seine Ansichten zu Verantwortung waren wohl nicht ganz dieselben wie für uns Normalsterbliche. Die arme Bodil sitzt jetzt auf einem Haufen Schulden und seltsamen Papieren. Also hast du, Agneta, jetzt die Möglichkeit, zwei Fliegen mit einer Klappe zu schlagen. Du würdest nicht nur dir selbst helfen, sondern auch Bodil, ihr seid ja beide ins Unglück geraten.«

»Ins Unglück geraten? Mama, *ich bin nicht schwanger*! Und Bodil wohl auch nicht, glaube ich.«

»Agneta, jetzt musst du wirklich mal aufhören, dich so kindisch aufzuführen, und dann nimmst du diese Wohnung, denn das hier ist eine Millionenchance.«

»Aber Mama, ich will sie nicht, du musst ...«

Mama juchzt auf.

»Jetzt gibt es auch noch Kaffee – wie nett!«

Bodil kommt vorsichtig mit einem Tablett herein, in ihren bequemen Hausschuhen, einer sauberen weißen Hose und einer ordentlich reingesteckten Bluse. Ihr Haar wird langsam grau und ist zu einem dünnen Knoten aufgesteckt. Sie stellt das Tablett mit den Kaffeetassen, der Thermoskanne und der Schale mit den Keksen auf den leeren Tisch. Sofort beginnt meine Mutter das Ganze umzuräumen, indem sie die Küchenstühle umarrangiert und sie rund ums Sofa stellt. Bodil zieht sich ihre Hose ein bisschen hoch und setzt sich auf einen Küchenstuhl, wobei sie eine Serviette unter die Tülle der Thermoskanne hält, damit nichts auf den Tisch tropft, wenn sie Kaffee in die Tassen gießt.

»Ich weiß nicht, ob du Kekse isst, Agneta, aber ... Hier sind auf jeden Fall ein paar Karamellkekse. Ich hab sie selbst gebacken.«

»Natürlich esse ich Kekse. Ganz besonders Karamellkekse.«

Um meine Dankbarkeit für das Angebot von Zucker, Mehl und Butter zu zeigen, nehme ich mir sofort drei Stück. Einen direkt in den Mund, die anderen in Wartestellung in meiner Hand. Meine Mutter schaut mich an, als würde sie ein Verbrechen in Echtzeit beobachten, mein Vater wagt nicht mal den Gedanken, ihre Quarkifrutti-Diät zu durchbrechen, und behält seine Hände auf dem Schoß. Als Bodil einen Schluck Kaffee nimmt, hebt meine Mutter wie immer die Stimme.

»Ja, Bodil wohnt hier jetzt schon seit vierzig Jahren, ich kann mich noch gut erinnern, wie ihr hier eingezogen seid mit eurer kleinen Pernilla – wie alt war sie damals? Erst ein paar Monate alt, und unglaublich süß. Jetzt sind Pernilla und Robert ja beide schon groß, und du hast auch schon Enkel! Die auch schon wieder groß sind! Ja, alle sind jetzt groß! Du auch, Agneta …«

Meine Mutter schielt vielsagend auf die Karamellkekse, die ich in mich hineinschiebe, doch Bodil schiebt mir freundlicherweise die Keksschale rüber, damit ich mir noch ein paar nehmen kann. Ich spreche mit vollem Mund.

»Danke! Ich kann mich leider nicht mehr an deine Kinder erinnern, ich war ja zehn Jahre älter, deswegen haben wir nie miteinander gespielt oder so.«

Meine Mutter unterbricht mich und schiebt die Keksschale von mir weg.

»Agneta hat leider kein so gutes Gedächtnis, das hat sie von ihrem Vater geerbt. Haha, die müssen sich manchmal selber suchen, so vergesslich sind sie! Ich kann mich noch an alles erinnern, ja, so bin ich, ich vergess nie was.«

Bodil lächelt und wendet sich zu mir.

»Deine Mutter hat erzählt, dass du in Frankreich gewesen bist. Was hast du da gemacht?«

Mir bleiben beinahe die Karamellkekse im Halse stecken. Ich bin etwas gefragt worden, mir wurde eine freundliche Frage gestellt, von einem Menschen, der aufrichtig interessiert scheint und mich mit Karamellkeksen füttert.

»Ich war so eine Art … Au-Pair.«

»Au-Pair? Das ist ja interessant. Um wie viele Kinder musstest du dich kümmern?«

»Es waren keine Kinder.«

»Keine Kinder? Aber um wen hast du dich denn dann gekümmert?«

»Um Einar. Meinen allerbesten Freund.«

Und dann fange ich an zu erzählen. Ich fange beim Anfang an. Von meiner Zugreise, vom gestohlenen Handy, von meiner Furcht, von meiner Horrorvision, dass mir eine Bande meine Organe stehlen könnte, und wie ich erwartete, mich um einen kleinen Jungen kümmern zu müssen, aber dann war es ein Einar, der überhaupt nicht wollte, dass man sich um ihn kümmert. Ich erzähle davon, wie böse Einar zu Anfang war, und dann versucht meine Mutter, mich aufzuhalten, mit einem »damit wollen wir Bodil doch nicht die Zeit stehlen«. Doch Bodil will mir gerne zuhören, und ich kenne kein Halten mehr. Die Worte fließen nur so aus mir heraus, während ich mir gleichzeitig Karamellkekse in den Mund schiebe. Ich erzähle, wie Einar und ich jeden Freitag um 17 Uhr in Fabiens Bar saßen. Wie wir auf Paul warteten. Ich nehme Bodil mit ins Kloster, erzähle von sämtlichen Zimmern. Sie kommt mit und stellt mir Fragen zu dem runden Bett, will wissen, wie man in der kleinen Küche Essen kochen konnte, und im Theater, gab es da mehrere verschiedene Kulissen? Ich erzähle davon, wie ich mit Einar immer getanzt habe, wie ich meine Flügel entfaltete und zusammen mit ihm flog, da sagt mein Vater, dass er »jetzt schnell zum Baumarkt fahren muss, um eine Bohrmaschine zu kaufen, die nur noch heute zum Sonderpreis zu haben ist«. Bodil erwidert, dass der Baumarkt ja wohl nicht vor 19 Uhr schließt, und jetzt ist es doch erst elf, und dieser Paul, ist der dann noch aufgetaucht? Ja, Paul ist wirklich aufgetaucht. Der Wirtschaftsprüfer aus Täby. Bodil hält sich die Hände vor den Mund und lächelt glücklich. Sie will alles über Paul wissen. Also erzähle ich. Sie will alles über Einar, Bonnibelle und die Katzen wissen. Also erzähle ich. Ich erzähle sogar von Bonnibelles Unterwäsche, nicht alles, aber ein bisschen. Sie fragt nach Fabien. Also erzähle ich ein bisschen. Aber jetzt muss mein Vater wirklich zum Baumarkt, und meine Mutter beginnt sich zu entschuldigen, dass wir so viele Umstände gemacht haben, und Agneta will ja nicht mal hier einziehen, das war alles nicht so gemeint, und …

Ich falle meiner Mutter ins Wort.

»Ich will auf jeden Fall hier einziehen. Gehört Bodil dazu?«

40.

»Nein, die sitzt irgendwie nicht so gut, das spüre ich. Die Leisten werden bei der irgendwie eingeklemmt.«

Magnus schwimmt trocken mit den Armen, hebt und senkt die Beine, während er gleichzeitig fast über den Wohnzimmerboden springt in seiner neuen Badehose. Die letzte Spätsommerwärme hat uns verlassen und die Kühle des Septembers ist da. Magnus muss viel schwimmen vor dieser Kanalfahrt. Vor der Arbeit, nach der Arbeit, ja, am liebsten würde er während der Arbeit auch noch schwimmen. Aber es ist schwer, irgendwelche Arbeitsgruppen zu leiten, wenn man durch die Ostsee krault.

Ich stehe mit meinem Koffer auf dem Flur. Ja, es ist nicht mehr als ein Koffer, der, den ich von Einar geerbt habe. Er ist aus Leder, hat keine Rollen, in sein Design ist kein ergonomischer Gedanke eingeflossen. Nur ein Koffer, den man mit Sachen füllen kann und den man dann an einem Griff tragen muss. Ich habe nur das Wichtigste mitgenommen, den Rest müssen wir dann später organisieren. Morgen trete ich meine neue Stelle als positive, teamorientierte Kundendienst-Sachbearbeiterin an. Heute Abend ziehe ich bei Bodil ein. In meinem Koffer habe ich meine zu kleinen Kleider von meinem letzten Job im Verkehrsplanungsbüro. Ich habe zwei hellblaue Hemden, zwei schöne Tuniken, eine Jeans, eine beige Chino-Hose mit kürzeren Beinen und ein Bündel Gummibänder, mit denen ich sie am Bauch zumachen kann. Ich habe meine verwaschene Unterwäsche dabei, die Julio-Iglesias-CDs, eines von Einars Hemden und das Kästchen mit der Erde dran, Bonnibelles immer noch ungeöffnetes Päckchen, ein paar Fotos von meinen Kindern, mein lavendelfarbenes Kleid und meine ebenfalls lavendelfarbene Unterwäschegarnitur. Nicht, dass ich diese ganzen lavendelfarbenen Sachen anziehen würde, es sind einfach meine Sombreros. Und im Verkehrsplanungsbüro kann man keinen Sombrero tragen. Aber man kann einen zu Hause haben, als Erinnerung an die Zeit in Mexiko, als man sich für eine Weile wie eine Latina fühlen durfte.

»Okay. Ich geh dann mal.«

Magnus blickt auf von seinen ganzen Dehnungsübungen in der Badehose. Ich werde mit dem Auto in die Reihenhaussiedlung zurückfahren, in der ich aufgewachsen bin. Er wird den Ärmelkanal durchschwimmen. Wir machen ein paar Schritte aufeinander zu und umarmen uns. Magnus riecht nach Gummi, mir ist, als würde ich ein riesiges Kondom umarmen. Wir lassen uns nicht los, sondern stehen einfach nur da, und in meinem Kopf reihen sich die Erinnerungen aneinander. Ich sehe, wie wir uns zum ersten Mal begegnet sind, auf diesem Hochschulfest. Wie ich mit den Jacken von allen anderen auf dem Schoß dasaß und Magnus zu mir kam. Ich fand ihn hübsch. Er fand, dass ich genau richtig war. Ich hielt die Jacken, Magnus hielt das Ruder. Vor ihm stand meine Mutter am Ruder. Wie praktisch, ich musste einfach nur vom einen Kapitän zum anderen wechseln. Es ist angenehm, hinter jemandem zu sitzen, der alles lenkt, zumindest eine Weile. Ein halbes Leben lang kann das angenehm sein, aber dann beginnt man sich danach zu sehnen, dieses Ruder auch mal selbst in der Hand zu halten. Sein Boot selbst zu steuern.

Ich denke mir, dass ich es nicht bereuen darf. Ich darf nicht bereuen, dass ich mir Magnus ausgesucht habe. Er war ein wunderbarer Vater für meine Kinder. Ein netter Ehemann für mich. Ich war dankbar und dachte immer an das ewige Mantra meiner Mutter: »Eine Millionenchance!« Magnus war eine Millionenchance, »stell dir vor, dass er dich haben will, Agneta. Er ist so intelligent, und du bist so … durchschnittlich!«. Dass ich jetzt gehe, werde ich niemals bereuen. Es war höchste Zeit.

»Der Kondor muss zu neuen Kadavern aufbrechen, in die er seinen Kopf vergraben kann.«

»Wie bitte?«

Magnus schaut mich an.

»Ja, ich meinte nur … wir hören uns dann. Morgen bekomm ich ein Diensthandy, dann kann man mich nicht mehr so leicht verpassen. Oder ich meine – dann bin ich nicht mehr so schwer zu erreichen.«

»Wenn du dich nicht wohlfühlst, kannst du ja nach Hause kommen. Dein Zimmer bleibt so, wie es ist.«

»Danke.«

»Wir sehen uns dann auch mit den Kindern!«

»Ja. Wir sehen unsere Kinder zwar nie, aber ich versteh schon, was du meinst.«

Magnus kratzt sich an den Leisten, wo ihn die Badehose drückt.

»Sobald alle Unterlagen da sind mit der Übertragung von deinem Anteil am Haus, bekommst du das Geld. Dann kannst du dir eine eigene Wohnung kaufen und … na ja, dein neues Leben so richtig anfangen.«

»Juhu, kleine schimmlige Ein-Zimmer-Wohnung in Kvistbro, ich komme!«

»Du hast angefangen.«

»Was hab ich angefangen?«

»Zu verschwinden. Wenn du geblieben wärst, wäre alles andere auch geblieben, wie es war.«

»Genau. Aber ich will ja auch gar nicht, dass alles so bleibt, wie es war. Ich will, dass alles in Bewegung kommt. Selbst wenn dabei am Ende nur eine schimmlige Ein-Zimmer-Wohnung in Kvistbro rausschaut.«

»Du und ich haben wohl verschiedene Ansichten über Bewegung.«

Mein Blick bleibt an Magnus' Badehose hängen. Da hat er völlig recht.

Es riecht blitzsauber nach Ajax mit Maiglöckchenduft, und Bodil hat mir einen mit Frischhaltefolie abgedeckten Teller auf den Küchentisch gestellt. Unter der Frischhaltefolie wartet eine Portion Lachsauflauf. Geklärte Butter steht in einem Kännchen daneben. Geklärte Butter und eine Postkarte, auf der Bodil mich herzlich willkommen heißt, und dass ich nicht zögern soll, zu ihr zu kommen, wenn ich irgendeine Frage habe.

Ich schiebe den Lachsauflauf und die Butter in die Mikrowelle.

»Danke, Bodil! Das hier war das Schönste, was mich nur erwarten konnte.«

Ich schaue hinaus über den Kirschbaum auf der Rückseite, der langsam von der Dunkelheit geschluckt wird, während die Sonne untergeht. Es ist ein gewaltiger Unterschied zwischen dem Klostergarten und diesem Rasenfleckchen hinter dem Reihenhaus. Wenn die Sonne über dem Klostergarten unterging, war es, als würden die Kastanienbäume, die Rosensträucher und die Obstbäume in einem rosaroten Feuer brennen, es schimmerte auf allen Austernschalen unter den Rosen. Hier steht ein einsames dünnes Bäumchen und die Dunkelheit fällt einfach übers Land, ohne das geringste rosarote Feuer.

PLING! Der Lachsauflauf ist fertig. Ich schiebe die Julio-Iglesias-Live-CD von 1976 in den CD-Player und setze mich mit meinem Lachsauflauf an den Küchentisch. Gieße mir die flüssige Butter über mein Abendessen, während Julio Iglesias aus den Lautsprechern singt. »Feelings, nothing more than feelings«, jammert er mit bebender Stimme und ebenso bebender englischer Aussprache.

»Julio, du hast völlig recht. Alles sind nur Gefühle. Jetzt sitz ich hier mit Gefühlen im Körper, sie werden mich nicht umbringen. Morgen fahre ich zum Verkehrsplanungsbüro, wo ich meine neue Stelle antrete, und …«

Über mir höre ich Bodils Schritte. Ihre Hausschuhe machen leise floppende Geräusche, als sie über meine Zimmerdecke geht. Jetzt verstummen die Schritte und ich höre blecherne Stimmen. Sie hat den Fernseher eingeschaltet. Als ich im Turmzimmer des Klosters schlief, hatte ich Einar unter mir.

»Das war schon was anderes, Einar. Du bist nicht in Hausschuhen rumgelaufen und hast nie die Neun-Uhr-Nachrichten verpasst. Du hast alles andere gemacht als Hausschuhe und Neun-Uhr-Nachrichten.«

Ich schlucke den letzten Rest von meinem Lachsauflauf herunter. Der Kirschbaum ist jetzt nicht mehr zu sehen. Julio singt noch bebender von feelings, nothing more than feelings. Ich schließe die Augen und stelle mir vor, dass ich in der Küche des Klosters sitze, dass ich Judys und Barrys Fell an den Beinen spüre, wenn sie sich an mich schmiegen auf dem Weg zum großen Küchenfenster, auf dessen Fensterbrett sie springen. Von dort wollen sie auf den Klostergarten hinunterschauen, ob da unten vielleicht irgendetwas rumkriecht, was sie auffressen können. Einar taucht auf in Unterhose, Morgenmantel und mit zwei Zigaretten. Er fragt mich etwas, was er wirklich wissen will. Vielleicht, wie es mir geht. Du glaubst, dass es Morgen ist, Einar, aber eigentlich ist es Abend. Aber ist das denn wichtig? Solange man lebendig ist? Bin ich überhaupt noch lebendig? Wenn du hier wärst, hättest du mir eine Antwort geben können. Aber du bist eben nicht hier. Ich höre nur Bodils Fernsehsendung von oben und Julio, der jetzt mit ungebremstem Vibrato corazón, corazón aus den Lautsprechern singt. Herz, Herz.

»Einar. Jetzt bin ich der Löwe, der zu werden du gefürchtet hast. Der Löwe, der im Zoo eingesperrt ist. Nein, ich bin wie der Eisbär im Skansen, der sich einsam hin und her wiegte in seiner winzigen Felsenschlucht mitten in Stockholm. So weit weg von der Arktis, den Polarfüchsen, dem Eis, den Schneestürmen und freien Weiten, und weit und breit kein einziger Seehund zum Jagen. Nein, stattdessen muss er tote Heringe essen vor Menschen, die auf ihn zeigen und nicht verstehen, was ich sage. Je suis dieser Eisbär.«

Vorsichtig klopfe ich an Bodils Haustür. Ich höre, wie sich auf der anderen Seite Schritte in Hausschuhen nähern, bis die Tür aufgeht. Bodil hat einen Bademantel und Filzpantoffeln an. Ich halte ihr den abgewaschenen Teller und das Kännchen hin.

»Entschuldigung, aber vielen Dank. Ich wollte mich nur für den Lachsauflauf bedanken und die Butter. Vielleicht sogar ganz besonders für die Butter. Wirklich sehr nett von dir.«

Bodil nimmt das Geschirr entgegen.

»Fühlst du dich wohl da unten?«

»Es ist wirklich schön.«

»Hast du schon die Schränke einräumen können, mit Essen und so?«

»Nein, das wollte ich morgen machen.«

»Ich kann dir ein Frühstückstablett vorbereiten, wenn du willst. Für morgen früh?«

»Nein, nein, das brauchst du nicht zu tun, ich kann mir ja unterwegs was kaufen. Ich fange morgen an meinem neuen Arbeitsplatz an und ... ja. Kein Problem.«

»Der erste Tag am neuen Arbeitsplatz? Da mach ich dir auf jeden Fall ein Frühstückstablett. Steht völlig außer Frage. Ich wache immer früh auf, und es ist doch schön, wenn ich dir so was machen kann. Um sieben Uhr morgens steht es vor deiner Tür, ja?«

»Bodil. Ich glaube nicht, dass du verstehst, wie froh ich über das hier bin.«

»Doch, ich glaube, das versteh ich schon. Willst du morgen Abend auch ein warmes Essen? Wenn es okay für dich ist, kann ich dir einen Teller auf den Tisch stellen, bis du nach Hause kommst. Dann brauchst du an deinem ersten Tag nicht ans Abendessen zu denken.«

»Aber ich will dir keine Umstände machen.«

»Ich muss doch sowieso kochen, das sind überhaupt keine Umstände.«

Ich habe ein Au-Pair bekommen. Mein ganz persönliches Au-Pair. So was haben nicht alle kalifornischen Kondore.

41.

Mein Au-Pair Bodil richtete mir das beste Frühstückstablett aller Zeiten her, mit Kaffee in der Thermoskanne, Milch, frisch gebackenen Brötchen, Käse, Schinken, Gurken, Marmelade und einem gekochten Ei. Ein guter Start in den ersten Tag meines restlichen Lebens. Der erste Tag meines restlichen Lebens beginnt mit ... einem Pendelzug! Pendelzugfahren ohne Handy ist so, als hätte man keine eigene Welt. Alle schauen drauf, sprechen hinein, hören ihm zu, und ich sitze in so einer Draußen-Blase. Ich habe weder besonders lange im Pendelzug noch in dieser Blase gesessen. Ich wurde für einen Moment sichtbar, aber jetzt merke ich schon, wie ich wieder an den Kanten abgenagt werde. Die Unsichtbarkeit zehrt an mir, fröhlich mampfend. Niemand sieht mich, niemand hört mich, niemand könnte sich weniger um mich scheren. Meine Füße und Hände sind nicht mehr zu sehen, die Unsichtbarkeit bewegt sich nach oben zu meinen Knien und in meine Ellenbeugen.

Während ich langsam verschwinde, kann ich genauso gut mit meinem supermodernen Handy telefonieren. Es ist so modern, dass es ... UNSICHTBAR ist! Die unsichtbare Dame mit dem unsichtbaren Handy. Die unsichtbare Dame braucht nicht mal Kopfhörer, es reicht, einfach nur draufloszureden. Wenn die Leute um mich rum bloß wüssten, dass ich das coolste Handy von ihnen allen habe. Es hat so guten Empfang, dass ich damit sogar im Totenreich anrufen kann.

»Einar, hallo! Lange nicht mehr gehört. Wie geht's dir da drüben?«

Nein. Keiner reagiert. Alle machen weiter ihr Ding, und ich spreche weiter in mein cooles Handy.

»Ich sitz hier grad im Pendelzug. Bin auf dem Weg zu meiner neuen Arbeit, jaja. Zurück zum Kaffeeautomaten, dem Konferenzraum mit dem Whiteboard, und ich hab mir vorgenommen, mal zu versuchen, ein bisschen entgegenkommender zu sein in meinem neuen Job. Nicht wie vorher, als ich nie wusste, worüber ich reden sollte und im Grunde nicht wichtiger genommen wurde als der Kaffeesatz am Automaten. Nein, ich bin überzeugt, dass ich jetzt richtig positiv, teamorientiert und offen sein werde! Ich werde über mich selbst so herrlich lachen können wie alle anderen. Jetzt kann ich zum Beispiel von meiner Scheidung erzählen, darüber reden schließlich immer alle im Pausenzimmer. Wenn ich über meine Scheidung so rede, als würde ich das Ganze auf die leichte Schulter nehmen, werde ich damit auf jeden Fall einen Volltreffer landen. Ich will jetzt nach Hause. Nein, nein, nicht ›ich will umdrehen und wieder nach Hause laufen‹, sondern ich will mich bei meinen Arbeitskollegen so richtig zu Hause fühlen.«

Ich brause vorbei an Gewerbegebieten, hohen Vororthotels, Villen und Waldstücken, während die Stadt immer näher kommt. Ich will tatsächlich am liebsten wieder nach Hause fahren. Nach Hause zu Einar. Um diese Zeit sollte ich der Dame in der Boulangerie mit einem »à bientôt« zuwinken, nicht im Pendelzug sitzen und in ein unsichtbares Handy sprechen. Ich sollte über die Avenue du Taureau schlendern mit zwei Baguettes unterm Arm und einem Croissant für den Weg. Ich sollte fröhlich den ganzen alten Damen zuwinken, die zum Marktplatz und dem morgendlichen Markt pilgern.

»Bonjour, madame Dupin, bonjour, madame Deland, bonjour, madame Lenoir!«

»Bonjour, madame Annjetá«, antworteten sie alle. Dort war ich Annjetá. Ich war schrecklich gerne Annjetá. Ich bin eine Annjetá. Agneta bin ich nie gewesen.

»Ich muss jetzt auflegen, ich bin gleich da. Ich ruf dich dann auf dem Heimweg noch mal an und erzähl dir, wie es war. Ich wünsch dir einen schönen Tag, Einar, wo auch immer du bist.«

Das Großraumbüro hat sich nicht wesentlich verändert. Die neuen Maßnahmen mit dem herrlich offenen Grundriss, ohne Zimmer oder private Schreibtische, haben alles Persönliche ausgemerzt. Nicht ein einziges Foto von einem Sprössling, keine einzige am Schwarzen Brett befestigte Postkarte. Niemand gehört irgendwo hin, alle können sich auf jeden beliebigen Platz setzen. Und hier kannst du heute sitzen, Agneta, hier ist dein Laptop und das hier ist dein Headset und hier ist dein Diensthandy. Hier ist Annika, hallo, und hier ist Linus, hallo, und hier sind die Essensmarken und das erkennst du sicher wieder, das ist noch dasselbe wie damals, als du noch in der Genehmigungsabteilung gearbeitet hast, und wie du weißt, arbeitet deine Mutter nicht hier, haha, also bitte wasch dein Geschirr selbst ab, und hier ist überhaupt der Kaffeeautomat. Was willst du haben? Einen Latte? Einen Cappuccino?

»Ein Cappuccino wäre schön.«

Jenny drückt mit ihren langen, wohlmanikürten Fingernägeln auf irgendwelche Knöpfe. Es zischt und schäumt, und dann wird es kurz still, und ich muss an einen Comic denken, den ich als Jugendliche mal gelesen habe. Er handelte von der Hölle. Jetzt geht mein Mund auf.

»Ich kann mich noch an einen Comic erinnern, der von der Hölle handelte. Da waren zwei alte Männer, die in die Hölle gekommen waren. Sie stehen vorm Kaffeeautomaten in der Hölle, genauso wie hier. Es brennt und es rennen massenweise Teufelchen mit Peitschen rum – eben genauso, wie man sich die Hölle vorstellt. Da drückt der eine Mann auf die Knöpfe am Automaten und sein Kaffeebecher wird gefüllt. Er kostet den Kaffee und sagt zu dem anderen: ›Wow, der Kaffee ist kalt! Die haben hier unten ja wirklich an alles gedacht.‹«

Jenny schaut mich an. Sie lacht überhaupt nicht. Also bin ich die Einzige, die kichert. Ein Kichern, das ich sofort wieder unterdrücke.

»Ich meinte natürlich nicht, dass das hier die Hölle ist«, sage ich.

»Nein, wir haben hier heißen Kaffee. Mit frischen Kaffeebohnen, die frisch gemahlen werden, sobald du auf die Knöpfe drückst. Du kannst wählen zwischen Caffè Latte, Latte Macchiato, Cappuccino, normalem Kaffee, Caffè americano, Mokka, Espresso und Espresso doppio. Also, ich würde sagen, wir sind hier eher im Himmel als in der Hölle.«

»Definitiv. Halleluja!«

»Ich hab übrigens diesen Kaffeeautomaten für unsere Abteilung bestellt. Er ist wirklich ein schöner Treffpunkt geworden. Wenn du dich also mal allein fühlen solltest, musst du bloß hierher kommen.«

»Ich fühle mich eigentlich ständig allein, dann kann ich mich vielleicht mit meinem Laptop und meinem Headset gleich hierhersetzen. Ich könnte hier geradezu wohnen, Vollzeit!«

Ich versuche wieder, witzig zu sein, doch Jenny wirkt geradezu erschrocken. Ihr positiver Spirit weiß nicht so recht, wohin mit sich. Sei lieber leise, Agneta. Leise, positiv und teamorientiert bitte.

Jenny reicht mir den Cappuccino und braut sich dann ihren eigenen Latte Macchiato. Mit einem viel zu positiven Lächeln koste ich meinen Cappuccino.

»Superlecker! Und heiß! So ein Glück. Dass ich nicht in der Hölle gelandet bin, meine ich, eher im Gegenteil. Das ist ja das reinste Himmelreich hier.«

Doch jetzt gibt es Ärger im Paradies, der Automat fängt an zu stottern, und es spritzt heißer Milchschaum heraus, als würde man auf die milchpralle Brust einer stillenden Mutter drücken.

Jenny drückt auf Pause und schnappt sich einen Putzlappen.

»Das passiert immer, wenn die Milch langsam ausgeht, ich muss bloß kurz …«

»Kein Problem, ich muss sowieso mal schnell auf die Toilette.«

Jenny nickt, wobei sie gleichzeitig fieberhaft die Milch aufwischt, die in alle Richtungen gespritzt ist. Ich renne beinahe durch das Großraumbüro und reiße die Toilettentür auf. Setze mich auf die Toilettenschüssel und rufe Einar auf meinem unsichtbaren Handy an. Als ich meine innere Nummer gewählt habe, bemerke ich, dass ich meinen Kaffee mit in die Toilettenkabine genommen habe. Ich stelle die Tasse aufs Waschbecken und flüstere:

»Einar? Was soll ich bloß machen? Ich will nach Hause. Nicht zu denen, die hier arbeiten, meine ich, der Zug ist schon abgefahren. Ich will wirklich nach Hause. Dieses Großraumbüro macht mir eine Todesangst, entschuldige meine Wortwahl. Der Kaffee ist nicht kalt, aber alles andere. Vor allem ich.«

Ich kann Einar vor meinem inneren Auge sehen. Er steht da in seinen Badepantoffeln, Unterhose und seinem seidenen

Morgenmantel mit den chinesischen Schriftzeichen auf dem Rücken. Was hat er gesagt? Vielleicht findet er, dass ich einfach auf alle Knöpfe auf dem Kaffeeautomaten drücken soll. Und dann schauen, was in meinen Becher fließt. Drück auf alle Knöpfe, Agneta! Drück und staune, drück und staune! Schluck alle möglichen Sorten und Farben runter!

»Okay, Einar. Ich verstehe. Nicht rumheulen, sondern auf alle Knöpfe drücken und schauen, was passiert.«

Ich meine, Einar breit grinsen zu sehen in seinem Morgenmantel.

»Nicht nach Hause fahren?«

Nun schüttelt Einar den Kopf und streckt den Zeigefinger aus, als würde er auf einen unsichtbaren Knopf drücken. Vielleicht kichert er in sich hinein und sagt, dass er meinen Witz von der Hölle und dem kalten Kaffee zum Totlachen fand.

Ich nehme einen Schluck von meinem inzwischen lauwarmen Cappuccino und drücke auf die Spülung.

Jenny hat in der Küche alles trockengewischt, neue Milch nachgefüllt und geht mit Bestlaune und einer Tasse Latte Macchiato in der Hand sämtliche »Fragen-beantworten-Systeme« durch, mit denen ich zu tun haben werde. Nachdem sie mir erklärt hat, wie meine Haltung gegenüber den Anrufern sein sollte, muss sie leider ganz schnell weg zu ihrem Abteilungsmeeting, aber »das hier wird richtig gut, Agneta«, und in diesem Augenblick schlägt die Uhr zum Mittagessen. Ich will nicht ins Pausenzimmer. Es ist fast so, dass ich lieber vor meinem Computer verhungern würde, als in den Pausenraum zu gehen und mir meine abgepackte Pastete in die Mikrowelle zu schieben. Jawohl. Ich habe mir auf dem Herweg eine abgepackte Pastete am Kiosk gekauft. Reiner Selbstmord, mittagspausentechnisch. Eigentlich nicht nur mittagspausentechnisch.

Eins, zwei, drei, Agneta. Du nimmst jetzt deine Pastete in die Hand und gehst zur Mikrowelle und nimmst dieses Mittagessen in Angriff. Ich ziehe die fast ganz aufgetaute Pastete aus meiner Tasche und wir schleichen ganz langsam Richtung Pausenraum. Davor bleibe ich stehen. Da höre ich die grelle Stimme von Lotta. Wie immer liest sie allen, die gerade Mittagspause machen, das Tageshoroskop vor, und ich erkenne Bahars und Lotta B.s fröhliche kleine Schreie. Und wie immer kann Lotta S. alle Sternzeichen auswendig. Mein Sternzeichen wusste sie nie, und ich bestrafte sie, indem ich sie anschwindelte und behauptete, ich sei Zwilling. Und nachdem sie jeden Tag gefragt hat: »Agneta, was bist du noch mal für ein Sternzeichen?«, antwortete ich: »Zwilling«, und bekam dann zu hören, was allen Zwillingen an diesem Tag noch passieren würde, und fühlte eine seltsame Macht darin, in Wirklichkeit Steinbock zu sein. Keiner im Pausenraum wusste, wie meine Zukunft aussah. Aber jetzt sind neue Zeiten angebrochen – auf Knöpfe drücken und staunen! Also strecke ich den Kopf durch die Tür und schreie beinahe:

»HALLO, ICH BIN STEINBOCK!«

42.

Ich sitze an meinem kleinen Küchentisch, esse Bodils Hackbraten und schicke nach langem Zögern meinen Eltern meine neue Handynummer. Nach zehn Sekunden ruft mich meine Mutter an, doch ich drücke sie weg und schaue hinaus auf den einsamen Kirschbaum vor der Terrassentür.

Heute habe ich die Sache mit dem Großraumbüro ausprobiert. Sowohl praktisch als auch geistig. Nach fast einem Jahr der Abwesenheit wieder aufzutauchen und in den Pausenraum zu posaunen, dass man Steinbock ist, ist vielleicht nicht unbedingt das sozial Geschickteste. Vor allem deswegen nicht, weil Lotta S. sich plötzlich erinnerte, dass ich Zwilling war, als wir uns das letzte Mal gesehen hatten. Auch die anderen erinnerten sich einstimmig, dass ich Zwilling gewesen war. Und dann lachten sie alle freundlich, weil sie glaubten, dass ich nur einen Witz gemacht hätte, als ich verkündete, Steinbock zu sein. Armseliger Witz Nummer zwei heute. Danach musste sich der armselige Witzbold das Tageshoroskop für den Zwilling anhören.

»In der Arbeit gibt es eine positive Entwicklung, und das meiste läuft nach Plan, vor allem nach dem Mittagessen. Folgen Sie Ihrem Gefühl und Sie werden mit dem belohnt, was Sie sich gewünscht haben.«

Völlig eindeutig, dass ich kein Zwilling bin. Die positive Entwicklung hat es nie gegeben, und es ist überhaupt nichts nach Plan gelaufen. Lotta B. und Bahar, die beide Löwe sind, durften hören, dass es heute offenbar an der Zeit war, ihrem Liebsten eine interessante Überraschung zu bereiten, woraufhin Lotta B. von ihrer miesen Ehe erzählte, genauso wie sie es schon vor einem Jahr getan hatte. Alle mussten lachen, als sie erzählte, wie sie das langweilige Ehebett mitten in der Nacht verließ, sich ins Gästezimmer schlich und dort auf ihrem heimlichen Tinder-Account herumscrollte. »Ach was, das braucht Lukas nicht zu wissen. Das ist doch so wie heimlich shoppen gehen. Ich schau bloß, ich kauf doch nichts.« Alle lachten. Armer Lukas, dachte ich. Doch dann raffte ich mich auf und dachte, dass ich jetzt meine Chance habe, mich mit einer anderen Frau zu verbünden, also erzählte ich von der Bar in Saint Carelle und von Fabien. Wie wir via Google Translate kommunizierten, dass ich immer ein Glas Wein umsonst bekam, wenn ich auftauchte, und wie wir zufällig im selben Bett lagen, als Magnus spontan zu Besuch kam. Ja, sogar Einar und Paul lagen dort mit drin, und Magnus dachte, dass ich drei Männer auf einmal gehabt hatte, HAHAHAHA! Doch niemand lachte, gluckste oder rief »you go, girl!«.

Alle glauben, dass ich lüge. Ich sehe mich selbst mit ihren Augen. Da sitze ich mit meiner Pastete, mit meiner beigen Hose, die ich mit einem Gummiband zumachen muss, einer hellblauen Bluse mit langweiligem Schnitt und gesunden Laufschuhen mit Magnus' Testsieger-Schnürung »bow-tie lacing«. Jetzt bin ich nicht mehr nur langweilig. Jetzt bin ich auch noch eine Lügnerin, ich kann einfach nicht bei der Wahrheit bleiben, weder bei Horoskopen noch bei Männern.

Das Schweigen nach meiner Erzählung von den ganzen Männern, mit denen ich aufgewacht war, war … wie wollen wir es formulieren, was ist das dunkelste, böseste Wort, das ich kenne? Monströs erschreckend? Kann man damit das Schweigen richtig beschreiben und die ganzen Blicke, die sich nicht auf mich richteten, sondern die sie untereinander tauschten? In schierer Panik räusperte sich Bahar und nuschelte etwas wie: »Das klingt ja interessant, aber jetzt sagt doch mal, wer will noch ein bisschen Kaffee?«

Dann verließen meine Kollegen einer nach dem anderen das Zimmer, um sich Caffè Latte und Macchiato zu machen und auf alle Knöpfe zu drücken, die sie fanden. Ich blieb mit meiner Pastete und einem steifen Lächeln sitzen. Den restlichen Tag arbeitete ich vor dem Computer mit meiner positiven Teamorientiertheit. Ich arbeitete so schwer, dass ich sogar die Kaffeepause ausließ. Ich holte mir auch nicht mal einen Kaffee.

Bodils Hackbraten mit Sahnesauce, kalt gerührten Preiselbeeren und Salzkartoffeln ist aufgegessen. Ich starre auf den einsamen Kirschbaum. Er schwankt so traurig da draußen. Dann wähle ich Fabiens Nummer. Ich mache es so schnell, dass ich mich nicht mehr hübsch machen kann oder nachdenken.

Nach ein paar Klingeltönen steht er vor mir. Es ist dunkel auf der Caféterrasse und ein paar wenige Gäste sitzen hinter ihm und plaudern. Seine Miene hellt sich auf, als er mich sieht, mit dem breiten Lächeln und dem aufgeknöpften, knallgelben Hemd und dem Geschirrtuch ganz lässig über der Schulter.

»Annjetá! Un instant!«

Der Gastgarten flattert vorbei, eine neue Bedienung mit rosa Top ruft Fabien etwas zu, der wiederum etwas zurückruft, und jetzt gehen wir durch den Vorhang in die Küche. Er setzt sich auf den Hocker neben dem Herd und lächelt mich an.

»Ça va?«

»Comme ci, comme ça.«

»Pourquoi?«

Fabien streckt sich nach seiner Zigarettenschachtel und dem Feuerzeug, schüttelt eine Zigarette heraus und steckt sie sich an. Er wartet ruhig auf meine Antwort, die ich nur herausstottern kann.

»Je … je … I miss you.«

»And I kiss you.«

Fabien wirft mir eine Kusshand zu, nimmt einen Zug von seiner Zigarette und spricht ganz langsam, als ob ich ihn dann besser verstehen würde. Er erzählt irgendetwas von der vorherigen Bedienung Colette, die ›fini‹ ist, und une nouvelle serveuse, die anscheinend Josephine heißt. Bonnibelle und Henri sind en Grèce, was wohl bedeutet, dass sie wirklich nach Griechenland gereist sind.

Ich frage nach dem Kloster. Ist es schon verkauft? Fabien versteht nicht, was ich meine. Rasch Google Translate aufmachen, suchen und mich dann zurückklicken zu unserem Telefonat.

»Le monastère est-il vendu?«, frage ich mit miserabler Aussprache.

Fabien schüttelt den Kopf. Pas encore. Noch nicht.

»Das Kloster steht also immer noch dort? Rennen Barry und Judy noch immer rüber? Gießt jemand die Blumen? Wer kümmert sich darum? Man kann das doch nicht einfach so sich selbst überlassen!«

Fabien zuckt mit den Schultern, er versteht natürlich nichts. Und dann sitzen wir da. Ich an meinem Küchentisch, er auf seinem Schemel in der Küche seiner Bar.

»Ich vermisse Einar. I miss Einar.«

»Moi aussi.«

»Heute hatte ich meinen ersten Arbeitstag. Es war ein richtig mieser erster Tag. Alle haben geglaubt, dass ich lüge, und ich habe sowohl auf der Toilette als auch im Pendelzug Selbstgespräche geführt, wie so eine richtige Vollidiotin, hahaha!«

Fabien lacht mit, obwohl er keine Ahnung hat, was ich sage. Eine Frauenstimme, die neue Josephine, fragt irgendwas, und Fabien steht auf.

»Pardon, Annjetá. Mais … your telephone? You number?«
»Oui! OUI! MY NUMBER! Write me! Écris-moi!«
»Parfait.«

Klick. Weg ist er. Jetzt bin ich wieder allein mit meinem Kirschbaum. Und einem ganzen Internet. Ich kauere mich auf dem harten Sofa zusammen und suche den kalifornischen Kondor, suche ein richtig interessantes Bild aus, auf dem der Kondor direkt in die Kamera schaut mit seinen trüben Augen und den ganzen nackten Kopf voller Blut hat. So, mein neues Hintergrundbild.

Nachdem ich das Internet nach allem abgegrast habe, was sich über den kalifornischen Kondor finden lässt, starre ich wieder zum Kirschbaum hinaus. Hätte ich hier zu Hause Freunde gehabt, hätte ich sie jetzt angerufen. Hätte ihnen von diesem Tag erzählt. Aber ich habe keine Freunde. Soll ich Katarina anrufen und fragen, wann im September der nächste Buchtreff ist? Die würde sich ganz schön wundern.

Aber Moment mal … Ich nehme das Handy und suche nach Paul Thuresson, Täby. Eine Handynummer erscheint. Ich habe tatsächlich einen Freund hier in Schweden. Ich schreibe ihm eine Nachricht.

Lieber Paul, hier ist Agneta. Ja, ich bin jetzt hier in Stockholm, genauer gesagt Kvistbro. Willst du zum Abendessen rüberkommen in meine wahnsinnig ordentliche, kleine Ein-Zimmer-Wohnung?

Es ist 21 Uhr 39, und er schläft sicher schon, also muss ich mich wohl gedulden bis mor...
 Pling! Eine Antwort.

Liebe Agneta, darauf freue ich mich wirklich sehr. Ich kann jederzeit kommen.

Dann Abendessen am Freitag? Um 19 h?

Wie schön! Ich nehm was Süßes zum Nachtisch mit.

Ich habe einen Freund, der was Süßes zum Nachtisch mitbringt. Das werde ich morgen allen im Pausenraum erzählen!
 »War nur ein Witz. Das mach ich natürlich nicht. Ich werde nie wieder ein Wort sagen in diesem Pausenzimmer.«

43.

Ich fahre zur Arbeit, ohne in mein unsichtbares Handy zu sprechen. Denn jetzt habe ich ein richtiges Handy, so wie alle anderen. Also sitze ich jetzt im Zug und scrolle mich durch die Bilder von kalifornischen Kondoren, statt Einar anzurufen. Kondore sind zwar nicht schön, wenn sie frei sind, aber in Gefangenschaft sehen sie wirklich schrecklich aus.

Als im ganzen Internet kein einziges Bild mehr zu finden ist, installiere ich Instagram und suche nach Linda Rudbeck. Sie schwimmt zu jeder Jahreszeit und sieht immer gleich fröhlich aus, egal, ob sie sich in ein Eisloch wirft oder ob sie kurz davor ist, im Sommer von einer kargen, hohen Klippe zu springen. Ein paar Kinder hat sie auch, nette Teenager, die ihr Muttertagstorten backen, sie nach London begleiten und sich vor Big Ben fotografieren lassen. Wenn ich ganz weit zurückgehe, finde ich auch einen Ehemann, den sie mehr geliebt hat als alles andere und für den sie so dankbar war im Jahre 2017. 2018 gab es keine Bilder mehr von diesem Mann und kein Wort von Dankbarkeit, dafür aber jede Menge Weingläser und #freundinnenfürsleben. 2019 begann sie, im Neoprenanzug zu schwimmen. Und in neuerer Zeit taucht Magnus manchmal auf, aber nur als ihr »treuer Sportkollege vor der großen Kanaldurchschwimmung«. Doch dass dieser »treue Sportkollege« noch viel mehr Dinge mit Linda macht als schwimmen, das versteht jeder Follower.

Ich schaue auf mein eigenes Profil. Es gibt sieben Bilder,

die mit der Welt zu teilen ich beschlossen habe. Eines, auf dem Lisa an ihrem fünfzehnten Geburtstag gekünstelt lächelt hinter einem Haufen Geschenke, eines von mir selbst hinter einem Bier in Dresden, eines von Magnus hinter einem Bier in Dresden, ein mittelmäßiges Weihnachtsbuffet, ein mittelmäßiges Osterbuffet, die Kinder vor einem schiefen Mittsommerbaum und ein letztes von unseren zwei Katzen, wie sie jeweils vor einer frisch gefangenen Maus sitzen.

Ich suche eines von meinen gespeicherten Bildern des kalifornischen Kondors heraus, auf dem sein Kopf ganz blutig ist und die kleinen Haarsträhnen steif abstehen von getrocknetem Blut. Ich gehe auf »Teilen« und im selben Moment bremst der Pendelzug an der Haltestelle Stockholm City.

Ich beantworte den ganzen Tag freundlich die Fragen der Leute über die Grünanlagen der Stadt. Ich höre interessiert zu, als Lotta S. mit ihrer schrillen Stimme das Tageshoroskop für Zwillinge vorliest, während ich gleichzeitig einen Salat vom Kiosk esse. Ich lache an den richtigen Stellen und sage keinen Ton, den man irgendwie missverstehen könnte. Mit anderen Worten: Ich sage gar nichts. Ich bin ordentlich angezogen mit meiner Chinohose, der Tunika und den gesunden Laufschuhen. Ich wasche mein Wasserglas und Besteck ab, weil meine Mutter (glücklicherweise) nicht hier arbeitet.

Ich tue so, als wäre ich beschäftigt, als vor dem Kaffeeautomaten eifrig über das Kick-off-Meeting nächste Woche diskutiert wird. Es soll ein Quiz organisiert werden, es werden Playlists zusammengestellt, und offenbar soll das Ganze in einem Veranstaltungssaal stattfinden, in dem die Bar nicht allzu teuer ist. Ich schleiche mich leise auf die Toilette, wiege mich vor und zurück wie der eingesperrte Kondor, der ich bin, lese das Tageshoroskop für Steinbock und erfahre Folgendes:

»Ein sozialer Tag, an dem Feste geplant werden. Lassen Sie sich nicht von Ihrer Unsicherheit und Verwirrung leiten, vielleicht ist ein Fest genau das, was Sie brauchen. Passen Sie auf, was Sie essen, damit Sie nichts in sich hineinschieben, was Sie nicht vertragen.« Also trage ich mich in die Liste für das Kick-off-Meeting ein, kaufe in der Konditorei an der Kreuzung eine Budapestrolle aus mit Schlagsahne gefülltem Haselnussbaiser und nehme den Pendelzug nach Hause. Es ist wohl das Beste, wenn ich mein Horoskop ernst nehme und nur Sachen in mich hineinschiebe, die ich garantiert vertrage. Ich habe noch nie allergische Reaktionen von einer Budapestrolle bekommen.

»Huhu! Agneta? Hier ist deine Mama!«

Ich liege mucksmäuschenstill hinter dem Sofa. Als mir aufgeht, dass unten meine Zehen rausschauen, ziehe ich sie schnell ein. Meine Mutter klopft an die Wohnungstür, ruft durch den Fensterspalt, stiefelt um die Hausecke und klopft an meine Terrassentür, ruft mich auf meinem Handy an, das lautlos in meiner Hand vibriert, und ich bin so leise wie ein Kondor. Ich kann gut verstehen, dass meine Mutter dieser Tage so heißläuft. Ihr Plan für meine Schwester und mich sah immer so aus, dass wir genau so leben wie sie. Mit meiner Schwester ist sie da schon so gut wie am Ziel, mit mir hat sie ein bisschen mehr zu kämpfen. Aber jetzt. Sie ist so kurz vorm Ziel.

»Agnetaaa?«

Ich habe schon immer zu viel gewogen. »Agneta, ist es denn so schwer, sich ein bisschen zusammenzureißen? Es geht dabei doch gar nicht ums Aussehen, sondern um deine Gesundheit.« Meine Gesundheit? Nein, nein. Es geht darum, dass sie eine schlanke Tochter haben will, die sie vor ihren

Freundinnen herzeigen kann, ohne sich zu schämen. Sie will eine Tochter, die sich nett unterhalten kann, nicht zu viel und nicht zu wenig isst, ganz normal lebt, gerne Golf spielt und nicht dick ist. Meine Mutter redet gerne über die Figur anderer Leute. Hat Bengt ein bisschen zugenommen? Sollte Harriet nicht ein bisschen abnehmen? Jetzt habe ich ein paar Kilo zugenommen, aber ich bin auch in ihre Gegend gezogen. Ein Schritt zurück, aber zwei Schritte nach vorn für meine Mutter. A propos Schritte, jetzt höre ich, wie sie wieder nach Hause geht. Aber man kann ihr nicht trauen, deswegen mache ich das Licht noch nicht richtig an.

In meinem winzigen Kühlschrank finden genau eine Packung Butter, ein kleiner Käse, ein noch kleineres Glas Aprikosenmarmelade sowie eine kleinere Milchtüte Platz. Also gibt es jetzt ein Marmeladenbrot, eine Tasse Kaffee, ausgeschaltete Lampen und einen ganz leise gedrehten Julio Iglesias zum Abendessen.

Ich habe ja eine ganze Kiste voll mit CDs von Julio, durch die ich mich durcharbeiten kann, und jetzt bin ich bei einer Drei-Stufen-Rakete, auf der Julio auf einem französischen Dreifach-Album so ölig singt, wie er nur kann. Es ist definitiv nicht mein Lieblingsalbum von ihm, aber ich hab es nun mal von Einar geschenkt bekommen, und ich will mich durch alles durchhören, was er zurückgelassen hat. Julio singt lauthals »C'est ma vie«, während Bodils schmaler Kirschbaum einsam in der Dunkelheit im Garten steht und das Leben lebt, das er bekommen hat.

Mit Marmelade an den Fingern klicke ich mich auf meinem Diensthandy durch, bis ich auf eine Seite mit dem kompletten Text von »C'est ma vie« komme. Dann muss ich einfach nur alles kopieren und rein damit in Google Translate. Ich bekomme ein sehnsüchtiges Gefühl im Bauch. Google

Translate hat so viel mit Fabien, Saint Carelle, Einar und meinem alten Ich zu tun. Ich lese die Übersetzung leise durch (lieber im Flüsterton, für den Fall, dass meine Mutter zurückgeschlichen kommt):

»Das ist mein Leben, diese tausend Augenblicke zerbrechliche, die wegfliegen und sich im Garten der Erinnerung ausbreiten.« Julio – woher wusstest du, wo ich gerade bin? Dass ich im Garten meiner Erinnerungen sitze, zwischen all den tausend zerbrechlichen Augenblicken? Oder bist du es, Einar, der hier mit mir zu kommunizieren versucht?

»Ein Flugzeug, dann ein Taxi und ein Zimmer. Vom 1. Januar bis zum 31. Dezember. Ein Augenblick Abenteuer. Eine Liebe, die nicht dauert. Es ist Zeit für Reue.« JULIO? Du schreibst ja von mir! Obwohl es bei mir weder ein Zug noch ein Zug und ein Kloster waren. Von Mitte Oktober bis Mitte des Sommers, und jetzt … ist es Zeit für Reue? Was meinst du damit, Julio? Was soll ich bereuen? Dass ich nach Hause gefahren bin? Dass ich nach Frankreich gefahren bin? Dass mir die Augen geöffnet wurden, dass ich sehen durfte, wie das Leben sein kann, und jetzt die Augen nicht mehr schließen kann?

Ich hole Fabiens Nummer heraus. Es ist kurz vor halb sieben. Es ist sinnlos, ihn jetzt anzurufen, er kann jetzt sowieso nicht reden.

Ich kopiere den Text des Liedes und packe ihn in eine SMS. An Fabien. Wir haben uns noch nie Nachrichten geschrieben. Ich habe mich nicht richtig getraut und er hat nicht richtig … na ja, er hatte höchstwahrscheinlich auch einen Grund. Da höre ich, wie sich jemand neben meinem Mini-Kühlschrank räuspert.

»Ja, hallo, wir sind's wieder von der Lebenslügen-Abteilung. Schon lange nichts mehr voneinander gehört. Hast du uns angerufen?«

»Nein, ich hab euch nicht angerufen.«

»Das ist immer so schwer festzustellen, aber wir haben gesehen, wie du an deinem Handy rumgefummelt hast, und wir sind schnell, wie du weißt. Dein Freund in der Not! Du hast doch grade überlegt, was für einen Grund Fabien gehabt haben könnte, dass er dir nie eine SMS geschrieben hat.«

»Ich weiß nicht, ob ich wirklich überlegt habe.«

»Wir wollen nur sagen, dass Fabien grade total viel um die Ohren hatte. Colette musste den Job in der Bar kündigen, und dieser Stress, eine neue Bedienung zu finden, sie einzulernen und … na ja, du kannst es dir sicher vorstellen. Fabien ist ja eher nicht so der ›Nachrichtenschreiber‹, er ist das, was wir einen ›Live-Menschen‹ nennen. Er ist am besten dort, wo er gerade ist. Wenn du also mit ihm reden willst, wäre es das Beste, wenn du ganz einfach runterfährst. Damit ihr euch richtig treffen und Zeit miteinander verbringen könnt in seiner Junggesellenbude. Haben wir gerade Junggeselle gesagt? Er ist ja mehr oder weniger dein Verlobter! Seine Verlobtenbude, meinen wir natürlich, wir müssen unsere Abläufe hier in der Lebenslügen-Abteilung wirklich mal überprüfen, solche Fehler sollten eigentlich nicht vorkommen. Ich mache mir eine geistige Notiz, dann korrigieren wir das, sobald wir aufgelegt haben.«

»Also, ihr braucht mich wirklich nicht zu bauchpinseln, ich bin ein erwachsener Mensch, ich verstehe schon, wie die Dinge stehen. Mir ist klar, dass das Leben in Saint Carelle weitergeht. Dass Fabien viel zu tun hat, hoffnungslos überfordert ist mit allem, was mit Handys und Internet zu tun hat, aber … Ich frage mich eben, ob er viel an mich denkt.«

»Und ob er an dich denkt! Du weißt doch noch, diese App, mit der man Schwedisch lernen kann? Die hat er im Grunde schon zerschlissen, um dich auf Schwedisch begrüßen zu können, wenn du am Ende doch noch zu ihm zurück kommst. Wir finden, dass du in dieser Hinsicht ein bisschen träge unterwegs bist. Oje, jetzt ruft mir mein Assistent zu, dass wir einen akuten Anruf aus Katrineholm reingekriegt haben, den müssen wir unbedingt annehmen. Aber schick ihm ruhig diesen Liedertext, dann hören wir uns kurz vor der Hochzeit wieder! Übrigens lieben wir Julio Iglesias hier im Büro, er ist quasi eine Verkörperung unserer Abteilung!«

»Aber ich will doch gar nicht heiraten! Ich hab mich doch grade erst scheiden lassen. Oder, ich weiß ja nicht mal richtig, ob ich schon geschieden bin, deshalb ... Hallo? Nein, jetzt sind sie weg.«

Ich schalte den Wasserkocher ein und fülle Kaffeepulver in die French-Press-Kanne, hole einen Teelöffel heraus, stelle die Budapestrolle auf einen Teller und lasse den Kaffee fertig ziehen. Über mir tappt Bodil herum. Hin und her, und dann wird der Fernseher eingeschaltet. Ich höre die dumpfen Stimmen von oben, während Julio hier unten für mich singt. Da höre ich etwas hinter der Kaffeedose murmeln. Das ist die Realität. Warum versteckt sie sich ständig hinter Blumen und Kaffeedosen? Ich hebe die Kaffeedose hoch und rufe laut:

»Raus mit dir! Ich weiß, dass du da rumsitzt.«

»Rumsitzen – also, ich weiß ja nicht, ob wir wirklich nur rumsitzen. Aber wir haben ein Notmeeting abgehalten wegen Julios Liedtext und deiner SMS an Fabien, wir wissen nicht so recht, was wir davon halten sollen. Wenn sich ein Mensch nicht mehr meldet, hat er meistens nur einen einzigen Grund dafür.«

»Aha. Und, was ist das für ein Grund?«

»Dass er ganz einfach kein so großes Interesse dran hat, sich zu melden. Glaub uns, wir haben schon alles gehört. Wie Menschen versuchen, Gründe zu finden, wie ›er/sie ist einfach grade total beschäftigt in der Arbeit‹, ›er/sie hat Angst vor der Liebe‹, ›er/sie ist in der Vergangenheit verletzt worden und traut sich jetzt nicht mehr‹, ›er/sie liebt mich zu sehr‹, ›sein/ihr Handy hat keinen Akku mehr oder er/sie kann sich kein neues Ladegerät leisten‹ und so weiter, die Liste lässt sich ewig fortsetzen. Aber meistens gibt es nur eine Antwort: ›Er/sie interessiert sich einfach nicht so für dich.‹ Fabien und du hattet eine schöne Zeit zusammen. Jetzt sind eure Leben in unterschiedliche Richtungen gegangen, und so etwas unters Sauerstoffzelt zu legen … das funktioniert nie besonders lange. Außerdem ist Fabien das, was wir ›einen charmanten, aber hoffnungslosen Fall‹ nennen. Weißt du, wie viele Jahre Therapie nötig sind bei so einem Menschen, damit er seine gewohnten Liebesmuster durchbricht? Nein, lass ihn einfach los. Wir würden dir Tinder empfehlen, statt Fabien diese ehrlich gesagt ziemlich alberne Nachricht zu schicken …«

»Wisst ihr was? Ich leg jetzt auf. Auf Wiederhören und danke für das Gespräch, und bitte ruft mich nicht mehr an.«

»Aber wir sagen es doch nur, weil wir das Beste für dich …«

So. Weg mit ihnen und her mit dem Handy. Ich drücke auf »Senden« und schon fliegt Julios Liedtext in einer Nanosekunde zu Fabien. Diesmal werde ich dran denken, dass er eher langsam antwortet, und ich werde nicht mehr an diese Nachricht denken vor Ablauf von … vierundzwanzig Stunden. Ich schaue auf die Uhr. Noch dreiundzwanzig Stunden, neunundfünfzig Minuten und drei Sekunden.

»Hat er die Nachricht jetzt vielleicht schon gesehen? Hat er sich gefreut, als er den Signalton gehört hat und gesehen hat, dass die SMS von mir war? Denkt er sich: ›Ich muss mich jetzt beherrschen! Ich werde bis heute Abend warten, und dann werde ich sie richtig lesen.‹? So hätte ich es gemacht. Oder sieht er die Nachricht und fragt sich, warum diese hoffnungslos langweilige Person sich mit einem pathetischen Text von Julio Iglesias meldet?

Herrgott, WER bitte schön schickt denn ein Lied von Julio Iglesias als SMS? Katarina vom Buchclub würde so was niemals tun. Und auch keine Frau in der Arbeit. Nur ich mach so was. Ich muss die Lebenslügen-Abteilung noch mal anrufen.

»Hallo? Könnt ihr mich bitte mal ein bisschen unterstützen? Pfeift auf die Anrufer aus Katrineholm, ich brauche euch jetzt!«

Schweigen. Man hört nur Bodils Fernseher von oben. Keine Antwort von Fabien. Und jetzt sind es dreiundzwanzig Stunden, achtundfünfzig Minuten und siebzehn Sekunden, bis ich wieder an diese Nachricht denken darf. Ich werfe mein Handy aufs Sofa, nehme noch einen zweiten Teelöffel aus der Schublade, stelle Kaffee, Gebäck und zwei Tassen auf ein Tablett und gehe zur Tür hinaus. Rasch gehe ich ums Haus herum und hoch zu Bodils Tür.

44.

Ich drücke auf die Türklingel, und auf der anderen Seite ertönt ein grelles Klingeln. Der Fernseher wird leiser gestellt, die Gardine im Flurfenster wird einen Spaltbreit zur Seite geschoben, Bodil sieht mich und macht mir auf. Ich recke mein Tablett vor.

»Magst du Budapester-Rollen?«

Bodils Miene hellt sich auf, als sie in ihrem Morgenmantel, Schlafanzug und den Filzpantoffeln dasteht.

»Ich liebe sie.«

»Entschuldige, dass ich in der Mehrzahl spreche«, sage ich, »ich hab nämlich tatsächlich bloß ein Stück. Aber ein geteiltes Stück Budapestrolle ist ein doppeltes Stück Budapestrolle, wie es so schön heißt.«

»Was für ein Glück! Ich habe noch Karamellkekse, falls die doppelte Budapestrolle nicht reicht. Entschuldige übrigens, dass ich im Schlafanzug rumlaufe, aber ich wusste nicht, dass noch Besuch kommen würde, das kommt nämlich normalerweise nicht so oft vor.«

»Du hast einen eleganten Morgenmantel und einen sehr schönen Schlafanzug, du könntest königliche Hoheiten empfangen in diesem Aufzug.«

Bodil lächelt verlegen und zieht den Morgenmantel fester um sich.

»Du meinst, wie in Versailles?«

»Haben die da die Leute in Schlafanzügen empfangen?«

»Ja, dort wurden Prinzen und Angehörige des Hofes von Ludwig XIV. im Pyjama empfangen. Also ganz einfach König Ludwig und ich.«

Ich stoße einen kleinen Schrei aus, ein bisschen zu laut und ein bisschen zu schnell.

»LUDWIG XIV.? Den kenne ich!«

Bodil schaut mich verwundert an.

»Wirklich?«

»Der hat doch die ganzen Platanen nach Frankreich gebracht! Du weißt schon, diese schönen, gefleckten Bäume, die in der Provence am Straßenrand stehen. Es war richtiges Glück, dass er überhaupt geboren wurde, denn sein Vater war schwul und hat sich meistens in seinem Jagdschloss irgendwo in Versailles mit anderen Männern verlustiert. Entschuldigung, wenn ich so laut spreche, aber ich bin so froh, von einem Menschen zu hören, den ich auch kenne. Oder nein, noch mal Entschuldigung, ich kenne Ludwig natürlich nicht. Aber es kommt mir so vor. Im Kloster hatte sein Vater Ludwig XIII. ein eigenes Zimmer und …«

»Du bist nicht die Einzige, die meint, alle möglichen Könige zu kennen. Meine Mutter hatte gerahmte Bilder von diversen Königen zu Hause und sprach immer ganz gerührt von ihnen, also bin ich so was gewohnt. Komm rein.«

Bodil geht mir voraus ins Wohnzimmer. Es ist ein ordentliches Zuhause. In der Küche ist bereits der Frühstückstisch gedeckt. Ich spähe ins Kinderzimmer, das immer noch ein Kinderzimmer ist, »praktisch, wenn die Enkel mal hier übernachten«, das Arbeitszimmer von Bodils verstorbenem Mann, das immer noch ein Arbeitszimmer ist, »ich weiß nicht, was ich mit dem ganzen Zeug machen soll, deswegen steht da noch alles drin«, das Doppelbett, in dem jetzt nur noch auf der einen Seite geschlafen wird, und im Wohnzimmer steht schon eine Teetasse, brennende Kerzen und Karamellkekse auf dem Tisch. Bodil ist nicht alt. Sie ist wohl eher um die … siebenundsechzig vielleicht? Zwanzig Jahre jünger als Einar. Das reinste Kind.

Bodil setzt sich aufs Sofa, während ich mich auf den Sessel gegenüber setze und anfange, das Kuchenstück durchzuschneiden.

»Bitte schön!«

Ich schiebe den Teller zu Bodil, die wiederum die Karamellkekse zu mir rüberschiebt. Ich bediene mich genüsslich.

»Wir sind wie zwei Stämme, die sich gegenseitig Geschenke machen, um zu zeigen, dass sie in friedlicher Absicht kommen.«

Oh nein, jetzt habe ich meine Gedanken schon wieder laut ausgesprochen. Ich wollte das doch bloß denken. Nicht herumkrähen von Königen, die ich kenne, und Völkern, die sich gegenseitig Geschenke machen.

Bodil nimmt den letzten Bissen von ihrem Kuchenstück, und ohne eine Miene zu verziehen, sagt sie:

»Solange du nicht Kolumbus bist, der mich mit Perlen und Glitzer lockt und mich dann versklavt, geht das schon in Ordnung.«

»Eine halbes Stück Budapestrolle? Gilt das als Glitzer?«

»Nein, das gilt als reines Gold.«

»Gut.«

Bodil streckt mir die andere Hälfte des Kuchens hin und ich nehme ihn entgegen. Sie lehnt sich auf dem Sofa zurück.

»Wie geht es dir?«

»Blendend!«

Ich lächle, so breit ich kann, und recke sogar den Daumen hoch. Niemand hält den Daumen hoch, wenn es ihm so gut geht, dass er den Daumen hochhalten könnte. Bodil lächelt mich freundlich an, wie ich da sitze mit meinen beiden Daumen in der Luft.

»Du darfst gerne ehrlich antworten. Es ist wirklich nicht gerade Versailles da unten.«

»Es ist wunderschön da unten! Ich kann nichts Schlechtes darüber sagen.«

»Aber blendend ist vielleicht auch nicht das richtige Wort«, meint Bodil.

»Nicht wirklich, aber ... Aber es hapert nicht an deiner Wohnung, es hapert an mir.«

»An dir?«

»Ja. Ich ... habe mich wirklich ins Chaos gewirtschaftet.«

»Inwiefern?«

»Ich habe Julio Iglesias angehört. Er hat ein Lied gesungen über ›das Abenteuer des Augenblicks‹, und ich fand, dass ich genau dasselbe erlebt hatte, und dieser Augenblick hat Dinge in mir in Bewegung gebracht, die ... plötzlich Wünsche in mir ausgelöst haben. Vorher habe ich nie wirklich etwas haben wollen, weil es einfacher war. Ich ... Moment, hast du das auch gehört?«

Bodil lauscht und schüttelt den Kopf.

»Nein, was hast du gehört?«

»Es klang wie ... Warte mal kurz.«

Ich renne hinaus, ums Haus herum und hinunter ins Souterrain. Werfe mich auf mein Handy und schaue auf meine SMS. Ich dachte nämlich, ich hätte das SMS-Signal gehört, und dass es vielleicht ... nein. Es war nichts. So ein Pling kann man ja auch nicht durch den Boden hören. Ich lasse das Handy auf dem Sofa liegen und gehe wieder zurück zu Bodil.

»Ist was passiert?«

Ich setze mich wieder auf den Sessel.

»Überhaupt nichts. Ich dachte bloß ... Mann, das ist so albern.«

»Was denn?«

»Nein, du solltest dir nicht meine pathetischen Liebesaffären anhören müssen. Oder wie man das auch nennen möchte. ›Liebesaffären‹ klingt übrigens bedeutend weltgewandter, als die Geschichte wirklich ist, das kann ich dir versichern.«

Bodil zieht die Beine aufs Sofa.

»Weißt du, was ich normalerweise anhöre? Normalerweise höre ich Radio, dann gehe ich über zu den normalen Nachrichten im Fernsehen, danach schaue ich die vertiefende Nachrichtensendung und zum Schluss schlafe ich zum Nachtradio ein. Eine pathetische Liebesaffäre hört sich nach etwas an, wovon ich unbedingt alles hören will. Wer ist es?«

»Er heißt Fabien.«

»Ach, der mit der Bar unten in Saint Carelle?«

»Weißt du was, Bodil? Ich bin so froh und so traurig auf einmal. Dass du dir den Namen meines Dorfs gemerkt hast, ist so ... schön. Du bist die Erste, die ernsthaft fragt, wie es mir da unten ergangen ist. Ansonsten scheint es nämlich keinen zu interessieren. Meine Eltern, Magnus und meine Kinder auch nicht. Wenn ich ihnen gegenüber von Saint Carelle sprechen würde, würden sie glauben, ich rede von einem Heiligen.«

»Es kann schon lästig sein, sich die Abenteuer anderer Menschen anzuhören. Da wird so offensichtlich, dass man sich selbst nicht hinaustraut. Und dann haben wir ja noch das ungeschriebene Gesetz der Unauffälligkeit und die schwedische Zurückhaltung und alles Mögliche, was sonst noch im Weg steht.«

»Aber du fragst?«

»Ja.«

»Und was ist mit der vorgeschriebenen Unauffälligkeit? Und dieser Zurückhaltung?«

»Davon hab ich genug, glaub mir. Was glaubst du, warum ich hier jeden Abend zu Hause sitze mit den Nachrichten und dem Nachtradio als einziger Gesellschaft? Das hat nicht nur mit meiner üblen Finanzlage zu tun, sondern auch noch mit anderen Dingen. Eine Witwe kann doch nicht einfach zu Abenteuern aufbrechen, oder?«

»Natürlich kann sie das!«

»Was werden meine Nachbarn sagen?«

»Die sagen doch gar nichts! Über nichts!«

»Und meine Kinder?«

»Müssen die überhaupt davon erfahren?«

»Nein, ich kann das nicht. Ich muss mich um meinen alleinstehenden Vater kümmern, meine Enkel und außerdem kann ich mir nichts leisten. Nicht mehr als Nachrichten und Nachtradio.«

»Abenteuer müssen gar nichts kosten.«

»Alles kostet was. Glaub mir, das weiß ich. Erzähl mir lieber von Fabien.«

Bodil schiebt mir die Dose mit den Karamellkeksen rüber und ich nehme noch einen. Dann erzähle ich von Fabien. Bodil unterbricht mich hin und wieder, will sich bei den Details aufhalten. Ich rede mit ihr so, wie Freundinnen in diesen wundervollen Fernsehserien immer miteinander reden. Ich hab noch nie zuvor so mit einer Frau geredet. Mit Einar hab ich zwar auch geredet, aber er war eben ein Mann und eher philosophisch in seinen Überlegungen. Bodil ist mehr wie … eine Freundin. Sie hält sich entzückt die Hände vor den Mund, als ich erzähle, wie Fabien mich in der weihnachtlich geschmückten Bar abgebürstet hat. Sie schreit fast vor Vergnügen, als ich ihr von fliegenden BHs und sich drehenden Betten erzähle. Ich bekomme Hunger von dem ganzen Erzählen, und da bringt sie mir einen Teller voll Reste vom Abendessen. Mit Rote-Bete-Frikadellen im Mund plappere ich weiter davon, wie wir einander fotografiert haben, von der halben Brücke, von unserer Liebesbegegnung in der Putzkammer und wie Einar nach seinem Tod das Bett dazu brachte, sich zu drehen. Von Fabiens holprigem Schwedisch und ebenso holpernder Erfahrung mit Beziehungen. Als ich sein »Du biist bösondörs, du biist schön.« nachmache, muss sogar Bodil eine Pause machen, um sich auch einen Teller Frikadellen warm zu machen und sich die Tränen mit dem Ärmel ihres Pullovers abzuwischen.

»Das hätte ich mich nie getraut«, sagt sie mit vollem Mund.

»Hätte ich vorher ja auch nicht! Das Ganze ist ... wahnsinnig! Das bin überhaupt nicht ich!«

»Aber du bist es doch. Du hast diese ganzen fantastischen Dinge doch gemacht!«

»Nicht nur fantastisch. Es ist auch unglaublich anstrengend, denn jetzt habe ich all das einmal kosten dürfen, aber es gehört nicht mir. Es war alles nur geliehen. Eine Sandburg, die von der Flut weggewaschen wurde.«

»Ach was. Diese Sandburg bist du, und die nimmst du doch überall hin mit. Und was ist das für ein dummes Gerede von der Flut? Du sitzt hier vor mir und erzählst von deinen Erlebnissen. Sie sind nicht weg! Du bist nicht weg. Alles ist geblieben. Weil du es bist.«

»Und die ganzen anderen? Die, mit denen ich zusammen war? Einar? Bonnibelle? Wenn man sie wegnimmt?«

»Dann bist du immer noch übrig.«

»Mit jeder Menge hoffnungsloser Träume, die nichts mit der Wirklichkeit zu tun haben.«

»Hoffnungslose Träume? Nein, nein. Ich hab erst letzte Woche eine Frau im Radio gehört, die ein Selbsthilfebuch geschrieben hat, na ja, es war ziemlich albern, aber sie sagte etwas von einem Tresor. Das Einzige, worauf man sich verlassen kann, ist, *dass man das, was man erlebt hat, auch besitzt.* Das kann keiner ausnutzen oder dir wegnehmen, und es ist ganz egal, was morgen passiert. Denn du hast diese goldene Stunde in deinem Tresor. Alles, was dir in Saint Carelle passiert ist, ist ein Picasso, den du in deinen Tresor stellen kannst. So was ist Milliarden wert, und diese Milliarden sind jetzt in dir.«

»Ich habe einen Picasso in mir?«

Ich spüre tief in mich hinein. Es ist nicht so, dass ich ihn vor mir sehen kann, aber vielleicht spüre ich einen kleinen, ganz kleinen Hauch von Picasso tief in meinem Innersten.

»Und du, Bodil? Was hast du in deinem Tresor?«

»Der ist leer! Hab ich doch gesagt.«

»Nach einem ganzen Leben kann dein Tresor doch nicht leer sein.«

»Nein, ich habe Gold da drinnen liegen. Aber ich bin wohl eher wie ein … vergessenes Schließfach. Hier liegen ein bisschen Gold und ein paar Wertpapiere, aber es ist schon so lange her, seit etwas Neues reingelegt wurde.«

»Womit würdest du dein Schließfach denn gerne füllen?«

Bodil lacht trocken.

»Darüber hab ich noch nicht mal nachgedacht.«

»Aber wenn du nachdenkst?«

Bodil lächelt und seufzt.

»Tja, ein kostenloser Wirtschaftsprüfer wäre immer willkommen.«

»Das war ein … sehr spezieller Wunsch.«

»Ja, wegen einem speziellen Problem.«

»Ein wirtschaftliches?«

»Unwirtschaftlich wäre wohl der passendere Ausdruck. Mein Mann konnte überhaupt nicht mit Geld umgehen, wie ich nach seinem Tod erfahren habe. Aber das ist so eine langweilige Geschichte, dass wir gar nicht darüber reden sollten.«

»Ich hör mir gerne deine langweiligen Geschichten an. Wollen wir uns noch ein bisschen Tee machen?«

45.

Mein Kondor auf Instagram hat zwei Likes bekommen. Einen von Lisa und einen von meiner Mutter. Lisa schreibt in den Kommentaren, dass wohl jemand meinen Account gehackt hat. Meine Mutter schreibt, dass ich sofort dieses grässliche Bild entfernen soll. Dann schreibt sie einen neuen Kommentar, nämlich, dass »es schön wäre, wenn du irgendwann mal ans Handy gehen oder deine Tür aufmachen würdest«.

Ich sitze im Pausenzimmer und Lotta S. liest gefühlvoll die Tageshoroskope für alle vor. Mein »italienischer« Salat vom Kiosk mit den zu lang gekochten Penne und den sonnengetrockneten Tomaten vermittelt mir nicht das geringste Gefühl von Italien. Aber ich esse brav, tue so, als würde ich zuhören, was die Sterne für Pläne mit uns haben, während ich an Bodil denken muss, die ihrem Mann die finanziellen Angelegenheiten überließ. Ein bisschen so wie ich – Magnus hat sich um alles gekümmert, und während er das sicher alles auf dem Papier richtig gemacht hat, war es weiß Gott nicht zu meinem Vorteil. Meine Phantasie hat nie so weit gereicht, dass ich an eine Scheidung gedacht hätte. Bodils Phantasie hat nie so weit gereicht, dass ihr der Gedanke gekommen wäre, ihr Mann könnte vielleicht doch nicht unbedingt ein Finanzgenie sein. Ein finanzieller Totalschaden kommt der Wahrheit näher. Sie sitzt fest mit einem Haus, auf dem ein Schuldenberg lastet. Ich komme nicht weg, weil ich nicht genug Geld habe, mich von hier fortzubewegen. Ich bin mehrere tausend Schritte rückwärts gegangen und bin in meine alte Reihenhaussiedlung zurückgezogen. Bodil und ich sitzen vielleicht nicht unbedingt im gleichen Boot, aber wir sitzen definitiv im gleichen Reihenhaus.

»Agneta?«

»Ja?«

Lotta S. schaut mich fast erwartungsvoll an.

»Ich les jetzt das Horoskop für Zwilling vor, bitte konzentrier dich ein bisschen.«

»Entschuldige, ich hab grade … ja, Zwilling, super.«

Lotta S. räuspert sich und liest laut vor:

»›Große Sorgen können kleinere Sorgen werden, wenn du zulässt, dass deine Freunde einander helfen und …‹ Nein, das war ja Steinbock, Moment … hier ist der Zwilling: ›Die Liebe strahlt dich an, und wenn du nur wagst, an die Liebe zu glauben …‹«

Große Sorgen können kleinere Sorgen werden, wenn du zulässt, dass deine Freunde einander helfen. Moment mal. Paul ist Wirtschaftsprüfer. Bodil braucht einen Wirtschaftsprüfer. Paul kommt am Freitag zum Essen zu mir! Bodil sitzt am Freitag wahrscheinlich vor den Fernsehnachrichten, sie könnte sicher auch zu mir zum Essen …

PLING! Das war mein Handy. Fabien hat mir eine Antwort auf meine Nachricht geschickt. Mein Mund ist voll mit Penne und ein bisschen eingelegten Artischockenherzen. Ich kann kaum schlucken. Eine ungelesene Nachricht, und sie ist von Fabien.

Mit zitternden Fingern drücke ich auf die Nachricht. Sie geht auf, als ob ich ein weißes Blatt in die Luft geworfen hätte, das sich ganz von selbst nach vorn und hinten neigt und sich durch Origami-Magie in … ein Herz verwandelt. Nicht mehr und nicht weniger. Fabiens Origami ist ein rotes Herz geworden. Ich keuche auf und blicke hoch. Alle im Pausenzimmer sind still. Mir klopft das Herz in meinen Händen, und ich stammle:

»Entschuldige, Lotta, kannst du mir die Zwillinge noch mal vorlesen, ich hab gerade …«

Lotta S wirft mir einen müden Blick zu und liest den Text noch einmal vor.

»›Die Liebe strahlt dich an, und wenn du nur wagst, an die Liebe zu glauben, dann kommt sie zu dir. Doch die Liebe kommt nicht zu dem, der abwartet. Nach dem Wochenende ist außerdem ein finanzieller Aufschwung zu erwarten. Verpass auf keinen Fall die Gelegenheit für gute Investitionen.‹ Zufrieden?«

»Ja. Danke.«

»Geld und Liebe, mehr kann man sich doch wirklich nicht wünschen, oder? Das wär doch was für dich, was, Lotta? Dann musst du nicht immer wach liegen und nachts heimlich auf Tinder stöbern? Den Alten rauskaufen und den Tinderprinz treffen, oder?«

Alle lachen, und Lotta S. fährt fort:

»Aber du bist ja gar kein Zwilling, Agneta. Was würdest du mit dem ganzen Geld und der Liebe anfangen, die dich erwarten?«

Fabiens Herz rotiert vor mir. Es kommt mir vor, als wäre es zwei Meter groß und hinge pulsierend vor mir in der Luft. Dunk, dunk, dunk, dunk. Komisch, dass die anderen das nicht sehen. Dass sich nicht das ganze Gebäude von dieser Kraft getragen in die Luft hebt wie eine rauschende, unglaubliche Supernova. Seltsam. Ich hingegen spüre, wie meine Wangen auch pulsieren. Feuerrot.

Lotta S. stupst mich an.

»Was ist denn los mit dir? Du bist doch nicht etwa verlegen?«

»Ich weiß nicht ...«

Lotta S. legt die Zeitung beiseite und starrt mich an. Vielleicht ist es das erste Mal, dass jemand aus dieser Abteilung mich mit Interesse anschaut.

»Schau mal einer an – liegt hier etwa gerade Liebe in der Luft? Wer ist der Glückliche?«

Jetzt starren die anderen im Pausenzimmer mich ebenfalls an.

»Erinnerst du dich noch an diesen Barbesitzer, von dem ich erzählt habe?«

Lotta S. erinnert sich genau. Alle anderen im Pausenzimmer ebenfalls. Denn in derselben Sekunde, als ich »Barbesitzer« sage, kühlt jegliches Interesse wieder ab. Und ich fühle mich wie die letzte Unschuld in der Klasse, die lügt, als sie behauptet, dass sie natürlich schon mit einem Jungen geschlafen hat, »mit einem süßen Jungen vom Land«. Aber jetzt sitze eben ich hier und erzähle von »diesem hübschen Barbesitzer in der Provence«, mit dem ich quasi zusammen bin. Niemand hier glaubt mir diese Geschichte von »diesem hübschen Barbesitzer in der Provence«. Hätte ich gelogen und behauptet, dass ich auf match.com einen mittelmäßigen Büroangestellten aus Oxelösund kennengelernt hätte, dann hätten mir alle weiter zugehört. Denn so sieht eine Wahrheit aus. Agneta mit ihrem Salat vom Kiosk und ihren gesunden Laufschuhen kann unmöglich einen Barbesitzer aus der Provence am Start haben.

Lotta S. lächelt mitleidig, und ich bekomme kein Wort mehr heraus. Totaler Stillstand auf allen Kanälen. Stattdessen mache ich die Augen zu. Ja, leider, ich mache wirklich die Augen zu. Ich wünschte, es wäre anders, aber meine Lider senken sich und meine Ohren hören nichts mehr, aber vor meinem inneren Auge sehe ich Fabien zur Tür hereinkommen. Mit seinem breiten Lächeln, seinem wundervollen Geruch, seinem zotteligen Körper und seinem aufgeknöpften, farbenfrohen Hemd. Aber er kommt nicht nur einfach zur Tür herein, er TRITT sie auf. Bamm! Und er sagt: »Nobody puts Agneta in a corner« mit seinem starken französischen Akzent. »Noböddi pott Annjetá in ö connä.«

Ich strecke die Hände nach ihm aus, er ergreift sie und trägt mich hinaus. Ja, Fabien trägt mich vorbei am Kopierer, durch alle Flure, er trägt mich die Treppen runter und schummelt nicht, indem er den Aufzug nimmt. Er trägt mich vorbei am Kaffeeautomaten, am Empfang und lässt mich erst wieder runter, als wir bei seinem gelben Renault angekommen sind, den er dreist quer auf dem Fußweg geparkt hat, genau vorm Eingang. Als die Politessen auftauchen, küsst er sie einfach auf die Wange und daraufhin zerreißen sie ihre Strafzettel, lassen die Papierstückchen mit dem Wind davonfliegen und mustern Fabien mit funkelnden Augen, als er mir die Beifahrertür aufmacht. Dann fahren wir davon. Unserer Zukunft entgegen.

Ich mache meine Augen und Ohren wieder auf. Lotta S. liest mittlerweile das Horoskop für Löwe vor, und alle hören zu, wobei sie aber verstohlen zu mir herüberlinsen. Ich versuche, meinen italienischen Salat zu essen, als wäre nichts passiert. Kaue zähe Nudeln, versuche, mich nicht in Grund und Boden zu schämen, und schaue wieder auf Fabiens rotes Herz. Ich bin so gerührt, dass er von allen Emojis, die es gibt, ausgerechnet dieses Herz ausgesucht hat. Er hätte auch auf den Weihnachtswichtel drücken können, ein Fahrrad, ein Gehirn, die Sonnenblume, den Ballon oder den Cowboy. Aber er hat sich entschieden, mir ein rotes Herz zu schicken. Er hätte auch auf ein gelbes, blaues oder violettes Herz drücken können. Fabien hat mir aber das rote geschickt. Die Farbe der Liebe. Mit zitternden Fingern scrolle ich hinunter zu meinen Emojis, gehe zu den ganzen Herzen, suche auch das rote heraus und drücke drauf.

Pling. Nun hat Fabien ein rotes Herz zurückbekommen. So. Jetzt ist es ausgesprochen und …

Plötzlich kommt eine ganz neue Energie ins Pausenzimmer. Es wird mit den Handys gewedelt, Lieder werden abgespielt und man hört »JAAA« und »Warte, dieser hier« und »DANSA I NEON« und »*Wir müssen auch das von Carola mitnehmen, das über die Zukunft*«. Und dann fangen sie alle gemeinsam an zu singen: »*Es wird Zeit, die Dinge neu zu denken, denn die Zeit wird knapp, vielleicht ist sie bald um.*«

Einer von den jüngeren Männern aus der IT-Abteilung lehnt in seinem engen Hemd am Türpfosten und versucht, den plötzlich ausgebrochenen Eifer zu übertönen.

»Jeder nur ein Lied! Und es muss ein Lied sein, auf das man tanzen kann, denn sonst …«

Bahar fällt ihm ins Wort.

»Was – können wir echt keine Schmuselieder nehmen? Ich finde, wir sollten auch Schmuselieder nehmen, es ist doch eine Betriebsfeier. Es kommen doch alle aus eurer Abteilung, oder?«

Der IT-Typ nickt grinsend, hält aber zwei warnende Zeigefinger hoch.

»Keine langweiligen Schmuselieder, nur tanzbare Songs, Mädels. Es ist schließlich ein Kick-off-Meeting, wir sind hier nicht auf der Finnlandfähre.«

Lotta S. muss fast schreien, um die Lieder zu übertönen, die auf den ganzen Handys abgespielt werden.

»Du bist noch nie auf so einer Fähre mitgefahren, das hör

ich sofort! Das hat überhaupt nichts mit alten Leuten zu tun. Ich will *I wanna rock* von Twisted Sister auf die Liste setzen.«

»Dann schreibe ich das auf, aber wir machen das jetzt schön der Reihe nach. Okay, Bahar, welches möchtest du?«

»*Aloha ohe* von Billy Vaughn!«

Es gibt nur zwei Menschen, mit denen ich tanzen möchte. Und es gibt wohl auch nur zwei Menschen, die mit mir tanzen wollen. Einer von den beiden ist tot, und der andere steht in einer Bar in Saint Carelle. Also wünsche ich mir kein Lied. Die anderen können von mir aus tanzen, soviel sie wollen.

»Und du?«

Der IT-Typ wendet sich zu mir.

»Was?«

»Was für ein Lied wünschst du dir?«

Ich bin die Letzte, und alle haben sich ein wenig beruhigt, weil ihre Lieblingslieder jetzt notiert worden sind.

»Ich brauch auch keines.«

Der IT-Typ versucht, mich freundlich aufzumuntern.

»Natürlich brauchst du eines! Alle dürfen sich eines aussuchen. Jetzt komm schon, irgendein Lied, auf das du richtig gut tanzen kannst.«

»*La mer* von Julio Iglesias.«

Es ist mir einfach so rausgerutscht. Ich hätte irgendetwas anderes aussuchen sollen, am liebsten eines von Freestyle oder *It's Raining Men* oder sonst irgendwas. Der IT-Typ schreibt den Titel auf, ohne eine Miene zu verziehen, während alle anderen anfangen, ihr Besteck abzuwaschen und ihre Essensreste wegzuwerfen.

»So! Dann geh ich jetzt mal weiter zur Infrastrukturabteilung, mal sehen, worauf die so tanzen wollen.«

46.

Bodil hat sich so gefreut, als ich sie gefragt habe. Ich habe nicht erwähnt, dass Paul Wirtschaftsprüfer ist, sondern denke mir einfach, dass die Sterne jetzt den Rest erledigen sollen mit ihrem »große Sorgen können kleinere Sorgen werden, wenn du erlaubst, dass deine Freunde sich gegenseitig helfen«. Also lud ich Bodil ein, wie man es mit Freunden macht, ich hab sie einfach gefragt, ob sie nicht am Freitag zum Abendessen zu mir kommen möchte. Sie hat Ja gesagt. Sie will mit Paul und mir zu Abend essen. Ich hab mich fast so gefreut, als hätte sie meinen Heiratsantrag angenommen. Ich hörte sofort auf, kalifornische Kondore zu googeln, und suchte stattdessen Geschäfte mit französischen Käsesorten.

Ich habe lange nicht mehr so ein Freitagsgefühl gehabt, bestimmt nicht mehr seit ... ich weiß es nicht mal mehr. Aber ich habe eine Woche Arbeit als positive Teamarbeiterin geschafft, fünf Tage im Pausenzimmer mit meinen Kollegen überlebt, mit allen Horoskopen und »italienischen« Salaten aus dem Zeitungsladen, hab es geschafft, den Kaffeeautomaten fünf Tage lang zu meiden, aus Furcht, mit irgendjemandem Belanglosigkeiten bei einem lauwarmen Latte Macchiato austauschen zu müssen, bin morgens und abends mit dem Pendelzug gefahren, war so eingesperrt wie ein kalifornischer Kondor im Zoo UND habe es geschafft, den Spontanbesuchen meiner Mutter dreimal zu entgehen. Und gestern befanden sich – wie von den Astrologen versprochen – 438 000 Kronen auf meinem Konto. Einfach so.

Das Haus in Sollentuna gehört mir jetzt nicht mehr. Dafür gehören mir jetzt 438 000 Kronen. Beziehungsweise jetzt nur noch 436 200 Kronen, denn auf meinem Küchentisch stehen vier Flaschen Champagner, zwölf Austern auf Eis und Schneidebrett mit einer dicken Scheibe Brie de Meaux, einem kleinen bisschen Blauschimmelkäse, der einen so schönen Namen hat wie Fourme d'Ambert, und einem runden, ziemlich harten Ziegenkäse namens Picodon, den ich in Saint Carelle oft gegessen habe.

Als wären diese Austern noch nicht genug, steht auch noch Einars Lieblingsgericht im Ofen, der mit Mascarpone und Ricotta gratinierte Chèvre mit knusprigem Schweinespeck und Honig. Endlich kann ich mir Käse leisten! Ich will mir von meinem Geld keine enge, schimmlige Wohnung in Kvistbro kaufen, ich will Käse kaufen!

Vor dem Reihenhaus stehen zwei kleine Birnbäume, und Bodil hat schon am ersten Tag gesagt, dass ich so viele Birnen pflücken darf, wie ich will. Gestern habe ich sechs Stück gepflückt, geschält und mit Zucker und Ingwer gekocht. Nach dem ganzen Käse werden wir diese Birnen mit Sahne essen. Julio Iglesias singt vom CD-Player, ich habe Einars langes, gepunktetes Hemd und eine Unterhose an und schneide Tomaten in dünne Scheiben, und ja – ich hab so ein richtiges Freitagsfeeling.

»Ich komm mir vor, als hätte ich endlich meinen Grundwehrdienst abgeleistet!«

Ich küsse die Ärmel von Einars Hemd, kippe den Champagnerrest aus meinem Glas herunter und gieße mir sofort wieder nach.

»Einar? Bei diesem Abendessen müsstest du auch dabei

sein. Kannst du heute Abend nicht auch kommen? Bitte, das wär so wunderschön und lustig. Paul kommt auch! Stell dir vor, ich lade deinen Sohn zum Abendessen ein.«

Ich decke den Tisch so schön, wie es nur geht, mit den Tellern, Gläsern und dem Besteck aus meiner Küchenzeile. Ich versuche, Schwäne aus den Papierservietten zu falten, die allerdings eher aussehen wie abstürzende Blaumeisen, aber als Sprecherin der kalifornischen Kondore finde ich nicht, dass man Vögel nach ihrem Gefieder beurteilen sollte. Der Tomatensalat ist fertig, die Käse hab ich rausgestellt, damit sie ihr Aroma entfalten können, der Chèvre steht im Ofen und jetzt muss ich mich bloß noch ein bisschen feiner anziehen, dann können meine Gäs…

Es klopft an der Tür. Davor steht Paul in einem frisch gebügelten Hemd, frisch gewaschener Chinohose, mit einem Blumenstrauß in der Hand, einem großen weißen Kuvert, einer Flasche Wein und einem Tortenkarton. Ich umarme ihn so heftig, dass ich ihn fast erdrücke.

Ich fange auch an zu weinen, ich kann mich kein bisschen beherrschen. Als Paul über meine Schwelle tritt, ist es, als würde meine richtige Welt zu Besuch kommen. Eine Welt, in der ich Annjetá bin. Eine Welt, in der es Einar, Bonnibelle, das Kloster, die Bar, die Katzen, die muhenden Kühe, Fabien und alle Austernschalen unter den Rosensträuchern wirklich gibt. Es kommt mir vor, als würde mir die provençalische Wärme entgegenschlagen, die Düfte der verrauchten Küche, des trockenen Grases, der frisch gebackenen Croissants direkt aus der Bäckerei, das Säuseln der Kastanienbäume, das Rasseln des hohen Bambus, der kühle Steinboden unter meinen Füßen und der Geschmack der sonnenwarmen Feigen, die man direkt vom Baum gepflückt hat. Während mir die Tränen übers

Gesicht laufen, stellt Paul ratlos seine ganzen Geschenke auf den Tisch.

»Ich bin nicht ... ich bin nicht so daran gewöhnt, zum Abendessen eingeladen zu werden«, sagt er. »Ich hab auf jeden Fall eine Torte mitgebracht, ich sollte ja was Süßes mitbringen. Aber Wein und Blumen soll man doch auch mitbringen, oder? Damit man nicht mit leeren Händen kommt?«

Ich schlage mir die Hand vor den Mund.

»Entschuldige! Ich hatte völlig vergessen, dass du einen süßen Nachtisch mitbringen wolltest, ich hab jetzt Birnen gedünstet, aber ... mehrere Desserts zu haben, ist doch auch gut, oder? Wir können ja zuerst die Torte essen und dann die Birnen.«

Paul zieht sein Hemd zurecht und zuckt mit den Achseln.

»Das wird sicher gut. Oje, die Austern!«

»Magst du Austern?«

»Ich hab sie tatsächlich noch nie probiert. Irgendwie hätte ich dabei ein bisschen ... ein unbehagliches Gefühl, glaube ich.«

»Einar hat mir das Austernessen beigebracht. Ich hatte sie vorher auch noch nie gekostet, weil ich eine Todesangst vor allen möglichen Magenkrankheiten hatte, die ich mir davon zuziehen könnte, und dann eben dieser Glibber ...«

»Genau.«

»Aber durch Einar hab ich verstanden, wofür die Austern stehen. Er hat mir massenweise Kunstwerke gezeigt, in seinen ganzen Kunstbüchern, du weißt schon.«

Ich gieße uns beiden Champagner ein und erzähle weiter.

»In der Kunst ist die Auster schon immer ein Symbol für die Reichtümer der Natur gewesen, aber in erster Linie für die Lust des Menschen. Wie in diesen ganzen Filmen und Büchern immer – sobald da jemand Austern isst, weiß man, dass gleich was passieren wird. Du weißt schon, die Hölle ist nah oder vielleicht das Himmelreich oder einfach nur ein Abenteuer, das in dem Moment beginnt, in dem diese Auster geschluckt wird. Also dachte ich mir, na ja, passt das nicht, wenn wir heute Austern essen?«

»Jetzt ist mein unbehagliches Gefühl noch stärker. Ich mag keine Überraschungen.«

»Ich zwinge niemanden, aber wenn du willst, warten sie auf dich! Meine Vermieterin Bodil kommt übrigens auch.«

Paul reißt die Augen auf.

»Oje.«

»Oje wie in Austern? Ein bisschen unbehaglich?«

Paul lächelt und zieht sich erneut das Hemd zurecht.

»Nein. Eher oje wie in … Überraschung. Wie gesagt, ich kann nicht besonders gut mit Überraschungen umgehen. Ich bin eben Wirtschaftsprüfer. Aber … ich freu mich, dass du diese Bleibe hier gefunden hast.«

Paul nippt am Champagner und schaut sich mit begeisterungswilligem Blick in meiner Wohnung um. Jedes Ding ist an seinem Platz, und es sind gar nicht so viele Plätze nötig, weil es gar nicht so viele Dinge gibt.

»Tja, ich wohne hier zur Untermiete bei Bodil, wie gesagt. Das gehört alles ihr. Ich hab bloß diesen hier …«

Ich zeige auf Einars alten Koffer.

»Und das da«, gibt Paul zurück und zeigt auf die ganzen Julio-Iglesias-CDs neben dem CD-Player.

»Ich hab heute das Geld fürs Haus bekommen. Magnus hat mich ausgezahlt.«

»Toll. Dann musst du jetzt ja eine hübsche Summe haben, wie schön.«

»Na ja, wenn man in der Stockholmer Gegend bleiben

möchte, ist es nur ein Tropfen auf den heißen Stein. Man merkt es kaum.«

»Wie meinst du das? Für ein großes Haus in Sollentuna?«
»Aber mir gehörten bloß fünfzehn Prozent.«
Paul zieht die Augenbrauen zusammen.
»Ihr wart verheiratet. Du hast ein Recht auf die Hälfte.«
»Wirklich?«
»Natürlich. Die Hälfte von allem. Er hat gearbeitet, aber du hast dich um die Kinder gekümmert und den Haushalt gemacht. Er hätte sich das Haus nie leisten können, wenn du dich nicht um alles andere gekümmert hättest. Da geht es um richtig viel Geld.«

»Weißt du was? Ich will das Geld gar nicht haben. Vor allem will ich nicht, dass mir Magnus bis an mein Lebensende rausposaunt, wie großzügig er zu mir gewesen ist, nein, echt nicht. Lieber wohne ich in einer schimmligen Ein-Zimmer-Wohnung in Kvistbro und bin frei von so was. Ehrlich gesagt würde ich noch lieber im Auto wohnen! Magnus und meinen Eltern sollte man niemals dankbar sein müssen. Glaub mir, ich hab mir einmal Geld von meiner Mutter geliehen. Damit blökt sie mir heute noch die Ohren voll! Und Magnus würde gar nicht mehr aufhören zu blöken. Er würde mich jeden Tag anrufen und mir erzählen, wie viel Geld ich von ihm bekommen habe. Das ist es mir nicht wert.«

»Du solltest doch aber nicht dankbar sein. Das ist dein gutes Recht.«

»Ja, ja, aber wie wir wissen, ist das Recht die eine Sache und Leichtigkeit eine andere.«

»Wenn du es irgendwann mal bereuen solltest, bin ich für dich da. Ich glaube immer ans Recht.«

»Vielleicht rufe ich dich an, wenn mir das Geld ausgeht …«

»Versprich mir das«, sagt Paul, und er sieht aus, als würde er es ernst meinen.

»Wie ist es denn mit dem Kloster gelaufen? Ist es schon verkauft?«

»Nein. Das ist ein sehr spezielles Objekt, das dauert jetzt erst mal seine Zeit.«

»Das heißt, jetzt steht es leer, oder?«

»Ja. Ich weiß, dass der Makler es schon ein paar Interessenten gezeigt hat, aber wie gesagt, hier ist Geduld angesagt.«

»Hoffentlich wird es nie verkauft.«

»Da denke ich anders.«

»Nein, ich weiß doch! Ich denke ja im Grunde auch nicht so. Aber ist es eigentlich leer oder sind noch alle Möbel drin?«

»Bonnibelle hat mir sehr viel mit den ganzen Dingen im Haus geholfen, hat dafür gesorgt, dass die Leute, denen Einar was vermacht hat, die Dinge auch wirklich bekommen haben, und dass die wertvolleren Gegenstände zu verschiedenen Auktionshäusern geschickt wurden. Also, ja, im Prinzip ist da jetzt nur noch das Kloster.«

»Es ist so seltsam, dass Einar nicht mehr dort ist. Dass das Kloster ausgeräumt worden ist. Ich kann es nicht aufnehmen. Ich will es nicht aufnehmen.«

»Nein, es ist nicht leicht. Aber es ist richtig. Es gab wirklich keine Alternative.«

»Ich weiß.«

Ich umarme ihn erneut. Paul weiß nicht so recht, wie er zurückumarmen soll, aber er tätschelt mir linkisch den Rücken und ich lasse ihn einfach nicht los.

»Entschuldige, aber ich kann nicht aufhören, dich in den Arm zu nehmen, weil ich mich so freue, dich zu sehen, dass ich gar nicht weiß, wohin mit mir. Erkennst du übrigens dieses Hemd wieder?«

»Ja. Das war Einars. Ich meine, das war das von meinem Vater.«

»Ich wollte mich eigentlich vor dem Abendessen umziehen, aber ich hab's nicht mehr geschafft, also haben wir jetzt zwei Desserts und zwei Herrenhemden zum Abendessen.«

Es klopft wieder an der Tür. Davor steht Bodil mit sorgfältig geföhntem Haar, einer frisch gebügelten Bluse, einer frisch gewaschenen Chino-Hose, einem Blumenstrauß, einer Flasche Wein und einer Tortenplatte mit einem Schokoladenkuchen.

47.

Auf meinem Tisch drängen sich jetzt ein Strauß mit gekauften rosaroten Rosen, ein Strauß aus Bodils Gartenblumen, vier Flaschen Champagner, ein französischer Schokoladenkuchen, eine schwedischer Erdbeerkuchen, eingelegte Birnen, verschiedene Käsesorten. Ich hebe die Platte mit den Austern hoch.

»Diese hier essen wir unter dem Kirschbaum!«

Ich bin die Gastgeberin. Ich *muss* die Gastgeberin sein. Meine Gäste sind von der schüchternen Sorte, sie nippen schweigend an ihrem Champagner und treten nervös von einem Fuß auf den anderen. Ich spüre, wie Einars Hemd mir den Weg weist. Als wäre Einar mit mir in diesem Hemd. Sein Herz neben meinem, seine Arme neben meinen, sein Bauch an meinem. Das Kloster mag weg sein, doch sein Hemd ist noch da. Einar schenkt zusammen mit mir die Gläser voll, schleppt drei Stühle hinaus und stellt sie unter den armen wackligen Kirschbaum. Einar lässt mich Paul bitten, einen Nachttisch rauszutragen, weil er die perfekte Größe für die Platte mit den Austern hat. Einar dreht die Musik lauter, sodass man Julio auch noch hinter dem Haus hören kann. Jetzt findet Einar, dass ich doch auch noch ein ordentliches Messer holen sollte. »Die Flasche köpfen«, höre ich ihn flüstern. Und ich finde die Idee großartig.

Paul und Bodil sitzen kerzengerade in ihren weißen Hemden am Tisch und beäugen die Austern. Sie unterhalten sich vorsichtig, fragen sich, wo wohnst du, oh, aha, wo genau in Täby, und ich wohne schon seit den Achtzigern in diesem Reihenhaus, aber ich hab auch schon in Täby gewohnt, und ist es nicht schön, dass der Herbst so mild ist? Vorsichtiges Schweigen, und dann die Frage, was machst du denn beruflich? Oh, Wirtschaftsprüfer, ist das interessant? Nein, vielleicht nicht, aber es ist sicher, und wo arbeitest du gerade? Ich bin erst vor kurzem in Rente gegangen und doch, es ist schon ganz angenehm. Für einen Augenblick herrscht Schweigen, und dann sagt Bodil ein paar nette Worte über mich, und dass es so schön ist, Agneta im Haus zu haben. Paul sagt, dass ich mich in dessen letzten Lebensmonaten um seinen Vater gekümmert habe. Bodil erwähnt, dass sie von Einar gehört hat und dass er sich nach einem großartigen Menschen anhört. Paul nickt zögernd, und Bodil wagt zu sagen, dass er vielleicht kein ganz so großartiger Vater gewesen ist, da nickt Paul erneut, und jetzt trete ich mit hoch erhobenem Messer dazwischen.

Ich greife mir eine von den Champagnerflaschen, entferne die Folie und die Agraffe.

»Einar fand es immer toll, Sektflaschen mit einem Messer zu öffnen! Du musst wissen, Bodil, dass Einar Hunderte von leeren Champagnerflaschen unten in seiner Waschküche hatte.«

Bodil muss lachen.

»Hunderte? In seiner Waschküche?«

»Du musst jede deiner Vorstellungen davon vergessen, wie eine Waschküche aussehen soll. Vergiss sauber und weiß gekachelt, mit einem Hauch von Weichspülerduft in der Luft. Nein, nein, diese Waschküche lag in den dunklen Katakomben des Klosters. Ich glaube, dass die Hälfte der Flaschen mit dem Messer entkorkt worden war. Einars Motto lautete ja, dass man dem Leben unbedingt eine hellere Stimmung verleihen sollte, wann immer es geht. Und ich habe gerade das Gefühl, dass ich diesem wunderbaren Moment mit euch auch eine hellere Stimmung verleihen möchte.«

Bodil kichert entzückt auf und hält sich die Hände vor den Mund, während Paul nervös seinen Stuhl näher an den Stamm des Kirschbaums rückt. Er flüstert Bodil zu:

»Ich bin nicht so begeistert von Überraschungen.«

Bodil streicht Paul vorsichtig übers Bein und flüstert zurück:

»Ich eigentlich auch nicht. So was ist mir immer schwergefallen. Aber jetzt wissen wir ja zumindest, dass es gleich knallen wird. Also werden wir schon damit klarkommen.«

Ich habe Einar so oft zugeschaut, wenn er eine Flasche geköpft hat. Er hat Messer benutzt, Schuhlöffel, dünne Kunstbücher mit harten Buchdeckeln, Kerzenhalter und Lineale. Immer hat er den Gegenstand sanft, aber bestimmt zur obersten Glaskante der Flasche geführt, genau neben den Korken. Ohne Muskeleinsatz, nicht zu schnell, nur bestimmt. Ich nehme die Flasche ruhig in die Hand und drücke das Messer gegen die Mitte der Flasche. Hole tief Luft. Dann ziehe ich das Messer entschieden am Flaschenhals entlang, weiter nach oben, nach vorne, und es macht PLOPP, und der Korken schwebt davon, vorbei am Kirschbaum, über die Hecke und weiter, weiter, immer weiter.

Erleichtert lachen Paul und Bodil auf, sie genieren sich zwar voreinander, doch sie halten mir ihre Gläser hin, und ich schenke ihnen ein.

»Und jetzt schlürfen wir die Austern!«

Ohne die Flasche loszulassen, greife ich mir eine Auster von der Platte, und ich presse weder Zitronensaft drauf, noch gebe ich mich mit irgendwelchen Feinheiten ab. Nein, ich mache einfach nur den Mund auf und lasse die Auster hineingleiten. Bodil und Paul schauen mich an und tauschen einen Blick. Dann sehe ich, wie Bodil ein bisschen Zitronensaft auf zwei Austern träufelt, das Fleisch von der Schale löst und eine davon Paul gibt, während sie die andere in der Hand behält. Sie lächelt ihn warm an und dann lassen sie sich ihre Austern in den Mund gleiten. Paul zieht eine Grimasse, aber als er sieht, wie Bodil die Auster hinunterschluckt, tut er es ihr nach.

48.

Der Garten hinterm Haus ist so klein und der Kirschbaum so mickrig. Aber wir sitzen in Decken gewickelt um den kleinen Nachttisch herum. Die Austernschalen haben wir unter den Baum gelegt, wo sie glitzerten, als sie von den letzten Sonnenstrahlen gestreichelt wurden. Wir haben den gratinierten Chèvre aufgegessen, den Rest der Käsesorten mit den schönen Namen, wir haben den ganzen Champagner ausgetrunken, sind dann zum Rotwein übergegangen, zu französischem Schokoladenkuchen, schwedischem Erdbeerkuchen und gedünsteten Birnen in Rotwein.

Es ist dunkel hier draußen, doch Julio singt für uns. Ich habe so viele CDs von ihm, dass er nie aufhören muss zu singen. Bodil hat Paul nach seiner Kindheit gefragt, und Paul hat sich getraut, ihr etwas zu erzählen. Bodil hat so nett zugehört, hat nicht versucht, ihm zu helfen, und hat nicht versucht, ihm Tipps zu geben, sie hat einfach nur zugehört. Paul hat nach Bodil gefragt, nach ihrem Ex-Mann, wie es sich anfühlt, danach weiterzuleben, er fragt nach ihren Enkeln und ihrer Jugend, und ich ertappe mich selbst dabei, wie ich ins Staunen komme. Paul hat wohl noch nie so viel gefragt. Aber er fragt eben nach Bodil.

Paul holt den Umschlag, den er mitgebracht hat. Dort liegen die Fotos drin, die wir letzten Sommer geschossen haben. Er hat große Abzüge für mich machen lassen, und Bodil kichert, als die Bilder von Fabien und mir auftauchen. Auf denen wir uns so anschmachten, und wie wir bei jedem Bild immer weniger Sachen anhaben.

Ich erzähle, wie Einar mittendrin aufgekreuzt ist, wir müssen lachen, und niemand würde meine Worte anzweifeln. Denn Bodil und Paul finden es kein bisschen seltsam, dass ein charmanter Barbesitzer mich gerne ausziehen würde.

Bodil schaut sich alle Bilder gründlich an, sie stellt Fragen, holt ihre Lesebrille, muss mit der Taschenlampe an ihrem Handy leuchten, und ganz besonders genau mustert sie das Bild, auf dem Einar sich vor uns allen zu einem letzten Lebewohl verbeugt. Ich werde traurig. Weine ein bisschen. Paul wird auch traurig, aber er weint überhaupt nicht. Er kann nicht weinen, erzählt er, und wir hören ihm zu. Ich darf das Herz herzeigen, das mir Fabien geschickt hat, und Paul und Bodil sind sich einig, dass das wahrscheinlich das schönste Herz ist, das sie jemals gesehen haben.

»Aber das mit der Liebe ist schwer«, flüstert Paul.

Bodil fragt, wie er das meint, und Paul versucht es ihr zu erklären.

»Es gibt doch keine Garantien. Alles, was man hat, auf etwas zu setzen, wofür es keine Garantie gibt, das … das ist schwer.«

»Da braucht man wohl Vertrauen«, antwortet Bodil.

»Wie meinst du das?«

»Vertrauen, dass du überleben wirst, auch wenn es nicht so ausgegangen ist wie geplant.«

Ich fange an, den Tisch abzuräumen, und dabei fällt mir etwas ein, was Einar immer gesagt hat.

»Fliegen ist eine Kunst, oder besser gesagt ein Trick. Der Trick besteht darin, sich dem Boden entgegenzuwerfen. Und ihn zu verfehlen. Und diese Flüge und Verfehler sind der Witz an der Geschichte. Auch wenn man auf dem Boden aufschlägt, wenn man versäumt hat, ihn zu verfehlen.«

Paul nippt ein bisschen an seinem Wein und überlegt weiter.

»Zahlen sind da so viel einfacher. Die sind logisch. Sich dem Boden entgegenzuwerfen und zu hoffen, dass man ihn verfehlt, klingt richtig furchterregend.«

Ich gehe zur Terrassentür mit den CDs auf dem Arm. Paul und Bodil stehen auf und fragen mich wie aus einem Munde: »Brauchst du Hilfe?«

»Nein, überhaupt nicht. Ich will, dass ihr hier draußen sitzen bleibt und euch zusammen dem Boden entgegenwerft.«

Sie gehorchen dem Wunsch ihrer Gastgeberin. Ich kann sie hören, als ich hier drinnen stehe und die Teller abspüle. Sie sind nicht weitschweifig oder laut, aber sie sind nah und aufmerksam. Ich hab wohl noch nie so langsam und sorgfältig abgewaschen, jede Oberfläche trockengewischt und jeden einzelnen Handgriff in die Länge gezogen. Bin rausgeschlichen, um ihnen nachzuschenken, und wieder reingegangen, um so zu tun, als würde ich abwaschen. Irgendwann kann ich nicht mehr so tun, als wäre ich mit dem Abwasch beschäftigt, also ziehe ich meine Maushose an und setze mich zu den beiden unter den Kirschbaum. Die letzte Weinflasche auf dem Tisch ist fast ganz leer, Paul lächelt glücklich beschwipst.

»Hat sie nicht furchtbar schöne Haare?«

Er zeigt auf Bodils Haarspange.

»Siehst du, wie schön das Haar fällt?«

Bodil wird verlegen, schaut auf ihren Schoß, schielt aber trotzdem zu ihm hoch.

Ich stimme ihm in allen Punkten zu und lehne mich zurück, um in den sternklaren Himmel zu blicken. Die Winterstraße und die Sommerstraße. Einar tanzt garantiert auf der Sommerstraße. Da höre ich es. Julio singt Einars Lied von drinnen. *La mer.* Ich springe von meinem Stuhl hoch, eile nach drinnen und drehe es auf.

»La mer, qu'on voit danser, le long des golfes clairs. A des reflets d'argent, la mer. Des reflets changeants sous la pluie.«

Ich strecke die Hände Richtung Sommerstraße und beginne, auf dem winzigen Rasenstückchen zu tanzen. Ich spüre das feuchte Gras unter meinen Füßen, die abendliche Brise auf meinen Händen. Es kommt mir vor, als würden sich die Flügel des eingesperrten Kondors entfalten, er kann zwar nicht fliegen, aber er kann trotzdem mit den Flügeln schlagen. Ich winke Bodil und Paul zu, dass sie sich mir anschließen sollen. Die beiden schütteln energisch den Kopf. Da beuge ich mich vor und ziehe sie an den schlaffen Händen.

»Doch, jetzt kommt schon! Das ist das schönste Lied der Welt!«

Paul verschränkt die Arme, lehnt verlegen ab, und Bodil späht verstohlen über die Hecke. Ich ziehe an ihren Händen.

»Hier sieht uns doch niemand! Und wenn doch, dann sollen sie doch!«

Kichernd lässt Bodil sich von mir vom Stuhl ziehen. Und ich stelle mir vor, dass wir hier zusammen mit Einar stehen, in seiner Welt, in der man niemals ablehnen darf, wenn man zum Tanz aufgefordert wird, oder darauf verzichten, auch noch die wildesten Schwünge und Schritte auszuleben. Also wedle ich mit Armen, Beinen und Kondorflügeln, ich flattere aus Leibeskräften. Bodil hingegen bewegt ihre Beine vorsichtig und verlegen, und Paul sitzt weiter an seinem Platz. Seine Arme hat er nicht mehr verschränkt, die hat er sozusagen auf seinen Schoß fallen lassen. Dort ruhen sie jetzt, als wären sie tot. Aber er schaut Bodil an. Und *wie* er sie anschaut. Auf dieselbe Art, wie ich den Kopf in den Nacken lege und hinaufschaue zu den ganzen Sternen dort oben. Da sehe ich aus dem Augenwinkel, wie Bodil anfängt zu fliegen, wie sie plötzlich mutiger wird.

»Willst du mit mir tanzen?«

Paul schweigt. Wird er den Boden verfehlen oder voll aufschlagen? Doch dann antwortet er. Zwar leise, aber ich höre es trotzdem.

»Ja.«

Er ergreift Bodils ausgestreckte Hand, und zusammen verfehlen sie haarscharf den Boden.

Julio singt weiter von Liebe und Sehnsucht, während Paul und Bodil weiter miteinander tanzen. Nicht wild, nicht schnell, sondern seelenruhig. Hand in Hand lehnen sie ihre Stirnen aneinander. Manchmal schielen sie nach oben, begegnen dem Blick des anderen und schauen dann schnell wieder nach unten. Aber sie lassen sich nicht los.

Ohne ein Wort ziehe ich mich in die Wohnung zurück und drehe die Lautstärke an meiner Anlage noch ein bisschen höher. Dann lege mich auf das harte Sofa und betrachte das Herz, das Fabien mir geschickt hat. Das sieht wirklich nicht aus wie ein gewöhnliches Herz, das man einfach …

Aber …? Was war das denn für ein Geräusch? Rüttelt da jemand an der Klinke meiner Wohnungstür? Aggressiv wie nur was, auf und ab und auf und ab. Jetzt wird auch noch gegen die Tür gehämmert. Nervös schaue ich hinaus zu Paul und Bodil, doch sie lassen sich nicht im Geringsten stören. So leise ich kann, schließe ich auf, mache die Tür einen Spaltbreit auf und sehe meine Mutter vor mir stehen. Sie hat ihren Morgenrock über ihrem Schlafanzug an, ist abgeschminkt, riecht nach ihrer Nachtcreme, schmatzt missbilligend mit den Lippen und wedelt mir mit einem Sektkorken vor der Nase rum, den ich wiedererkenne – es ist der, der vor ein paar Stunden über die Hecke geflogen ist.

»Agneta, jetzt gehst du wirklich zu weit und ...«

Meine Hand fährt instinktiv hoch und hält meiner Mutter den Mund zu.

»PSSSCHT!«

Schnell schlüpfe ich aus der Tür und ziehe sie hinter mir zu, wobei ich darauf achte, dass ich sie leise zumache. Julio tönt weiter durchs Viertel, während meine Mutter meine Hand wegschlägt.

»VON DIR LASS ICH MIR NICHT DEN MUND VERBIETEN, junge Dame!«

»Junge Dame?«

»Nein, das bist du wirklich nicht«, erwidert meine Mutter rasch. »Du bist weder jung noch eine Dame. Du bist zu alt!«

»Zu alt wofür?«

»Diesen Korken habe ich vor Bodils Hecke gefunden! EINEN CHAMPAGNERKORKEN!«

»Ja, das kann meiner sein. Warum bist du denn im Schlafanzug unterwegs?«

»Weil ich nicht schlafen kann. Weil du hier so ein Halligalli machst! Weil du hier irgend so einen ... RAVE veranstaltest, wo doch die arme Bodil über dir wohnt. Das hier ist das Viertel von deinem Vater und mir!«

Meine Mutter senkt die Stimme, sie flüstert fast.

»Ich hatte nur eine einzige Bitte an dich – blamier uns nicht. Und was machst du? Du blamierst uns! Ich empfehle dich Bodil, die so freundlich war, dich aufzunehmen, und du dankst es uns und ihr, indem du ... einen Rave in ihrem Garten veranstaltest, und *was hast du da überhaupt an?*«

»Ja. Du hast recht, ich mache Halligalli. *Ich versuche es zumindest.*«

Meine Mutter gibt ein Schnauben von sich, sie bläst so viel Luft durch ihre Nasenlöcher, dass mir die Haare flattern.

»Führ dich doch nicht so auf! Mach die Musik aus und entschuldige dich sofort bei Bodil. Sie ist garantiert aufgewacht, wie wir anderen hier im Viertel auch. Die arme Frau! Und ja, du bist zu alt! Es gibt nämlich ungeschriebene Gesetze und Regeln, an die man sich hält und die alle zu verstehen scheinen, außer dir. Denn wenn wir uns nicht an sie halten, dann … bricht alles zusammen! Dann gibt es keine Ordnung mehr, dann versinkt alles im Chaos! Du bist über fünfzig, Agneta, da muss es doch auch mal genug sein.«

»Genug wovon?«

Jetzt spuckt meine Mutter fast schon in ihrem rasenden Eifer.

»Vom Halligalli machen! In Clownshemden rumrennen und Raves veranstalten. Wie würde es denn aussehen, wenn das alle machen würden? Wenn sich niemand mehr benehmen würde?«

»Wir tanzen! Was ist daran denn so schrecklich?«

»Man kann tanzen und *tanzen*. Dein Vater und ich tanzen auch, aber auf eine ZIVILISIERTE Art! Auf einer Tanzfläche, mit schöner Musik in mäßiger Lautstärke, und wir haben dabei hübsche Sachen an. Schalt jetzt sofort die Musik aus, sonst kommt Bodil noch und schimpft.«

»Aber Bodil tanzt doch selbst da draußen.«

»Du hast wirklich den Nerv, mich anzulügen?! Wenn Papa hier wäre, dann würdest du was erleben. So etwas würde er sich nicht bieten lassen, das kannst du aber glauben.«

»Wieso glaubst du, dass ich lüge? Ist es so unglaublich, dass Bodil und ich uns angefreundet haben? Dass ich – Agneta – eine Freundin finden könnte? Bodil ist meine Freundin! Sie ist hier, und sie tanzt gerade. Und wenn du dich in mein Zuhause drängst und sie bei diesem Tanz störst ... dann kannst *du* was erleben.«

Meine Mutter schnaubt wie ein Flusspferd und reißt die Tür auf, als wäre sie ein Polizist mit sämtlichen Rechten und Dienstmarken. Sie betritt meinen kleinen Flur, kickt ein paar Schuhe beiseite, um freie Bahn zu haben, und marschiert dann mit klappernden Clogs bis zur Terrassentür. Sie packt die Kabel, mit denen die Stereoanlage eingesteckt ist, und will sie gerade aus der Steckdose reißen, als sie erstarrt. Ja, sie steht dort in ihrem Morgenmantel mit den Kabeln in der Hand und starrt auf das stumm tanzende Paar neben dem Nachttisch, auf dem die beiden halb aufgegessenen Kuchen stehen.

Es vergehen zehn Sekunden, zwanzig Sekunden, dann lässt sie die Kabel leise zu Boden gleiten und weicht zurück. So leise sie kann, weicht meine Mutter immer weiter zurück, bis sie wieder mit mir auf der Treppe steht. Ich habe meine Mutter noch nie zurückweichen sehen.

Langsam gehen wir nebeneinander durch die verlassenen Straßen der Reihenhaussiedlung. Meine Mutter im Morgenrock und ich in Einars gepunktetem Hemd. In der Ferne hören wir Julio mit vibrierender Stimme von el amor singen.

Meine Mutter ist still. Das passiert ungefähr so oft wie Zurückweichen. Also nie.

Ich stupse sie freundlich an.

»Die waren doch süß, oder nicht?«

»Wer?«

»Bodil und Paul!«

Meine Mutter schüttelt den Kopf, als wollte sie zu verstehen geben, dass ihr das mehr oder weniger egal ist.

»Ja, ja.«

»Paul hat noch nie in seinem Leben getanzt. Jetzt hat Bodil

ihn aufgefordert und er hat Ja gesagt! Ist das nicht großartig?«

»Doch, doch.«

Meine Mutter kickt ein paar Blätter beiseite, die ihr ihrer Meinung nach im Weg liegen.

»Warum bist du nicht ans Telefon gegangen, als ich dich angerufen habe?«

»Ich hab gearbeitet.«

»Abends? Du hast auch nicht aufgemacht, als ich gekommen bin und an deine Tür geklopft habe.«

»Aber Mama, warum ist es denn plötzlich so wichtig, dass wir uns die ganze Zeit sehen und hören? Das hat dich doch früher auch nicht so interessiert.«

»Wir wohnen doch jetzt so nah beieinander. Da wäre es doch seltsam, wenn wir uns nicht treffen würden, oder?«

»Du meinst also, wir sollen uns treffen, damit die Nachbarn nicht nachfragen?«

»Agneta, jetzt stellst du dich aber mit Absicht blöd. Papa und ich haben jetzt ein bisschen Spielraum, seit wir wieder zu Hause sind, und da dachte ich mir eben, es wäre schön, wenn wir uns ein bisschen öfter treffen. Wie Ingrid Thelander, die trifft alle ihre Kinder zwischen den Golfreisen, und dann haben sie es richtig schön zusammen und alle freuen sich. Das ist doch nicht so schwer, oder?«

»Mit mir trifft man sich also im Spielraum?«

»Warum kannst du nicht einfach normal sein? Können wir uns nicht ab und zu mal auf ein Glas Sekt treffen? Über die Arbeit plaudern und über die Enkel, ohne die Dinge so schrecklich kompliziert zu machen. Wie Freundinnen!«

»Wir sind keine Freundinnen. Du bist meine Mutter.«

»Ist das der Grund, warum du mich meidest?«

»Weil du meine Mutter bist?«

»Bodil lädst du natürlich zum Tanzen und Abendessen ein. Und diesen dementen alten Franzosen ... bei dem bist du sogar eingezogen. Aber deine eigene Mutter – die meidest du.«

»Moment, Papa und du seid doch die ganze Zeit auf Golfreisen, Weinverkostungen oder beim Bridgespielen auf den Kanarischen Inseln. Als unsere Kinder klein waren, habt ihr sie nicht besonders oft gehütet, und das ...«

»Davon red ich doch jetzt gar nicht. Ich rede von ... dieser ...«

Die Hände meiner Mutter flattern zwischen uns hin und her.

»... von dieser Mutter-Tochter-Beziehung. Die sollte nicht so aussehen. Mit deiner Schwester ist das alles ganz anders. Wir können uns auf ein Glas Wein in der Stadt treffen und zusammen lachen. Wenn du bei uns zu Besuch bist, hast du es immer furchtbar eilig, wieder zu verschwinden. Glaubst du, das merke ich nicht?«

»Weißt du, warum? Weil ich das Gefühl habe, dass *du mich* meidest.«

»Ich?! Jetzt bist du aber ungerecht, Agneta. Sehr ungerecht!«

»Wirklich? Weißt du denn etwas über mich und mein Leben? Hast du mich jemals etwas gefragt und wirklich zugehört, was ich dir antworte? Vielleicht sogar über die Antwort nachgedacht und ein bisschen nachgehakt? Ich hingegen weiß wirklich alles, was du, Papa, euer Bridgeclub, alle eure Nachbarn, eure lebenden und toten Freunde treiben. Ich weiß sogar, wie die Haustiere eurer toten und lebenden Freunde heißen! Aber du weichst mir die ganze Zeit aus. Einar und Bodil, die weichen mir nicht aus. Ich bin keine Geheimniskrämerin! Ich will mich gerne mitteilen, aber nur, wenn du es auch wissen willst.«

»Aha, mir ist also meine eigene Tochter egal, meinst du?«

»Ich bin dir nicht egal. Aber du interessierst dich nicht für mich, weil ich nicht so bin wie du. Ich glaube, das stört dich.«

»Schnickschnack!«

»Aber stimmt das denn nicht? Ich bin für dich eine ewige Enttäuschung, weil ich nie so gewesen bin wie du. Du bist nicht nur dein eigenes Muster, sondern anscheinend auch meins.«

»Bin ich denn ein so schreckliches Muster?«

»Wir sind doch unterschiedliche Menschen! Ich hab in deiner Schablone keinen Platz.«

»Weil du ein bisschen dicker bist, meinst du?«

»Herrgott, ich hoffe, dass du das grade witzig gemeint hast.«

Meine Mutter starrt auf die Straße vor sich. Nein, sie hat es nicht witzig gemeint. Ich schlucke und versuche, kein Kondor auf der Jagd nach Blut zu sein.

»Papa und du, ihr habt ein schönes Leben zusammen, das seh ich doch. Aber dass ich von etwas anderem träume, ist doch nicht schlimm.«

Schweigend gehen wir nebeneinander durch meine alte Reihenhaussiedlung. Meine Mutter nimmt innerlich Anlauf.

»Ich interessiere mich sehr wohl für dich.«

»Inwiefern?«

»Was meinst du mit ›inwiefern‹?«

»Okay, ich nehme jetzt mal ein Beispiel. Paul, der da grade in meiner Wohnung mit Bodil tanzt – weißt du, wer das ist?«

»Nein, aber woher sollte ich das denn auch wissen?«

»Indem du dich ein bisschen interessiert zeigst.«

»Aber ich kann doch nicht nach jedem Menschen fragen, von dem ich nicht mal weiß, dass er existiert.«

»Ich kann deiner Argumentation nicht folgen, Mama, aber

vielleicht versuchen wir es mal? Dann könntest du mich jetzt fragen, mit wem Bodil tanzt.«

»Soll ich dich etwas fragen, was ich schon weiß? Er heißt Paul, das hast du mir doch eben gerade gesagt.«

»Aber wer ist Paul? Fragst du dich das nicht? Wie ist er plötzlich in meinem Leben aufgetaucht?«

»Er ist wahrscheinlich ein neuer Kollege im Verkehrsplanungsbüro.«

»Versuch mal zu fragen.«

»Jetzt bist du aber albern, Agneta. Na ja, also, wer ist dieser Paul denn jetzt?«

»Er ist Einars Sohn.«

Mama bleibt stehen und schaut mich gekränkt an.

»Unfug! Einar ist doch homosexuell!«

»Ich sag's jetzt mal so: Wenn du mich nach meiner Zeit im Kloster gefragt hättest, was dort passiert ist und wen ich alles kennengelernt habe, kann ich dir versprechen, dass du eine Geschichte zu hören bekommen hättest, die spannender ist als Bridge und Golf zusammen.«

»Du hast doch noch nie Bridge gespielt!«

Wir sind inzwischen beim Reihenhaus meiner Eltern angekommen und meine Mutter schaukelt ein bisschen in ihren Clogs vor und zurück. Alle Fenster sind dunkel. Oh Mann, ich kann geradezu sehen, wie sich im Kopf meiner Mutter gerade alles dreht. Das ist jetzt nicht ganz so gelaufen wie geplant. Da kommt sie mit einem Champagnerkorken als Beweis für unseren sündigen Lebenswandel, bereit, alle Beschämungsscheinwerfer anzuwerfen und auf mich zu richten – und das ist jetzt dabei rausgekommen!

Sie bückt sich und reißt ein paar welke Blumen aus der Rabatte.

»Mama, du musst doch jetzt nicht …«

»Es ist das Beste, wenn man solche Dinge gleich erledigt. Sobald man so was sieht, muss man sofort zuschlagen, sonst ...«

»Sonst was?«

»Na ja, sonst gibt es ... gibt es eben Chaos überall.«

Meine Mutter schaut hoch zu den dunklen Fenstern.

»Papa ist anscheinend schon eingeschlafen.«

»Trotz des grässlichen Raves.«

Julio singt leise irgendwo in der Ferne. Mama macht schmatzende Geräusche mit den Lippen, dass es fast schon hallt. Dann nimmt sie nochmals Anlauf:

»Papa und ich haben einen Golfurlaub gebucht, wir fahren morgen in aller Frühe mit Harriet und Lage los, sonst hätte ich dich gerne auf eine Tasse Tee reingebeten und dich ... na ja ... ein bisschen gefragt ... was du so gemacht hast und so. Aber es ist spät, und Papa ist schon eingeschlafen.«

»Wir machen das einfach ein andermal. Es wird sicher schön.«

Meine Mutter hebt fröhlich die Stimme.

»Ja, das wird sicher ein wunderbarer Golfurlaub! In Benidorm findet der Amateur-Pokal statt, und Lage hat dasselbe Hotel gebucht, in dem wir auch letztes Jahr gewohnt haben, das liegt am ...«

»Ich hatte eigentlich gemeint, dass zwischen uns sicher alles gut wird.«

»Ach so, ja. Okay. Das kriegen wir schon hin, oder?«

»Aber dann kannst du mir nicht ausweichen.«

»Wenn du mir nicht als Erste ausweichst, dann weiche ich dir vielleicht auch nicht aus.«

Meine Mutter beginnt, in der Tasche ihres Morgenmantels nach dem Hausschlüssel zu kramen. Sie kommt ins Fummeln und ich versuche, ihr über die Schultern zu streicheln.

»Dann musst du aber auch aufhören, zu sagen, dass ich zu alt bin für irgendwas. Ich bin für überhaupt nichts zu alt. Nicht mal für einen Rave. Wenn ich wirklich auf einen gehen wollte.«

»Aber *ich* bin auf jeden Fall zu alt, um hier draußen rumzustehen, ich muss jetzt augenblicklich ins Bett, sonst bin ich nicht fit für die Reise. Lage und Harriet sind nämlich solche wahnsinnigen Morgenmenschen, und unser Taxi nach Arlanda ist schon bestellt, um 5 Uhr 30 wartet es vor der Tür.«

Meine Mutter geht mit klappernden Clogs auf ihr Haus zu und steckt den Schlüssel in die Tür. Ich sehe, wie sie mit dem Schlüssel herumfummelt. Diesen Morgenmantel mit dem breiten Gürtel und die Holzclogs hat sie schon seit meiner Kindheit. Ihr Haar beginnt, schütter zu werden, ihr Rücken wird ganz leicht krumm, und ich habe immer noch den Duft ihrer Nachtcreme in der Nase. Ich verspüre den Impuls, sie in den Arm zu nehmen. Den Impuls, zu ihr zu rennen, wie sie dort steht, und sie in den Arm zu nehmen. Doch dort irgendwo verläuft die Grenze. Meine Mutter würde mich für übergriffig halten, wenn ich anfangen würde, sie einfach so ohne Vorwarnung in den Arm zu nehmen. Wir würden uns beide nur genieren. Unsere Mutter-Tochter-Beziehung ist nie so gewesen.

»Und, ist das wichtig?«

Ich bleibe neben dem Briefkasten stehen, als meine Mutter die Haustür schon aufgeschlossen hat und auf den Flur getreten ist. Das war doch nicht sie, die das grade gesagt hat, oder? War ich das etwa? Ich schaue hoch zur Sommerstraße.

»Warst du das, Einar?«

Ich warte seine Antwort nicht ab, sondern gehe meiner Mutter hinterher, und als sie sich ihre Clogs ausgezogen hat, bekomme ich sie zu fassen und schlinge meine Arme um sie. Ich höre sie aufquieken.

»Hoppla!«

Dann bewegen sich ihre Hände langsam nach oben, sie legt sie auf meinen Rücken und erwidert meine Umarmung. Wir genieren uns beide. Aber ist das wichtig?

Ich gehe auf einem Umweg durch die Nacht nach Hause. Vorbei an den Reihenhäusern, doch mein Blick ist auf die Sommerstraße am Sternenhimmel gerichtet.

»Danke, dass du mich weiter führst.«

Wenn es ein Film gewesen wäre, dann hätte ich in diesem Moment eine Sternschnuppe gesehen. Einar, wie er von der Sommerstraße herabtaucht und eine glitzernde Pirouette dreht, bevor er wieder zwischen den anderen Sternen verschwindet.

»Aber das ist ja gar kein Film hier, und das ist auch gut so, denn dann wäre jetzt der Abspann gekommen. Nachdem die Hauptperson ihre Mutter umarmt hat und so. Ich bin noch nicht bereit für irgendeinen Abspann.«

Ich betrete meinen Flur, während Julio weiter klagend von seinem Herz singt. Corazón, corazón. Neugierig spähe ich nach hinten raus, um … Es ist leer. Nur die Austernschalen liegen noch unterm Kirschbaum und die halb aufgegessenen Desserts. Die beiden sind weg. Aha.

Es ist mucksmäuschenstill oben bei Bodil. Vielleicht ist Paul nach Täby heimgefahren und Bodil ist in ihre Wohnung hochgegangen? Sie gehören beide nicht zu der Sorte Mensch, die schon in der ersten Nacht aktiv wird. Aber wie sie getanzt haben … Nachdem ich die letzten Gläser ausgespült habe, bürste ich mir die Zähne, spucke und spüle aus, pinkle bei offener Toilettentür, schalte Julio ab und will mich grade schon hinlegen, als mein Blick zufällig wieder auf die Käsereste fällt. Ich esse noch ein paar Stücke, bürste mir noch einmal die Zähne und will gerade in mein Bett fallen, als ich sehe ... dass es besetzt ist. Auf dem Überwurf liegen Bodil und Paul, voll bekleidet. Sie schlafen tief und atmen langsam und ruhig. Bodil liegt hinter Paul, sie hat einen Arm um ihn gelegt, und er hat es ihr erlaubt.

Ich schleiche mich raus und rolle mich auf dem steinharten Sofa zusammen. Ich spüre die Vibrationen der Liebe von allen Seiten, mampfe noch ein Stückchen Käse und hole dann mein Handy heraus. Ich fotografiere mich selbst, wie ich einen Kuss Richtung Kamera schicke, und sende das Bild an Fabien.

49.

Drei Aufträge habe ich für diesen Samstag:

1. *Versuchen, mich nicht jedes Mal umzubringen, wenn ich an das Bild denke, dass ich gestern an Fabien geschickt habe.*
2. *Versuchen, das Foto überhaupt nicht anzuschauen.*

Verdammt, ich muss es mir noch mal anschauen. Es sieht aus wie ein Verkehrsunfall. Ich kann es nicht lassen, obwohl ich weiß, dass es mir einen Heidenschreck einjagt. Ich klicke mich durch bis zu meiner gestrigen Nachricht. Komisch, dass dieser Mund immer noch essen will, wenn er doch mit Käse gefüllt hier drinnen liegt. Rot geäderte Augen schielen ein bisschen höher und … na ja, noch keine Antwort und … LIES DIE NUMMER EINS AUF DEINER LISTE NOCH MAL, AGNETA! BRING DICH NICHT UM!

3. *Zu Magnus fahren und das Mobiliar aufteilen. Fühlt sich ziemlich mittelmäßig an. Aber im Vergleich zu meinem sexy Foto, das ich gestern verschickt habe, ist es gar nichts. Eine glatte Null auf der Richterskala.*

Als ich am Morgen aufwachte, waren Paul und Bodil verschwunden, aber ich kann sie von oben hören. Da trappeln nämlich nicht bloß zwei Füße durch die Wohnung. Es sind vier. Und das ist vielleicht ein Gerenne. Man geht hierhin, dorthin, die Treppe hoch, hinaus in den Schuppen, wieder zurück ins Haus und dann noch mehr hierhin und dorthin.

Während ich mir die Schuhe anziehe, sehe ich Bodil mit einem großen Karton auf dem Arm wieder zum Schuppen hinausgehen.

Ich mache die Tür auf und winke ihr zu.

»Morgen!«

Bodil dreht sich um und strahlt. Ja, sie strahlt, das Thermometer an der Hauswand klettert sofort auf dreiundvierzig Grad.

»Agneta! Hallo. Ich hab versucht, ihn zurückzuhalten, aber ich hab's nicht geschafft.«

»Ihn zurückzuhalten?«

»Paul!«

Sie macht den Schuppen auf, verschwindet, wühlt herum, kommt wieder raus, trocknet sich die Hände an der Schürze ab und ist gerade wieder auf dem Weg zum Haus, als sie plötzlich stehen bleibt.

»Heute Nacht haben wir … haben wir es uns ein bisschen bequem gemacht, oder wie man das sonst ausdrücken kann.«

Ich grinse. Bodil grinst noch breiter und erzählt weiter, aber jetzt flüstert sie fast.

»Wir sind an Görans Arbeitszimmer vorbeigekommen, da hat mich Paul drauf angesprochen und ich hab ihm alles erzählt, und … na ja, da hat Paul gemeint, dass er sich heute Morgen als Erstes alle Unterlagen durchschauen wird.«

»Und hat er das gemacht?«

»Es war das Zweite, was er gemacht hat.«

Ich grinse. Bodil grinst noch breiter.

»Das Allererste, was er gemacht hat, war Frühstück. Das er mir auf einem Tablett ans Bett gebracht hat.«

»Wie schön.«

»Du solltest ihn mal sehen da drinnen. Er räumt und wirft

weg und sortiert. Gerade hat er die Augenbrauen hochgezogen, als wäre ihm ein Einfall gekommen.«

Bodil flüstert so leise, dass ich sie kaum hören kann.

»Ist er wirklich so nett, wie er scheint?«

Ich flüstere zurück:

»Vielleicht noch netter.«

»Und er ist wirklich Wirtschaftsprüfer?«

»Ja. Vielleicht sogar ein kostenloser?«

»Sieht fast so aus, aber ich wage es nicht zu hoffen. Vielleicht schickt er mir hinterher eine Rechnung.«

»Er wird sich sicher auch mit Karamellkeksen bezahlen lassen, mit deiner wunderbaren Gesellschaft und der Ehre, ab und zu dein Haar ein bisschen bewundern zu dürfen.«

»Dann sind wir ja schon zwei, die sich gegenseitig bewundern.«

Mit diesen Worten springt Bodil wieder ins Haus, und ich greife zu meinem Handy, um mich ein letztes Mal mit dem Bild zu quälen, auf dem ich versuche, mein Handy mit einem Mund voller Käse aufzuessen.

»Am Dienstagmorgen geht der Flieger nach Dover, und bis dahin will ich auf jeden Fall über das hier gesprochen haben. Nichts darf mich belasten, wenn ich schwimme.«

»Müssen wir das Mobiliar aufteilen, damit du besser durch den Ärmelkanal schwimmen kannst?«

»Selbstverständlich nicht, Agneta, mach dich doch nicht lächerlich. Aber ich will alles tun, um bei der Kanaldurchquerung erfolgreich zu sein. Also machen wir das hier *heute*. Die Sofas habe ich gekauft, wie du sicher noch weißt, und die waren nicht billig. Also bleiben die hier.«

Wie ein General führt Magnus die winzige Armee durch unser Haus. Er hat einen Block und einen Stift in der Hand und trägt ultramoderne Schwimmstrümpfe, die er offenbar einlaufen muss. Die Schwimmstrümpfe sind aus Gummi, und bei jedem Schritt, den General Magnus macht, geben sie ein lautes Geräusch von sich.

»So ... dann schreibe ich M neben die Sofas hier.«

Magnus redet weiter, während er sich Notizen auf seinem Block macht.

»Selbstverständlich lege ich dann noch eine Exceltabelle an, damit wir beide sehen können, was wir vereinbart haben. Der Wohnzimmertisch? Hast du Interesse daran?«

Ich schaue den Wohnzimmertisch an. Er ist ungefähr so groß wie meine halbe Küche. Ich schüttle den Kopf.

»M beim Wohnzimmertisch ... Aber dann sollte ich vielleicht auch den Teppich behalten? Der gehört ja mehr oder weniger dazu.«

»Den Teppich habe ich von meiner Großmutter geerbt.«

»Das stimmt, aber wir ... Ich meine, ich hab die Sofas passend zur Farbe des Teppichs gekauft, sonst hätte ich blaue genommen. Aber natürlich kannst du den Teppich behalten, das hat schon seine Richtigkeit so. A beim Wohnzimmerteppich. Aber den Teppich im Schlafzimmer behalte ich, den habe ich in San Francisco gekauft.«

»Nachdem du für so ziemlich alles hier im Haus bezahlt hast, können wir doch gleich M neben alles schreiben, und ich behalte nur die Kinder und die Katzen. Für die hab ich ja bezahlt.«

»Wie meinst du das jetzt, Agneta?«

»Ich denke mir, während du gearbeitet und jede Menge Geld verdient und Sofas und Teppiche gekauft hast, habe ich mich um die Kinder gekümmert. Ich hab mich also um die Kinder gekümmert, statt Geld zu verdienen. Also schreib A bei den Kindern.«

»Weißt du was? Ich bin durchaus aufgeklärt. Ich weiß sehr gut, wie das mit der Lohnlücke zwischen Männern und Frauen ist. Ich weiß selbstverständlich auch, dass das Schlimmste, was eine Frau rein finanziell gesehen tun kann, Heiraten und Kinderkriegen ist. Und das Beste, was ein Mann rein finanziell gesehen tun kann, ist Heiraten und Kinderkriegen. Aber bei uns stimmt das so nicht. Du hast dir das selbst ausgesucht. Ich hab nie gesagt, dass du zu Hause bleiben sollst. Im Gegenteil, habe ich nicht versucht, dich dazu zu bringen, mehr Verantwortung für deine Finanzlage zu übernehmen und mehr zu arbeiten?«

»Irgendwann … um 2015 hast du angefangen, davon zu reden. Als die Kinder schon Teenager waren!«

»Und dann bist du hochgegangen auf siebzig Prozent! Dank MIR!«

Ich muss laut auflachen.

»Ist das nicht lustig? Wenn ich jetzt so überlege, dass ich Teilzeit gearbeitet habe, mich in Teilzeit um die Kinder gekümmert habe, und trotzdem habe ich die Hälfte von allem hier im Haus bezahlt.«

Magnus schüttelt den Kopf und quietscht mit seinen Schwimmstrümpfen auf dem Parkett.

»Nein, nein, jetzt erinnerst du dich aber ganz schön zu deinem Vorteil hier. Verantwortung hast du zwar übernommen, aber nur für die laufenden Kosten. Aber nicht für Möbel und so was. Da bin ich für alle Anschaffungen aufgekommen.«

»Und jetzt darfst du sie behalten! Was darf ich denn behalten? Die ganzen aufgegessenen Fischstäbchen? Das aufgelöste Waschmittel? Was ist mein Stundenlohn für die ganzen Teller, die ich abgewaschen habe, und die Waschtrommeln, die ich gewaschen habe, und …«

»Ich unterbreche dich an dieser Stelle, weil ich genauso viel abgewaschen und Wäsche gemacht habe wie du. Vielleicht sogar noch mehr. Denn du bist von deiner Veranlagung her kein ordentlicher Mensch.«

Verdammt. Okay. Da könnte er recht haben.

»Weißt du was, Magnus? Schreib einfach M neben alles. Und das sage ich nicht so, als ob ich ein M wie Märtyrer wäre. Ich sage es, weil ich tatsächlich gar nichts brauche. Vielleicht ein paar Fotoalben, diese Lampe, die mir mein Vater gebaut hat, und eine Kiste mit den alten selbstgemalten Bildern von den Kindern, aber mehr nicht. Allerdings …«

Magnus quietscht mit seinen Gummistrümpfen, macht sich Notizen auf seinem Block und späht in mein ehemaliges Schlafzimmer.

»Nicht mal dein Bett? Oder das Bücherregal?«

Ich schüttle den Kopf.

»Nein, nichts davon. Allerdings will ich …«

Magnus blickt zu mir auf.

»Was willst du? Ich bin offen für alles. Ich will, dass das hier alles gerecht läuft. Du kennst mich, ich befolge Gesetze und Vorschriften.«

»Ich will die Hälfte des Hauses.«

Jetzt muss Magnus lachen und den Kopf schütteln.

»Agneta, Agneta.«

»Magnus, Magnus?«

»Als wir das Haus gekauft haben, haben wir eine Klausel in unseren Ehevertrag aufgenommen, kannst du dich an dieses kleine Detail erinnern?«

Ich kann mich definitiv nicht an etwas Derartiges erinnern. Wir haben jede Menge Papiere unterschrieben, hier eines, da eines, aber das muss man wohl, wenn man heiratet, ein Haus kauft und sich Kinder zulegt, oder? Magnus fährt fort, jetzt mit milderer Stimme:

»Ich habe das Geld benutzt, das *ich* von *meiner* Großmutter geerbt hatte, und habe den größten Teil dieses Hauses damit bezahlt. Und ich wollte, dass dieses Geld an mich zurückfällt, wenn wir uns scheiden lassen. Verständlicherweise.«

»Verständlicherweise?«

»Ja, ich hab zwar nie damit gerechnet, dass wir uns scheiden lassen, aber man muss schon gut auf sein Haus aufpassen. Wenn ich sterbe, beerben mich Lisa und Ludvig, dann wird es trotzdem noch irgendwie deins.«

»Wie ›irgendwie‹?«

»Weil deine Kinder das Geld bekommen.«

»Aber ... das ist doch nicht korrekt.«

»Doch, nach dem Gesetz ist es korrekt. Und rein wirtschaftlich gesehen auch. Es war mein Geld vor der Ehe, und es ist mein Geld nach der Ehe. Es tut mir leid, wenn ... verdammt noch mal, diese Dinger kratzen vielleicht!«

Magnus zieht an seinen Schwimmstrümpfen, dass es nur so schnalzt. Ich starre ihn an.

»Viel Glück zwischen Dover und Calais.«

Vor dem Badezimmer steht die Katzentoilette, voll mit harter Katzenscheiße.

»Vergiss nicht, da ein M draufzuschreiben.«

50.

Die Stimmung schlägt gelinde gesagt hohe Wellen im Festsaal. Was heißt Festsaal – es ist eher ein Festbunker, könnte man sagen, ohne Fenster und mit niedriger Decke. Aber nichts kann die Begeisterung dämpfen. Es werden Girlanden aufgehängt, alle Tische werden an die Wände geschoben, superkomische Zettel werden da und dort aufgehängt mit Beschriftungen wie »Strategische Schnapsplanung« neben der Bar oder »Freies Parken« auf den Toiletten. Unter großem Gekicher werden Flachmänner ausgetrunken, das Feedbackpfeifen tönt aus den Lautsprechern, während die IT-Mitarbeiter sie anschließen und einstellen, und irgendjemand hat Papierhüte gebastelt, die aussehen wie Verkehrsleitkegel. Es werden Hemden gewechselt, neue, in der Mittagspause gekaufte Kleider vorgeführt, alle Toiletten sind besetzt, weil diese Kleider angezogen werden müssen, Lippenstift wird aufgetragen und viel zu viel Parfum versprüht.

Ich sitze mit meiner kotzfarbenen Tunika und dem Headset auf einem Stuhl ganz hinten im Flur, der zu einer Putzkammer führt. Den Laptop habe ich auf dem Schoß, und ich tue so, als hätte ich noch Arbeit zu erledigen. Aber ich habe meine Kopfhörer nicht eingestöpselt, und im dunkelsten Winkel dieses Festbunkers könnte kein Internet der Welt meinen Computer erreichen. Ich sitze einfach bloß da mit lose herabhängenden Kabeln und denke an die ganzen Ms, die Magnus auf seinen Block geschrieben hat. An all die Eheverträge, die sich Magnus ausgedacht hat. An die miese Rente, die mich erwartet. An alle Kick-offs in verschiedenen Festbunkern, die ich noch durchleiden muss, bis ich diese miese Rente bekomme.

Ich denke an Bodil und Paul, die ich heute Morgen gesehen habe, als sie auf dem Weg zur Altpapiersammelstelle waren mit den ganzen nutzlosen Dokumenten aus Görans Arbeitszimmer. Ich denke auch daran, wie Paul die Autotür für Bodil aufgemacht hat, bevor er sich auf den Fahrersitz setzte. Wie sie ihm so zärtlich die Hand aufs Bein legte. Wie wir einander retten. Einar hat mich gerettet, Paul hat Einar gerettet, dann hat er auch noch Bodil gerettet, die wiederum mich gerettet hat, und jetzt rettet sie auch noch Paul. Bei diesem Gedanken muss ich in mich hineingrinsen.

Dann beginne ich, über Macht nachzudenken. Und da verschlägt es mir mein Grinsen sofort. Ich denke nicht so oft über Macht nach. Zweifellos hätte ich in meinem Leben mehr über Macht und weniger über Käse nachdenken sollen. Aber jetzt, fünfzig Jahre zu spät, denke ich darüber nach, als ich mich vor einer Putzkammer verstecke. Ich grüble über die Sache mit der Macht nach. Oder wie man die Macht an jemand anderen abtritt. Wie Magnus mich vorsätzlich in eine Ecke gedrängt hat. Und wie ich mich wie ein blindes, neugeborenes Lämmchen fügsam in diese Ecke setzte, die er mir zugewiesen hatte.

Wo ist Patrick Swayze, wenn man ihn am dringendsten braucht? Verdammt, der ist mir nicht zu Hilfe gekommen, als ich diesen Ehevertrag unterschrieben habe! Und er ist auch jetzt nicht hier in diesem fensterlosen Festbunker. Da draußen hat man mit einem Quiz angefangen. Fragen zu allen Mitarbeitern unserer Abteilung werden gestellt, verrückte Fotos werden hergezeigt, lautes Gelächter, Applaus, Pfiffe, und ich könnte wetten, dass es ungefähr … null Fragen zu mir gibt. Niemand merkt, dass ich im Pausenzimmer sitze, und niemand merkt, dass ich nicht dabei bin. Niemand ahnt, dass ich hier mit dem Headset in meiner Ecke am Ende des Korridors sitze. Anscheinend hat jemand gerade das Quiz gewonnen. Man hört schallendes Gelächter. Aha, der erste Preis besteht offenbar darin, dass man sich einen solchen Kegel aufsetzen darf. Glückwunsch.

Und in dem Moment donnert die Musik los!

»Das fängt ja gut an, fast schon interessant. Na ja, vielleicht ein bisschen abgedroschen.«

Markoolio und Linda Bengtzing singen einen schwedischen Schlager, zusammen mit dem Rest des Verkehrsplanungsbüros. Der Boden bebt unter den vielen stampfenden Absätzen, heiser schreiende Stimmen tönen durch den Festbunker, bis das Lied zu Ende ist und ein Gitarrensolo einsetzt. Denn jetzt wird AC/DC mit dem Verkehrsplanungsbüro um die Wette grölen, dass sie die Autobahn direkt in die Hölle runterfahren. Ich verstehe, was AC/DC meint. Da kracht es, und es hört sich an, als wäre irgendein übermäßig enthusiastischer Kollege gegen einen Tisch gedonnert, doch der Tanz geht weiter, und ich sitze weiter in meiner Ecke. Denn jetzt bin ich schon so lange hier, dass es seltsam wäre, wenn ich plötzlich auftauchen würde. Für mich jedenfalls. Aber ich kann mich ja auch nicht rausschleichen, denn der einzige Weg nach draußen führt über die Tanzfläche. Highway durch die Hölle. Ich habe schon die Tür hinter mir aufgemacht, um nach einem möglichen Fluchtweg Ausschau zu halten, aber da war wirklich nur eine Putzkammer ohne weitere Türen. Also sitze ich fest und jetzt höre ich, wie die Band Arvingarna Eloise fragt, ob sie mehr sind als bloß Freunde.

Ich hab heute Morgen meine Schuhe mit den hohen Absätzen mitgenommen und mein lavendelfarbenes Kleid. Nach diesem Wochenende glaubte ich, dass ich mich trauen würde. Weil Bodil und Paul alles mit Wärme betrachten, was mich betrifft. Meine Mutter, die mir am Ende doch zuhörte, oder, na ja, sie hat zumindest verstanden, was ich meinte. Vielleicht. Das Fest, das ich gegeben habe. Ja, es war wirklich ein Fest, auf dem am Ende sogar getanzt wurde. Dass ich gegen Magnus rebelliert habe. Die Hälfte verlangt habe. Okay, dann ist leider ein unterschriebener Ehevertrag aufgetaucht, der dieser Forderung im Weg stand, aber trotzdem. Ich habe meine Stimme erhoben!

Letzten Sonntag habe ich vollgetankt, bin in die Stadt gefahren und habe in der Markthalle eine ganze Kiste voll Käse gekauft. Sahnigen Brillat Savarin, einen Comté, der schon mehrere Jahre gelagert worden ist, ein Stück nach Haselnuss duftenden Morbier und einen in Asche gewälzten Blauschimmelkäse aus Milch von Kühen, denen es offenbar irgendwo in der Auvergne wahnsinnig gut ging. Mein Abendessen am Sonntag bestand aus Käse und ein paar Gläsern von dem Rotwein, der von meinem Fest am Freitag noch übrig war. Also war es gar nicht so seltsam, dass ich heute Morgen meine lavendelfarbene Unterwäsche anzog und mein Kleid in eine Papiertüte packte. Ich war wieder Annjetá. Aber sobald sich die Tore zum Verkehrsplanungsbüro öffneten, wurde ich wieder Agneta. Das Kleid in der Tüte wurde ein riesengroßer Sombrero und ... Pling!

Eine SMS! Fabien! Hat er trotz allem geantwortet? Ich hole mein Handy hervor. Nein, die ist von Magnus. Er ist wahnsinnig wütend. Er schreibt sogar in Großbuchstaben.

DU KOMMST SOFORT NACH HAUSE UND BRINGST DAS WIEDER IN ORDNUNG.

Pling. Noch eine SMS. Jetzt mit kleineren Buchstaben.

Machst du das eigentlich, um mich zu ärgern? Ich muss morgen früh nach Dover fahren, und du wirst diese Sache hier vorher lösen.

Was soll ich denn lösen? Jetzt ruft er auch noch an. Ich stelle auf stumm und nehme nicht ab. Ich schreibe ihm auch eine SMS.

Ich weiß nicht, wovon du redest, aber ich komme später am Abend noch vorbei. Bin grade beim Kick-off-Meeting in der Arbeit und kann nicht ans Telefon.

Wow, Magnus wird ja richtig eifrig, jetzt schreibt er schon wieder. So eine feurige Unterhaltung haben wir seit unserer Zeit als frisch verliebtes Pärchen nicht mehr gehabt.

Du weißt ganz genau, wovon ich rede. Du machst das doch bloß, um dich an mir zu rächen. Du willst, dass ich mich beim Schwimmen nicht konzentrieren kann! Und du kommst heute Abend noch her und holst sie hier weg. Aber du darfst mich NICHT wecken. Ich geh jetzt nämlich ins Bett.

Das ist ja richtig spannend hier. Was hab ich denn gemacht, ohne überhaupt etwas zu machen? Jetzt höre ich Julio Iglesias, wie er in seinem unheimlich spanischen Französisch vor einem jubelnden Publikum spricht. Ich höre auch, dass furchtbar viele Kollegen vom Verkehrsplanungsbüro »PINKELPAUSE« und »SCHNELL ZUR BAR« rufen, und sie rennen überall herum, bloß nicht auf der Tanzfläche. Unser Lied. Einars, Agnetas und Annjetás.

»Okay. Ich dachte, dass es nur zwei Menschen gibt, mit denen ich tanzen will. Aber es gibt tatsächlich drei. Ich will mit Einar, Fabien und ... Annjetá tanzen.«

Jetzt fängt Julio an zu singen. Gott, wie ich dieses Lied liebe. Das ist absolut *mein* Lied. Es lief, als wir uns kennenlernten. Ich und Annjetá. Das war unser Lied. Als wir zusammen zur Lavendelfrau wurden.

»Man kann nicht rumsitzen und erwarten, dass Patrick Swayze vorbeikommt. Wenn was passieren soll, muss man eben selbst Patricks Rolle übernehmen.«

Mit diesen Worten streife ich mir die kotzfarbene Tunika über den Kopf und strample mich aus der Hose mit dem Gummizug an der Taille. Ich reiße mein lila Kleid aus der Tüte und ziehe es an. Die anderen Kleider schmeiße ich in die Putzkammer, wo sie hingehören.

»Und jetzt werde ich fliegen, verdammt noch mal, ich werde mich dem Boden entgegenwerfen und ihn verfehlen.«

Rein mit den Füßen in die hochhackigen Schuhe, und dann renne ich los. Ich renne, aber ich bin nicht allein. Ich halte Annjetás Hand, und wir rennen gemeinsam durch den hallenden Flur, um die Toiletten herum und biegen in den Festsaal, wo sich alle an der Bar drängen, bahnen uns einen Weg durch eine ganze Truppe von IT-lern mit Verkehrskegeln auf dem Kopf, und da ist endlich die Tanzfläche. Sie ist leer. Nur Julio und die einsame Discokugel, die sich vorsichtig an der Decke dreht. Ich und Annjetá machen ein paar stolpernde Schritte auf die Tanzfläche. Wir flüstern:

»Nobody puts Agneta in a corner.«

Dann schließen wir unsere Augen. Weg mit den besoffenen IT-lern, den Bars mit den gelangweilten Barkeepern und dem Festbunker. Dort hinter unseren Augenlidern sehen wir Einar. Er streckt uns die Hand entgegen, und wir ergreifen sie.

Er führt uns, mit einer festen Hand um unsere Taille. Wir strecken uns, lassen unsere Körper von der Musik vor und zurück bewegen, die uns so unter die Haut geht. Wir lassen Einars Hand los und drehen uns hinaus auf die Tanzfläche, wir drehen uns und drehen uns, und Einar lächelt beifällig. Julio singt vom Meer, von den Gänsen, die über das offene Wasser fliegen, wie die weißen Schaumkronen glitzernd auf den Wellen tanzen, wie der Himmel mit dem Meer verschmilzt. Wir wirbeln über die Tanzfläche, und jetzt hören wir es. Applaus.

Es wird in die Hände geklatscht und gejubelt, und wir schlagen die Augen auf. Die Tanzfläche ist immer noch leer, das klatschende Publikum ist auf Julios Liveplatte. Es ist Applaus aus der Konserve, von 1976. Hier im Party-Bunker klatscht kein Mensch. Ich sehe nur … Mitleid. Ja, das ganze Verkehrsplanungsbüro steht um die Tanzfläche herum, schaut mich an und leidet, als hätten sie gerade ihren absolut schlimmsten Alptraum durchlebt. Allein auf einer Tanzfläche stehen, in einem unmodernen Kleid, das sämtliche Speckröllchen sehen lässt, und innig mit geschlossenen Augen tanzen.

Meine Absätze klackern, als ich alleine über die Tanzfläche gehe. Meine Kollegen teilen sich vor mir wie einst das Rote Meer vor Moses. Ich gehe wie auf dem Meeresboden von der Tanzfläche weg. Ein kalifornischer Kondor mit geradem Rücken, umringt von lauter Fischen, Goldfischen und Guppys, die sich schockiert wundern, wie dieser seltsame Vogel in ihrem Ozean gelandet ist. Sie haben recht. Ein kalifornischer Kondor sollte nicht zwischen Fischen herumschwimmen, er sollte fliegen. Dann schlägt das Meer wieder hinter mir zusammen, und das ganze Verkehrsplanungsbüro verschwindet unter erleichtertem Jubel zu Dr. Albans *It's my life*.

Verschwitzt und atemlos sitze ich im Pendelzug, als ich bemerke, dass ich immer noch mein Headset aufhabe. Ich muss laut auflachen. Die Leute im Waggon werfen mir scheele Blicke zu, und ich beginne, ins Headset zu sprechen, um die skeptische Stimmung zu dämpfen.

»Total krank! Ich hab's einfach getan. Beziehungsweise wir. Ich bin so neugierig, was sie morgen alle im Pausenraum sagen. Besser gesagt, ich bin überhaupt nicht neugierig, weil nämlich niemand etwas sagen wird. Alle werden so tun, als hätten sie nichts gesehen, aber ich weiß es. Alle haben es gesehen. Alle haben gelitten und alle haben es gesehen. HAHAHAHA!«

In mir kocht das Blut. Es kocht fast über, als hätte mir jemand eine kräftige Dosis … Annjetá injiziert. Ich springe an meiner alten Haltestelle aus dem Zug und gehe die ganzen Treppen mit geradem Rücken hinunter, durch die Unterführung und hoch auf den Vorortplatz, mit seinem Wurstkiosk, der Pizzeria und dem ICA-Supermarkt. Ich fühle mich rebellisch, reiße mir das Headset vom Kopf und werfe es in ein Gebüsch. Moment … das war gar nicht rebellisch, das war albern. Ich gehe zurück, krieche ins Gebüsch, hole das verfluchte Headset wieder raus und schiebe es in meine Tasche. Man braucht das bisschen Natur in Sollentuna nicht zu verschmutzen, nur weil man eine Revolutionärin ist.

Ich klackere den steilen Hügel hoch, es ist erst neun, aber es ist totenstill zwischen den Häusern, und ich höre den Kies unter meinen Füßen knirschen. Aber jetzt höre ich auch Stimmen. Sie kommen von Katarinas Haus. Ich bleibe stehen, stelle mich auf Zehenspitzen und spähe über die Hecke. Sieh mal einer an. Der Buchclub hat sich auf der Terrasse versammelt, mit Decken über den Beinen, Chardonnay auf einem

Tischchen und schön angerichtetem Aufschnitt auf einem teuren Teller.

Es juckt mich wieder in den Beinen, und dann beginnen sie, sich zu bewegen. Ich folge ihnen einfach nur, während Annjetá sie steuert, sie strömt jetzt durch meine Adern. Wir machen das Gartentor von Katarina auf, gehen quer über den Rasen und, schwupps, da stehen wir auch schon vor der Treppe zur Terrasse. Es hat uns noch keiner gesehen. Im Garten ist es finster, und wir verstecken uns in der Dunkelheit unter den Apfelbäumen. Wir hören sie dort oben reden.

»Also, wir haben die Schule ja nach dem Schulessen ausgesucht, und dann gibt es bloß so eine mickrige Salatbar? Mais aus der Dose? Gerade in Dosenmais ist doch so viel Zucker drin, da könnten sie doch gleich Kuchen aufs Buffet stellen! Und ist der überhaupt bio? Denn wenn nicht, müssen wir wirklich mal mit dem Rektor sprechen.«

Ich flüstere:

»Wollen wir nicht einfach nach Hause gehen? Lass sie doch über die Gefahren von Dosenmais reden, bis sie schwarz werden, mir ist das eg…«

Dann bewegen sich meine Beine wieder, beziehungsweise *unsere* Beine. Wir gehen auf die Terrasse, räuspern uns und ich höre uns mit überraschend fester Stimme »guten Abend« sagen.

Ich wünschte, ich könnte die Stille einspielen, die darauf folgte. Ich wünschte, ich könnte die Gesichter der Teilnehmer fotografieren, als sie uns da auf der Treppe stehen sehen, im lila Kleid und mit hohen Schuhen. Oje! Jetzt wird das Schweigen gebrochen. Alles quietschen, jubeln und: »OOOH! AGNETA, HALLO!«, und: Wie schön, und: Endlich bist du wieder da, und: Von uns hat auch keiner das Buch gelesen, also kannst du dich gerne einfach dazusetzen. Katarina rennt in die Küche, um mir ein Glas zu holen, denn hier gibt es so viel »Chardonnaaaay«, dass es für alle reicht. Aber wir bleiben offenbar auf der Treppe stehen und zeigen überhaupt kein Interesse, uns dazuzusetzen und Chardonnaaaay zu trinken.

»Nein, nein, ich will überhaupt nicht hier sitzen und Wein mit euch trinken. Das war nicht der Grund, warum ich vorbeigekommen bin.«

Katarina erstarrt, als sie das für mich gedachte Glas auf den Tisch stellt. Mein Mund bewegt sich weiter, ohne dass ich es kontrollieren kann. Jetzt spricht Annjetá.

»Ich wollte mich bloß aus diesem Buchclub abmelden. Und ich weiß – Herrgott, ich bin ja auch nicht ganz auf den Kopf gefallen, hahaha, ich weiß, dass ihr mich schon seit einer ganzen Weile abgemeldet habt, aber es ist irgendwie nie so richtig ausgesprochen worden. Ihr habt mich einfach nicht mehr eingeladen. Worüber ich … seltsamerweise gar nicht traurig war, eher im Gegenteil. Ich war erleichtert. Aber ich will trotzdem deutlich machen, dass *ich* mich jetzt aus diesem Buchclub abmelde. Und dann möchte ich dir, Katarina, noch sagen, dass ich mein Kleid liebe. Ich fühle mich stark und schön, wenn ich es anhabe, und wenn du noch einmal mein Kleid anschaust und so etwas Herablassendes murmelst wie ›Kulturschocks sind immer so spannend‹, kann ich nicht garantieren, dass ich oder mein Kleid nicht zurückschreien werden.«

Katarina lächelt gezwungen.

»Aber Agneta, ich hab doch bloß gemeint …«

»Nicht Agneta. Ich heiße Annjetá.«

Wir gehen jetzt nicht mehr zu zweit durch die Straßen der Wohnsiedlung. Sondern nur noch ich, Annjetá. Ich habe dem Buchclub einen anderen Gesprächsstoff gegeben als Dosenmais. Ich habe allein auf der Tanzfläche zu *La mer* getanzt, ich habe zu Magnus gesagt, dass ich die Hälfte von unserem ganzen Geld will. Au revoir, Agneta! Je m'appelle Annjetá. Je suis Annjetá!

Ich biege in meine alte Straße ein, die nicht mehr meine ist. Das spüre ich, als ich auf ihr gehe. Diese Straße bin nicht ich. Dieses Leben ist nicht meins. Das hier sind nicht meine Nachbarn, und das Haus da hinten ist nicht mehr mein Haus, sondern ... Moment mal? Es ist dunkel, und die Straßenlaternen geben nicht besonders viel Licht, aber ich sehe es trotzdem. Neben der Einfahrt zu unserem Haus leuchten zwei große weiße ... Gespenster?

Ich beschleunige meine Schritte, und je näher ich komme, desto größer werden sie. Die Gespenster sind ... mindestens zweieinhalb Meter groß. Ich ahne eckige, schwarz glänzende Sockel unten, aber mehr sehe ich nicht, weil Magnus weiße Laken über den Rest geworfen hat. Ich packe das eine Laken mit meiner linken und das andere mit meiner rechten Hand. Dann reiße ich die Laken mit einem Ruck herunter. Schwupps. Die Laken segeln zu Boden, und es erscheinen zwei schwarze Marmorstatuen mit jeweils einem üppigen Ständer.

»Hallo, euch zwei kenne ich doch. Ihr gehört mir.«

Einar und Armand schauen auf mich herab und lächeln.

51.

Ich sitze zwischen Armand und Einar. Habe einen von unseren Gartenstühlen hingeschleppt, der genau dazwischenpasste.

»Danke, Einar, für dein Erbe. Das hier ist alles, was ich mir wünsche. Wen kümmert schon das Geld auf der Bank, wenn man diese zwei Statuen zu seinem Eigentum rechnen kann? Ich sicher nicht. Ich weiß noch, als du, Einar, leibhaftig auf dieser Welt warst, wie du im Kloster in der Badewanne lagst und mit Armand geredet hast. Ich fand es unglaublich seltsam, dass du mit einer Statue geredet hast. Damals war ich noch ein unaufgeklärter Mensch. Alle Forscher sagen, dass das Gehirn mit fünfundzwanzig fertig entwickelt ist. Wen zum Henker haben sie denn da erforscht? Mich sicher nicht. Mein Gehirn war mit fünfundzwanzig noch ein Fötus, und bis letztes Jahr habe ich vielleicht maximal … zweiunddreißig Prozent davon genutzt. Es war verschlossen, traurig und hatte überhaupt kein Vertrauen darauf, dass vielleicht noch Abenteuer auf es warteten. Aber jetzt hat mein Gehirn seine Tore geöffnet, und ich kann auch mit Statuen reden! So, da wir nun schon mal hier sitzen – warum wolltest du eigentlich, dass ich diese Statuen bekomme, Einar?«

Ich blicke zu ihnen hoch. Glänzende Muskeln, gerade Nasen, die kräftigen Kinnpartien, die breiten Schultern, die schmalen Hüften und die Penisse, die beide in Richtung … Welche Richtung ist das jetzt?

»Verdammt, ich hab keine Ahnung von Himmelsrichtungen, aber ...«

Wir haben morgens in der Küche Sonne, und die Sonne geht ... so ungefähr im Osten auf. Dann liegt Osten also da drüben. Und untergehen tut sie im Westen, was dann logischerweise in der entgegengesetzten Richtung sein muss. Magnus hat sich furchtbar aufgeregt, dass wir nur hier an der Vorderseite des Hauses den ganzen Tag Sonne hatten und an der Rückseite überhaupt nicht.

»Tja, so ist das! Süden ist auf dieser Seite, also zeigen eure Pimmel ... weiter nach Süden. Einar? Armand? Was wollt ihr mir sagen ...?«

Pling! Eine SMS. Ich hole mein Handy hervor. Sie ist von Fabien. Ich atme tief durch und mache sie auf. Es ist ein verschwommenes Bild von Fabien, der sich an einem Selfie versucht, er muss so lachen, dass ihm die Tränen aus den Augen laufen. Sein sonnengelbes Hemd leuchtet, und es ist weiter aufgeknöpft denn je zuvor. Vielleicht hat er es gerade jetzt geschossen, nach ein paar Gläsern Wein in seiner eigenen Bar? Das Bild, auf dem ich mit Käse im Mund versuche, das Handy aufzuessen, und ihm Kusshändchen zuwerfe, hat er genau richtig aufgefasst. Mit schallendem Gelächter. Ich drücke mein Handy an die Brust und schaue hoch zu Armand und Einar.

»Meine Lieben – danke, dass ihr mir den Weg gezeigt habt. Höchste Zeit, in Richtung Süden zu ziehen.«

Ich ziehe meine gesunden Schuhe an, die im Rucksack liegen, und renne nach Kvistbro, als wäre jede Minute, die ich nicht auf dem Weg Richtung Süden bin, eine verlorene Minute. Ich renne vorbei an Häusern, Waldstücken, niedrigen Häusern, die nur aus einem Erdgeschoss bestehen, Fußballplätzen, dreistöckigen Häusern, dem Pendelzugbahnhof von Kvistbro, der Tankstelle und hoch in meine Reihenhaussiedlung. Schweißgebadet schließe ich meine Tür auf, hole eilig Einars Koffer heraus, ziehe mein Lavendelkleid aus und packe es gleich ein, schlüpfe in das kurze Sommerkleid, das ich mir auf dem Markt in Arles gekauft habe, und stopfe sämtliche Julio-CDs, meine schöne Unterwäsche und Einars gestreiften Angoramantel dazu. Ich werfe den Koffer in den Kofferraum meines Autos und renne wieder hinein, hole mir die kummervollste Blechdose der Welt mit den Fotos von Einars Freunden. Die kotzfarbene Tunika und die zu kleine Hose werfe ich in die Mülltonne, aber das Kuvert mit den Bildern aus dem Kloster hebe ich auf. Ich räume den Kühlschrank aus, stelle sämtliche leeren Flaschen in Papiertüten, staubsauge, schrubbe, reiße die Bettwäsche herunter, wische Staub, esse die Reste der Käsesorten vom Sonntag auf, verfasse eine Mail an die Arbeit mit dem Text »Ich komme nie wieder. MfG Annjetá«, fummle an meinem Handy herum und überlege, ob ich sie wirklich abschicken soll. Wo bekomme ich jetzt ein wattiertes Kuvert her? Ach was, ich behalte es so lange. Sie werden eines schönen Tages garantiert anrufen, und dann werden sie mir bestimmt erzählen, wie die Übergabe ablaufen soll.

So. Die Wohnung ist fast leer, nur eines bleibt noch zu tun. Das Paket von Bonnibelle, das ich immer noch nicht aufgemacht habe. Jetzt ist es so weit. Während die Sonne aufgeht und die ersten Strahlen des Tages sich in die Wohnung schleichen, wickle ich das Seidenpapier auseinander. Vorsichtig löse ich das Klebeband, und dort drinnen liegt etwas Smaragdgrünes, Seidenweiches. Ich nehme es behutsam heraus. Ein Negligé aus weichster Seide, das an den Seiten eingefasst ist mit kirschrotem Samt, und über der Brust sind sogar Kirschen aufgestickt. Volle, glänzende, wunderbare Kirschen mit goldenen Flecken und ... Ich schnuppere daran. Lavendel. Es duftet nach Bonnibelles Lavendelwasser. Das ist wahrscheinlich das Schönste, was ich in meinem ganzen Leben gesehen habe, aber nicht ich soll diese Unterwäsche haben. Ich schaue auf den Kirschbaum vor der Terrassentür, unter dem die Austernschalen liegen. Behutsam lege ich das Negligé zusammen, packe es wieder ins Seidenpapier und klebe es zu.

Ich schließe die Wohnung hinter mir ab und gehe nach oben zu Bodils Teil des Reihenhauses. Schleiche vorbei am Schuppen und in ihren Garten, lege ihr Bonnibelles Paket auf die oberste Stufe, zusammen mit dem Schlüssel auf einem Zettel mit dem Text: »Ich muss nach Süden fahren. Danke, dass du mich genau so gerettet hast, wie ich es gebraucht habe. Deine Annjetá«

Ich spähe durchs Küchenfenster hinein und sehe, dass der Tisch schon für zwei gedeckt ist. Zwei Eierbecher, zwei Teetassen, zwei Teller, zwei Saftgläser. Ich kann Bodil und Paul vor meinem geistigen Auge sehen, wie sie den Tisch zusammen gedeckt haben. Ihre Vorfreude. Ich werfe eine Kusshand nach oben zu ihrem Schlafzimmer und gehe hinaus zum Auto. Zu meinem alten Fiat Uno, bei dem man die Fenster noch per Hand runterkurbeln muss, es keine Spur einer Klimaanlage gibt und in dem man die Bananenflecken aus den Kleinkinderjahren, die ich nie wieder rausgekriegt habe, immer noch ahnt. Ich mustere mein Gepäck, und ja, alles ist dabei. Jetzt habe ich nur noch eines zu erledigen, bevor die Sonne ganz aufgeht.

Das Reihenhaus ist leer, das weiß ich. Meine Eltern sind ja beim Seniorengolfen in Benidorm, aber trotzdem bleibt das Schlafzimmerfenster immer gekippt. Ich stehe auf dem Rasenstück hinterm Haus und spähe hoch zum Balkon.

»Gut, dann muss ich jetzt wohl mal.«

Also strecke ich die Hand nach einem der vorstehenden Ziegelsteine aus und ziehe mich hoch zum nächsten, wobei ich mit den Fingern so fest wie möglich zupacke, denn ich will nicht wieder abrutschen und mir beim Runtergleiten die Oberschenkel an der Fassade aufschrammen. Und schon bekomme ich das Balkongeländer zu fassen! Ich drücke mich nach oben und hebe das Bein übers Geländer. YES! Ich stehe fest mit beiden Beinen auf dem Balkon und schlängle den Arm durch den Fensterspalt, schiebe die gepflegten Pelargonien meiner Mutter und die gehäkelten Zierdeckchen ein Stück beiseite und … raus mit dem Haken. Das Fenster ist offen! Es ist noch nicht besonders lange her, dass ich das gemacht habe, deswegen geht es jetzt schon etwas geschmeidiger, als ich ins Schlafzimmer klettere. Ohne das tadellos gemachte Doppelbett auch nur zu streifen, ziehe ich das Kleid hoch und hole das zusammengerollte Foto und das Klebeband aus meiner Unterhose. Ich rolle das Bild auseinander. Das bin ich. Annjetá. Mit rosigen Wangen und sehnsüchtigem Blick, mit meinem fünfzigjährigen Körper in Bonnibelles weißer Unterhose mit dem aufgestickten A auf dem einen Bein und dem weißen BH. Ich habe keine seltsame Frisur, keine Zahnspange, keine modischen Klamotten, ich ziehe keine komischen Grimassen, ich lächle nicht steif, weil mich ein gelangweilter Schulfotograf darum gebeten hat, ich bin einfach nur ich. Die Schlafzimmerwand ist bedeckt mit Schulfotos von meiner Schwester und mir. Auf keinem einzigen bin ich ich selbst. Aber jetzt klebe ich das neue Bild als letztes in die Reihe meiner Portraits.

Ich bremse vor dem Haus, das nicht mehr mir gehört. Magnus' Wecker kann jeden Moment losgehen, und dann möchte ich lieber nicht mehr hier sein. Rasch schlüpfe ich aus dem

Auto und klebe einen Zettel auf Einars Brustkorb und einen auf Armands. »Gehört A. Melde mich wieder mit einer Adresse, an die du sie schicken kannst.« So, jetzt muss ich nur noch Magnus' Nummer für ein paar Tage blockieren, sonst schaff ich das nicht mit dem ganzen Geklingel und Geplingel.

Wenn es ihm wirklich so dringlich ist, dann kann er ja das ganze Geld von seinem Haus nehmen und die Statuen so lange in irgendeinen Lagerraum fahren lassen. Bis dahin müssen sie eben stehen, wo sie jetzt stehen, und mit ihren fröhlichen Penissen stolz nach Süden zeigen.

Ich gebe »Saint Carelle« in Google Maps ein, stecke mein Handy am Armaturenbrett fest und lasse den Motor an.

52.

Der Vättern-See ist wunderschön, wie er so direkt neben der Schnellstraße liegt. Die Insel Visingsö winkt mir von dort draußen zu, und jetzt fällt mir auf, dass die Bäume sich langsam gelb verfärben. Die roten Holzhäuschen mit den weißen Kanten habe ich hinter mir gelassen, und jetzt schauen mir die Häuserreihen von Schonen entgegen. Ich treffe die Entscheidung darüber, welchen Weg ich nehme, und ich will nicht über Brücken fahren, ich will sanft auf dem Meer schaukeln.

Auf der Fähre nach Helsingör trinken die Leute Weißwein und essen schon am Vormittag Krabbenbrötchen, aber ich bestelle mir eine Wurst. Sie schmeckt nach Abenteuer, und ich verschlinge sie in zwei Happen. Ich kaufe mir noch eine Wurst, die ich mit einer Cola runterspüle. Ich habe so viel Geld in der Tasche, dass ich mir so viele Würste und Limoflaschen kaufen kann, wie ich möchte.

Mein Fiat Uno und ich hören dänisches Radio, als wir über Seeland fahren. Es gibt so viele kleine Straßen, auf die ich gerne abbiegen würde, aber dafür habe ich jetzt keine Zeit. Mein Ort ruft nach mir.

Nach der Insel Fyn werde ich schläfrig, obwohl ein dänisches Sängerduo in voller Lautstärke einen alten Hit aus den späten Achtzigern schmettert. Bevor ich einschlafe, schaffe ich es Gott sei Dank noch, bei einer windumtosten Pension am Kleinen Belt einzukehren. Ich kann es mir leisten, mir ein

Zimmer in einer Pension zu nehmen und unter dicken dänischen Decken zu schlafen, mir die Haare mit Handseife zu waschen und Hering, Plundergebäck und knallrosa Salami zum Frühstück zu essen. Das Meer sieht auf eine wilde Art einladend aus, und ich würde am liebsten am Strand spazieren gehen, aber dafür habe ich jetzt keine Zeit, deswegen muss ich mich damit begnügen, den Geruch von Tang und Meer tief einzuatmen. Dieser Atemzug ist so tief, dass meine Lungen bis zum Platzen gefüllt sind mit diesem nach Meer riechenden Sauerstoff, als ich mich wieder ins Auto setze.

Als ich das letzte Mal mit dem Auto quer durch Europa gefahren bin, war ich dreiundzwanzig, Magnus saß hinterm Steuer, und an sämtlichen Grenzen wurde kontrolliert. Pässe wurden genau gemustert und gestempelt, Magnus hatte verschiedene Plastiktaschen für die ganzen unterschiedlichen Währungen und es herrschte grundlegende Ordnung. Jetzt sitze ich hinterm Steuer, alle haben dieselbe Währung und es gibt nicht eine einzige Grenzkontrolle. Ich merke es nicht mal, als ich in Deutschland bin. Auf einem Schild steht »Achtung! Straßenarbeiten!«, und das war's.

Die deutsche Autobahn liegt vor mir mit ihren ganzen Spuren, auf denen furchtbar neue und furchtbar schnelle Autos mir sofort klarmachen, dass ich ja nicht auf den Gedanken kommen soll, auf der linken Spur zu fahren. Mein Fiat Uno traut sich nicht mal auf die Mittelspur, also lassen wir es auf der rechten Spur gemütlich angehen. Aber ich bin gar nicht neidisch auf die linke Spur. Ich habe Mitleid mit denen, die darauf fahren. Wo andere Autos von hinten drängeln, die Welt verschwommen an einem vorbeifliegt und du so schrecklich schnell fahren musst, um dazuzugehören. Nein, danke. Ich höre lieber deutsches Radio, lege alle vier Stunden eine Pause ein, um Currywurst zu essen, pinkeln zu gehen, zu tanken, mir ein interessantes Eis von der deutschen Eiskarte auszusuchen und einen Kaffee zum Mitnehmen zu kaufen. Wenn man auf der rechten Spur fährt, kann man beim Fahren auch Kaffee trinken.

Ich übernachte in einem deutschen Motel, wo es weder eine Rezeption noch Schlüssel gibt, nur einen Automaten, der einen Zahlencode auf einem Zettel ausspuckt. Shampoo gibt es hier jedoch, und das hebt meine Laune wieder. Noch etwas, was meine Laune hebt, sind die ganzen Fachwerkhäuser. Die sind überall. Manchmal muss ich bloß eine Ausfahrt nehmen und starre auf Fachwerkhäuser, und dann auf noch mehr Fachwerkhäuser, während ich gleichzeitig meine Deutschkenntnisse wieder aufpoliere. Denn auf den Fachwerkhäusern stehen verschiedene Lebensweisheiten. Die Weisheiten lauten (in dreiundsiebzig Varianten) ungefähr so: »Arbeite hart und verlang nicht zu viel vom Leben, dann wird dich Gott nach dem Tod belohnen.« Sorgfältig lese ich diese deutschen Weisheiten. Dann zucke ich mit den Schultern, kaufe mir ein richtig kaltes Bier, schütte es hinunter und fahre weiter.

Da passiert es. Die Schilder sind plötzlich nicht mehr auf Deutsch. Jetzt sind sie alle auf Französisch. Und mir wird klar, dass ich gerade durchs Elsass fahre, die Gegend, in der alles mit Munsterkäse überbacken und mit Riesling runtergespült wird. Während nach und nach die Dämmerung hereinbricht, steht immer wieder »Colmar« auf den Schildern. Ich folge ihnen. Ich fahre durch schlummernde gepflegte Dörfer, in denen mich Kühe neugierig anschauen und ich ihre Blicke erwidere und … die ganzen Weinberge, die sich im Einklang mit der Natur über die Hügel ziehen. Auf und ab und wieder hoch, und eigentlich müsste jetzt doch gerade Erntezeit sein, oder?

Überall sind Weingüter, eine Abfahrt interessanter als die

andere, sie locken mit dem Versprechen, dass es gleich hier Unmengen von Wein gibt, kommen Sie doch rein und kosten Sie. Ich kann mich nicht bis Colmar beherrschen, ohne vorher rechts in eine Allee mit prächtigen, dicht belaubten Bäumen abzubiegen. Am Ende dieser Allee wartet ein Weingut, und auf dem Kiesplatz davor wimmelt es vor Menschen. Ich halte an, kurble mein Fenster herunter und habe gerade erst den Kopf rausgestreckt, als mich auch schon eine junge Frau etwas auf Französisch fragt. Ich zucke unglücklich mit den Schultern und sie wechselt zu Englisch. Sie heißt mich willkommen und sagt, dass ich hinter dem Haus parken soll. Denn ich bin doch wohl eine von den Gastarbeiterinnen, oder? Das bin ich überhaupt nicht, aber von welchen Gastarbeitern redet sie? Sie runzelt die Brauen, als ich diese seltsame Frage stelle. Es ist doch Zeit für die Traubenernte, das weiß doch jeder, oder nicht? Heute Abend sollen sich alle erst mal kennenlernen, gemeinsam zu Abend essen, und ich höre mich selbst fragen, ob es vielleicht einen kleinen Hocker und eine Ecke an diesem Tisch gibt, denn ich habe furchtbaren Hunger und hier ist es so wahnsinnig schön und …

Ja, es gibt sowohl einen Hocker als auch eine Ecke am Tisch. Ich bekomme sogar einen Teller, auf dem sich Sauerkraut und Kartoffeln auftürmen neben verschiedenen Würsten und Senf. Die Gesellschaft prostet sich zu, sie prosten mir zu, sie fragen mich, wie ich heiße, und ich antworte: »Je m'appelle Annjetá.« Niemand findet es seltsam, dass ich Annjetá heiße, und zum Abschied drückt man mir einen Zettel in die Hand. Darauf steht der Name eines Dorfes und der Name eines billigen Hotels, in dem die nette junge Frau ein Zimmer für mich gebucht hat. Das Dorf liegt gleich neben dem Weingut, und es wimmelt nur so vor Fachwerkhäusern. In diesem kleinen Hotel, das kaum breiter ist als sein eigenes Tor, bekomme ich den Schlüssel zu einer Dachkammer. Dort schlafe ich auf einem Holzbett, dass jedes Wikingers würdig wäre, mit geschnitzten Drachen am Kopfende.

Im kleinsten Hotel des Elsass serviert man kein Frühstück, doch der Mann am Empfang zeigt mir freundlicherweise ein Café ein Stück die Straße runter. Da kann ich Baguette essen. Zum ersten Mal seit Sommer darf ich ein perfekt knuspriges Baguette essen, mit Butter, Aprikosenmarmelade und einer Tasse Café crème. Ich mampfe mein Baguette und betrachte die ganzen hellblauen, rosafarbenen, pistaziengrünen und gelben Fachwerkhäuser, von denen ich umgeben bin. Hier steht nirgendwo, dass ich hart arbeiten soll und meinen Lohn nach dem Tod bekommen werde. Stattdessen sind die Häuser dekoriert mit Herzen in den Fensterläden, mit Teddybären und … Pfefferkuchenmännchen. Ich bin eindeutig nicht mehr in Deutschland.

In sieben Stunden bin ich in Saint Carelle. Frisch geduscht und gekämmt, mit meiner lavendelfarbenen Seidenunterwäsche unter dem ebenso lavendelfarbenen Kleid, die beide durchgespült und ausgelüftet sind. Ich bin bereit, auf meinen Platz zu fallen.

53.

Ich fahre mit offenem Fenster, während mir der warme Wind durch die Haare bläst. Die Nachmittagssonne blendet mich, es wird Zeit, von der Autobahn abzubiegen und auf den Landstraßen weiterzufahren. Der Staub wirbelt um mich herum, als ich zwischen Olivenplantagen durchtuckere, durch sandsteinfarbene Dörfer und Alleen mit Platanen mit ihren gefleckten Stämmen. Ich habe das Radio ausgeschaltet, in dem ein paar Frauen sehr engagiert über Auberginen sprechen und alles, was man aus ihnen machen kann, wenn ich das richtig verstanden habe. Jetzt will ich nur noch die Geräusche der Provence hören: das Rauschen des dichten Laubs an den Platanen, das durchdringende Zirpen der Grillen, einen brummenden Traktor in der Ferne.

Da entdecke ich ein handgeschriebenes Schild, auf dem steht, dass hier sowohl Pfirsiche als auch Kirschen verkauft werden, und ich lenke mein Auto an den Straßenrand, wo ein Obststand steht. Ich muss ein bisschen innehalten und mir bewusst machen, dass ich bald in Saint Carelle bin. Mit einer Papiertüte voll mit weißen Pfirsichen und einer Kiste voll dunkelroter Kirschen lehne ich mich in der staubigen Hitze ans Auto und beiße in einen Pfirsich. Er ist so süß, und der Saft läuft mir am Kinn herunter und über die Brust, sodass er Flecken auf meinem Kleid hinterlässt. Aber nicht mal das kann mein Glücksgefühl beeinträchtigen. Dieses Gefühl, zu Hause zu sein. Zu Hause bei und mit mir selbst.

Bald werde ich bei Bonnibelle an die Tür klopfen. Wenn sie aufmacht, wird sie ziemlich überrascht sein, dass ausgerechnet ich vor ihrer Tür stehe. Bald darf ich wieder »bonsoir« zu den ganzen alten Damen und Herren sagen, die nach der Siesta wieder durch die Gassen tappen. Bald darf ich Barry und Judy wieder streicheln, die ums Kloster herumstreichen. Das Kloster ... an das kann ich jetzt gar nicht denken. Das muss ich erst mal verarbeiten, wenn ich davorstehe. Es kommt mir zu groß und seltsam vor, und von der Tatsache, dass Einar mir nicht die Tore aufmacht, will ich gar nicht erst reden. Ich werde stattdessen einfach in die Bar gehen! Dann bald darf ich mich wieder an einen Tisch vor Fabiens Bar setzen und warten, dass er rauskommt. Ich werde seine verwunderte Miene sehen. Im ersten Moment kann er mich wahrscheinlich nur ... wortlos anstarren? Dann aber wird er die Arme ausbreiten und ich darf mich hineinwerfen. Ich frage mich, wie lange es wohl dauern wird, bis wir es oben in seinem Bett unterm Dachfenster krachen lassen? Ich bekomme Gänsehaut an den Beinen bei der Vorstellung, werfe den Pfirsichkern auf den Acker neben der Straße und beiße in den nächsten.

Mit der Sonne auf meiner Haut, der Süße in meinem Mund und den laut zirpenden Grillen auf den Äckern spüre ich, wie meine Libido mir heftig in der Brust pocht. How do you do, my libido? Ach, danke der Nachfrage, es geht mir tatsächlich richtig gut.

Die Platanen schließen sich um mich wie eine schützende Umarmung, als ich durch die Alleen weiterfahre. Die Weinberge, die Olivenhaine, die schlummernden Dörfer, ein zugewuchertes Haus zischen an mir vorbei, während gleichzeitig große, gepflegte Landgüter ein Stück von der Straße zurückgesetzt den lieben Herrgott einen guten Mann sein lassen. Jetzt biege ich auf eine noch kleinere Straße, die nach Saint Carelle führt. Der Gemüseverkäufer steht am Kreisverkehr und verkauft seine gelben Wachsbohnen, kleine Zucchini, Fleischtomaten und riesigen Salatköpfe. Ich strecke den Kopf aus dem Fenster und rufe:

»BONJOOOUUUR, MONSIEEEUUUR!«

Der Gemüsekäufer winkt mir mit fragendem Blick zu, und ich verlangsame das Tempo, weil ich mich jetzt meinem Ziel nähere. Meinem kleinen, unansehnlichen Dorf im Schutz seiner kreisrunden, mittelalterlichen Stadtmauer. Na ja, was heißt schon Schutz, dort, wo früher wahrscheinlich dicke Tore waren, kann ich jetzt ungehindert mit dem Auto hindurchfahren. Es gibt Einfahrten in allen vier Himmelsrichtungen, und ich biege durch die nördliche, schalte runter in den zweiten Gang und rolle langsam auf den Marktplatz. Auf dem Schild an der Bushaltestelle steht »Saint Carelle«, und die verwitterten französischen Flaggen wehen träge vor dem Hôtel de Ville. Nach dem trockenen Sommer fließt im Springbrunnen kein Wasser, und die Parkbänke sind auch leer. Ein paar Salatblätter wirbeln auf dem Marktplatz hin und her und verraten, dass hier heute Markt gewesen sein muss.

Ich werfe einen scheelen Blick zur Bar. Auf die orangen Stühle, auf die Tische und die paar Stammgäste, die dort mit ihren Pastisgläsern sitzen. Die meisten erkenne ich wieder. Eine Frau in einem engen rosa Oberteil steht mit der Hand in die Hüfte gestützt da und plaudert mit einigen von ihnen, das muss diese Neue sein, Josephine. Die Kirchenglocken beginnen überraschenderweise zu schlagen und dröhnen durchs Dorf. Es ist entweder die volle oder die halbe Stunde, aber um so was kümmert sich die Kirchenglocke von Saint Carelle nicht, sie schlägt nur, wenn sie das Feeling hat. Im gleichen Rhythmus wie mein Herzschlag, fällt mir auf. Mein Herz hat nämlich auch Feeling, und es schlägt so heftig, dass ich das Gefühl habe, es schlägt irgendwo außerhalb meines Brustkorbes. Alles ist so nah. Er ist so nah. Die Glocke und mein Herz schlagen weiter, und ich stelle den Motor ab.

»Eins, zwei, drei ... und los!«

Ich ziehe den Zündschlüssel ab, schaue kurz in den Rückspiegel und steige aus dem Auto. Ich überquere rasch die Straße, nur ein paar Schritte, dann bin ich schon an der Bar. Die Stammgäste lächeln mich überrascht an, und dann heben sie ihre Gläser und rufen:

»Madame Annjetá!«

Ich muss mich beherrschen, um mich nicht über sie alle zu werfen. Mit eiserner Faust halte ich meine inneren Zügel fest und gehe so ruhig wie möglich zu ihnen hin, gebe ihnen Wangenküsse und begrüße sie einen nach dem anderen.

»Bonsoir, monsieur et madame de la Barre. Bonsoir, monsieur Jarre et monsieur Delan. Ça va?«

Sie reden alle durcheinander, zeigen in verschiedene Richtungen, runzeln über irgendetwas die Augenbrauen, lachen schallend über irgendetwas anderes und ich lächle einfach nur und tue so, als würde ich verstehen, was seit meinem Abschied passiert ist. Dann rieche ich diesen Duft. Wie ein Tier, das weiß, wer da näher kommt, und meine Nasenflügel fangen an zu beben. Sein Parfum, die Zigarette, das Waschmittel und ... ich drehe mich um. Dort taucht er in der Tür auf. Mit einem über die Schulter geworfenen Geschirrtuch, dem üppigen Haar, dem erbsengrünen Hemd, das ein gutes Stück über seiner Brust aufgeknöpft ist, seinem Bauch, über dem das Hemd spannt, den Augen, die unter den buschigen Brauen funkeln, einem kleinen runden Tablett mit zwei Gläsern Wein in der einen Hand und einer Zigarette in der anderen. Fabien. Er starrt mich tatsächlich mit offenem Mund an, als er mich erblickt. Er traut seinen Augen nicht.

»Annjetá? Mais …?«

Ich lache auf, und die Stammgäste versinken in irgendeinen neuen Klatsch bei ihrem Pastis. Rasch reicht Fabien die Weingläser zwei Frauen, die an ihrem Tisch warten, und dann breitet er die Arme aus. Für mich.

»Allez, allez Annjetá.«

Jetzt wird es übermächtig, ich kann die Zügel unmöglich noch festhalten. Stattdessen werfe ich mich in seine Arme. Meine Nase landet mitten in seinen Brustlocken, die nach zu viel Rasierwasser riechen. Er schlingt seine Arme um mich, und ich stelle mich auf Zehenspitzen und gebe ihm einen zärtlichen Kuss auf den Hals. Ich weiß, dass das ein bisschen überstürzt ist, aber ich kann es mir nicht verkneifen. Fabien lacht ebenfalls auf, nimmt mich bei den Schultern und führt mich ein Stückchen weg, als wollte er mich genauer mustern. Wirkt er verlegen? Ja, tatsächlich ein bisschen. Fabien schaut sich um, fast als würde er überlegen, ob jemand sehen konnte, was hier gerade passierte. Wahnsinn, ich kann einen Mann wie Fabien zum Erröten bringen!

Ich grinse von einem Ohr zum anderen.

»I am back!«

54.

Ich will quasi wieder in Fabiens Umarmung zurückkriechen und mache einen Schritt nach vorn, doch Fabien lacht fragend und weicht fast zurück.

»Comment?«

Ich zeige pädagogisch auf mich selbst.

»Je! I! Ich. Annjetá.«

Fabien nickt, um mir zu verstehen zu geben, dass er mich versteht.

»Oui.«

Und dann strecke ich die Arme aus und zeige mit beiden Zeigefingern auf den Boden.

»Je suis ici! I am here! Ich bin hier!«

Fabien zeigt jetzt ebenfalls auf den Boden.

»Ici?«

»JA! Besser gesagt OUI. Au revoir Suède! Bonjour Saint Carelle!«

Fabien lächelt. Nicht von einem Ohr zum anderen, aber von einem Auge zum anderen. Oder nur von einem Nasenloch zum anderen? Aber er lächelt. Ich sehe nicht alle seine Zähne, er fährt sich mit der Hand durch das dünne Haar auf seinem Kopf und fängt an zu glucksen. Oder seufzt er? Nein, er gluckst.

»Wow, Annjetá. Wow.«

»Jupp. Wow.«

Dann hebt er einen Stuhl heraus, staubt ihn mit seinem

Geschirrtuch ab und bedeutet mir, dass ich mich draufsetzen soll.

»Un verre de vin, madame?«

»Oui, merci, monsieur.«

»Parfait!«

Fabien reibt sich die Hände und verschwindet wieder in die Bar. Die neue Bedienung Josephine folgt ihm, und ich höre sie miteinander reden. Dass das aber auch so vertrackt ist mit diesem Französisch – manchmal kann es sich anhören, als würden sich zwei Leute lautstark streiten, obwohl sie sich vielleicht nur darüber austauschen, wie ihr Tag so gewesen ist. Selbstverständlich konnte er sich nicht hier in der Bar auf mich werfen, vor allen Gästen, das verstehe ja sogar ich. Wir müssen eben warten bis Feierabend. Wenn wir uns seit dem Sommer beherrscht haben, können wir uns jetzt auch noch ein paar Stunden beherrschen.

Die neue Josephine kommt wieder raus, bedenkt mich mit einem kurzen Blick und wackelt sich durch zu den Frauen, die Fabien vorhin bedient hat. Aha, das sind also ihre Freundinnen. Deswegen erkenne ich sie auch nicht wieder, wahrscheinlich wohnen sie in einem Dorf in der Nähe. So ein Glück, dass er doch noch eine neue Bedienung gefunden hat.

Josephine flüstert ein bisschen mit ihren Freundinnen, dann dreht sie sich zu mir um und begrüßt mich. Ich winke fröhlich zurück. Wenn ich an der Theke aushelfe, werden wir vielleicht sogar Freundinnen. Wir dürften wohl im gleichen Alter sein? Sie wäre meine erste gleichaltrige Freundin hier in Saint Carelle. Wie interessant. Was treiben eigentlich diese Gleichaltrigen in den Dörfern so? Vielleicht werde ich mich einem französischen Buchclub anschließen?

Ich spüre etwas Weiches, Warmes an meiner Haut. Es ist

etwas, was sich an meine Beine schmiegt. Ich schaue nach unten.

»Barry! Hallo, mein geliebter Kater! Beziehungsweise ›bonsoir, monsieur Barry‹.«

Barry schaut mich groß an und scheint sich zu fragen, was zum Teufel ich hier mache. Ich habe ihn enttäuscht und »kann von ihm aus zur Hölle fahren«, wie ich seinem Miauen entnehme. Er schnüffelt höchst desinteressiert an meiner Hand, streicht mir noch einmal träge um die Beine, um dann in die Bar zu schlüpfen, wo man ihm wohl gleich die Reste des Tagesgerichts servieren wird.

Jetzt kommt Fabien zurück mit zwei Weingläsern in der Hand und zwei Katzen im Schlepptau, Barry und Judy. Er setzt sich gegenüber von mir an den Tisch, hebt sich Judy auf den Schoß, die sich mit schmeichelndem Schnurren sofort auf seinem Schoß zurechtlegt, und dann hebt er sein Glas. Ich hebe meines ebenfalls, wir prosten uns zu, und als ich Fabien in die Augen schaue, während ich den ersten Schluck Wein nehme, laufen mir Schauder über den ganzen Körper – angefangen beim kleinen Zeh, vorbei an Waden, Knien, Schoß, Bauch, Brüsten, Schultern, Ohren und weiter hoch bis zum Scheitel. Komisch, dass er die ganze Zeit hier gewesen ist, während ich in kalte Großraumbüros und kotzfarbene Tuniken gesteckt wurde.

Fabien streicht mir über die Hand.

»Salut.«

»Salut.«

Wir wissen nicht richtig, wie wir anfangen sollen. Fabien gähnt lachend und streckt sich. Ich lache auch.

»Okay, time for Google Translate?«

Ich hole mein Handy hervor, beginne zu schreiben und halte es hoch, sodass Fabien die Übersetzung lesen kann.

Ich bin so froh, dich wiederzusehen!

Fabien liest. Ich schreibe weiter.

Die Katzen sehen ja richtig gesund aus! Sind sie jetzt wieder zu dir zurückgezogen?

Fabien liest, dann holt er sein eigenes Smartphone heraus und schreibt ebenfalls. Was für eine Entwicklung! Wir haben jetzt zwei Handys. Zumindest noch für ein paar Tage, denn sehr bald wird das Verkehrsplanungsbüro sein Diensthandy zurückverlangen. Aber dann kann ich es mir ja leisten, mir selbst eines zu kaufen, ein ganz eigenes. Fabien hält mir sein Handy hin.

Ja. Bonnibelle trinkt Retsina in Griechenland! Schrecklich, wie kann der Mensch das tun? Katzen schauen nie auf Retsina. Eher Mord an sich selbst als Retsina. Katzen kluge. Essen Hühnerleber auf der Bar und tanzen in der Nacht auf der Freiheit.

Er krault Judy unterm Kinn, so schön, dass sie gar nicht weiß, wohin vor lauter Behagen, und Barry schaut neidisch vom Boden aus zu. Ich schaue auch fast ein bisschen neidisch zu. Ich weiß, wie herrlich es Judy gerade geht. Diese Hände wissen genau, wo sie streicheln müssen. Ich denke an das rote Herz, das er mir geschickt hat, sein überraschtes Lächeln, als ich kam. An die zwei Weingläser, die er zwischen uns gestellt hat, und was er zu mir gesagt hat, als wir letztes Mal auseinandergegangen sind. Dass er noch nie zuvor so für jemanden empfunden hat. Dass es mit mir ganz anders ist als mit anderen. Dass ich ... dass ich etwas Besonderes bin. Also schreibe ich es so, wie es ist.

Ich habe meinen Job gekündigt, ich habe mein Haus verkauft, ich habe mich von meinem Mann scheiden lassen und ich bin den ganzen Weg mit dem Auto hergefahren. Ich bin gekommen, um hier zu bleiben.

Ich drücke auf Übersetzen, Google Translate macht seine Arbeit und ich reiche Fabien mein Handy. Er liest. Dann schaut er zu mir hoch, als wollte er sich vergewissern, dass er das Ganze richtig verstanden hat. Ich nicke vergnügt und zeige auf meinen Fiat Uno, den ich auf halbem Wege zum Marktplatz geparkt habe. Fabien trinkt seinen restlichen Wein ein bisschen zu schnell aus und ruft Josephine zu, dass er gerne noch ein Glas hätte. Wie hat Google Translate meine Worte eigentlich übersetzt? Was hat er gelesen? Denn Fabien lächelt jetzt eher steif als breit. Sowohl ich als auch Judy überlegen.

Josephine kommt in ihrem engen rosa Oberteil und ihrer vielleicht noch engeren Jeans angeschlendert. Sie hat sich ein Geschirrhandtuch in den Hosenbund gesteckt und trägt einen Lippenstift, der kein bisschen verschmiert ist. Rasch gießt sie Fabien Wein nach und legt ihm dabei die Hand auf die Schulter. Ich zeige fröhlich auf mein eigenes Glas, und sie schenkt auch mir nach, ohne jedoch die Hand von Fabiens Schulter zu nehmen.

Fabien nimmt noch einen Schluck und schreibt.

Was soll sie machen hier?

Sie? Warum fragt er mich, was sie machen soll? Ich antworte, während Fabien einen großen Schluck von seinem Wein nimmt.

Sie? Josephine?

Fabien schüttelt den Kopf und schreibt.

Du! Was du sollst machen hier? Einar weg, Kloster bald weg.

Ich weiß nicht! Ich bin offen für alles. Ich kann dir vielleicht in der Bar helfen?

Fabien starrt mich mit großen Augen an.

Du kündigst schwedischen Job für meine Bar? Der Wahnsinn ist ausgeübt!

Ich zucke mit den Schultern.

Du arbeitest doch auch in einer Bar, und du bist nicht verrückt. Es ist doch nichts Verkehrtes dran, wenn man in einer Bar arbeitet! Aber es war total verkehrt für mich, im Verkehrsplanungsbüro zu arbeiten. DAS war der reine Wahnsinn! Ich fühle mich wie neugeboren.

Fabien liest mit zitternden Händen, schaut auf meinen Bauch und schreibt rasch eine Antwort.

Bist du ein Kind?

Ob ich ein Kind bin? Ich überlege. Das ist fast schon eine philosophische Frage. Meint er, ob ich kindisch bin? Oder naiv? Oder einfach nur auf eine unschuldige Art wundervoll? Ich schreibe.

Vielleicht.

Fabien versteift sich, schielt über seine Schulter nach hinten und nimmt zwei große Schlucke Wein. Er schreibt schnell und hält mir das Handy hin, damit ich lesen kann.

Vielleicht?! Wir kaufen einen Test für Gravitation! ICH BIN KEIN VATER!

Ich muss laut loslachen und lege beruhigend meine Hand auf seine.
»Nein, nein, ich meine no, no, no!«
Fabien schnauft aus und jetzt lächelt er wieder so breit wie vorher. Er tut so, als müsste er sich den Schweiß von der Stirn wischen, und schüttelt sich die Hand ab.
Ich schreibe erneut und muss dabei die ganze Zeit weiter lachen.

Nein, um Gottes willen, nein! ICH BIN NICHT SCHWANGER! NICHT! KEINE BABYS! Wir missverstehen uns. Ich will keine Kinder mit dir haben. Aber ich will gerne in deiner Bar arbeiten und mit dir zusammen sein.

Fabien hämmert eine Antwort in sein Handy.

Magnus?! Für die Einsamkeit verlassen?

Ich schüttle den Kopf. Jetzt schauen wir doch mal – ich gehe auf Instagram und suche Lindas Namen. Na klar, natürlich. Sie hat vor ein paar Stunden ein Bild eingestellt. Ein pitschnasser Magnus mit Linda, wie sie sich in ihren engen Badekappen, Badeanzügen, Wollfett, enormen Mengen von Sonnenschutzcreme und Gummistrümpfen im Arm haben. Sie lächeln so breit, dass ihr Lächeln kaum Platz auf dem Foto hat, und der Text lautet: »Wir haben es geschafft! Nächstes Jahr nehmen wir den Mississippi in Angriff!«

Fabien betrachtet das Bild.

»Est-il fou? Crazy in head oui?«

»Maybe. And in love. He loves … Il aime Linda.«

»Oh. Mais …«

Fabien schreibt erneut.

Du verlassen Magnus und Schweden? Du in hier jetzt? Für die Ewigkeit?

»Für die Ewigkeit? Das weiß ich nicht, aber oui! Je suis ici.«

»Quoi?«

Fabien scheint mich nicht richtig zu hören, deswegen hebe ich die Stimme ein bisschen.

»Oui! Je suis ici!«

Fabien hält sich mit den Fingern die Ohren zu, macht den Mund auf, als müsste er einen Druckausgleich machen, steckt sich wieder die Finger in die Ohren und plinkert nervös mit den Lidern.

»Bizarre. Il bipe.«

»Bipe? Was bedeutet das?«

»Quoi?«

Oh Mann, ist der Kerl jetzt taub? Ich wiederhole unendlich langsam und mit übertriebenen Mundbewegungen das Wort »bipe« und male ein Fragezeichen in die Luft.

Fabien nickt, als würde er verstehen, und beginnt zu klingen wie ein Alarmsignal.

»Biiiiipe. N'entends rien! Il émet juste un bipe.«

»Piepen? Piepst es in deinen Ohren? Bipe? Dans les … les Ohren?«

Fabien zuckt mit den Schultern und gibt mir gestisch zu verstehen, dass er nicht hört, was ich sage.

»Tinnitus?«

»Comment?«

»TINNITUS?«

Fabien zuckt erneut mit den Schultern, presst sich die Handflächen auf die pfeifenden Ohren, und ich strecke die Hand aus, um ihm über die Wange zu streichen.

»Du Armer, was kann das bloß sein, was du …«

Moment mal. Das kann nur eines sein. Ich weiß noch, wie er mir von seinem Tinnitus erzählt hat. Ich ziehe meine Hand wieder zurück. Wir lagen damals unter dem Dachfenster in Fabiens Wohnung, splitternackt, und Fabien spielte mit meinem Haar. Erzählte mir, wie ein gewisser Tinnitus immer dann auftrat, sobald Frauen anfingen, Forderungen an ihn zu stellen oder Dinge von ihm zu erwarten. Wie es wie aus dem Nichts anfing, in seinen Ohren zu piepsen, und was auch immer die Frauen auf dem Herzen hatte – Fabien konnte es nicht hören. Er konnte sogar blind werden! Sein Gesichtsfeld konnte von einer Sekunde auf die andere zusammenschrumpfen und immer weiter zusammenschrumpfen, bis nur noch eine einzige Dunkelheit blieb. Eine kompakte Dunkelheit, in deren Mitte eine Frau mit ihren aufdringlichen Träumen von einer gemeinsamen Zukunft saß.

Aber Fabien hatte doch geschworen, dass es mit mir anders sei. Er hat doch ganz genau gehört, was ich die ganze Zeit gesagt habe, und statt psychosomatisch zu erblinden, sah *er* eine Zukunft für uns. Er wollte Schwedisch lernen und vielleicht konnte ich ja bei ihm einziehen, sein einfaches Leben teilen und mit ihm gemeinsam glücklich sein für den Rest unseres Lebens. *Er* hat das alles gesagt. Nicht ich.

Mir rinnt der Schweiß über den Rücken, das Kleid klebt an

meinem Körper. Alles klebt. Fabien sitzt mir schief grinsend gegenüber und hält sich hartnäckig die Ohren zu. Mein Magen raunzt wie eine Katze unter meinem Kleid, ich muss beide Hände darauflegen, um ihn zu beruhigen.

Selbstverständlich habe ich keine Blindheit und Hörbehinderungen hervorgerufen – damals. Eine verheiratete Frau aus Schweden mit zwei Kindern konnte unmöglich für immer in Saint Carelle bleiben. Und sobald die Ewigkeit nicht mehr in Frage kam, ist es leicht für die Neurosen, sich zurückzuhalten. Aber jetzt, das ich hier sitze und tatsächlich bleiben kann und ihn tatsächlich haben will, da fängt es sofort an zu piepsen. Da geht der Alarm an! PIIIEP! Das ist kein nerviger Probealarm am Montag um 15 Uhr, nein, das hier ist eine richtige Warnung vor einer Gefahrenlage. »PIIIEP, flieh um dein Leben, PIIIEP, runter in den Bunker, ohne dich umzudrehen, und PIIIEP, mach keine Gefangenen.«

Ich greife nach meinem Handy, schreibe mit zitternden Fingern etwas hinein und halte ihm das Display vors Gesicht.

Du brauchst keine Angst zu haben. Ich will dich nicht heiraten, ich will keine Babys mit dir haben, ich will nur mit dir zusammen sein. Dich richtig kennenlernen. Spaß mit dir haben!

Fabien blinzelt auf das Display. Jetzt reibt er sich die Augen. Blinzelt erneut. Aha, jetzt fängt auch noch sein Gesichtsfeld an, zusammenzuschrumpfen. Ich habe also einen blinden und tauben Menschen vor mir. Judy wird der mangelnden Aufmerksamkeit überdrüssig, sie springt geräuschlos auf den Boden und stolziert mit hoch aufgerichtetem Schwanz davon. Ich schaue ihr nach. Spüre, wie die Flut gegen meine Füße schlägt, mir gegen die Waden peitscht und mir den Boden unter den Füßen wegsaugt. Es donnert von den ganzen Unterströmungen des Meeres, als die Wellen anfangen, dort hinten am Horizont anzurollen, Fahrt aufzunehmen und sich über mich zu werfen. Ich sehe, wie die Sandburg, die Muscheln und die Fahnen aus Schilf mit hinausgezogen werden in den schäumenden, dunklen, kalten Ozean, weit, weit fort. Es saugt wieder, und eine neue Welle schlägt mir entgegen, reißt an meinen Kleidern, wirft mir Sand und Wrackteile ins Gesicht, während in Fabien das Nebelhorn Alarm schlägt. Zwei verlorene Seelen, die sich beide an die Tischkante klammern, um nicht von den Wellen mitgerissen zu werden.

Josephine kommt, um einen neuen Aschenbecher auf den Tisch zu stellen, und sie wirft einen verstohlenen Blick auf Fabien, der mit leerem Blick und zugehaltenen Ohren vor sich in die Luft starrt. Diese Art, wie sie ihn anfasst. Diese Selbstverständlichkeit, mit der sie ihm über den Rücken streicht und ihn fragt, wie es ihm geht. Genauso selbstverständlich, wie ich ihn vor zwanzig Minuten auf den Hals geküsst habe. Ich glaubte nämlich, dass dieser Hals mir gehörte, dass Fabien mir gehörte. Jetzt schreit mein Bauch wieder auf. Wie in Panik. Er schlägt auch Alarm. PIIIEP! Denn jetzt sehe ich, nachdem sich meine Blindheit gelegt hat. Dieser Hals gehörte gar nicht mir. Er gehörte Josephine. PIIIEP!

Fabien hat wahrscheinlich nie geglaubt, dass ich zurückkommen würde. Denn warum sollte ich auch? Vielleicht hat er von mir geträumt und hat noch ein paar Tage nach meiner Abreise schwedische Vokabeln gepaukt. Aber danach hat er die Sprachlern-App einfach gelöscht und sein Leben weitergelebt. Mir ist jetzt klar, dass ich Fabien als Rettungsleine und Zukunftsphantasie sah. Die Realität hat mir ja mehrfach gesagt, wie es sich wirklich verhält. Aber es war so viel lustiger, sich mit der Lebenslügen-Abteilung zu unterhalten.

Josephine wedelt Fabien mit den Händen vor den Augen

herum, aber das Einzige, was sich im Luftzug bewegt, sind die Haare auf seiner Brust. Ansonsten starrt er stur geradeaus, doch Fabien hebt die Hände, um Josephine zu beruhigen, ihr zu sagen, dass es nur ein vorübergehender Zustand ist. Ja, es ist nur vorübergehend. Sobald ich diese Bar verlassen habe, wird er sich erholen.

Ich trinke meinen Wein aus und stehe auf.

»Tinnitus psychosomatique.«

Fabien hört natürlich nichts, aber Josephine schon.

»Quoi?«

Ich beuge mich hinunter zu Fabien und küsse ihn sanft auf die stoppelige Wange. Atme ein letztes Mal seinen Duft ein. Fülle meine Lungen mit ihm. Reiße mich eisern zusammen, um nicht vor Josephine in Tränen auszubrechen, vor mir selbst, vor der Realität, die in irgendeiner dunklen Ecke lauert, wie ich weiß.

»Danke für alles. Vielleicht hat es dir nicht so viel bedeutet, aber mir schon. Danke.«

55.

Ich parke mein Auto unter dem Laubdach an der Klostermauer in der Rue Saint Denis. Rieche den Duft der feuchten Mauer mit dem ganzen trockenen Laub drumherum. Trotz der Wärme macht sich doch schon der Einzug des Herbstes bemerkbar, ich erkenne den Duft wieder von meinem ersten Aufenthalt hier. Es war im Oktober, aber schon jetzt kündigt sich der Herbst an.

Mit zitternden Beinen steige ich aus. Vor kurzem war mir noch so warm, aber jetzt zittere ich vor Kälte. Bonnibelles rosa Fensterläden sind geschlossen, und wenn ich mich auf Zehenspitzen stelle, sehe ich die zusammengeklappten Gartenmöbel hinter dem Zaun. Ich setze mich auf die Treppe, schlinge die Arme um mich und betrachte schlotternd das Schloss. Ein ausgeblichenes großes Schild mit der Aufschrift »À vendre« ist mit Plastikschnüren fest ans Tor gebunden. Zu verkaufen. Wer auch immer will, kann es kaufen, und damit machen, was er will.

Es fühlt sich an, als würde ich nach der Flut an diesem verlassenen Strand sitzen. Alles ist weggespült worden. Fabien, Bonnibelle, Judy, Barry, Magnus, Sollentuna, meine Kinder, meine Eltern, das Verkehrsplanungsbüro, Bodil, Paul, das Kloster und ... Einar.

Ich stehe auf, gehe aufs Kloster zu und strecke die Hand nach dem Geheimversteck oben in der Mauer aus. Taste herum. Sollte es wirklich sein, dass ...? Ja! Der Schlüssel liegt noch da! Der große Schlüssel, der so schön schwer in der Hand liegt. Ich schiebe ihn ins Schlüsselloch der Eingangstür, drehe ihn dreimal herum und dann macht es Klick! Die Tür ist offen.

Ich bin ganz allein auf der Straße, nirgendwo spionierende Makler, nirgendwo Katzen oder neugierige Nachbarn. Die Tür quietscht laut, als ich sie aufdrücke. Ich halte den Atem an und schaue mich um. Nein, es ist immer noch alles leer, und niemand hat Verdacht geschöpft bei dem lauten Quietschen.

Hastig schlüpfe ich hinein und ziehe das Tor hinter mir zu, so langsam und so leise, wie ich nur kann.

Jetzt stehe ich wieder hier, auf dem Innenhof des Klosters. Es herrscht Grabesstille, nur der Kies knirscht unter meinen Füßen. Auch hier sind alle Fensterläden verriegelt, und die Topfpflanzen, die früher hier an den Wänden hochwuchsen, sind alle eingegangen. Braune, trockene Zweige ohne Blätter rascheln leicht in der frühabendlichen Brise.

Ich schleiche ums Kloster herum, fahre mit den Fingerspitzen an der Fassade entlang und biege hinter dem Kloster ab. Der Bambus flüstert mir ein leise klackerndes Willkommen zu, und als ich den Klostergarten betrete, beginnt die Abendsonne am schönsten zu brennen. Sie ist auf dem Weg zum Horizont und verbreitet ihren rosa schimmernden Abschiedsgruß über den ganzen Himmel. Die runden Marmortische stehen ordentlich abgetrocknet und aufgestellt an der Wand. Die Stühle sind aufeinandergestapelt und mit einer Plane bedeckt, um sie vor dem nahenden Herbst zu schützen.

Aber mein Frühstückstisch und zwei Stühle warten noch unter einem der Kastanienbäume. Ich gehe zu meinem Tisch, ziehe einen der Stühle weg und setze mich hin. Betrachte die Löwenstatuen, die von Efeu überwuchert sind, sodass es aussieht, als hätten sie ein struppiges Fell. Die Obstbäume, die ihre Früchte für dieses Jahr schon abgeworfen haben, und die Rosensträucher mit den glänzenden Austernschalen darunter. Wo Einar und Armand gemeinsam ruhen.

»Geht es euch gut da drüben?«

Ich bekomme natürlich keine Antwort, das wäre ja auch gar nicht ...

»Hallo, Annjetá!«

»Einar?«

»Nein, nein, wir sind's nur, die Realität.«

»Ach bitte, ich hab gerade so gar keine Lust, mit euch zu sprechen.«

»Wir rufen nicht an, um dir zu sagen: ›Haben wir dir's nicht gleich gesagt?‹«

»Aber genau das sagt ihr doch jetzt!«

»Ja, aber auch wieder nicht, denn wir haben gute Neuigkeiten. Sylvia, wo hast du noch schnell die Ausdrucke von gestern hingelegt?«

Ich höre Gemurmel und Geraschel.

»Danke, Sylvia. So, dann wollen wir mal schauen. Du hast jetzt noch ... Moment, ich brauch mal kurz den Taschenrechner. Du hast 438 000 schwedische Kronen von deinem Ex-Mann bekommen, als er dich ausgezahlt hat. Dann hast du sehr viel Käse gekauft, eine ansehnliche Menge Champagner, Benzin, ein paar Hotelübernachtungen, noch mehr Benzin, ein paar Pfirsiche und jetzt hast du noch 415 321 Kronen. Umgerechnet in Euro wären das ... etwa 40 000 Euro und ...«

»Entschuldige, aber kannst du mich nicht später anrufen? Ich würde so gerne hier sitzen, in aller Stille, und den Sonnenuntergang beobachten. Der Mann, von dem ich gedacht hätte, dass wir es jetzt miteinander krachen lassen, wurde bei meinem Auftauchen sowohl von Tinnitus als auch von Blindheit geschlagen. Also – nicht vor Begeisterung, sondern aus schierer Panik. Also sei so gut und ruf mich ein andermal an, ich hab gerade wirklich die Nase voll von der Realität.«

»Aber wir hatten doch gute Nachrichten für dich! Na ja, ich kann Sylvia gerne Bescheid sagen, dass sie sich eine Erinnerung einstellen soll, dann rufen wir dich in ... wollen wir sagen, in zwanzig Minuten wieder an?«

»Ja. Oder in zwanzig Jahren.«

Klick.

Die Realität hat aufgelegt, und ich lasse die Flut über mich und meine Sandburg hinweggehen. Mit jeder Minute wird es dunkler, die letzten Sonnenstrahlen kämpfen sich über die Mauer und fallen über den Feigenbaum, die Rosensträucher, den Rasen, der gerade mit gelben Kastanienblättern bedeckt ist, den alten Brunnen und die Austernschalen. Die Flut braust wild über meine Erinnerungen, saugt sich fest an meinem ersten Tag mit Einar, als ich die Sekunden zählte, bis ich endlich wieder heimfahren konnte. Bis zu diesem Moment, in dem ich hier sitze und jede Krone hergeben würde, die ich auf meinem Konto habe, um Einar wieder zurückzubekommen, und sei es auch nur für einen Tag. Oder auch nur für eine halbe Stunde!

Wellen von salzigem Meerwasser schlagen über Fabien hinweg, über unsere erste Nacht oben in seiner Junggesellenbude, wo mein BH durchs Zimmer fliegen und auf einer Lampe landen durfte. Doch jetzt, da ich hier sitze mit meinem gut befestigten BH, liegt jeder Gedanke an Flüge durch irgendwelche Zimmer fern. Fabien hat mich geöffnet! Er hat nicht nur meinen BH aufgemacht, sondern mein ganzes Ich.

Und das Kloster, das seine Tore für alle geöffnet hat, die es nötig hatten, das mich gerettet hat und so viele andere mit seiner Feinfühligkeit für das, was ein Leben sein kann. Dass man an einem Tag lachen kann, um am nächsten zu weinen. Man darf nicht schummeln. Man muss überleben. Über seinen Kummer hinwegleben, nicht darunter hindurch. Das Leben ist vergänglich, die Sonne geht auf, die Sonne geht unter, Menschen kommen hereingetanzt, Menschen torkeln wieder hinaus, die einen werden geboren, die anderen sterben, so ist das Leben nun mal.

Jetzt füllen sich die Burggräben mit Wasser, es steigt und steigt, strömt zum Tor herein, über den Innenhof, den Obstgarten, es peitscht gegen die Mauern und alles verschwindet unter der strudelnden Meeresoberfläche. Es wird ganz still. Nur meine eigenen Atemzüge sind zu hören. Jetzt sehe ich, wie die letzten Strahlen hinter der Klostermauer verschwinden. Die Dunkelheit bricht so plötzlich herein, jede rosarote Glut ist verschwunden, aber ... schau, da, ein letzter einsamer Strahl schimmert über der Ecke, wo die Obstbäume aufhören und der Klee wuchs, in der Zeit, als wir noch Wasser zum Gießen hatten und ...

Was ist das denn da? Da stehen zwei Männer in einem schmalen Streifen Licht. Die Umrisse ihrer Körper glitzern, als wären sie aus Gold, und jetzt sehe ich es. Es sind Einar und Armand. Sie stehen Hand in Hand da, aber Armand ist so groß, dass Einar den Kopf heben muss, um ihn anzuschauen. Es sieht aus, als wären sie plaudernd in ihrem Garten spazieren gegangen, um genau dort unter dem Feigenbaum stehen zu bleiben.

Ich sitze so still, wie ich nur kann. Meinen Wunsch, zu ihnen zu rennen, sie zu umarmen, alles zu sagen, was ich ihnen sagen wollte, muss ich niederkämpfen, ihn quasi an den Stuhl fesseln.

Sie betrachten die Obstbäume, pflücken ein paar Feigen, kosten sie, dann nehmen sie sich wieder bei den Händen und lachen über irgendetwas. Armand beugt den Kopf zu Einar herunter, sie küssen sich und ... jetzt sind sie verschwunden. Das letzte Stück Sonne hat sich hinter die Mauer zurückgezogen, und nun ist nur noch Dunkelheit zurückgeblieben.

»Einar? Armand?«

Ich stehe auf, mache ein paar Schritte und rufe in den leeren Klostergarten hinaus:

»Ich hab euch doch gesehen! Das war keine Einbildung, ihr wart hier. Ich weiß es. Ich weiß es.«

Jetzt laufe ich über die ganzen trockenen Kastanienblätter, den ganzen Weg bis an die Ecke mit den Obstbäumen, die ausgetrocknet sind und von denen man keine einzige Feige mehr pflücken kann. Der ganze Klee ist zu einem einzigen orangebraunen, trockenen Ballen verwelkt. Ich sinke auf dem Boden zusammen, lehne mich an den Feigenbaum und streiche mit den Händen über alles, was jetzt vertrocknet, tot und verwelkt ist.

»Ich bin doch nicht verrückt. Das warst doch du, Einar. Genau hier hast du gestanden.«

Dann kommen mir die Tränen. Sie strömen, fließen, wallen, und es kommt mir vor, als hätte ich eine ganz eigene Flut in meinem Inneren.

56.

Es ist dunkel um mich herum, und mein Mund ist trocken. Wo bin ich? In Einars Zimmer? Ja, ich liege auf dem Bauch auf seinem großen Bett.

»Was ... was habe ich an?«

Ich blinzle in die Dunkelheit und drehe mich um. Jetzt sehe ich es, ich habe mein lila Kleid an, aber es ist mit Erde verschmiert und zerfetzt, und irgendwo da unten ahne ich trockene Blätter zwischen meinen Zehen. Meine Finger bleiben hängen, wenn ich versuche, mir damit durch mein zerzaustes Haar zu fahren, auch hier trockenes Laub. Ich brauche etwas zu trinken. Alle Fensterläden sind zu, aber durch die Lücken kann ich sehen, dass draußen die Sonne scheint.

Stolpernd gehe ich die Treppe hinunter, über den kühlen Steinboden und in die Küche. Sie ist leer, geputzt und verlassen. Ich halte mein Gesicht unter den Hahn und trinke. Mein Gott, hab ich einen Durst. Wann hab ich zum letzten Mal etwas getrunken? Wann ... wann bin ich überhaupt hier hergekommen? Ich wasche mir das Gesicht, reibe mir die Augen und taste nach einem Handtuch, aber es ist natürlich keines mehr da.

Den Weg hinaus in den Klostergarten kenne ich auswendig, deswegen gehe ich geübt durch die Dunkelheit zur Hintertür, die nur angelehnt ist. Hatte ich sie schon aufgemacht? Anscheinend, denn da liegen Blätter und Erde auf dem Boden. Das Licht blendet mich, als ich ins Freie komme. Wie spät es wohl ist? Spätnachmittag vielleicht? An meinen Füßen habe ich Erde, wie ein Kind nach einem barfüßigen Sommer im Ferienlager. Der Gartenschlauch hängt ordentlich aufgerollt an der Wand, und ich wickle ein paar Meter ab. Drehe das Wasser auf und spüle mir die Erde von den Füßen, Beinen, Händen, Armen. Ach, egal, ich kann mir auch gleich mein Kleid ausziehen und mich ganz waschen. Ich pelle mich aus dem Kleid, schlüpfe vorsichtig aus meiner Unterwäsche und stehe nackt im Klostergarten, während das kalte Wasser über meinen Körper läuft.

Da knurrt mein Magen. Laut und fordernd.

»Wann hab ich zum letzten Mal etwas gegessen?«
»Du kannst nicht einfach so verschwinden!«
»Wie bitte?«
»Ja, eine Entschuldigung wäre durchaus angebracht.«
»Realität?«
»Jupp. Wir sind es. Wieder mal! Wir haben zwei Tage lang versucht, Kontakt zu dir aufzunehmen, aber du hast nie abgenommen. Sylvia! Jetzt ist sie rangegangen!«
»Zwei Tage lang?«
»Keine Antwort, zwei volle Tage. Das sieht dir nicht grade ähnlich.«
»Nein, da muss ich dir recht geben. Aber was hab ich denn gemacht, ich versteh das gar nicht.«
»Im Volksmund nennt man das wohl Trauerarbeit. Aber wir benutzen den Ausdruck Trauertanz.«
»Trauertanz?«
»Das kann ganz schön wild zugehen, mehr wissen wir hier nicht in der Realität.«
»Habt ihr mich gesehen?«
»Wie hätten wir das denn anstellen sollen? Du bist ja nicht

rangegangen, als wir dich angerufen haben. Du warst vollauf damit beschäftigt, durch dieses Kloster zu rennen und mal nach dem einen, mal nach dem anderen zu rufen, irgendjemanden zu verfluchen, in dich selbst hineinzulachen, dich unter den Rosensträuchern zu wälzen und so weiter.«

»Ich hab mich unter den Rosensträuchern gewälzt? Hab ich das wirklich gemacht? Um meine Trauer wegzutanzen?«

»Bei Trauer und Verzweiflung machen die Menschen die seltsamsten Dinge – wenn sich da einer unter Rosensträuchern wälzt, zählt das kaum. Wie du dich vielleicht erinnerst, hatten wir gute Neuigkeiten für dich ... Moment mal, Sylvia ruft hier drüben, ich muss kurz mal einen Mann in Östersund anrufen, der will gerade seine Ex-Frau anrufen und sie bitten, dass sie zu ihm zurückkommt. Der schiere Wahnsinn, er fühlt sich bloß grade einsam, das ist doch nicht so schlimm. Seine Ex-Frau jedoch, die ist wirklich schlimm ... Wir rufen dich in fünf Minuten wieder an!«

Stille. Die Realität hat aufgelegt. Ich schüttle mich, damit das Wasser schneller von meiner Haut verdunstet. Ich rolle den Gartenschlauch wieder zusammen und hänge ihn zurück an seinen Platz. Die warme Sonne wird mich schnell trocknen. Ich mache ein paar vorsichtige Schritte hinaus in den Klostergarten. Es knackst unter meinen Füßen. Alles ist braun, trocken und gestrüppartig. Mein Körper tut hier und da weh, wahrscheinlich war es ein wilder Trauertanz. Die Blätter rascheln, als ich zum Feigenbaum hinübergehe, das grelle Sonnenlicht blendet mich und bringt mich zum Blinzeln, aber es wärmt mir gleichzeitig so angenehm die Haut. Durch den Schlitz meiner zugekniffenen Augen sehe ich etwas Grünes unter dem Feigenbaum.

Mitten zwischen all den knochentrockenen, braunen Pflanzen wächst ... ein hellgrünes vierblättriges Kleeblatt. Ich gehe in die Hocke, fummle daran herum und zähle die Blätter sicherheitshalber noch mal nach.

»Eins, zwei, drei, vier.«

Ja, wirklich, da sind vier richtig grüne Blätter. Das erste Blatt für den Glauben, das zweite für die Hoffnung, das dritte fürs Glück und das vierte für die Liebe. Ich rupfe alles rund um dieses Kleeblatt aus.

»Was hattest du mir noch mal erzählt, Einar? Dass Eva, als sie mit Adam aus dem Paradies vertrieben wurde, noch schnell ein vierblättriges Kleeblatt pflückte. Als Glücksbringer, aber auch, um drohende Gefahren rechtzeitig zu erkennen. War es nicht so?«

Ich will es gerade abpflücken, als ... plötzlich ein kleiner Kopf in der Farbe des welken Laubes vorschnellt. Ja! Ein zäher Schildkrötenkopf schiebt sich aus dem Nichts vor und das vierblättrige Kleeblatt verschwindet in seinem Maul. Ich werfe mich nach hinten und lande mit dem Hintern in dem ganzen stachligen Braun.

»Luzette!«

Luzette starrt mich an mit den Blättern im Maul.

»Du hast es aufgefressen!«

Ungerührt mampft sie auch noch den Stiel des Kleeblatts in sich hinein.

»Mmmrrr.«

Hat Luzette da gerade geknurrt? Nein, das war mein Magen. Der hat auch Hunger. Er will was zu essen. Luzette wühlt nach weiteren vierblättrigen Kleeblättern, sie kratzt mit ihren Dinosauriertatzen durchs Laub. Sanft streiche ich ihr über den Panzer.

»Du machst das ganz richtig, Luzette. Es ist besser, wenn dieses vierblättrige Kleeblatt gefressen und verdaut wird. Was hätte ich damit anfangen sollen? Es trocknen und pressen? Es zwischen den Seiten in einem alten Buch verstecken? Ach was, ich brauche keine gepressten Blätter, damit sie mir Glück bringen. Ist doch viel schlauer, wenn man sie einfach auffrisst!«

Ich stehe auf, drehe mich zum Kloster und strecke die Arme aus.

»Und du bist auch noch da! Auch wenn dich jemand kauft und dich luxusrenoviert, bis du nicht mehr wiederzuerkennen bist, bleibst du trotzdem hier, weil ich dich in mir trage. Du bist ein Teil von mir.«

Ich werfe Kusshände zur Sommerstraße am Himmel.

»Und Einar, dich hab ich auch! Ich brauche nicht mal die Augen zuzumachen, um dich zu sehen. Du hörst mir zu, wenn ich mit dir rede, und das tue ich ja die meiste Zeit. Denn du bist bei mir!«

Mein Turm streckt sich zur Sonne hinauf. Die Fensterläden in allen Himmelsrichtungen sind geschlossen, und das runde Bett, in dem ich geschlafen, mich gedreht und Liebe gemacht habe, gibt es nicht mehr. Das liegt in irgendeinem Container auf einem Wertstoffhof weit weg von hier.

»Aber ich werde trotzdem immer zu meinem drehenden Bett zurückkommen können. Wenn ich will, kann ich mich darin auch mit Fabien drehen, hahahaha! Denn soviel Tinnitus er auch bekommt, er liegt trotzdem in meinem Tresor. Den ich immer dabeihabe. Er liegt darin, zusammen mit Bonnibelle, Henri, Barry, Judy, dem vierblättrigen Kleeblatt, Luzette und allem, was ich hier jemals erlebt habe. Alle Sandburgen sind darin bewahrt. Aber wirklich alle. Denn ich bin endlich am richtigen Ort angekommen. Und dieser Ort ist … der ist hier.«

Ich drücke mir die Hände auf die Brust. Luzette starrt mich mit ihren Urzeitaugen an. Dann dreht sie sich resolut um und raschelt weiter, neuen Dingen entgegen, die sie auffressen kann. Ich tanze beinahe durch den Klostergarten, werfe dem leeren Penispool Kusshändchen zu, streichle mit beiden Händen die rauen Wände, schlängle mich in meine Unterwäsche, falte das Kleid zusammen und klemme es mir unter den Arm. Dann mache ich das Tor auf, dass es laut quietscht, und schleiche mich hinaus auf die leere, stille Gasse. Ich drehe den Schlüssel dreimal im Schloss und lege ihn zurück in sein Versteck in der Mauer. Ich öffne den Kofferraum meines Autos und wühle mein kurzes, rotes Kleid aus dem Koffer. Ziehe es an.

»So, Einar, ich geh jetzt los und baue mir neue Sandburgen. Ich werde sie so hoch machen, wie ich will, mit ganz vielen Türmchen und Wassergräben, und ich werde mir die Sonne auf den Rücken scheinen lassen, während ich dort am Strand sitze und ...«

»Hallihallo, wir sind zurück aus Östersund.«

»Also wirklich, Realität, ich habe hier gerade den Monolog meines Lebens gehalten.«

»Na ja, nicht nur wir von der Realität rufen an, wir haben nämlich gerade eine Zusammenarbeit mit der Lebenslügen-Abteilung. Man könnte fast sagen, dass wir dich zusammen anrufen.«

»Eine Zusammenarbeit?«

»So etwas ist extrem selten, das passiert vielleicht nur ein paar Mal im Leben, und bei vielen überhaupt nie. Aber gerade hier und jetzt hast du Glück gehabt. Also leg nicht auf! Lass uns endlich unsere Neuigkeit erzählen.«

Ich lehne mich an die Mauer und spähe zu Bonnibelles Haus auf der anderen Straßenseite hinüber.

»Okay, ich höre zu.«

»Sylvia, sie hört uns zu! Jetzt müssen wir schnell sein. Ich will damit anfangen, dass ich dir eine Mitteilung von der Lebenslügen-Abteilung vorlese ... Sylvia, kannst du mir mal kurz meine Brille rübergeben? Danke. So, dann schauen wir mal. ›Liebe Annjetá. Zunächst wollen wir dir zu deinem Namenswechsel gratulieren. Agneta hat nie zu dir gepasst. Aber Annjetá, das ist doch mal ein NAME! Nachdem wir das gesagt haben, wollten wir ausrichten, dass wir nie so recht an Fabien geglaubt haben. Ja, ja, er ist charmant und stark behaart, aber er wird niemals seine Bar oder seine gewohnten Bahnen verlassen. So ein Glück, dass er so schnell seinen Tinnitus bekommen hat, so konnte sich diese unselige Geschichte gar nicht erst hinziehen. Im Übrigen – gefallen dir solche knallbunten Hemden wirklich? Also, jetzt bist du eine freie Frau mit richtig Schotter in der Tasche. Also, nimm keinerlei Rücksichten. Fahr, bis dir das Benzin ausgeht, und lass dich auf jedes Abenteuer ein. Have fun!‹«

Es raschelt, und die Realität räuspert sich.

»Im Prinzip stimmen wir allem zu, was die Lebenslügen-Abteilung da geschrieben hat. Vielleicht neigen wir doch dazu, ab und zu ein bisschen Vorsicht walten zu lassen, aber doch, ansonsten sind wir uns einig. Also – in diesem Moment, versteht sich! Morgen ist wieder ein neuer Tag, aber jetzt stehen die Sterne gerade richtig, und wir arbeiten zusammen. Und jetzt zu der guten Neuigkeit, an der wir gerade teamworken: Dein Geld reicht vielleicht nicht für eine schimmlige Ein-Zimmer-Wohnung in Kvistbro, aber sie reicht tatsächlich lässig für eine gemütliche Bleibe hier in der Gegend. Wenn du noch ein bisschen weiter ins Landesinnere fährst, braucht die Wohnung vielleicht gar nicht mal so klein zu sein. Wir haben mal eine Kalkulation angestellt, verstehst du, da haben wir berechnet ›Kauf einer kleineren Wohnung in Südfrankreich, ein paar Monate ohne festes Einkommen, ansehnliche Ausgaben für Benzin und Einkäufe von Käse‹. Und na ja, so wie wir das sehen, wirst du bis Anfang nächsten Jahres richtig gut zurechtkommen. Aber jetzt sprichst du natürlich mit der Realität, die Lebenslügen-Abteilung ist Gott sei Dank beschäftigt. Und die Realität findet, dass du nicht mehr allzu lange damit warten solltest, dir eine Arbeit zu suchen. Denn sonst geht diese Rechnung nicht auf, und das wäre nicht gut. Du musst dich unbedingt an unsere Kalkulation halten!«

»Schließt sich die Lebenslügen-Abteilung dieser Kalkulation auch an?«

»Nun ja, wir sind nun mal zwei verschiedene Einrichtungen. Die Lebenslügen-Abteilung legt nur Feeling zugrunde, während wir mehr auf Tatsachen aufbauen. Aber bei dieser Kalkulation sind wir uns einig. Was ziemlich selten vorkommt.«

»MUUUÖÖÖ!«

Dumonts Kühe. Ihr brünstiges Muhen tönt über Saint Carelle.

»Annjetá? Wir haben nicht richtig verstanden, was du gerade gesagt hast.«

Die Kühe brullen aus Leibeskräften durch die Gegend.

»MUUUÖÖÖOOO!«

»Annjetá? Alles in Ordnung?«

»Ich hab Hunger.«

»Hunger?«

»Ja! Ich werde mir gleich Käse, Baguette und Marmelade besorgen. Und dann werde ich für den Rest meines Lebens schlucken.«

Die Realität und die Lebenslügen-Abteilung sagen nichts. Sie müssen schon zu anderen Aufträgen weitergeflogen sein. Nur ich, Annjetá, bin noch hier. Ich mache die Tür meines

Fiat Uno auf, lasse mich auf den Fahrersitz gleiten, drehe das Radio lauter und lege den Sicherheitsgurt an.

Denn jetzt wird losgefahren.

MERCI!

Liebe Leser! Ohne euch gäbe es keine Agneta. Ihr habt mir geschrieben und mir von eurem Leben erzählt. Von Träumen, die Träume geblieben sind, von der Sehnsucht nach Wind unter den Flügeln, von jeder Menge Tanz, der in euren Beinen zuckt, aber nicht rausdarf, von heimlichen Plänen, von einem lustigen Inneren, das nie richtig rauskommt, und von dem Gefühl, unsichtbar zu sein. Eure Erzählungen haben Agneta geschaffen. Ich habe sie aus euch zusammengebaut. Ich finde es Wahnsinn, dass ihr euch getraut habt, das zu erzählen – und dann auch noch mir! Merci beaucoup.

Ohne euch – Charles Louis und Joël – gäbe es kein Kloster. Euer Zuhause, eure Freistatt, euer Theater, Atelier, Schlafzimmer, Gästezimmer, kleine Küche, eure großen Säle und euer Garten, in dem ich Agneta frei werden ließ. Denn vielleicht ist gerade euer Kloster der sicherste, aber auch der wildeste Ort, an dem man sein wahres Selbst und seine Flügel finden kann? Eine Welt, in der man die Realität auf ihre ganz eigene Weise sieht. In der das Wort »normal« nicht verwendet wird und in der entlaufene Schildkrötenmädchen ebenso entlaufene Schildkrötenjungs finden und kleine Schildkrötenbabys geheimnisvollerweise zwischen den Hühnern der Nachbarn auftauchen. Im Kloster ist das die Realität, denn die kann tatsächlich nicht nur eine Form annehmen. Im Herbst 2022 bist du gestorben, Joël, aber ich kann dich immer noch hören, wie du lachend »Annjetaaaaa« rufst, dass es nur so durchs Kloster hallt. Charles Louis und Joël, ihr habt meine Pläne mit Agneta immer toll gefunden, ihr habt mir alles angeboten, was ihr hattet, und das ist nicht wenig. Jetzt müssen Charles Louis, die Katzen, die Schildkröten und alle seine Freunde in diesem Kloster weiterspielen. Während Joël neue Sandburgen in anderen Welten baut. Merci beaucoup.

Patrick. Du bist nicht nur mein Freund (hurra!), du bist auch noch mein Französisch-Dolmetscher (hurra!), mein Reiseführer in all diese neuen französischen Welten (ein Hurra für deine ganzen wundervollen Verwandten mit provençalischen Klöstern und allem Drum und Dran!) und mein bester Resonanzboden (ein Hurra dafür, dass du immer so gut darin bist, neue Ideen auszuhecken, dich um meine Texte kümmerst wie kein anderer, die Vogelperspektive hast, wo ich in der Froschperspektive stecken bleibe, und mich immer so herrlich befeuerst!). Merci beaucoup.

Janne Vierth. Mit dir Tee zu trinken, Post-its an die Wand zu kleben und über Agnetas Welt zu phantasieren ist das lustigste Spiel überhaupt. Merci beaucoup.

Miss Diamond, Marika Smith und August Boj. Danke, dass ich eure Kenntnisse in mich aufnehmen und mich hemmungslos bei dem bedienen durfte, was euch das Leben gelehrt hat. Dank euch habe ich nicht nur begriffen, dass es unerträglich traurige Kästchen gibt, sondern auch verstanden, was sinnliche Unterwäsche mit dem Selbstwertgefühl eines Menschen machen kann, wie man sich orientieren kann in diesem Abenteuer namens Sexualität und wie wichtig es ist, immer mal wieder ein Wagnis einzugehen. Das Wagnis, die

Person zu suchen, die man sein will und werden kann. Merci beaucoup.

Piratförlaget. Ann-Marie, Erik, Emma, Cherie, Lottis, Madeleine, Pia, Anna und Mattias! Jedes Mal, wenn ich an euch denke, geht mir das Herz auf! Ihr seid wunderbar von Anfang bis Ende und überall dazwischen. Ihr phantasiert mit mir, wenn ich es brauche, korrigiert meine ganzen hoffnungslosen Rechtschreibfehler, verkauft meine Bücher, veranstaltet Erstveröffentlichungspartys, neben denen alle anderen Erstveröffentlichungspartys verblassen, ihr organisiert meinen Terminkalender, bucht mir meine Züge, leistet mir bei meinen Signierstunden Gesellschaft, ladet mich immer zu einem Wein ein und nehmt mich in den Arm. Merci beaucoup.

LESEPROBE

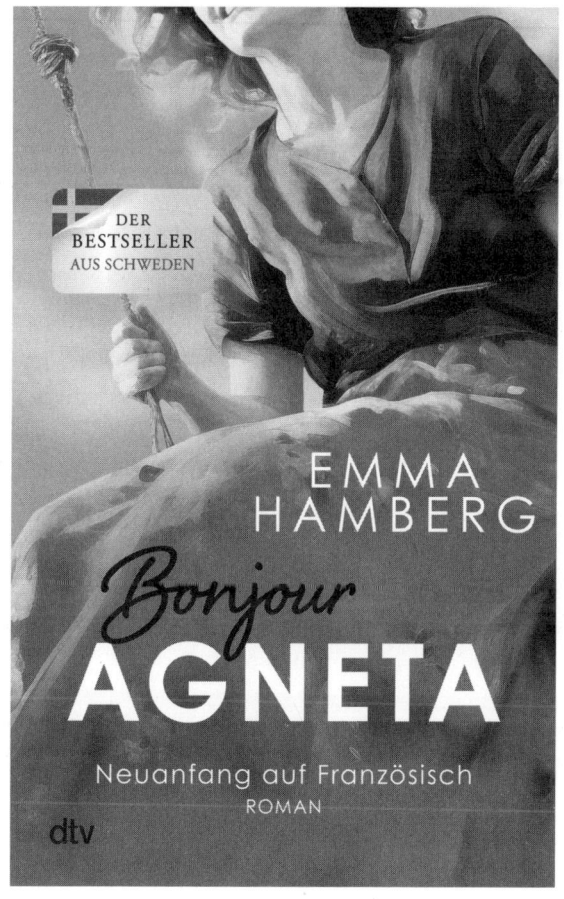

ISBN der gedruckten Ausgabe 978-3-423-26386-3
eBook ISBN 978-3-423-44390-6

1.

»Selbstbetrug.«
»Was?«
»Zwölf Buchstaben, dritter Buchstabe ein L. Synonym für *sich belügen*. Selbstbetrug natürlich.«
»Hast du übrigens die Hähnchenhaut aufgegessen?«
»Was? Also nein, natürlich nicht. Wie kommst du darauf?«
»Weil sie gestern Abend nicht mehr auf der Arbeitsplatte lag, als ich abwaschen wollte. Und in der Mülltonne hab ich sie auch nicht gesehen.«
»Das waren doch garantiert die Katzen. *Unter den Augen bei Müdigkeit*, zehn Buchstaben? Augenringe natürlich. Heute ist das Kreuzworträtsel aber wirklich einfach.«

Selbstverständlich habe ich die Hähnchenhaut aufgegessen. Das ist doch das Beste am ganzen Brathähnchen. Knusprig, fett, würzig und mittlerweile in unserem Haus verboten. Ja, Magnus hat nach dem Sommer definitiv Ernst gemacht mit unserem neuen Ernährungsplan: Auf der schwarzen Liste stehen rotes Fleisch, Gluten, Kaffee, Alkohol, alle Formen von Zucker und am liebsten auch noch alles, was fettig ist. Und so sitze ich jetzt hier, an einem Frühstückstisch direkt aus der Hölle: eine schlichte Tasse Tee und kalter Haferbrei. Ich habe die Hähnchenhaut aus stillem Protest gegessen. Und weil sie lecker war. Ich hätte nicht gedacht, dass Magnus unseren Müll kontrollieren würde. Ein bisschen phantasielos von mir. Eigentlich ist Müllkontrolle typisch Magnus.

»Du solltest allmählich einen Zahn zulegen. Wir müssen in einer Dreiviertelstunde da sein.«

Auf gar keinen Fall werde ich in einer Dreiviertelstunde da sein. Ich habe meine eigene schwarze Liste, und die wird nicht angeführt von »meinen Körper in einen Neoprenanzug zwängen und im Oktober in einem Brackwassersee wie dem Edsviken rumschwimmen«. Wenn ich genau überlege, habe ich Magnus seit seinem Fünfzigsten fast nie mehr ohne Neoprenanzug gesehen oder diese eng anliegenden Radfahrerklamotten. Er fährt in Leggins und mit Helm zur Arbeit. Kommt von der Arbeit zurück in Leggins und mit Helm. An Wochenenden wird der Neoprenanzug oder die grüne Birdwatcher-Kluft rausgeholt. Ich fühle mich manchmal, als wäre ich mit einem Superhelden verheiratet, der seinen Anzug nie ablegt. Obwohl, Superheld ist wahrscheinlich der falsche Ausdruck. Ich weiß nicht, was für Superkräfte Magnus besitzt. Vielleicht, dass er von kaltem Haferbrei satt wird?

Ich hingegen habe tatsächlich eine Superkraft. Ich kann mich unsichtbar machen. Besser gesagt: Ich *bin* unsichtbar. Obwohl ich in einem Zimmer sitze, bemerkt mich kaum jemand. Nicht mal Magnus sieht mich, obwohl ich auf der anderen Seite des Frühstückstisches sitze und Kreuzworträtsel löse. Neulich haben wir im Büro diesen Test gemacht: Anscheinend kann man alle Menschen verschiedenen Farbgruppen zuteilen. Man kann rot sein, wenn man viel zu sagen haben will, herrlich gelb kreativ, harmonisch grün oder prinzipientreu blau. Auf mich passte überhaupt keine Farbe. Ich bin nämlich durchsichtig. Das ist ein Typ, der in diesen populärwissenschaftlichen Büchern nie beschrieben wird. Wenn man den Persönlichkeitstyp »durchsichtig« erklären wollte, könnte das vielleicht so klingen:

Durchsichtige Menschen lassen sich in zwei Kategorien unterteilen: die unfreiwillig und die freiwillig Durchsichtigen. Diejenigen, die schon von Geburt an durchsichtig waren, und die, die sich in die Durchsichtigkeit zurückgezogen haben, damit sie nicht ins Stottern kommen oder in Panik geraten oder sehen müssen, wie der Witz, der in ihrem Inneren noch total komisch war, laut ausgesprochen total in die Hose ging. Aber wie bei allem, was sich »freiwillig« nennt, liegt auch der freiwilligen Durchsichtigkeit meistens doch ein Zwang zugrunde. Die freiwillig Durchsichtigen haben vielleicht mehrere Farben durchprobiert, haben ihre grünen, roten und blauen Seiten gezeigt. Aber wenn ihre Umgebung das nicht versteht oder die Durchsichtigen selbst zu sehr unter Druck geraten, sodass sie die Farben nicht mehr richtig hervorbringen können, kann die Durchsichtigkeit wie eine Befreiung für sie wirken. Am Ende (und das gilt sowohl für die freiwillig wie die unfreiwillig Durchsichtigen) wissen sie nicht mehr so recht, wer sie sind oder was sie wollen, und dann hängen sie sich gerne an andere dran, die ganz genau wissen, was sie mögen, und eine richtig deutliche, grelle Signalfarbe haben. Die Durchsichtigen stehen selten im Mittelpunkt auf einer Party, was irgendwie schade ist, denn durchsichtige Menschen können sehr lustig sein. Tatsächlich sogar lustiger als die meisten anderen. Aber eben nur innerlich.

Nein, was an ihnen lustig ist, fällt fast nie außerhalb ihrer Haut auf. Apropos Haut. Die Durchsichtigen (ich jedenfalls) haben zudem eine Doppelmoral, indem sie so tun, als würden sie sich an die deutlichen Regeln ihres Partners halten, zum Beispiel »keine Hähnchenhaut essen«, aber insgeheim machen sie doch ab und zu, was sie wollen. Deswegen sind durchsichtige Menschen gerne leicht übergewichtig (ich jedenfalls), besonders wenn sie über 45 sind und ihr Stoffwechsel vollkommen zum Stillstand gekommen ist. Durchsichtige Menschen können sowohl an Selbstüberschätzung leiden als auch an tiefem Außenseitertum, und das ...

»Agneta, JETZT SOFORT!«

Huch, steht Magnus etwa schon mit seinem Neoprenanzug und der Badekappe auf dem Flur? Ja, und er hält seine Schwimmflossen in der einen Hand und meinen Anzug in der anderen. Ich habe ihn zu meinem Vierzigsten bekommen: Er ist von allerhöchster Qualität, versteht sich, und verspricht, dass ich mich »allen Herausforderungen in offenen Gewässern in vollkommener Sicherheit stellen kann«. Aber ich will mich gar keinen Herausforderungen in offenen Gewässern stellen! Vielleicht will ich mich mal einer windstillen Bucht im August stellen. Aber ganz sicher nie dem offenen Meer, zusammen mit einer Gruppe überehrgeiziger Sportjunkies. Im Oktober!

»Du, dieser steife Nacken, den ich gestern schon gespürt habe, der ist jetzt schlimmer geworden. Sobald ich den Kopf drehe ...«

Mit schmerzverzerrtem Gesicht versuche ich mich zum Küchenfenster zu wenden.

»Ich kann nicht mitkommen. Leider.«

Magnus steht stumm und mit leerem Blick in der Diele. Dann lässt er meinen Herausforderungeninoffenengewässernstell-Anzug los und fängt an, sich seine Radfahrerhose über den Neoprenanzug zu ziehen.

»Okay. Dann nehm ich das Fahrrad.«

Zieht der jetzt allen Ernstes den Helm über die Badekappe? Ja, allen Ernstes. Klar, man kann Sicherheitsvorkehrungen nicht ernst genug nehmen.

Sobald er mit dem Fahrrad auf der Straße verschwunden ist, gehe ich in den Keller. Mache die große Tiefkühltruhe auf, und da liegt mein verborgener Schatz: das Hefeteigbrot. Nicht mal Sauerteig, einfach nur weißes, unnützes Glutenmehl. Hinter der Tiefkühltruhe steht das Glas Aprikosenmarmelade. Magnus war unglaublich gründlich darin, wirklich ALLES wegzuwerfen, was uns in Versuchung führen könnte, also wurde jedes einzelne Marmeladenglas entsorgt und mit ihm Butter, Nutella, Zucker und ... na ja, eben alles, was lecker ist. Es ist mir lediglich gelungen, eine Flasche Burgunder mit Schraubverschluss aus den Fängen des Todes zu retten. Die liegt jetzt unter meinem Bett. Langsam, aber sicher fühlt es sich hier an wie in den USA während der Prohibition: Etwas, das die Moral stärken sollte, artet komplett aus. Das Ganze explodiert in Bestechungsgeldern, Alkoholschmuggel und Mord. Das ist meine Zukunft hier im Hasselvägen 84.

Gestern Abend habe ich mir ein Glas gegönnt, als ich auf Instagram gesehen habe, dass fast mein gesamter Buchclub (außer mir und der Frau mit der schiefen Brille) unterwegs war und Wein trank und sich in einer total netten Weinbar in der Stadt total gut amüsierte. Ich likte das Foto nicht, sondern ging sofort in mein Schlafzimmer, nein, mein persönliches *Speakeasy*, und schenkte mir ein Glas Wein ein. In meinen Zahnputzbecher. Schnupperte am Wein, wie es sich gehört, schlürfte, als ich ihn in den Mund sog, gurgelte und machte genüsslich *mmmh*. Ja, ja, Magnus hat mir beigebracht, wie man das macht. Also – vor dem Alkoholverbot.

»Und dann hab ich ein Selbstgespräch geführt. Wie jetzt. Laut und einfach so in die Luft. Ich habe einfach unendlich viel Redestoff in mir. Wenn die bloß alle wüssten, dass ein so stiller Mensch eigentlich ununterbrochen plappert. Sobald Magnus aus dem Haus ist, rede ich laut mit mir selbst, wenn er zu Hause ist, bin ich ein bisschen leiser. Nicht aus Unsicherheit, sondern vielmehr, weil Magnus nicht versteht, wovon ich rede. Das hat er noch nie. Zu Anfang sprach ich seine Sprache, wie man es eben macht, wenn man geliebt werden will. Das funktionierte sehr gut. Das Problem war nur, dass ich mir irgendwann vorkam wie in nicht enden wollenden Sprachferien. Drei Wochen in Bournemouth oder vierundzwanzig Jahre in Magnusland – dasselbe in Grün. Pass dich an die örtlichen Gebräuche an, sobald du ankommst, müh dich mit Englisch ab, sei offen für die neue Kultur, tu so, als wäre Nierenpastete dein Leibgericht, und sprich bloß nicht Agnetisch, denn dann versteht deine Gastfamilie kein Wort. Und du willst doch, dass dich deine Gastfamilie mag. Magnus war meine Gastfamilie. Er mochte mich. Ich kann richtig gut Magnusisch sprechen, wenn ich mir Mühe gebe, man hätte fast glauben können, ich wäre ein Magnus. Magnus staunte Bauklötze, als sich herausstellte, dass ich eine Agneta bin, mit einer ganz anderen Kultur und einer Sprache, die seiner Meinung nach eine fragwürdige Grammatik hat. Inzwischen spreche ich nur noch zu Hause Agnetisch. Magnus hat es immer noch nicht gelernt. Also reden wir die meiste Zeit aneinander vorbei. Wenn ich so zurückdenke, bin ich eigentlich mein ganzes Leben in Sprachferien gewesen. Ich bin in so viele Länder gereist, aber nirgendwo hat man meine Sprache gesprochen. Nicht mal in meiner Ursprungsfamilie, ich hätte genauso gut adoptiert sein können. Meine Kinder sind dreisprachig aufgewachsen, sie sprechen Magnusisch, Agnetisch und ihre eigene Sprache. Aber ich kann ihnen ansehen, dass sie die Grammatik meiner Sprache auch ein bisschen mühsam finden. Sie verstehen zwar, wovon ich spreche, aber es amüsiert sie nicht. Gott sei Dank kann ich ihre Sprache, also lässt sich das Ganze normalerweise lösen.«

So, jetzt ist das Brot im Toaster fertig!

Ich streiche mir dick Marmelade aufs Brot und betrachte

die Scheiben. Ein bisschen können sie schon noch vertragen. Also trage ich eine weitere Schicht auf, beiße einmal ab, schlurfe zum Sofa und knipse unterwegs ein paar trockene Blätter vom Ficus ab.

»Nun ja. Sprachbarrieren und kulturelle Unterschiede stören ja gar nicht so sehr. Die Kinder sind mittlerweile ausgezogen, und Magnus sitzt oft bei geschlossener Tür in seinem Zimmer und beschäftigt sich mit seinen Vogelfotos. Er muss sich schließlich um seinen Instagram-Account kümmern. Nie stellt er Fotos von mir, den Kindern oder auch nur den Katzen ein. Nein, nein, immer nur Vögel. Alles Gute zum Kiebitz-Tag! Und daneben ein Bild von einem Kiebitz im Gegenlicht. Nie ein Glückwunsch zum Hochzeitstag und ein Bild von mir in schmeichelndem Licht. Er ist wohl nicht das, was man einen Romantiker nennt. Ich ja auch nicht. Es ist auch nicht so, dass ich Bilder von ihm im Gegenlicht einstelle und etwas über die Kraft der Liebe dazuschreibe. Meistens führe ich nur Selbstgespräche, während Magnus im Edsviken rumschwimmt. Magnus ist einfach ein Mensch, der sich ständig mit anderen messen muss: Alles, worin man einen Wettkampf bestreiten kann, ist gut. Wer schwimmt im Oktober am schnellsten durch den Edsviken? Wer schafft dreihundert Kreuze in irgendeiner Vogeltabelle? Wer kann alle Vögel auf Latein katalogisieren? Magnus natürlich. Sein Hirn ist so gestrickt. Alles, was er liest, behält er. Ich behalte grundsätzlich nichts. Ich fände es zum Beispiel interessant, ein für alle Mal zu verstehen, was es mit Israel und dem Palästina-Konflikt auf sich hat, also lese ich ein bisschen darüber, aber nach zwei Stunden ist alles wieder wie ausradiert. Dafür weiß ich noch, wie Paris Hiltons alter Chihuahua hieß: Tinkerbell. Sie ist vierzehn Jahre alt geworden. Als Tinkerbell starb, trauerte nicht nur Paris, sondern alle ihre Fans. Das hab ich 2015 in einer Klatschzeitschrift bei meinem Friseur gelesen. Warum kann ich mich daran erinnern, aber nicht, was mit Israel und Palästina los ist? Ich *kann* mir Sachen merken, das steht außer Zweifel. Aber was, ist sehr willkürlich. O Mann, ist das lecker! Toastbrot mit süßer Marmelade. Ein bisschen Butter wäre natürlich auch schön gewesen, aber das hier ist auf jeden Fall unendlich viel besser als kalter Haferbrei. Als die Kinder noch zu Hause wohnten, hatten wir immer Butter im Haus. Butter und Leben. Jetzt gibt es nur noch kalten Haferbrei und totale Stille.«

Ich lege mich aufs Sofa, ziehe mir die Decke über die Beine, knabbere weiter an meinem Toastbrot und schaue durch das große Fenster. Auf der anderen Seite schleicht eine von unseren Katzen im Nieselregen vorbei. Mit einer Maus im Maul glotzt sie mich mit totem Blick an.

»Nicht mal mehr die Katzen brauchen mich. Die können sich auch selbst gut versorgen. Wenn sie sich nicht gerade schreiend in den Büschen paaren. Ein bisschen so wie meine Kinder. Nur mit dem Unterschied, dass unsere Katzen mich nicht anrufen und darum bitten, ihnen Geld per Swish zu überweisen.«

Diese Heldinnen möchte man gleich zu Freundinnen haben

ALLE LIEFERBAREN TITEL, INFORMATIONEN UND SPECIALS FINDEN SIE ONLINE

Auch als eBook   www.dtv.de **dtv**

Der große Roman über eine Liebe, die dreißig Jahre Anlauf braucht

ALLE LIEFERBAREN TITEL, INFORMATIONEN UND SPECIALS
FINDEN SIE ONLINE

Auch als eBook	www.dtv.de **dtv**

Junger Mann, ältere Frau –
die zeitgemäße Liebesgeschichte
einer Frau zwischen Wendepunkt
und Neubeginn

ALLE LIEFERBAREN TITEL, INFORMATIONEN UND SPECIALS
FINDEN SIE ONLINE

Auch als eBook   www.dtv.de   dtv